儿童文学与儿童剧创编

主　编　任继敏

副主编　武国强

参　编　吴秋寻　刘艺伟

哈爾濱工業大學出版社

内容简介

本书根据学前教育和小学教育的人才培养目标，从文学理论的角度对儿童文学所涉及的各类体裁的文学作品的创作方法进行了系统阐述，给予具体的方法上的实践指导，并结合当前儿童剧教育逐渐得到关注和重视的情况，特别对儿童戏剧和影视剧的创作、改编与表演进行了系统论述。

本书适合学前教育专业和小学教育专业的大学生作为教材使用，也适合幼儿园、小学教师以及对儿童文学与儿童剧创编感兴趣的广大家长和读者阅读。

图书在版编目(CIP)数据

儿童文学与儿童剧创编/任继敏主编. —哈尔滨：哈尔滨工业大学出版社，2024.9.—ISBN 978-7-5767-1700-6

Ⅰ.I058

中国国家版本馆 CIP 数据核字第 2024J1X126 号

策划编辑　杨秀华
责任编辑　马　嫒
封面设计　刘　乐
出版发行　哈尔滨工业大学出版社
社　　址　哈尔滨市南岗区复华四道街 10 号　邮编 150006
传　　真　0451—86414749
网　　址　http://hitpress.hit.edu.cn
印　　刷　哈尔滨久利印刷有限公司
开　　本　787 mm×960 mm　1/16　印张 16　字数 370 千字
版　　次　2024 年 9 月第 1 版　2024 年 9 月第 1 次印刷
书　　号　ISBN 978-7-5767-1700-6
定　　价　48.00 元

(如因印装质量问题影响阅读，我社负责调换)

前　言

本书从内部特点和外部表征入手介绍了儿童文学和儿童剧的创作规律与方法，对于培养幼儿教师和小学教师的儿童文学素养，掌握儿童剧的创编与教育方法有着非常重要的指导作用。

儿童文学是学前教育和小学教育专业必修的传统课程，重要性自不必说。将儿童剧的创作与改编作为大学专业课程极具前瞻意识。当前，儿童戏剧与影视剧逐渐融入幼儿园与小学教学活动中，其特有的教育价值和审美价值逐渐得到重视。将儿童剧的创编、表演、教育与儿童文学教育整合成一部立体、综合的新型教材，不仅丰富了儿童文学的学科体系，更是一种积极、有益的创新和尝试。

本书的编写特点主要体现在以下几个方面。

一、在知识体系上突出整体性

首先，将儿童文学视为一个整体。儿童文学根据读者年龄而分为幼年文学、童年文学和少年文学，三者之间以幼年文学为基础，渐次提升难度，一般情况是学前教育专业的学生重点学习幼年文学，小学教育专业的学生重点学习童年文学，如此确实更有针对性，但也存在割裂儿童文学整体性的问题。儿童文学在总体上大致保持了"儿童"和"文学"的共有特色，但"儿童文学的特色"是随着读者年龄的增长而不断褪色的：幼年文学的"儿童文学特色"最为浓厚，是童年文学的前端；童年文学是幼年文学和少年文学的过渡；少年文学逐渐与成人文学融为一体，"儿童文学特色"最淡，但却保持了青春期独特的少年性。学习儿童文学必须先了解幼年文学，在此基础上领会随着读者年龄的增长是如何淡化"儿童文学特色"而突出童年文学和少年文学的个性色彩的。所以本书不再刻意强调儿童文学内部的细微区别，这样不仅有利于学生全面了解并掌握儿童文学的全貌，获得更为宽广的学术视野，还能更好地储备幼儿园和中小学教师所需的儿童文学学科知识。

其次，对儿童文学和儿童剧两种艺术门类进行整合。儿童文学与儿童戏剧、影视剧是不同的艺术门类，它们的交集点主要在剧本的创作上。鉴于当下儿童剧教育逐渐进入幼儿园和中小学课堂，有成为新型教育内容和方法的趋势，本书特意将儿童剧后期的创编和表演作为重要内容整合进来，目的并非培养专业的导演和演员，而是作为一种教师技能进行教育和培训，以期培养出全面发展、适应将来多元教学需求的优秀教师。

将儿童剧的创编与表演纳入儿童文学体系整体观照，将幼儿园和小学语文教育中可能涉及的儿童剧教育活动和方法作为重要内容纳入本书，并与相关的教学实践活动紧密联系,以培养教师的儿童剧教育理念和方法,是本书的一个创新之举。

二、在内容安排上突出系统性

本书对每一种儿童文体的创作方法都依照文体的概念、特点、分类和创作方法分别进行阐述,保持了同样的风格和体例,以保持内容安排上的系统性。儿童文学内部虽有按照年龄所划分的三个分段,但其基础理论即原理是共通的,划分的逻辑是年龄特征制约下的阅读能力逐步提高后,儿童读者对不同体裁和题材的儿童文学作品有进阶需要。儿童剧虽有自己的创编和表演理论体系,但其剧本创编作为文学创作的一种门类依然遵循文学创编的规律。因此,本书将儿童文学各类文体的创作与儿童剧的创编作为一个整体系统来考量,理论基础是共通的,但各有学习的侧重点,不管哪一段儿童文学,都要以幼儿文学作为基础;小学教育专业的学生也要学习幼儿文学,而学前教育的学生也要了解童年文学,掌握不断生长的儿童对儿童文学不断增长的审美期待和阅读兴趣,为提升自己的教学能力打好基础。

因此,建议学前教育专业的学生着重学习儿歌、诗歌、童话、儿童故事、图画故事和儿童剧等内容,小学教育专业的学生着重学习诗歌、童话、寓言、儿童故事、小说和儿童剧创编等适合小学语文教育的内容,以及各种文体的创作实践训练,根据学前教育和小学教育专业需要选择对口的方法和技巧。

三、在编写理念上体现时代性

时代在发展,新的教育理念必然要由新的内容和方法来落实。当下戏剧教育逐渐得到重视,本书适应时代的需要,率先将儿童剧的创编和表演等知识整合进儿童文学教材中,丰富师范生的戏剧和影视剧知识结构,为培养复合型的幼儿园和小学教师打好学科基础。

随着阅读媒介的多样化及网络阅读的普遍化,本书还将一些学习资源上传到了网络学习平台上,知识容量被扩大,学生可以获得更多的学习资源,有益于发挥主观能动性。比如,儿童文学原理和各类文学文体的创作与改编理论,是学科基础,也是理论基石,不能精简且必须重点阐述。各类儿童文学文体的发展历程虽是重要的背景知识,却又不能挤占过多空间,因此,本书将各类儿童文学文体发展的历程及具体的文学作品例证放到了由"二维码"记录的背景知识里面,读者可以充分利用其中所提供的拓展内容,结合各章的"探究·讨论·实践"开展灵活多样的教学活动。使用本书时,可以采用翻转课堂、线上线下混合的学习模式。因此,本书不仅是教材,更是学材。

本书具体分工如下:任继敏负责撰写第一～八章内容;吴秋寻负责撰写第九章;刘艺伟负责撰写第十章;武国强负责全书的统筹工作。

在编写本书的过程中,编者参考、引用了不少学者、专家、作家的著述、研究成果和文学作品,大多数在参考文献和页下注中注明了出处,极少部分因为各种原因无法注明的,敬请原谅。希望有关作品的作者看到本书的相关内容后及时与本书编者联系，在此对他们表达衷心的感谢。本书虽然经过编者精心的构思和考量，但限于编者水平和编写时间，难免有疏漏之处，敬请专家和学者批评指正。

本书是丽江文化旅游学院2024年校级教材建设项目——"儿童文学与儿童剧创编"（项目编号：JC202401）的研究成果，感谢学校对本书的支持。

编 者

2024年8月10日

目　录

第一编　儿童文学的原理

第一章　儿童文学概述 ………………………………………………………… 3
第一节　儿童文学的相关概念 ……………………………………………… 3
第二节　儿童文学的基本文体 ……………………………………………… 7

第二章　儿童文学的特征和功能 ……………………………………………… 9
第一节　儿童文学的特征 …………………………………………………… 9
第二节　儿童文学的功能 …………………………………………………… 19

第三章　儿童文学与儿童教育的关系 ………………………………………… 25
第一节　幼儿文学与幼儿教育的关系 ……………………………………… 25
第二节　儿童文学与小学语文教育的关系 ………………………………… 27

第二编　儿童文学创作的原理

第四章　儿童文学创作的规律 ………………………………………………… 33
第一节　儿童文学创作的特点 ……………………………………………… 33
第二节　儿童文学创作的系统 ……………………………………………… 35
第三节　儿童读者对儿童文学创作的制约 ………………………………… 38

第五章　儿童文学的创作过程和要求 ………………………………………… 43
第一节　儿童文学的创作过程 ……………………………………………… 43
第二节　儿童文学的创作要求 ……………………………………………… 45

第六章　培养儿童文学的写作素养和创作能力 ……………………………… 48
第一节　培养儿童文学的写作素养 ………………………………………… 48
第二节　培养儿童文学的创作能力 ………………………………………… 57

第七章　儿童文学的文体创作 ………………………………………………… 63
第一节　儿歌创作 …………………………………………………………… 63
第二节　儿童诗创作 ………………………………………………………… 76

第三节	儿童散文创作	87
第四节	儿童故事创作	98
第五节	童话创作	115
第六节	儿童寓言创作	135
第七节	图画故事创作	144
第八节	儿童小说创作	154
第九节	儿童科学文艺创作	165

第三编　儿童剧的创编和表演原理

第八章　儿童戏剧的创作 …… 181
- 第一节　戏剧和儿童戏剧的概念和特点 …… 181
- 第二节　儿童戏剧的分类 …… 187
- 第三节　儿童戏剧的创作和改编 …… 189

第九章　儿童戏剧的导演和表演 …… 198
- 第一节　儿童戏剧的导演 …… 198
- 第二节　舞台美术设计 …… 203
- 第三节　演员及其创作素质 …… 207
- 第四节　儿童戏剧表演 …… 212
- 第五节　儿童戏剧教育与指导 …… 217
- 第六节　儿童戏剧剧本大纲创作实训 …… 220

第十章　儿童影视剧的创作 …… 224
- 第一节　儿童影视剧的概念和特征 …… 224
- 第二节　儿童影视剧的分类 …… 228
- 第三节　儿童影视剧的创作 …… 231
- 第四节　儿童影视剧作品分析 …… 240

参考文献 …… 245

第一编
儿童文学的原理

第一章 儿童文学概述

第一节 儿童文学的相关概念

一、儿童的概念

要给儿童文学下定义，先要明确"儿童"的边界。

《儿童权利公约》规定：儿童是18岁以下的任何人。为了更准确地治病救人，医学领域将一个人的年龄段划分为婴儿期（0～1岁）、幼儿期（1～3岁）、儿童期（3～12岁）、青少年期（12～18岁）、成年期（18～60岁）和老年期（60岁以上）等。心理学领域将0～17/18岁的自然人划为儿童[①]。

虽然研究儿童的各种理论多将儿童定义为0～18岁的未成年人，但对于16岁及以上的"儿童"要求并不同，其已经被作为成人对待。从实际的身心发展状况来看，16～18岁是从儿童过渡到成年人的模糊阶段，这个年龄段的"儿童"身心特点更接近青年，其年龄特征与大家普遍认可的0～15岁的儿童有着显而易见的区别。

因此，本书中所述的"儿童"主要指0～15岁的儿童。16～18岁的"儿童"作为准成年人，适应其审美心理和期待视野的文学作品，从形式、内容到特征都逐渐与成人文学融合，因此，本书就不重点研究讨论了。

二、儿童文学的概念

儿童文学是专门为0～15岁儿童创作的文学作品的总称。儿童文学由儿童和文学两个词语复合而成，却不是儿童、文学的简单加法，首先它是文学，然后是儿童的文学。

儿童文学是文学，是文学大母体中的一分子。既然是文学，就要遵守文学艺术的一般规范，即以语言为物质手段来塑造形象、反映社会生活、表达作者的思想感情；既然是文学，就要通过典型的艺术形象、曲折的故事情节和有趣的生活画面来反映生活，以唤起读者的审美情趣，因此，形象性、情感性和语言表现的间接性是它们的本质特征。

但是，儿童文学与成人文学之间又有明显的界限和区别。儿童文学，不仅要适合儿童的审美心理和趣味，还要适应不断生长着的儿童在不同年龄段的不同需求。用饮食打个比方，人都需要从食物中汲取营养以生存，但是成人和婴幼儿的饮食显然是不一样的，应各取所需，各有侧重。儿童文学和成人文学之间尽管关系非常密切，息息相关，但是它们既然独立存在，为自己特有的读者对象服务，就自然而然地形成既有相关性又有区别

---

① 刘金花.儿童发展心理学[M].上海：华东师范大学出版社，1997：6.

性的特点。

儿童文学与成人文学相互守望而又界限分明,并且随着儿童的年龄增长,为适应其阅读欣赏水平的提高而不断丰富的儿童文学与成人文学也相应地逐渐融合,这就使儿童文学呈现出越是低龄段越具有儿童文学本色的特质。

读者的年龄特征既是儿童文学与成人文学的区别,也是其内部产生分化的主要原因。儿童文学有广义和狭义之分。广义的儿童文学是针对成人文学而言的,指以0~15岁的儿童为读者对象,为吸引、培养他们对文学的兴趣和鉴赏力而专门创作,并适合他们听赏、阅读,具有独特艺术性和丰富价值的各类文学作品的总称。狭义的儿童文学则专指为7~12岁儿童创作的文学,有人称为童年文学。0~15岁儿童有自己的"世界"。他们对文学作品有其特殊要求,文学作品在题材、情节、表现手法、装帧、插图、开本、印刷等方面都应适合其接受水平。儿童文学本身就是根据读者年龄特点对文学进行的分类。儿童文学的特点是由其特定的读者决定的。

(一)儿童文学必须是儿童的文学

儿童文学不仅具有文学的一般属性,而且具有自己的个性,即儿童属性。儿童文学是作家适应儿童读者的审美需要而创作的文学。"儿童文学不等于写儿童的文学。写儿童的不一定都是儿童文学。儿童文学应该是:为儿童而写的文学。"[1]作家在创作时必须考虑到儿童读者的审美需要和接受能力,使作品的深浅程度与儿童感知事物的规律、年龄特点取得一致。

(二)儿童文学是儿童能接受的文学

儿童文学必须是儿童能理解、接受的文学。凡是给儿童造成理解障碍、儿童接受不畅的作品,都不属于儿童文学的范畴。有些作品虽然描写的是儿童生活,但却以成人视角去欣赏、赞叹儿童的童真童趣,只能称之为儿童题材的作品;不是为儿童创作的,或者即使是为儿童创作的,却因为表现手法的成人化而导致儿童难以接受的作品,也不属于儿童文学作品的范畴。

儿童文学必须是"为儿童"的文学,必须是儿童能接受的文学。儿童文学对题材、主题、情节、结构、形象、表现手法等有特殊要求,要求作家在尊重各年龄段儿童的心理特征、审美要求、欣赏趣味的基础上,将自身的审美意识与儿童的审美意识有机融合,创造出既有别于成人世界,又不完全等同于儿童世界的优秀作品,这样才能既为各年龄段的小读者喜闻乐见,又有利于提高他们的欣赏水平。

三、儿童文学分期

儿童文学根据儿童身心发展的不同而有分期,这是它有别于成人文学的一个重要特征。

儿童的心理发展是一个循序渐进、逐步完善、呈螺旋式上升的成长过程,有其自身的

---

[1] 洪汛涛.洪汛涛童话论著·童话学[M].修订本.武汉:长江文艺出版社,2018.

特点。按照皮亚杰的儿童心理发展理论,儿童思维的发展可划分为四个阶段,即感觉运动阶段(2岁以前)、前运算阶段(2~7岁)、具体运算阶段(7~11岁)、形式运算阶段(11~15岁)。

心理学上针对儿童不同时期的生理和心理变化将其划分为不同阶段,儿童文学顺应这个标准,也以儿童读者的年龄特征为序,由低到高大体上分为婴儿文学、幼儿文学、儿童文学、少年文学四个层次。这样划分是由年龄特征、文化程度和社会环境等因素共同决定的。试想,抱在怀里的婴儿和幼儿园的小朋友能读十来岁儿童喜欢的书吗?而小学一二年级的学生能读初中生喜欢的小说吗?反过来说,初中生会喜欢低幼文学作品吗?

(一)婴儿文学

1. 0~1岁的乳儿期

乳儿期的发展任务是让孩子形成信任。如果孩子的家长能提供无微不至的关怀,并给予充分的情感上的交流,孩子则会对周围世界形成信赖感,产生安全感。为了安抚情绪,摇篮曲可以营造一种温馨安全的氛围,助初生乳儿形成信赖感。摇篮曲作为人一生中最早接触到的文学样式,从孩子出生开始即伴随着父母绵延温润的慈爱流淌,其所带来的安全感将滋养孩子整个生命过程。除此之外,随着乳儿身体渐渐长大,训练感统和协调能力的各种游戏、歌谣渐次出现。乳儿期的文学以儿歌尤其是母歌为主。

2. 2~3岁的婴儿期

2岁左右是儿童的表象出现的时期。2岁左右的孩子开始出现心理活动,有了想象和思维活动。这些都属于高级认识活动的萌芽,由此他们的认识能力发生质的变化,从混沌开始走向清明。这时孩子有了自我意识,其发展任务是变成自主的人。他们学会说"我",开始知道自己就是"我"了,知道自我的力量,会用语言指挥别人;出现了自我行动的意愿,表现为坚持自己的主意,不听从父母的要求和意见,常说"我自己来""我自己拿"等,渐渐出现占有意识。此外,随着自我意识的萌芽,孩子也会出现新的情感萌芽,如自豪感、自尊心、羞愧感、同情心等。这个时期家长如果能顺应孩子"让我来做"的要求,满足孩子渴望自己独立进行衣食住行方面的活动和探索外部世界的愿望,孩子将会摆脱依赖状态,产生自主的欲望与信心。为了配合此时期孩子的特定心理,满足其强烈的探索和求知欲,以及对口头语言表达的强烈兴趣,婴儿文学为他们提供了各种有趣的儿歌、童诗、结构简单的故事、童话和绘本等。2~3岁的孩子能听赏带有故事情节的儿歌和童诗,观看一些画面简单、色彩鲜艳的绘本等。

(二)幼儿文学

幼儿文学,也叫幼年文学,是以4~6岁的儿童为接受对象,为促进他们健康成长而创作或改编的适应其审美需求的文学。这一阶段的儿童,活动范围窄小,认识能力和生活经验极为有限,知识贫乏、零碎,对事物的认识是表面的或者是片面的,只能根据事物的具体形象产生基本初浅的分析、综合能力,对具体形象易于形成对应关系,理解形象的本质和规律却很难。同时,此时期的幼儿还谈不上有真正意义上的意志活动,活动往往凭个人兴趣、一时的喜怒哀乐和短暂的愿望,以游戏为基本活动;达到目的的手段也是低层次的,失败的情况很多。因此,在阅读作品时对于人物的行动主要根据趣味如何而不是以有无积极意义来判断。就情感方面来看,社会性情感微弱。

因此,幼儿文学主要是通过对现实世界的简单描绘,帮助幼儿认识客观事物,开阔眼界,发展想象力。同时,特别注重趣味性和娱乐性,人物形象和情节结构较为简单。体裁主要有儿歌、幼儿诗、幼儿童话、幼儿故事、幼儿戏剧等。

(三)儿童文学

此处所讲的儿童文学是指狭义的儿童文学,也叫童年文学,是为7~12岁儿童创作的适合其审美心理和情趣的文学作品的总称。这一阶段的儿童,好幻想,爱探索,喜新奇,以学习为基本活动。他们不满足于已知的事物,学校的系统教育使他们具备了初步的阅读能力,通过自己的阅读能获取更多的知识;喜欢欣赏人物形象鲜明、故事性和趣味性都较强的文学作品,体裁主要有童诗、散文、童话、儿童小说和科学文艺作品等。

(四)少年文学

少年文学是专门为13~15岁的少年服务的文学。少年阶段是人生中一个特殊的阶段,该阶段正是从幼稚期向青年期过渡的时期,情绪不稳定与性开始发育是突出的特点,也是其世界观、人生观、价值观形成的关键时期。少年文学因此注重美育和引导,创作方法以现实主义为主,并适当引入成人文学的一些表现技巧;人物以塑造具有当代意识的典型形象为主,着重揭示人物性格的丰富内涵;体裁主要有少年诗、散文、少年小说、报告文学、寓言和科学文艺作品等。

年龄特征所带来的儿童读者的文学接受能力和趣味的分化,意味着每一年龄阶段的儿童读者都要求拥有属于自己的独特的文学空间,这是客观事实。适应不同年龄阶段儿童阅读能力和审美趣味的婴儿文学、幼年文学、童年文学、少年文学,也就各具独特的审美价值和艺术品性。就像儿童文学具有成人文学所无法替代的审美个性一样,儿童文学内部的婴儿文学、幼年文学、童年文学、少年文学也是彼此无法替代的。虽然四者互相渗透、相辅相成,而且它们之间有共同的特征,如注重题材的选择,注重寓教于乐的表达方式,注重语言的幽默风趣、规范与多样化等。但是四者更具有不同的特点。在儿童文学的这四个层次中,儿童文学的特色是逐渐递减的,这是因为越是低龄化,其对文学的适龄性要求就越严格,其儿童文学的特色就越鲜明。"儿童读者从幼年到童年到少年,在这一年龄增长的过程中,其总体的儿童特征逐渐淡化、消失,而总体的成人特征逐渐强化、明显。反映在供给他们阅读欣赏的儿童文学作品也相应地出现这种变化,即儿童文学自身的总体特点愈来愈淡化以至于消失,而成人文学(主要是指青年文学)的总体特点愈来愈强化以至于完全取而代之。"①因此,有理由认定,幼年文学和童年文学是儿童文学中特色最鲜明、个性最突出的文学。

---

① 黄云生.一个被误解的文学现象——关于幼儿文学及其理论的思考[J].浙江师范大学学报(社会科学版),1990(4):31-37.

学界一些研究者将婴儿文学与幼年文学合二为一，本书也持这种观点，将其合并称为幼年文学。因此，本书所谓儿童文学，分为幼年文学、童年文学、少年文学。

四、儿童文学与儿童读物的区别

儿童文学中常配以大量的图画，人们容易把儿童读物和儿童文学混为一谈，其实这是两个不同的概念。

首先，儿童读物虽然也具有适合于儿童的特点，但它并非都具有文学属性。儿童读物实际上是适宜儿童阅读（或听赏）的各种图书的总称，其含义比儿童文学广泛得多，比如帮助幼儿看图识字、向他们介绍社会和自然知识的书籍都是儿童读物，而儿童文学只是读物中的一个种类，它形象生动，深受幼小读者的欢迎，因而在整个儿童读物中占有重要的地位。

其次，儿童读物的编写、创作有明确的教育立场，它是按照儿童教育的需要来制订编写计划的，儿童读物可以提供相应的音乐、美术、体育、常识、语言等教育的材料。因此，编写儿童读物比较注意年龄和内容的针对性。儿童文学的创作虽然也考虑儿童各年龄段的接受能力和接受特点，但内容指向一般没有具体、细致地划分为音乐、美术、体育、常识、语言等领域，它注重的是文学性和形象的整体性、直观性及审美性，创作时不能单从某种理念、哲理出发去编故事，也不能为了进行某种教育而构思简单化、公式化、语言粗糙的作品，必须具备文学的美感。

第二节 儿童文学的基本文体

文体即文学体裁，是文学作品存在的样式。儿童文学除具有审美功能之外，还具有多种其他功能，因此，它的体裁也丰富多彩，如此才能满足不同年龄段儿童的各种要求。如儿童诗歌的样式丰富，功能也多样，抒情诗可以培养美感，故事诗能阐明生活观念，童话诗能发展想象力，科学诗可以进行知识教育。诗歌也可供儿童朗诵，陶冶性情。其他体裁，如儿童故事是进行道德教育和知识教育的形象的教材；童话则通过丰富的幻想来反映现实生活，可以促进儿童想象力的发展；儿童戏剧可供儿童表演，丰富口语表达的技巧，也可满足儿童自我表现的需要。

一、儿童文学的体裁特点

儿童文学其体裁具有鲜明的特点。

（一）随时代发展不断丰富

儿童文学的体裁随着时代和科技的发展而不断演变。儿歌、童话作为儿童文学中最古老的两种文体形式，是在古代的育儿环境和幼儿的游戏环境中形成的。在印刷业落后的古代，它们是人类对儿童进行启蒙教育的主要形式。随着社会文明程度的提高，尤其是科学技术的发达，儿童文学的体裁也越来越丰富。如科学文艺作品是现代科技成果综合运用的产物；报告文学辐射到儿童文学领域，产生了儿童报告文学；故事图画书的出现是现代彩色印刷技术发展的结果;近年来在儿童书市场上不断出现的异形书、立体书、香味书等,更是丰富了儿童文学的体式。

(二)各种文体的重要性不同

各种相近的文体在儿童文学中的重要性是不一样的。例如,小说在童年文学和少年文学中十分重要,但在幼年文学中它与故事的区别不大;再如寓言,幼儿对其哲理并不能很好地理解,他们大都当成童话来读;报告文学在少年文学中举足轻重,而在童年文学中还不多见。反之,儿歌、图画故事书(绘本)是幼年文学中十分重要的文体,在少年文学中则居于次要的地位。

(三)不同文体的适应性不一样

儿童文学的体裁分类还必须考虑儿童的接受特点,其中以婴幼儿的接受方式最为特殊。婴幼儿接受文学主要以听赏的方式进行,他们要么吟诵于口,要么聆听于耳,要么表演于游戏之中。这些接受特点需要不同的文学样式加以适应,实际上都可以在儿童文学中找到对应的文体:儿歌、童诗因其富于音韵、节奏,可供幼儿唱诵;幼儿散文、幼儿童话、幼儿故事因其情节生动可供幼儿听赏;幼儿戏剧和影视剧因其游戏性质,可供幼儿观赏和扮演角色。以此类推,儿童和少年有各自喜爱和适应的文体。

二、儿童文学的体裁分类

儿童文学的体裁一般是在成人文学四分法(诗歌、小说、散文、戏剧)的基础上增加儿歌、童话、寓言、故事、科学文艺等几种文体,将这几种文体单列是出于这样的考虑:儿歌、童话专属于儿童文学领域;寓言、故事、科学文艺虽然成人文学中也有,但在儿童文学中的地位更突出,且成人文学中的四大门类并不能涵盖这几种文体。儿童文学的体裁大致可分为以下三个大类。

(1)唱诵类:儿歌、儿童诗、散文。
(2)讲述类:童话、寓言、故事、科学文艺作品、小说。
(3)综合类:图画故事(绘本)、儿童戏剧和儿童影视剧。

任何文体的分类都是相对的,儿童文学里各种文体交叉的情形并不少见。如童诗中有寓言诗、童话诗、散文诗,儿童戏剧中有童话剧、寓言剧、科普剧等。在同类文体中,相互融和的情形更普遍,有的童诗吸收了民间儿歌的特征,有的故事采用了童话的表现方法,它们之间有时很难区分开。

探究·讨论·实践

1. 为什么儿童文学特别强调文学性和儿童性的统一?
2. 儿童文学的体裁具有多样性的原因有哪些?
3. 请你到图书市场去查找儿童图书的各种样式,看能不能发现更新颖、有趣的儿童图书。你也可以发挥创造力,运用你手边的现成材料自己制作或者发明一种新的儿童图书样式。

第二章 儿童文学的特征和功能

第一节 儿童文学的特征

儿童文学应具有"儿童"和"文学"的双重属性,其对题材、主题、情节、结构、形象、表现手法等都有特殊要求,因此具有鲜明的文本特征和美学特征。

一、儿童文学的文本特征

(一)主题鲜明、单纯、浅显

主题是通过作品的全部内容表达出来的基本观点,它是作者根据自己的生活感受,从题材中加工提炼而成的、生活暗示给他的一种思想。儿童尤其是低幼儿童的生活经验少、辨别能力差,对是非的判定还处于非常幼稚的水平,"好"和"坏"是他们评判人物和是非的尺度。他们对隐晦、复杂的主题通常不能体会和理解,有时甚至只注意情节,对作品的主题思想不太关心。因此儿童文学作品的主题一般较为单纯、浅显且鲜明,能让儿童直观地明白"什么是美""什么是丑""什么是好""什么是坏""为什么好""为什么坏"或者"应该这样""应该那样"等。

比如,任溶溶的诗歌《小孩、小猫和大人的话》主题浅显、鲜明,可以让儿童学会辩证、全面地看问题。圣野的《手套》主题也很单纯,即要珍惜朋友。

当然,鲜明、单纯的主题并不是简单的文字的附加物,也不是"故事+主题=作品"的简单模式,更不是借作品中的人物来讲道理。儿童文学同样讲究文学的形象性和美感,主题需要隐匿于形象之中,有待读者去感悟。比如安徒生的作品,其基本思想和教训融于生动曲折的童话故事里,读者要用生活经验去感悟和升华才能更好地理解。《丑小鸭》中并没有单纯说教的句子,但主题思想是很明确的,结尾处丑小鸭听到人们赞扬它是最美丽的天鹅时,有一段心理描写形象地点明了主题。

"他一下子觉得不好意思起来,把头转了过来,躲到翅膀下面。他自己也不知道该怎么办了;他太幸福了,可是却一点儿也不傲气,因为善良的心是永不骄傲的。他想到,他怎样被追赶、欺侮,而现在又听大家说他是最漂亮的鸟当中最漂亮的一只。丁香的绿枝一直垂入水中,太阳照射得暖和舒服极了,于是他扇动着翅膀,把修长的颈子挺起,他有一种发自内心的喜悦:'在我还是一只丑小鸭的时候,我连做梦也没有想过有这么多的幸福!'"

这个结尾意味深长,历经磨难的丑小鸭变成天鹅后的喜悦不仅满足了儿童听故事追求完满的心理,而且还寄予了作者对人性的深厚希望,鼓励儿童要不懈地追求理想,只要坚持,最后就会得到幸福。

儿童文学作品的主题与形象是水乳交融的,正如洪汛涛的比喻:"中药房里的药酒,是将中药浸在酒里慢慢泡成的。儿童文学作品的思想性,应该像制药酒那样,把教育意义浸在作品里,让它慢慢地散发。"①

因为充分考虑到不同年龄段儿童的接受能力,所以儿童文学作品的主题鲜明、单纯、浅显,充分体现了"儿童"特色。

(二)情节曲折,结构完整

因为儿童多喜欢听生动、有趣的故事,所以,儿童文学作品中有情节的作品占多数,叙事的成分也较多,即便抒情类的诗歌也有很强的叙事性,更别说叙事类的散文、童话、故事了;同时,为适应儿童注意力容易分散、记忆力也较差这些特点,儿童文学作品在结构上条理清楚。尤其是幼儿文学作品,叙述时一般尽量使用顺叙的方法,极少用插叙、倒叙和补叙;常常一条线索贯穿到底,避免多条线索同时进行;基本保证情节的首尾完整,忌讳平铺直叙,特别注意营造起伏跌宕的效果,常常采用三段法或者回环式的结构,最大限度地引起儿童的注意,提醒其记住故事的主要线索。

这样的结构方式贯穿儿童文学作品的始终,只不过随着儿童年龄的增长,在顺序结构的基础上,适当运用倒序、插叙、补叙等叙事手段加以丰富,但总体上讲究首尾完整、故事情节曲折生动的风格不变。儿童文学的结构通常有以下几种。

1. 纵式结构

纵式结构即通常所谓的顺叙法,或按照某一件事件发生、发展的自然进程叙述,或按照某一人物的经历变化来写,或按照某一事物的产生的自然进程进行描写。例如,瓦茨的《卡罗尔和她的小猫》。

2. 横式结构

横式结构即按照空间顺序将若干前后并无直接联系的生活场景或情节并列安排,从不同侧面或者角度表现主题。如《好运气的猎人》:田埂上有 13 只野鸭,12 只一排,猎人一枪穿透 12 只,子弹碰上岩石,又打到了第 13 只;猎人跳进河里,脚下一滑,抓住岸边的一根树枝,原来是一条兔子后腿,上岸后兔子腿蹬出土豆,猎人回到家还从裤筒里倒出 50 多条泥鳅。猎人运气真好!

3. 对立式结构

对立式结构是从对立的两个方面来组织情节,对立的因素有正反、左右、前后、上下等,它们的相互对比有利于情节的展开和人物性格的对照。这样的结构比较符合儿童在对比中清晰地认识事物并把握事物的发展规律的心理特点。比如,圣野的《雷公公和啄木鸟》。

4. 三段式结构

三段式结构也叫三段法,或者三迭式结构。三段法是古今中外民间文学常用的结构技法。它在安排作品情节时,让表现人物活动和事件的重要线索及情节反复出现三次(或者更多次),以突出情节的曲折。"三"在我国传统文化里是一个意味深长的数字,在文化意义上并不完全只指确数"三",本身还有"多"的意思,有人把重复三次以上的结构

---

① 洪汛涛.儿童·文学·作家[M].郑州:河南人民出版社,1982:11.

叫作连环式或者多段式,即在三段式的基础上再一环扣一环地向前发展,反复多次,直到故事结束为止。

比如托尔斯泰的童话《一颗小豆》,讲一只公鸡在地上扒出一颗小豆,吃的时候小豆噎在喉咙里不上不下,只好让母鸡到小河那里讨点儿水来,好把小豆冲下去。母鸡去小河边向小河说了讨水的原因,小河让母鸡去菩提树那里讨张树叶来,母鸡对菩提树说了公鸡与小河的要求,菩提树又要母鸡到小姑娘那里讨一根线,小姑娘又要母鸡到木梳匠那里讨把木梳来,木梳匠又要母鸡去面包师傅那里讨些面包来,面包师傅又要母鸡去砍柴人那里讨点儿木柴。这样一环套一环,每次母鸡到一个新地方都要把前面的情节叙述清楚,最后到砍柴人那里,母鸡的话就累加得非常啰唆、非常稚拙了,而且情节又被逆着重复了一遍,以此来加强儿童对这个故事的记忆。

三段式结构通常有如下表现。

(1)同一情景多次出现。

比如黄庆云的诗歌《摇篮》就是同一情景反复出现的典型。夏辇生的散文《月牙儿,一晃一晃》也是这样,"月牙儿,一晃一晃"在这篇散文里既是线索,也是抒情的对象,这一情景反复出现,表达了作者对月牙儿的无限神往和赞美之情。它是冰灯,是小船,是宝宝的摇篮和秋千,一弯平常的月牙可以变幻出如此多的意象,这样变换着角度反复联想,生出新意象,可以启发儿童的想象力。不断地反复这一情景,还使散文产生了深远的意境,因而韵味无穷。

(2)同一情节多次递进。

同一情节多次递进即在相同的情节叙述中分别加上一点儿不同的内容,促进情节发展,让同质的内容数量不断叠加,最后发生质变——情节逆转,然后收尾点题。例如普希金的童话诗《渔夫和金鱼的故事》里不断索取的渔翁妻子。再如托尔斯泰的童话《金鸡冠的公鸡》讲从前有一只猫、一只画眉鸟,还有一只公鸡——金鸡冠的公鸡,它们一起住在树林的一间房子里。这只金鸡冠的公鸡在猫和画眉鸟出门去砍柴,独自看家时,连续三次上了狐狸的当,被狐狸抓去差点儿被吃掉。每次猫和画眉鸟出门时都交代他:"你在家好好看门,要是狐狸来了,千万不要把头伸到窗子外面去。"每次都是猫和画眉鸟刚走,狐狸就来了,对着公鸡花言巧语地唱歌,公鸡每次都上当,然后猫和画眉鸟急急忙忙把它救回来。三次上当的大概情节差不多,但并不是完全重复,每次都有变化,属于递进关系。第一次狐狸对公鸡反复唱一段:"公鸡啊公鸡,金鸡冠的公鸡,你的脑袋油光光,你的胡须丝一样,你把头伸出窗口,我给你吃颗小豆。"公鸡上当了,被狐狸抓去,是猫和画眉鸟及时赶到把它救出来的。吃过一次亏后,猫和画眉鸟再次出门时严厉地叮嘱公鸡不要听狐狸的话,不要再把头伸出窗外。于是公鸡不再轻易上当。第二次狐狸来时,唱完上面这段溢美之词后,见公鸡不理它,接着又唱:"孩子们跑啊跑,麦子撒了一地,母鸡把它们捡起来,就是不给公鸡。"公鸡忍不住了,把头伸出窗口着急地问:"喔喔喔!干吗不给?"第二次又上当了。第三次狐狸又来骗公鸡,唱完上面两段公鸡一声不响,狐狸又接着唱道:"人们跑啊跑,核桃撒了一地,母鸡把它们捡起来,就是不给公鸡。"这次公鸡又上当了,第三次被狐狸抓去。

每一次情节的反复都有新的内容加进去,如果是完全一样的情节重复,儿童就不会有欣赏的兴趣。如上述作品中狐狸引诱公鸡的几段歌词,既提示了情节,又能够增强儿童对这个至关重要的线索的注意,起到加强记忆的作用。

(3) 多个人物多次描写。

同一情节反复出现可以加强记忆,引起儿童对主要故事情节的注意。但是同一情节重复出现不会吸引人,而且也不能推动情节发展。因此,每重复一次就加一点儿内容,相同情节叠加,不同内容推动故事向前,共同造就儿童文学特有的一波三折的"曲折韵味"。比如,方轶群的《萝卜回来了》就是这样,在差不多的情节中设置了小白兔、小猴、小鹿、小熊等动物多次进行描写,突出这几个好朋友高尚的品质。

(三) 人物形象鲜明,外部特征突出

由于儿童感知事物表象的能力较强,容易抓住事物的外部特征,所以儿童文学作品很少塑造沉静、呆板的形象,人物的外部特征一般都生动突出、活灵活现,这样不仅可以吸引儿童的注意,还可以帮助儿童理解人物的内心世界和作品的意义。又因为儿童模仿能力强,分辨能力差,所以儿童文学作品塑造的形象一般都是正面形象,不会过多地写反面的内容。同时,儿童的知识、经验有限,难以理解具有复杂性格的形象,因此,儿童文学尤其是幼儿文学作品中类型化的形象较多,即"好人"和"坏人"分明。

(四) 语言通俗易懂、优美动听

语言的本质特征是交际性和工具性,儿童学习语言的目的在于使用语言与他人交流思想、信息和情感,也在于学会一种理解外部世界、表达自己对外部世界的认识的方式。所以,语言既是儿童学习和交流的工具,也是他们的学习对象。

心理学研究表明,儿童语言的获得与发展遵循一定的规律。学前期是幼儿口头语言获得的关键时期,所以,口语学习是学前儿童教育的重要内容。到了儿童阶段,是对语言形式、语言内容和语言运用的综合习得;小学语文教材中,儿童文学作品占80%以上的内容,成为儿童学习语言最好的媒介。儿童文学作品的语言因此具有以下特征。

1. 适龄性

儿童文学与其他文学类型最显著的区别是其具有适龄性:根据儿童读者的年龄差别,儿童文学的语言在难易程度上要有梯度和变化。

首先,具有可接受性。作品的语言必须是儿童能理解的,否则,儿童文学的所有价值都不可能实现。其次,具有阶段性。婴幼儿、儿童、少年的语言发展能力和理解能力是不一样的,呈现出从低到高的发展趋势,文学语言也应具有从易到难的变化趋势,从遣词造句到篇章结构都要适应各阶段儿童的语言发展特点。再次,具有超前性。文学欣赏作为一种审美教育,必须遵循教育的规律,提供给儿童作为语言示范的作品一定要具有超前性,可以不断提升儿童的语言表达能力和审美能力。最后,具有多样性。语言的魅力在于自身具有多样性,不同的人说不同的话,同样的人也可以说不同的话;不同的感情有不同的表达方式,相同的感情也有不同的表达方式;轻重缓急、抑扬顿挫,都有不同的韵致。

所以,口头语言与书面语言、日常生活语言和文学语言,在儿童文学作品里都应有所体现。

2. 可听性

为了能给儿童留下深刻的印象,儿童文学的语言应具体形象、节奏感强,尽量描写儿童可知可感的事物。不同阶段的儿童接受文学的方式不一样,对语言的要求也是不一样的。比如,幼儿通过听觉来接受文学的方式决定了幼儿文学的语言特质是口语化的,必须浅显明白、通俗易懂,在幼儿所掌握的词语范围之内讲述。即使是面对成人,在口语表述时也应尽量避免使用长句和生僻词语,因为长句对于以流动方式接收信息的听觉不容易保留和储存,而对生词的思考会中断信息的接收,影响内容的完整性。儿童和少年逐渐从"听赏"转换为"阅读"文学作品,完成了从口头语言向书面语言的转化,但从表面形态来看,儿童文学的语言总体上仍具有以下几个特点。

(1) 浅显明白,通俗易懂。

词汇准确且浅显,句型简单,尤其是婴幼儿文学,通常使用主谓句和动宾句,每个句子的字数一般不超过10个。

(2) 节奏鲜明,朗朗上口。

儿童的乐感很强,其天生对音乐的敏感性使得作家在创作时有意地在语言里融进一些音乐元素;节奏鲜明、音韵和谐是儿童文学语言的共同特征。诗歌类作品自不必说,就是叙事类的散文、童话、故事等也常常安排一定分量的韵文,或者通过重复某些特殊的句式、段落来突出音乐性;押韵、反复、叠音、叠韵、拟声词、排比等都是塑造儿童文学语言的音乐美常用的手段。

3. 可视性

形象生动是文学语言的基本特征,这是由文学的形象思维方式决定的。儿童的特殊性使得儿童文学的语言更要彰显这一特点。每一个词、每一句话、每一段文字都要求尽量形象化,鲜明、生动地刻画人和物的色彩、形状、声音、动作、神态等,使儿童有身临其境的感觉。因此,为了增强语言的形象性,摹状、比喻、拟人、夸张等修辞手法在儿童文学中运用得非常普遍。佟希仁的《彩色的雨》运用了多种表现手法来描绘夏天的雨从高高的天上飘下来的情景,结构上首段和尾段的内容几乎相同,首尾呼应,抒情味浓厚;中间段落反复使用拟声词"哗哗"开头,仿佛雨声就在耳边,形成回环往复的音乐效果;多次运用比喻,使形象具体生动;在色彩上也很符合儿童文学语言的特色,将鲜艳的红、紫、绿和橙黄等色彩大块地呈现在儿童的眼前,意象鲜明。这篇散文有声有色、优美生动,完全得益于作者出色的语言表现力。

二、儿童文学的美学特征

儿童文学的美学特征是指那些相对于成人文学来说,在儿童文学中表现得更为普遍、更为集中、更为典型的艺术品性,这些艺术品性与儿童的生命内蕴、精神特征之间有着更为深刻的内在联系。

(一)单纯稚拙的童真美

童真美是儿童文学独有的美,是纯洁、真诚的心灵在作品中的艺术表现。它所展现的是一种至纯至真的美。儿童尤其是幼儿的心灵单纯而明静,他们因为不谙世事而真诚地对待周围的一切事物,这成为儿童文学作品童真美的客观来源。儿童纤尘不染的童真得到许多作家的热情讴歌,而表现儿童生命、儿童世界的纯真之美,也成为儿童文学作家自觉的追求。

美国作家艾诺·洛贝尔的童话集《青蛙和蟾蜍好朋友》讲述了性情开朗、性格外向的青蛙和性情忧郁、性格内向的蟾蜍之间纯洁、动人的友情故事。《寄给蟾蜍的信》中,蟾蜍因为从未收到过信而难过,青蛙得知后立即回家给蟾蜍写了一封信,并请蜗牛把信送给蟾蜍,然后又去蟾蜍家与蟾蜍一起等信。当信迟迟未送到时,青蛙忍不住将实情告诉了蟾蜍。直到第四天,行动迟缓的蜗牛才终于把信送到蟾蜍家。青蛙和蟾蜍之间纯真的友谊纤尘不染,读后让人忍俊不禁而又感动至深。儿童文学中的"真"更多涉及的是现象上的"真",而非具体形象背后深层次的本质规律。

再如范田华的《夜晚,小河里的星星》,描绘了一个宁静的夜晚星星倒映在小河里的情景。作者只是就表面现象来想象:天上星星下来和小鱼做游戏,星星、小鱼都被"我"扔下的一颗小石子"吓得四面乱游",这个意象回避了平静的水面倒影成像的原理,反而体现了幼儿纯真美好的心灵里流淌出的盎然诗意。

事物的内在本质规律有时在儿童文学中也会涉及,只是这种本质规律常常与具体形象紧紧相连,单一明了,易于儿童理解。如黎焕颐的《春妈妈》写了春天和花的内在关系,为了说明这种内在关系,用儿童能接受的具体形象来比喻:春天是妈妈,花是孩子,孩子吮吸妈妈的雨点,便茁壮成长。孩子吸吮了妈妈的乳汁才能长大,而花朵肯定也有自己的妈妈。这与儿童已有的成长经验相关,易于儿童理解并产生美好的想象。

在此我们着重分析儿童文学所具有的稚拙美。稚拙美是儿童文学天然拥有的美学特点,是儿童文学最富魅力的美学特征之一。稚拙美是稚嫩、纯朴、清新、淡雅,是不加雕饰、毫不做作,它展示的是一种质朴的、原始的、有悖于常情常理,却异常透彻、异常明净、异常独特的美。

稚与拙是儿童心智未开时固有的天性。儿童文学作品中所表现的稚拙是对儿童天性的升华,是对儿童独特心理的艺术把握和再现。日本作家中川李枝子的童话故事集《不不园》很具稚拙美,该故事集以四岁男孩茂茂为主人公,表现了孩子天性中很多独特的心理活动。有一次,茂茂被大狼抓住,大狼想吃茂茂,但看着脏乎乎的茂茂,又担心吃了脏东西会肚子疼,于是点火、烧水、找肥皂、毛巾,准备将茂茂洗干净再吃,结果让茂茂逃跑了。作品中的稚拙与童趣,为作品平添了艺术魅力。

儿童文学的稚拙美既表现在内容上,也表现在形式上。在内容上,稚拙美主要表现在儿童心理和生活的稚拙情态和形态上。"妈妈,我打着小伞穿过森林,会不会变成蘑菇呢?"(谢采筏《蘑菇》)"仰着长长的脖子,是不是想亲亲白云?你妈妈最辛苦的活儿,一定是织围巾。"(谢采筏《长颈鹿》)寥寥几笔把儿童对蘑菇和长颈鹿的想象妙趣横生地表现了出来。再如《小猪照镜子》(周锐)中的脏小猪第一次洗干净脸照镜子时被脏镜子搞糊涂了,以后就一直搞不清到底是镜子脏还是自己的脸脏。虽然天天照镜子,却总是脏脸孔,因为他总是想:"这是镜子脏了,我的脸其实是很干净的。"作者在这里呈现出一派稚拙淳朴的儿童生活景象,全然是一种自然、本真的生命意趣的飞扬显现。这种生命初始阶段的稚拙情态是儿童文学稚拙美的主要表现内容。

稚拙美也体现在儿童文学的形式上。儿童文学作品的文字、语言组合和叙述方式的变化可以产生一种稚拙感;情节构成方式的变化,如情节的循环往复、三段式结构等都具有儿童文学特有的稚拙的形式感。例如,嵇鸿的《雪孩子》中的叙述性语言:"不,雪孩子还在呢!瞧,太阳晒着晒着,他就变成很轻很轻的水汽。飞呀,飞呀,飞上天空,变成了一朵白云,一朵美丽的白云。"这里将表示动作、情态的词语不断重复,产生了一种儿童特有的稚拙的口语风格。又如张天翼的《大林和小林》中的叙述性语言:"后来乔乔的鼻子常常要掉下来。后来乔乔说话的时候一不小心,乔乔的鼻子就'咔嚓'掉下来了。乔乔上火车的时候,乔乔的鼻子也掉下来了……"在此,鼻子掉下来的情态由于不断重复的叙述方式,形成了非常稚拙的儿童口语风格。

(二)深入浅出的意蕴美

儿童接受文学的方式首先是听,渐次获得书面阅读能力之后才能自主阅读,畅通无阻地阅读在十岁以后才能慢慢完成。所以,儿童时代的大部分时间尤其是幼儿时代,儿童都是以听赏作为文学接受的主要方式。所以,儿童文学的语言特质是口语化的,必须浅显明白,通俗易懂。但是儿童文学语言的浅显并非浅直、浅白、毫无韵味,追求的是一种深入浅出的韵致和风味。表面的浅显是为了适应儿童的语言解读能力和口语的表达特点,深层的哲学意味却不是一次就能解释透彻的,浅显的语言之下的内涵是深邃的、发人深思的。童年不仅是个体成长的必经阶段,也是人类成长历史的反复再现,更是人类未来发展的基础阶段,儿童文学对儿童的精神引领作用不是一次就能完成的,它是儿童在与文学艺术作品反复交会的过程中不断相互作用,慢慢吸收沉淀之后,内敛为一种认识、审美标准和评价之后再外显为个体自身的素质和修养。所以,优秀的儿童文学作品在处理深与浅的问题时,总是在浅显的语言外表下蕴含着深刻的人生哲理。儿童文艺要把丰富的生活和深刻的真理,通过最浅显易懂的有趣的形式表达出来。

我们来看安徒生的《丑小鸭》,故事里没有深奥的字词,表层意义很浅显,但其深层次的意蕴以及对世态众生相的描绘又是多么深刻而绝妙。这只丑小鸭历经艰险和磨难变成了美丽的天鹅时,安徒生写道:

"只要你曾经在一只天鹅蛋里待过,就算你是生在养鸭场里也没有什么关系。

对于他过去所受到的不幸和苦恼,他现在感到非常高兴。他现在清楚地认识到幸福和美正在向他招手。"

这些平淡的语句饱含作家深沉的人生体验和智慧,浅显的语言蕴藏着作家对儿童最深切的关怀:成长的艰辛与苦难是成就理想人格与人生的试金石,是一笔宝贵的财富。这样深刻的内涵是文学母题里永恒的内容,儿童文学的深入浅出可见一斑。

(三)浪漫温馨的诗意美

诗歌充满浓郁的感情,诗人常常将自己幻化为某个具体的形象,通过想象来抒发深沉的情感。儿童是天生的诗人,他们的泛灵心理、自我中心和具体形象的思维方式,与诗歌的主观性完全吻合。儿童文学作家总是以诗人的眼光、诗人的心灵来披露、描绘儿童富于诗意的世界。比如,由于幼儿接受文学的特殊方式——听赏,幼年文学必须具有浓郁的诗味,语言通俗易懂、朗朗上口、追求韵律本身就有了诗的外部美学特征。再加上幼年文学本身所具有的纯真的情感、丰富的想象、浪漫的色彩,使其从内到外成为充满诗意的浪漫文学。《大海那边》是一篇诗意盎然的散文,美丽的景象、绚烂的色彩、三只小螃蟹对"海那边"的浪漫想象,以及朗朗上口的语言共同营造了一幅温馨的画面:蓝色的大海作为背景在早晨烘托出玫瑰色的朝霞和金色的太阳,美不胜收;中午,白色的轮船鸣着汽笛在蓝色的大海上向远方迅速开去,将人类对远方共有的一份向往留给在沙滩上吹着泡泡的三只小螃蟹;宁静的夜晚,月亮的神秘光芒不仅映照了大海的无边无际,更是在"波浪上仿佛架起了一座银光闪闪的桥,一直从海那边通到海滩上"。这样美丽的自然景色当然激起了儿童无穷无尽的美妙想象,大海的那边"是太阳的故乡""是月亮的故乡",这是多么美丽的幻想啊!文章并未停留于此,最后一句"大海那边到底是什么呢?",这样的追问不仅表达了儿童的好奇心,更是人类对未知、未来的永远追寻。

在描写三只可爱的小螃蟹和突然冒出海面的太阳、疾驰而去的轮船时,作者运用了很多动感十足的词语,让画面动静相宜;还精心地运用了拟声词使文章显得有声有色,如"一,二,咔嚓,咔嚓,三,四,咔嚓,咔嚓""噗噜噗噜,噗噜噗噜";三次反复"海那边是……故乡",有了诗歌反复咏唱的节奏感和抒情性。

确实,优秀儿童文学作品的诗意不仅表现在深挚的感情,以及表达感情的方式上,还表现在语言、韵律、形式上。情感是诗意最重要的组成因素,这种情感应该是真挚、深厚而温婉的,不是虚假的抒情和苍白乏力的感受。彭懿说:"诗意说白了,就是打动人。但打动人并不一定是要表现一个沉重的命题,讲一个沉重的故事。有时我们会读到一种虚假而苍白的'诗意'作品,这时你耳边也会听到一个声音,一个声嘶力竭沙哑而无力的声音在叫,你哭吧,你去痛哭一场吧。而诗意我觉得不应该仅仅是沉重,应该弥漫着一种娓娓道来的温馨,你读完了一部诗意洋溢的作品,眼睛应该是潮湿的,心里应该是温暖的,有一种这个世界真是美好的感觉。"[①]梅子涵也说:"诗意一定来自一种情感,来自对美、善、幸福、遗憾……的真切理解。而不是把某一个事物、某一个行为、某一个场面和感叹性的词句进行简单的粘合。"[②]

说到儿童文学作品的诗意,朱自强列举的《小熊乌夫》很有启发性,他说:"读《小熊乌夫》这样的作品,我们成年人为什么觉得有诗意?因为它使我们意识到,原来单纯的生活

---

① 梅子涵,方卫平,朱自强,等.中国儿童文学5人谈[M].天津:新蕾出版社,2001:221.
② 同上 224.

也是一种幸福,会对自己童年的生活产生一种回忆,对自己目前的人生进行思考,这样的诗意就有了分量。我想,有的时候,儿童文学的诗意对我们成年人更有价值。"①

诗意是成年人对文学作品的一种审美评价,儿童欣赏作品时不一定会意识到这个美学范畴,要等到他们具有一定的美学知识之后才能自觉地从理论上去认识,但他们是能够感受到的,因为诗意是感情的表达,而且是用文学特有的美的形式来表达的。儿童文学作品的诗意往往是通过故事来展现的。儿童听了一个故事,可能记住了故事情节,但不一定能马上领略那种诗意。随着时间的推移,儿童成长的经历和经验会使他慢慢去反刍故事情节背后的深层意蕴,其中所蕴含的情感会慢慢地释放出来感动他,诗意便在他的心底荡漾开来。比如《去年的树》里一只鸟儿和一棵树是一对好朋友,这本身就充满了诗意的幻想。鸟儿在树枝上给树唱歌,树呢,天天听着鸟儿唱歌。这既是生活的一种情态,也是人类的一种理想境界。但一年后当鸟儿按约定回来找树时,树却被做成了火柴,而且已经被一个小姑娘点灯用光了。虽然火柴已经被用完,但温暖的光还在灯里亮着,于是这只一路寻找朋友而来的鸟儿对着灯火看了一会儿,唱起去年唱过的歌给灯火听。"唱完了歌儿,鸟儿又对着灯火看了一会儿,就飞走了。"这样的情景令人感动,但作者并未做悲剧或者伤感的渲染,只是静静地描绘那只鸟儿的行动,作品蕴含的温暖和感动一定会随着时间的推移,慢慢凝聚为对友情的忠贞、重视等美好情愫,藏在孩子的心间,并成为高尚明净的道德追求和人生领悟。

诗意是文学作品内在的、意味层面的存在,对它的领悟是阅读之后经过沉淀、吸收所获得的感受。这种感受不是一次就能到位的,因为文学作品的内涵本身就是一个开放和包容的空间,允许读者随着年龄的增长不断地补充它。儿童天性中对美有很高的倾向性和领悟力,诗意浓郁的作品对他们的人格熏陶和影响是深远的。"我国心理学工作者在对颜色爱好的研究中发现,学前期的儿童最喜欢的颜色是橙、黄、红、绿,最不喜欢的颜色是黑、棕、灰。"②"儿童一般总是充满着肯定的情绪。儿童喜欢不停地活动,而活动的主要动机是为了得到愉快。"③儿童的天性决定了儿童文学应该是快乐文学,其主题一般都是美好快乐的,基调是欢快明朗的,结局也是圆满的。即使是悲剧色彩的作品,在情调的处理上也非常讲究技巧,不流露出消沉,让美好的希望和情感占主导地位。如嵇鸿的《雪孩子》并未过多地描写雪孩子为救助小白兔化成水而死去的悲剧,而是描写雪孩子转化成一朵洁白的云,以另一种浪漫的方式活着,给孩子们无穷的想象。《去年的树》也是这样,一对好朋友被分开了,而且树还被燃烧完了,诀别的痛苦被作者轻轻一带,化为一首歌谣被婉转地唱出来,充满诗情。这样的作品在儿童文学里很多,《狐狸与葡萄》(坪田让治)也是一个藏着大爱、有着深刻内涵的凄美故事,狐狸妈妈为小狐狸找到好吃的东西——一串葡萄,刚回到窝旁,就有猎人追来,妈妈为救小狐狸而牺牲自己去引开了猎人,小狐

---

① 梅子涵,方卫平,朱自强,等.中国儿童文学5人谈[M].天津:新蕾出版社,2001:226-227.
② 同上 178.
③ 朱智贤.儿童心理学[M].北京:人民教育出版社,1993:234.

狸在山中到处寻找妈妈。很多年过去,小狐狸终于长大了,妈妈临终遗留在窝旁的葡萄已经生根、发芽、长大并结出甜美的葡萄。吃着葡萄,小狐狸终于明白妈妈对自己的爱。整篇文章中作者并未点明妈妈的结局,还特意留下一个意味深长的结尾让儿童去想象:"小狐狸放开嗓子,对现在不知在什么地方的妈妈喊道:'妈妈,谢谢您!'"悲剧的气氛在这一声呼喊中一下就被化解了,只留下浓郁的诗情让儿童在成长过程中慢慢体会。

(四)趣味盎然的游戏性

游戏是儿童尤其是幼儿的主导活动;游戏是儿童宣泄心理情绪的一种独特方式,它可以使身心得到极大的解放,可以使被压抑的情绪得到释放。儿童在游戏中体会快乐,在游戏中释放自己,在游戏中发展情感。游戏精神是一种极富动感的玩的精神。儿童在游戏中往往不顾生活的逻辑进行想当然的变形、移位、添加和任意组合,玩融会着儿童的纯真感情和求知愿望,具有独特的美学意味。

游戏精神是人类原始心理的一种直接释放,在彻底的、忘我的、不再受限制于社会化规则束缚的游戏中,人的生命于是就进入另一个境界——返璞归真,回归自然。

儿童文学具有强烈的游戏精神。文学就是人学,充满游戏精神的儿童生活必定会在儿童文学中烙下深深的印痕。儿童文学如果没有了游戏精神,就会失去儿童文学的本质特征。为表现儿童自由幻想和无拘无束的游戏精神,儿童文学常常在作品中充分运用游戏的方式组织文学结构及表现形式,使作品富于游戏精神,最大限度地张扬儿童的天性。有的儿童文学作品并未蕴含什么道理和深意,只是单纯地逗乐,比如儿歌中的颠倒歌、游戏歌等。其他体裁的作品也具有游戏品格。如《长腿七和短腿八》没有完整的情节,作者将两个人物夸张到极点,一个很高很高,一个很矮很矮,两个如此不协调的人物在一起,只是叙说他们的长腿和短腿各自的"有用",就像对口相声,你来我往,互相对比。幽默诙谐的内容和带有游戏性质的语言,时时爆发出智慧的火花,很能满足儿童的游戏心理,而朋友间应扬长补短、互助友爱的主题早已于开心的嬉笑中深深刻印在儿童心中了。

再如孙幼军的《怪老头儿》里的主人公"怪老头儿"就是一个极富游戏精神的角色。他不具备传统观念里的老人应该有的严肃、认真、正派、智慧、和蔼可亲等"正派品格",也不是童话里经常出现的超人,他是一个集中了种种缺点的"怪老头儿"形象:虚荣心强,爱占小便宜,喜欢恶作剧,争强好胜,还不讲卫生。但他的优点也显而易见,深受孩子喜爱:阅历丰富,见多识广,会一点儿魔法,还乐于助人,尤其是他幽默的性格和语言让孩子着迷。他是一个可爱的"怪老头儿",是孩子的朋友,他总能在孩子需要他的时候满足他们的愿望,弥补现代社会里孩子心中的很多缺失。《怪老头儿》中的很多情节所具备的喜剧因素和游戏品格使得该书深受儿童喜爱,比如当小主人公赵新新被小流氓欺负时,"怪老头儿"在赵新新的手心点一下,赵新新就有了魔法,用手一碰小流氓的鼻子,那鼻子就像熟透的杏子一样掉了下来;他还能很神奇地把一只耳朵留在家里,以监听小偷是否去撬锁,而把另一只耳朵借给赵新新,放在书桌里听老师讲课,赵新新却可以去钓鱼、游玩、学习两不误;他还送给赵新新一个替身,像孙悟空的毫毛变出来的孙悟空一样,替身留在家里写作业,而赵新新却可以出去玩。这些做法、想法完全像出自儿童似的,反映的是当代儿童生存的困境与烦恼,以及想跳出困境的渴望。也许"怪老头儿"的做法不符合教育准则,但他却满足了儿童的心理需求,激发了儿童的幻想,使他们获得了情感和审美上的愉悦。《怪老头儿》和孙幼军的其他童话一样,在叙述语言、人物形象、作品情节、构思等方面都具有很强的游戏性,在体现强烈的现代意识的同时充满了令人回味的诗意之美。

又如童话作家郑渊洁以自己丰富的创作实践开辟了中国童话的新纪元,他的童话以无羁的想象力、反叛的人物形象、极大的商业效应形成特有的郑渊洁风格——玩。"皮皮鲁系列""鲁西西系列""舒克和贝塔系列""魔方大厦系列"等都集中体现了一种强烈的游戏精神。深受儿童喜爱的童话形象皮皮鲁是一个有着丰富的想象力、天性好动、不爱学习、调皮捣蛋却富于同情心、爱打抱不平的小男孩,他身上集中了很多都市男孩的特点,他所具有的反叛精神、另类思维及不符合传统教育观念中"乖孩子"的行为方式,给儿童带来了精神上的慰藉。

玩的游戏精神,是儿童的天性,是对自由和健全的人格的一种呼唤和鼓励。

第二节 儿童文学的功能

任何文学作品都具有科学价值、认识价值、审美价值等,儿童文学也客观地存在审美、认识、教育等功能,具体表现为以下几点。

一、引导儿童从"生物人"向"社会人"转化

文学是儿童最早接触的艺术形式。在孩子来到这个世界之前,就可以通过胎教让孩子"听"到各种美妙的声音,其中包括儿歌、童诗和故事朗诵等。孩子刚一出生,摇篮曲就伴着父母的深情带给孩子安全感,让他们在摇篮曲的舒缓柔美中获得对这个世界的听觉感受。然后,各类儿歌、童诗、图画、故事等不断融入儿童生活。儿童文学主要通过对现实世界的简单描绘来帮助儿童认识世界,打开眼界,发挥想象,训练语言,培养他们良好的生活习惯和情操,引导儿童进行思维、语言、想象、情感等活动。

(一)传输各种知识,增加生活经验

儿童文学以广阔的题材、多样的作品全方位地向儿童传输知识。儿童面对的几乎是他们完全未知的世界,此时又是他们生理和心理迅速发展的时期,他们的好奇心极为强烈。充满求知欲的儿童用无数的"为什么"来探究这个多彩的世界,儿童文学作品则用无数的"是这样"来解释大千世界的无穷奥秘。很多对于成年人来讲理所当然或者简单得不能再简单的事情,到了儿童那里也许都是深奥的学问,甚至很多平常的生活技能,包括吃饭、穿衣等简单的技能,儿童也要经过学习才能掌握。儿童文学涉及大千世界中儿童感兴趣的种种知识,其以知识的广泛性和趣味性来满足儿童的求知欲。在儿童最早接触的儿歌中,几乎全是描绘事物特征和各种知识经验的内容,而且有其独特的不可替代的审美和教育功能。比如儿童对基本数目的认识有一个从形象到抽象的过程,这个过程通常要经历较长时间,它是儿童心智逐渐成熟、逻辑思维能力得到发展的一种标志,儿歌中

的数数歌巧妙地把数字嵌进儿童感兴趣的事物中,帮助儿童形象地记忆数字。

又如说话的正确方式、正确语态等都需要一一传导,因此生活儿歌中有很多教导儿童礼貌用语的;绕口令利用读音相近的字组成幽默的内容,训练儿童的思维能力和语言能力。再如为发展儿童的判断和推理能力,谜语歌大量地将事物的显在特点作为歌唱的内容传导给儿童,以锻炼其心智。儿歌中也有专门介绍动植物知识的动物儿歌和植物儿歌,《蜗牛》和《葡萄》这两首儿歌用形象的描绘告诉儿童蜗牛和葡萄的具体特点,浅显生动,趣味无穷。还有专门介绍生活知识的生活儿歌,帮助儿童了解日常生活的内容,如吃饭、穿衣、洗脸、睡觉等,这些基本能力的获得是儿童日常学习的主要内容。《穿衣歌》和《穿裤歌》可以让儿童在活泼快乐的游戏中获得穿衣、穿裤的生活技能。诸如此类传达各种生活技能和生活知识的儿童文学作品数不胜数,体现了儿童文学的认识功能。

其他体裁的儿童文学作品也从各个方面对儿童进行知识教育。适应各个年龄段儿童的儿童文学有其强烈的知识启蒙作用,尤其是科学文艺作品,在引导儿童掌握初步的科学知识方面功不可没。比如引导儿童认识"圆"时,对于低龄段的幼儿,可以利用儿歌来完成其对"圆"的形象认识,如《圆》等;而对于心智稍微成熟的儿童,则可以从事理等深层次入手来启发其思考、感悟"圆"的作用,以及它与其他形状的关系,如《圆圆和方方》等。这些作品的难度是递增的,其中蕴含的道理也是逐渐加深的,儿童受到的教育因此而有了阶段性。儿歌《圆》只是启发幼儿认识生活中圆形的物品,适合两三岁幼儿唱诵。叶永烈的《圆圆和方方》不仅讲述了圆与方在形体上的区别,更注意表现二者在生活中各有千秋、互助互补、地位同样重要、缺一不可的哲理。这部作品的内容丰富,道理深刻,适合有一定思辨能力的儿童去阅读欣赏。

(二)道德启蒙,推动儿童的社会化进程

任何社会都有自己的道德规范,生活在社会中的人必须遵守这些规范,以维护社会的有序性。儿童的成长过程是从"生物人"向"社会人"转化的社会化过程。所谓社会化,是指一个人学习某一群体和社会的生活技能与行为规范,以使自己获得社会生活的适应性并在其中发挥作用的过程。儿童由生物的人转化为社会的人,必须接受道德规范的教育,而且这种教育还必须是形象生动的。

儿童文学传达道德规范所用的比喻和拟人手法是儿童喜闻乐见的,它经常让动物或物体代替人说话和行动,这种"代替"能产生暗示效应,对思想道德、言行规范和教育意图的贯彻十分有效。儿童从故事中看到某些小动物的缺点和不良行为,就会暗自比较,为自己也有这些行为而羞愧,在丝毫不会感到有损自尊心的前提下悄悄地接受教育。除拟人手法之外,儿童文学作品还常常运用对比,形成一种鲜明、潜在的讽刺力量,这也是一种暗示。这种暗示不仅给作品带来含蓄的美,而且使作品的思想品格、教育力量显得温和而有力。

儿童文学大量地向儿童传递社会所要求的道德规范,其内容广泛而细致,从爱父母、家乡到爱祖国;从培养对他人的同情心到关心别人、帮助别人;从克服自私、偏狭、撒谎等坏品质到培养无私、宽容、诚实等好品质;从培养文明礼貌的行为到培养乐观向上的性格；等等。比如马雅科夫斯基的幼儿诗《什么叫做好，什么叫做不好》概括了社会道德的很多内容，教会儿童从日常生活的具体事件中区分好坏，这种初步和具体的道德教育对于他们日后形成正确的世界观具有奠基作用。这首儿童诗谆谆教诲儿童什么叫好、什么叫不好，作者以明白无误的是非态度，运用对比手法列出善与恶、美与丑的种种表现，将是与非鲜明地突出出来，与诗句简短有力的节奏十分吻合，读来朗朗上口、铿锵有力，适合儿童对音乐节奏的敏感和需求。它虽然是一首教谕诗，但因为叙述内容贴近生活，语言通俗易懂，节奏铿锵，还是易于儿童接受的。

什么人是"好"人，什么事是"好"事，是儿童经常问的问题，也是他们对客观世界的一种认识和评价。对这类问题的回答实质关乎相应的道德评价，会影响儿童的道德标准的形成。因此成人不能草率回答，同时还要注意回答的方式必须生动形象、浅显易懂。

二、培养能力，促进智力发展

"儿童就其天性来说，是富有探求精神的探索者，是世界的发现者。"①但是儿童尤其是幼儿发现与探索的领域在现实中有很大的局限性，更多的知识是从书本阅读中获得的。儿童欣赏文学作品实则是在"体验生活"。文学作品中那些新鲜的、奇异的、刺激的和幻想的因素与儿童的性格很契合，阅读听赏文学作品对于儿童来说就是在体验生活、"进入"生活——跟着角色去冒险、去高兴、去悲伤、去游戏、去经历，然后成长。

文学是语言的艺术，具有间接性和抽象性，无论作品描绘得多么精彩，欣赏者都必须具备基础的语言接受能力，即能将物态的文字转换成具体的形象在大脑中呈现。儿童文学作品还需要儿童能把听到的语音或者读到的文字通过大脑转换成相应的语义，再合成相关的情景，实现从文字到意义的转换，其间需要接收、解读、揣摩和品味。这一过程是思维产生语言、语言表达思维的双向互动过程，是培养人的智力的全过程，经过反复训练，儿童在理解语义、还原生活场景的过程中促进智力发展、提高智力水平。

（一）培养思维能力

儿童文学里有大量的益智作品，儿童通过欣赏这样的作品，自然会获得相关的自然知识、生活知识、人文知识，使自己的精神品格更具创造性、高尚性和完美性，同时也能增长智慧。如俄罗斯作家柯兹洛夫的《小溪边》隐含着倒影的自然知识和生活常识，讲给儿童听，他们一定会有所思，然后有所得。这个童话与柯岩的《照镜子》、坪内逍遥的《回声》两部儿童戏剧有着异曲同工之妙，都表现了儿童对倒影、回声、镜像等现象和原理不解而造成的误会，以及由误会而产生的稚拙和滑稽行为。听赏作品的儿童如果不懂就会追着问"为什么"，如果明白了其中的奥妙，就会轻松愉快地调动自己已有的经验开心地思考或者转达给其他小朋友。此外，作品提供的幽默场景也会促使儿童感受到思考的快乐。

---

① 苏霍姆林斯基.把整个心灵献给孩子[M].唐其慈,毕淑芝,赵玮,译.天津:天津人民出版社,1981:32.

再比如苏霍姆林斯基的《大的和小的》讲的是刚出生的小牛犊和老兔子一起比大小的趣事。"大"和"小"不仅指形体、年龄,而且还要有相同的参照系来进行比较才能得出准确的结论。这些对于儿童来说的确太复杂了,难怪他们觉得奇怪。听完这个故事后,如果儿童通过思考和提问最终能明白其中的奥秘,那儿童的思维能力就得到了培养和提高。

总是用同样的方式思考,思维会形成惯性,如此会阻碍创造力的发展。为了防止形成思维惯性,儿童文学作品中有很多机智地打破惯性思维的作品,如《数角》中将"牛犊"和"圆桌"都是没有角的特例引入,逆转思维定式,打破常规,引起儿童的注意,锻炼儿童的创造性。

很多优秀的童话故事里都塑造了超凡脱俗的人物形象,他们做着超常规的事情,说着超常规的话,脑袋里蹦出的全是奇思妙想。比如《爱丽丝漫游奇境记》中在兔子洞里不断长大又不断变小的爱丽丝,《长袜子皮皮》中鞋袜不穿成对的皮皮,《敏豪生奇游记》中的牛皮大王敏豪生,《随风而来的玛丽·波平斯阿姨》中从来不按常规行事的玛丽·波平斯阿姨,孙幼军的《怪老头儿》中的"怪老头儿",这些人物形象看似怪诞的言行背后包含着深刻的人生哲理,启发儿童多角度、多维度地思考问题,促使儿童开阔视野,克服成规、呆板和固执的束缚,产生灵活多变的思维方式,形成一定的思辨能力。

(二)培养想象力和创造力

想象力和创造力总是紧密相连的。没有想象力就没有创造力,没有创造力,想象力也会匮乏。对儿童创造力的培养深深蕴含于各类儿童文学作品中。

想象是儿童的首要乐趣。儿童天生具有超强的想象力,普通的日常生活在他们那里常变为富于艺术色彩的生活,正如鲁迅所说:"孩子是可以敬服的,他常常想到星月以上的境界,想到地面下的情形,想到花卉的用处,想到昆虫的言语;他想飞上天空,他想潜入蚁穴。"①幼年期和童年期是培养和发展想象力的最佳时期,而儿童文学是发展想象力的最佳载体,作者所创造的那些丰富、新颖和怪诞的形象,含有丰富的感性想象,为儿童的创造想象和再造想象提供了依据。儿童通过语言描绘的形象,逐渐达到从抽象符号向知觉形象的过渡,进而自由地想象和创造。

当然,我们注重激发和培养儿童的想象力不仅仅停留在智力开发的一般意义上,还有更深远的目的:培养儿童的审美想象力。

审美想象力指的是把通过感知把握到的艺术形象或者大脑中储存的现成图式加以改造、组合、提炼,铸造成全新意象的能力。我们知道,文学欣赏首先要有丰富的"内在图式",有人称之为表象储备、信息储备,这是想象赖以进行的原料,同时还有赖于丰富的情感。所以,审美想象力就是人们依照情感本身的力量、复杂度和延伸度面对储存的原料——图式,加以重新改造、组合以产生一种全新意象的能力。它集中地体现在读者的创造性上。文学想象比绘画想象、音乐想象具有更强的自由性和表现性,因为它是以语

---

① 鲁迅.且介亭杂文[M].北京:中国纺织出版社,2021:30.

言和文字为物质手段间接构成新形象的,能够自由地反映广阔而深刻的现实生活。

儿童的审美想象力遵循一般想象力发展的规律,即从无意想象到有意想象,从再造想象到创造想象。他们的文学想象力、记忆力与表象储存有着密切的关系。儿童平时注意观察事物,就能在大脑中以记忆的方式储藏大量的表象或形象信息。表象信息越多,用于文学想象的材料也就越多。因此,记忆力强、接触作品多的儿童,其文学想象力就比较强。

(三)培养表达能力

精神分析学家把儿童早期,特别是3~6岁看作人格发展的敏感期,在敏感期内,儿童对一定的事物表现出高度的积极性和兴趣,并且学得快。高月梅、张泓认为:"感觉的敏感期是从出生到5岁;语言的敏感期是从出生后8个星期至8岁;动作的敏感期是从出生到6岁左右;等等。"①因此,进行早期教育,有利于培养出健全的人才,尤其应特别注意儿童语言能力的培养。现代研究表明,语言与思维是同步发展的孪生兄弟,语言能力就是思维能力的外化,而人的语言能力在幼儿阶段处于快速发展之中。儿童的语言通常是在日常环境中与人进行语言交流时习得的,但是日常环境中的语言学习具有随意性和偶然性,不利于儿童掌握和使用规范的语言,文学作品规范的语言表达方式则为儿童习得语言提供了范本。

有计划地培养儿童的倾听能力、口语表达能力、文学欣赏能力和书面阅读能力是培养儿童语言能力的重要内容,欣赏文学作品可以全方位地达到这些目的,因为儿童文学作品是语言艺术的结晶,其浅显明白、优美规范的语言是儿童学习语言的极好范例。每部具体的作品都含有丰富而独特的语言信息,儿童可以从中学到大量的词语、语法规范和多样化的表达方式,促进语言能力的发展。

三、丰富情感,促进人格健全发展

儿童文学作品以其具体感人的形象丰富着儿童的感情,促进儿童人格健全发展。

一部优秀的儿童文学作品对于儿童来说意味着不同层次的学习,它包含丰富的语言信息和情感力量。首先,儿童必须理解一个个具体的语言符号及它们所代表的概念。其次,儿童通过语言和概念去认识文学作品所表现的社会生活内容、认识周围的世界、发展思维能力。最后,儿童感受文学作品深厚的内涵和韵味,从中体会各种情绪和情感。

写作有宣泄功能,对作者如此,对读者也是这样。儿童文学有助于疏导儿童的情绪。快乐对儿童的身心健康和人格健全有着特别重要的积极作用。儿童欣赏文学作品,通过生动的艺术形象全身心地投入文学所描绘的境界中,身临其境地体验各种角色的情感,将心中的压抑和烦恼在文学的时空中释放出来,有助于培养儿童活泼开朗的性格。如童话中常出现的小人物打败巨人、小孩子战胜巫婆、小动物智胜强大的对手的故事,就是童话宣泄功能的最好表现。儿童文学作品所构筑的五光十色、精彩纷呈的世界,为现实生活中受到各种局限的儿童提供了精神上的补偿,他们原本有限的活动空间和生命活动在

---

① 张泓,高月梅.幼儿心理学[M].2版.杭州:浙江教育出版社,2015:13.

文学作品中得到了扩展,满足了心理上和精神上对快乐的渴求。所以,儿童文学的娱乐作用比任何文学都更为突出,喜剧色彩几乎渗透在所有儿童文学作品之中,构成儿童文学特有的审美特点。

探究·讨论·实践

1. 请结合具体的文学作品来分析儿童文学的美学特点。
2. 儿童文学的体裁特点有哪些?结合具体的作品进行归纳总结。
3. 就你所了解的儿童欣赏文学作品时的实际情况,谈谈儿童文学的功能、特征。

第三章 儿童文学与儿童教育的关系

第一节 幼儿文学与幼儿教育的关系

教育部 2001 年印发的《幼儿园教育指导纲要（试行）》提出"幼儿园的教育内容是全面的、启蒙性的"，反映了幼儿教育整合课程理念的导向。该纲要具体指出，幼儿园的教育内容"可以相对划分为健康、语言、社会、科学和艺术等五个领域，也可作其它不同的划分。各领域的内容相互渗透，从不同的角度促进幼儿情感、态度、能力、知识、技能等方面的发展"。这种整合课程理念的具体实施必须要借助一定的活动媒介来完成。幼儿文学当仁不让地承担起这一重任，这是幼儿文学本身的特点和整合课程的目的、要求所决定的。

一、幼儿文学是幼儿园整合课程实现诸多教育目标的平台

幼儿园整合课程的具体内容是以核心经验为单元网络的方式来结构的，它把核心经验、八大智能、五个领域、教育目标、教育内容与活动从内到外立体地呈现出来。核心经验是课程建构的核心圈，也是每个单元的切入点，它的具体设计目标根据幼儿年龄及相关的智能因素逐步提升。这种整合式的课程既考虑到幼儿学习的特点，又能很好地关注幼儿发展的各个领域，并且提供适应他们需要的经验内容。

幼儿园整合课程的大多数目标都要借助幼儿文学来进行。整合课程的第一层是八大智能，八大智能中语言智能自不必说，人际关系智能、自我认知智能、身体运动智能、音乐智能、空间智能、自然观察智能和数理逻辑智能等也都借助幼儿文学来进行。幼儿文学成为幼儿教育诸多目标实现的广阔平台。比如，中班课程"我喜欢"由"单元课程说明""单元网络图""教学活动""相关资源一览表""活动区域布置参考""课程生长树"和"课程活动"几个部分组成。"单元课程说明"首先简单介绍如何让 4 岁幼儿从观察自己的外貌、身体、情绪与别人的不同之处开始，进而获得各种不同的表达方式，学习建立与他人的友谊，并通过各种游戏，享受表达"我喜欢……"时的愉悦。接着展示"单元网络图"，其"核心经验"是"我喜欢"，由此辐射开来。第二层是五个领域，即语言、科学、艺术、健康、社会，在此基础上辐射相关的八大智能。第三层的教育目标是第二层的八大智能的具体体现，涉及 4 岁幼儿教育的方方面面。如语言教育所涉及的相关教育目标是学习创造性地运用语言；运用对颜色的已有经验，替换歌曲中有关颜色的歌词；感受词语中的音韵、

节奏;猜测、感知、理解红色的含义;学习正确地、按顺序翻阅图书;理解儿歌的内容;能够正确地描述操作过程和结果;用语言描述出自己的"彩虹梦";知道书有封面等。其他各大目标的实现也有很多要借助儿歌、故事等体裁的文学作品来进行。第四层的教育内容与活动则是实现前三层目标的具体内容和手段,不再与前三层形成一一对应的关系,而是宽泛的活动内容提示。幼儿可以通过这些学习活动不断整合和扩展自己的经验,从而达到整体性发展的目的。这些内容几乎都要与具体的幼儿文学作品联系起来进行学习,因为任何理念的生硬灌输都是不适宜于幼儿的。幼儿对具体、形象的事物较易认识,对抽象的事物较难理解,其必须借助具体生动的形象来理解客观世界的实际生理与心理发展水平,使得幼儿教育必须适应幼儿的理解水平,在内容和形式上都必须是形象生动的、寓教于乐的,必须避免空洞生硬的说教和简单枯燥的训斥。幼儿文学形象生动的特点使它在幼儿教育中占有得天独厚的优势。

二、幼儿文学作品是对幼儿进行传统文化教育的载体

"当代幼儿教育课程研究的另一个突出倾向,是关注课程的社会文化定义。从20世纪80年代兴起的社会文化学派,反思以往教育为幼儿提供的学习环境,强调特别注意教育环境中的文化因素。这个学派的有关研究发现,优质的早期教育课程的一个重要特征,是体现幼儿所处的文化环境特点,给幼儿清晰的社会文化定义,并帮助他们在逐步积累中扩展对文化环境的认识。因为归根结底,儿童的发展是在一定的社会文化环境中的发展,必然带有这样的社会文化的特质(Bowman,2000)。"[①]

当代社会经济和技术的高度发展,已经并将继续打破教育的时空限制,需要我们的课程具有国际化的视野和开放的观念,从而培养对未来可以高度适应的人才。幼儿从出生起就是积极的自我成长的参与者,其成长是在与他人的交互作用中实现的,因而,他们受到来自周围环境中他人携带的特定的社会文化的指引。优质的早期教育要传输给幼儿清晰的社会文化的定义,在帮助他们认识不同的社会文化的同时,还要指导他们对自己所处的文化环境的特定性的认识。文学作品是文化的载体之一,幼儿文学作品因其综合性几乎承担了所有对幼儿进行的文化教育。著名儿童文学作家金波先生希望幼儿读了他的作品后,第一是能"记住故事,觉得这个故事很美,情感上打动他,这是我很看重的。第二个是从作品中学习一点语言。要培养孩子们对祖国语言的思想感情,我希望孩子们喜欢祖国语言,喜欢自己的母语,能够培养一种语感:知道文字可以这样奇妙,我也应该说得这样奇妙。然后慢慢领悟,学会欣赏作品"[②]。"培养孩子们对祖国语言的思想感情"就是本土文化教育目标。从小培养孩子对祖国语言的热爱,要从思维方式上培养孩子的文化认同感和归属感。现在学前整合课程的各个单元里都给幼儿提供了与幼儿当前经验相符合的能够反映中国文化独特性的内容,诸如各种节日、习俗等内容。设计者的目的很明显,就是希望孩子能够通过课程内容的学习,从小建立"我是中国人"的观

---

① 周兢,陈娟娟.幼儿园活动整合课程指导.大班[M].南京:南京师范大学出版社,2002:9.
② 任继敏.幼儿文学鉴赏[M].昆明:云南大学出版社,2009:附录.

念,将中华文化的火炬一代一代传承下去。这些教育内容在幼儿园整合课程中一般都是借助幼儿诗歌、幼儿故事、幼儿散文和幼儿童话、幼儿故事中的有关民俗、节日、传统美德等来表现的。如果只是进行道德说教和灌输,其效果显然是不够的,作为教育者,应该充分挖掘幼儿文学的审美价值及其潜移默化的熏陶作用,在"润物细无声"中使孩子得到美的滋养,使我国的传统文化得以生生不息、发扬光大。

第二节 儿童文学与小学语文教育的关系

小学语文是为了培养7~12岁儿童的汉语基本表达能力和语文素养而设置的课程,它兼具工具性和人文性,其使命是促进儿童的感知能力、思维能力、想象能力和表达能力等得到全面发展,并且接受语言文学所承载的审美教育,成长为人格健全的人。

小学语文作为小学教育的一门核心课程,其教学目标、教学内容和教学方法都必须适应不断成长的儿童的身心发展的需求,遵循从易到难、从掌握基本的文字书写到组词造句成篇的学习顺序,其间学习、模仿的大量语言材料都是儿童文学作品。

儿童文学与小学语文教育产生了非常密切的关系,并且在小学语文教育中有重要的地位和作用。

一、儿童文学与现代小学语文教育有共同的源头

儿童文学和小学语文教育是两个具有深刻联系的概念。从五四新文化运动开始,儿童文学就与小学语文教育紧密联系在一起,甚至有人认为儿童文学和小学语文教育是"互文"关系[①]。"小学语文教材儿童文学化一直是语文教育的一个传统,从民国时期语文教材的编写,到今天最新的部编教材的出版,儿童文学都很自然地成为教材的主体部分。……儿童文学不但是家庭阅读的主要材料,也是儿童语文学习和课外阅读的主要选择,语文教育不能回避文学教育,更需要充分理解儿童文学。"[②]

周作人于1920年10月26日在北京孔德学校演讲时说:"今天所讲儿童的文学,换一句话便是'小学校里的文学'……所以小学校里的文学的教材与教授,第一须注意于'儿童的'这一点,其次才是效果,如读书的趣味、智情与想象的修养等。"周作人的这些观点有助于我们从语文和语文教育的角度来理解儿童文学。

儿童文学是"小学校里的文学"说明了儿童文学与小学语文课文的关系。

我国儿童文学与语文教育的改革是同步的,而且都是与"儿童本位"的观念产生同步的。清末民初教科书由文言文变成半文言文,再变成白话文,为五四运动尤其是白话文学被接受奠定了创作和接受基础。白话文被官方正式承认,并在教科书中得以采用,为

---

① 互文,也叫互辞,是古诗文中常采用的一种修辞方法:"参互成文,含而见义。"即上下两句或一句话中的两个部分,看似说两件事,实则互相呼应、互相交错,意义上互相渗透、互相补充,是使文句更加整齐和谐、更加精练的一种修辞手法。

② 谭旭东.论儿童文学与语文教育的互文[J].中国教师,2021(4):10-13.

儿童文艺走向自觉提供了必备前提。

民国中后期的语文不但多是儿童文学作家编写的,而且是按照儿童读物的标准来编写和出版的。以叶圣陶主编的"开明国语课本"为例,叶圣陶为了编好这套课本,于1932年花了整整一年的时间,创作、编写了初小8册、高小4册共12册课本,收录了400多篇课文,其中有一半是创作的,另一半是有所依据的再创作,保证了这套课本的儿童文学特点,也为语文教育利用儿童文学资源提供了一个样板。中华人民共和国成立后的历次语文教材中也有不少儿童文学作品,鲁迅、冰心、叶圣陶、巴金、朱自清、叶君健等五四新文学作家和金波、任溶溶、高洪波、吴然等当代儿童文学作家的作品随着教材更广泛地走进儿童读者的阅读生活。

二、儿童文学与小学语文教育有共同的目标

小学语文教育和儿童文学有着共同的受体——儿童。

小学阶段的儿童是儿童文学最主要的读者对象,他们具备了一定的阅读能力,不似婴幼儿需要成人的辅助阅读,也不同于青少年的阅读范围变得复杂,小学生最热衷的叙事作品多为儿童文学。事实上,初中语文教育与少年文学之间同样具有密切的联系,也值得进行深入探讨,但其特征和属性与小学语文教育有很多相似之处,而且超出小学教育的背景,本书将不在此讨论。

儿童文学的阅读对象是儿童,小学语文教育的对象是小学生,儿童文学和小学语文教育最终的教育目标都是让孩子快乐成长,使其在愉悦身心的同时受到文学艺术的熏陶,树立正确的人生观。因此,小学语文教育与儿童文学具有一致的教育目标。儿童文学的受众对象是少年儿童,学校教育的受教对象也是少年儿童,因此儿童文学与学校教育在目标群体上具有一致性。儿童文学只有走进学校,与语文教学和校园文化紧密结合,才能真正走向广大少年儿童,找到最广阔的天地,发挥最大的效益。

语文教育通常有这些属性:一是教给学生最基础的语言知识和技能,培养学生的语言表达能力,这是语文教育的基础性。二是教会学生阅读和欣赏文学作品,教会学生审美,让学生建立美的标准;同时通过文学作品学会感受美、领悟美、创造美,这是语文教育的审美性。三是通过语文学习理解语言和文学作品更深刻的思想及文化内涵,这是语文教育的文化性。叶圣陶说:"给孩子们编写语文课本,当然要着眼于培养他们的阅读能力和写作能力,因而教材必须符合语言训练的规律和程序。但是这还不够。小学生既是儿童,他们的语文课本必得是儿童文学,才能引起他们的兴趣,使他们乐于阅读,从而发展他们多方面的智慧:当时我编写这一部国语课本,就是这样想的。在这里提出来,希望能引起有关同志的注意。"①叶圣陶的这段话不但清晰地提出了语文教材编写的3个基本原则,也清晰地指出了语文教育的基本目标。

文学教育的目标大致包括3个方面:语言表达能力的习得;情感和价值观的培养;文学审美能力的培养。当然,在文学教育活动中,教育目标"很少孤立地存在,每个国家的

---

① 叶圣陶.藕与莼菜:叶圣陶精读[M].杭州:浙江文艺出版社,2022:125-126.

文学教育目标中都包含着三个方面的内容,只是强调的重点不尽相同,会因为对于文学教育不同的价值取向、在不同目标模式的课程设计而有不同的侧重"①。

三、儿童文学是小学语文课程的优质资源

儿童文学作品非常适合于小学年龄阶段的学生阅读和学习,是小学语文课程内容和教学活动的优质资源。目前的小学语文教材中,儿童文学已成为语文课程的主要资源。任何教育都是由教育目标、教育内容和教育方法构成的。儿童文学与小学语文所具有的一致目标必须由具体的内容来实现。儿童文学为小学语文教育提供了丰富多彩的教材内容。因为儿童文学本身就是语言艺术,不管是外在的语言表达,还是内在的情感表达,都传播着语言艺术的意蕴美和积极向上的真、善、美,对于学生情感态度与价值观的养成有正向的引导作用,对于儿童的身心健康、快乐成长发挥着不可忽视的作用。因此,重视开发和利用儿童文学的优质资源,有助于小学语文教育课程目标的实现。

儿童在学校的语文教育中,首先要面对的就是教材这个文字世界,低年龄段的语文教育尤为关键,若教材不能让儿童感受到文字之美,便难以让儿童习得语言文字的表达能力,更不用说实现语文教育的认知和审美价值了。儿童文学趣味盎然的特点正好迎合了寓教于乐的要求,成为语文教材的重要组成部分。

近些年来,从事儿童文学理论研究的学者、从事儿童文学创作的作家、从事小学语文教育的研究者,还有活跃在小学语文课堂的教师,都不同程度、有意识地探讨儿童文学与小学语文教育之间的联系,这些研究对语文教育乃至整个基础教育改革产生了深远的影响,同时,儿童文学研究也实现了新的突破。

探究·讨论·实践

1. 为什么说幼儿文学为幼儿教育建构了一个教育平台?
2. 儿童文学对儿童的成长有哪些促进作用?
3. 试论述儿童文学与小学语文教育目标的一致性。

---

① 王泉根,赵静.儿童文学与中小学语文教学[M].广州:广东教育出版社,2006:109.

第二编
儿童文学创作的原理

第四章 儿童文学创作的规律

第一节 儿童文学创作的特点

一、目的性

写作是一种有意识的精神活动,它总是有意图、有动机、有目的的。白居易说:"文章合为时而著,歌诗合为事而作。"托尔斯泰认为:"写作而没有目的,又不求有益于人,这在我是绝对做不到的。"① 这些话实际上是关于写作目的的规律性的总结,任何文章的写作都有其目的性。创作儿童文学作品的目的也是鲜明而具体的。

儿童文学题材广泛,包罗万象,上至天文,下至地理;大到宇宙太空,小到花鸟虫鱼;从远古的神话世界到现实的生活,乃至科幻的未来世界……都可以在儿童文学中进行栩栩如生的描绘,它是儿童获得知识的重要途径。

儿童文学形式自由,表现灵活。它可以通过各种手段巧妙地将社会道德规范和行为准则灌输给儿童,让儿童在风趣幽默中懂得真、善、美,辨别假、恶、丑,让他们从小掌握道德行为的基本准则,增强明辨是非的能力,更为重要的是儿童在欣赏儿童文学作品的过程中能获得美的享受,培养健全的人格和审美的观念。

总之,儿童文学是儿童认识世界的窗口、获得知识的形象的教科书、辨认是非的魔镜,它以自己独特的艺术魅力引导着儿童在初涉人生时度过愉快的教育时光,在潜移默化中得到美的熏陶。

二、综合性

文学创作是复杂的精神劳动,作品是作者的思想感情、生活阅历、文化知识、艺术造诣、语言修养、审美意识等的综合体现。儿童文学创作主体除了应具备一般作家应具备的综合素质和能力以外,还要具备儿童文学创作的一些特定条件,即要具有更综合的学识素养和能力,这是儿童文学综合性的表现之一。

儿童文学不仅具有文学的一切特点,还具有自身的本质特点,例如,形态完整,内容丰富,语言亲切;形象鲜明,情节单纯,描写生动活泼;色彩富丽,图文并茂等。儿童文学是一种综合的艺术形式,这是儿童文学综合性的表现之二,即儿童文学的外在表现形态具有综合性。

---

① 托尔斯泰.列夫·托尔斯泰日记选[M]//古典文艺理论译丛编辑委员会.古典文艺理论译丛(第一册).北京:人民文学出版社,1961:194.

儿童文学都是针对儿童的年龄特征、为适应并满足儿童的心理活动创作设计的，显示了儿童文学独有的特色：短小、浅显、稚拙、天真、明静、单纯，充满浪漫的诗意。儿童文学的整体魅力就在于它在相对简单的艺术形态中所表达的是人类普遍的、共同的、永恒的感受和人性的意义。

因此，创作儿童文学作品对作家是一种非常严格的考验，因为要在简单的形式中传达出深刻、厚重的人生感。很多伟大的作家，如托尔斯泰、泰戈尔、高尔基等都曾用如椽的巨笔为儿童写作，他们认为，为越小的孩子写作越困难，要用有限的语言将大千世界浅显生动地呈现给儿童不是一件易事，而且还要用诗意的眼光来发现儿童诗意的世界，在儿童文学作品中表现出这种明净、浪漫的诗意，对作家的审美意识、人格修养、思想情操、表达方式等都提出很高的要求。

所以，儿童文学作家必须首先强化自己的综合能力，注重艺术修养。作家最基本的综合能力包括直觉能力、感知能力、想象能力、移情能力、洞察能力、生活感悟能力等，而艺术修养是各种能力和知识沉淀的外在表现。创作儿童文学作品对这些能力的要求丝毫不会降低，而且还必须在某些方面进行强化。儿童文学特殊的美学特点使其在看似简单浅显的文字表面下蕴含了丰富的文学信息，创作它需要有更丰厚的审美知识和审美修养作为基础。很多复杂的文学情感和体验要浅显明白地传达出来，对作家的艺术修养提出了更高的要求，不仅要具备儿童视角和移情能力，还必须具有儿童化的直觉能力和洞察能力，同时也离不开想象。对以想象、幻想为主要特点的儿童文学来说，更需要作家有非凡的想象力。以上能力的获得离不开生活的感悟能力，生活越丰富、越深刻，越有助于丰富自己的艺术情感，越有利于对作品的艺术创造。除此之外，对儿童文学创作规律的掌握及熟练运用也是作家应该具备的基本能力。

儿童文学的综合性很强，要求作家对音乐、美术、舞蹈等艺术有基本的了解，并融会贯通于以语言建构为主要形式的儿童文学创作中，将在语言、音乐、美术、舞蹈等艺术的基础上建立起来的审美框架、审美判断与相邻艺术门类的审美融于儿童文学独特的美学形态中，将儿童文学独特的美发扬光大。

三、实践性

写作是一种技能，只有通过不断实践，才能提高写作水平，儿童文学创作也如此。实际上儿童文学的美学价值一点儿也不比成人文学小，在某些方面甚至超过成人文学。张圣瑜在《儿童文学研究》一书中曾这样说过："儿童率情适性，吐口成文，简单纯朴，绝无做工。然其简单之文义，与艺术之手段，亦自有其价值。"[①]这段话也说明了儿童文学的创作不是一件简单的事，越是看起来质朴的艺术作品，越是需要作者的匠心独运，才能显示出高超的艺术水平。儿童文学的创作，需要作家不但具备相关理论知识，还要认真进行创作实践，不仅如此，还要深入儿童的生活，蹲下身子看孩子，发现他们的审美爱好和特点；还要将自己创作的作品拿到儿童群体中去检验，看是否符合儿童的情趣，是不是受他们

---

① 张圣瑜.儿童文学研究[M].上海：商务印书馆，1928：21.

欢迎，在反复实践的基础上不断提高自己的创作水平，这样才能创作出孩子们喜闻乐见的、真正优秀的作品。就这一点来看，幼儿园和小学教师有着得天独厚的优势，是儿童文学潜在的创作后备军。

第二节 儿童文学创作的系统

从系统论角度分析，文学创作活动是一个传递信息的系统，它由创作主体、创作客体、语言载体和创作受体四个要素构成，四者相辅相成；从信息论的角度分析，文学创作活动是一个采集、加工、输出信息的系统活动，创作者在其中起着主导作用。儿童文学也不例外，不过，由于儿童读者的特殊性，这一系统有其独特之处。

从儿童文学创作的实践过程的外在形式来看，是先有作家的审美创造，产生了儿童文学作品，然后才有接受者的审美接受活动。也就是说，先解决成人作家这一创作主体与客观现实这一客体的矛盾，产生了儿童文学作品，然后才能解决儿童文学作品与儿童读者的矛盾，从而最后完成儿童文学的审美创造。但是，从儿童文学内在的实际传达和流动过程来看，首先应是儿童的接受心理对作家的创作形成潜在制约，其次才谈得上为适应儿童审美心理去创作作品，最后才是儿童文学作品作用于儿童的审美心理，实现其审美价值。儿童文学意味着接受者是儿童，成人作家从最初的构思到创作的完成，都在不断地和想象中的儿童读者打交道，从各年龄段儿童的接受模式出发去创作作品。因此，成人文学创作系统里创作者占主导因素的格局在儿童文学创作系统里被打破了，儿童是儿童文学创作的最根本的制约因素。

一、儿童文学的创作受体——儿童

读者虽被称为创作的受体，但并不是被动地接受文学作品，而是有自己的主观能动性：读者的反馈传递给创作主体，影响着主、客体的相互作用，影响着文章的再创作。儿童作为儿童文学最主要的欣赏者和受体，其特殊的年龄和心理特征，对主体、客体和载体的制约超过了任何其他文学，创作主体必须考虑儿童身心发展的特点。虽然引导儿童欣赏的家长、教师及相关人员也算是儿童文学的读者，但他们的欣赏条件不足以影响儿童文学的创作，或者说创作主体并不把这部分读者当成真正的儿童文学受体来考虑。

儿童作为儿童文学本质特征的决定因素，作为创作受体和欣赏主体，在整个儿童文学创作和欣赏活动中起着非常重要的制约作用，其身心发展的特殊性及表现是创作主体和组织儿童文学欣赏活动的成人都要特别注意研究的内容。

二、儿童文学的创作主体——作家

儿童文学的创作主体是为给儿童提供文学作品而自觉进行写作活动的作家。在儿童文学作品的整个创作活动中，对于写什么、怎样写，从摄取、感知、构思到作品创作完成，创作主体始终处于主导地位，主体的能力、素养与作品最终的质量有密切关系。

儿童和成人的审美意识及审美能力有巨大的差别，因此，怎样调适儿童和成人之间在审美上的距离,是儿童文学创作的最大难题。

　　有的人将儿童的天真和稚拙当成"简单"的代名词,把儿童文学创作看成极为容易的事情。其实,儿童文学创作有自身规律,其创作难度毫不逊色于成人文学。托尔斯泰曾经为创作儿童故事耗费了大量的时间和精力。贺宜也曾说:"正是这种幼小读者的文学,是世界上最难的文学!我只能坦白地承认,按我的经验,我在尝试写作这种作品的时候,遭到了最多次数的失败,我觉得,即使以我毕生的精力来学习和从事这种文学,也不见得能够写出多少非常出色的作品。"[①]他们的话道出了儿童文学创作艰难之实质。由此说明儿童文学创作在看似浅直的外表下包含了比成人文学要求更多的创作技巧和艺术表现手法,这决定了作家除了具备最基本的写作素养之外,还要有较高的儿童文学创作能力。

三、儿童文学的创作客体——写作对象

　　就写作活动而言,凡是作家面对的一切写作对象,都可以看作创作客体。儿童文学的创作客体指被作家纳入写作视野,同时又为儿童读者所能理解的客观外物和社会生活。它是被儿童文学作家写作的对象,是儿童文学作品产生的基础和前提。写作过程是由"物"到"意",又由"意"到"物"的双重转化过程。创作客体就是在写作第一阶段触动作家"意"的那个"物",它包括客观的生活、形象的事物和抽象的事理等,它通过作家的外在感觉器官反映到头脑中,升华为作家的内识。

　　创作主体与客体是相对而言的,没有主体就无所谓客体,客体与主体是相对应的,没有主体观照的客观世界或者物质世界也决不能称为客体,凡是主体认识视野中的一切认识对象都是客体。主体与客体各自以对方作为存在的前提。正如马克思所言:"对象如何对他说来成为他的对象,这取决于对象的性质以及与之相适应的本质力量的性质……从主体方面来看:只有音乐才能激起人的音乐感;对于没有音乐感的耳朵来说,最美的音乐也毫无意义,不是对象,因为我的对象只能是我的一种本质力量的确证。"[②]这段话说明,既不能离开客体谈主体,也不能离开主体谈客体,创作主体和创作客体在写作活动中具有同等重要的地位。

　　从理论上说,儿童文学的创作客体包含自然界的自然现象和自然环境、社会环境和社会生活、精神生活和精神现象。但这些内容除了自然界的事物比较具体以外,社会环境和社会生活、精神生活和精神现象本身就具有形而上的特点,儿童文学又不能以抽象或者概念化的方式来反映,因此,作为儿童文学的客体,只能是那些可以用具体的人、事、物来具体地表现的内容,以及那些能化抽象为具体,将理念变为故事或者情节来反映的内容。具体来看,写作对象主要由以下几个方面构成。

(一)自然现象和自然环境

　　自然界是存在于人的意识之外的客观物质世界,是人类生存繁衍的摇篮。人类本身

---

　　① 转引自鲁兵.中国幼儿文学集成·理论[M].重庆:重庆出版社,1991:47.
　　② 中共中央马克思恩格斯列宁斯大林著作编译局.马克思恩格斯全集(第四十二卷)[M].北京:人民文学出版社,1960:125-126.

就是在不断地认识自然、改造自然的过程中求得生存和发展的。写作作为认识自然的一种手段,很早就把自然界当作自己的表现对象。儿童文学最重要的功能之一就是引导儿童逐步认识自然,因此,将自然界作为它的创作客体是最寻常的。

自然环境包括地理位置、地形地貌、气候气象等。自然现象包括天体的运行、山川的变化等,小至飞禽走兽、草木容枯,大到宇宙、星体的兴衰变化,所有这些都可以成为儿童文学的创作客体。这是儿童文学创作中最稳定、最本源的客体。

(二) 生活技能和情感模式

穿衣、穿裤、系鞋带、洗手、洗脸、站姿,一举手一投足都需要儿童学习,生活技能训练就成了儿童文学重要的创作客体。《穿衣歌》《穿裤歌》等就是教儿童最起码的生活技能的儿歌。刘畅的《难怪个子长不高》告诫儿童不能挑食;杜风的《谁的手最干净》告诉儿童从小要讲究卫生,养成好习惯;程逸汝的《砍蚊子》告诉儿童遇到蚊子之类的小虫侵害自己身体时要动脑筋,不要蛮干;为了教育孩子从小学习和父母一样管理家庭,照顾家人,商殿举利用儿童都想得到一把钥匙作为自己已经长大的证明,就在《钥匙》这首诗里形象具体地告诉儿童应该如何做;喜怒哀乐是最基本的情感模式,儿童很情绪化,对哭与笑的控制力较差,应该具备哪些情感模式,也是必须让儿童了解的内容,并且要教育他们尽量克制自己的负面情绪,张扬正面、积极的情绪,因此,尹世霖的《小妹美不美》就告诫爱哭的小朋友哭会让人变得不美丽,而陈伯吹的《笑》则鼓励儿童开心地大笑,这样才美。

(三) 家庭生活和校园生活

儿童的生活圈子较窄,主要的活动场地就是家庭和学校,因此,在家里如何与家长和亲友相处,在学校如何与教师和小朋友相处就是儿童必须学习的重要内容。浩然的《玲玲摔倒以后》、方轶群的《小碗》、舒德骑的《谁该得第一》等反映的是学校生活;常瑞的《会飞的热水袋》、李想的《借生日》、孙惟亮的《花瓶打碎以后》等故事反映的是家庭生活。还有大量的儿童散文和儿童童话等也把这两类内容作为主要表现对象,儿歌与儿童诗凭借自己短小精悍的特点,更是着力表现它们。尹世霖的《妈妈的泪花》表现了儿童渴望长大,让妈妈尊重自己的愿望;黄修纪的《我最小》形象地描绘了在家里处处抢占好处的儿童,他的行为很不好;王代红的《我和小丽》教育孩子如何与小朋友友好相处;钱万成的《伙伴》用鞋与手套成双成对的形象来比喻朋友之间的友谊,暗示儿童要相互珍惜。

(四) 游戏活动

游戏是儿童生活的主要内容之一,其重要性不言而喻,所以游戏也是儿童文学创作客体的重要组成部分,各种文体里都有涉及,例如《丢手绢》《拍手谣》《过家家》等表现的都是儿童的游戏活动。

(五) 基本的行为规范和道德规范

前面已经论述过,儿童还是"生物人",他们成长的重要内容之一就是接受教育,逐步被社会化,成为"社会人"。其间儿童要接受最基本的生活技能和行为规范教育,而且这种教育是零碎的、生活化的,覆盖面非常广,内容却又具体集中在一件件小事、一个个动作上,这些点点滴滴的社会内容和生活内容自然变成了儿童文学的创作客体,这是儿童文学所独有的客体内容,也是容量最大、覆盖面最广的客体。像《什么叫做好,什么叫做不好》《一行有一行的气味》等都属于这类题材的作品。李少白的《白墙上的黑手印儿》和陈子典的《不敢提起这件事》则是教育儿童行为一定要合乎规范,别做破坏环境的事情。

四、儿童文学的语言载体——儿童文学作品

创作的语言载体就是创作活动物化而成的最终成果。儿童文学的语言载体是创作主体在生活中捕捉到适合儿童审美心理和审美情趣的动人灵感和题材后,经过提炼、加工、改造等一系列构思过程,并借助浅显生动、具体形象的语言符号表现出来,使思维结果"物化"而成的有形实体——儿童文学作品。儿童文学作品具有相对的独立性,我们可以从多个方面进行研究,可以研究其结构规律,可以研究其表现形态(文体),还可以研究其表现技巧等。鉴于本书主要研究儿童文学的创作规律。因此,对儿童文学作品的研究重在探讨各种儿童文学体裁的创作规律和实践方法,力求实用。作为儿童文学载体的文章形式因体裁的不同而被归入不同文体。

第三节 儿童读者对儿童文学创作的制约

创作和欣赏是一个互动过程,艺术家创作艺术作品,一方面显现了艺术家本人的才能和个性;另一方面也肯定了欣赏者,因为艺术作品的价值是通过欣赏者的欣赏得以实现的,欣赏者的艺术再创造使得艺术作品放射出艺术光芒。艺术家如果不事先考虑作品如何引导欣赏者的艺术再创造,不考虑如何将自己和欣赏者的审美观念谐调一致,以调动起欣赏者的审美兴趣,那么艺术家的创作是绝对不可能成功的。因此,儿童文学的创作系统和成人文学的创作系统是有区别的。在成人文学的创作系统中,作家占据主导地位,他写什么、怎么写虽然也要考虑读者的接受能力等因素,但还是以自己的创作目的为核心来创作的,儿童文学的读者所特有的年龄特征和由此带来的儿童文学的特点限制了作家创作的诸多自由,儿童文学的创作系统不再以作家为中心,而是围绕着儿童读者的审美特点和欣赏方式,因此,在阐述儿童文学的创作系统时,要打破常规,先分析儿童接受文学的特点,然后再谈创作主体——作家,以及创作客体与载体。

读者在创作这个动态的大系统中起着举足轻重的作用,其虽被称为创作受体,但并不是被动地接受文学作品,而是有着自己的主观能动性。读者的反馈传递给创作主体,影响着主、客体的相互作用,影响着文章的再创作。

儿童的心理特征发展变化很快,每一个年龄段都有其独特性,作家在为儿童创作时,必须照顾他们身心发展的年龄特点,创作出适合其认知和心理发展水平的作品。儿童读者的特殊性体现在以下几个方面。

一、知觉过程的整体性、直觉性

儿童对客观世界的反映是以感觉为起点的。感觉是客观事物直接作用于人的感觉器官,在人脑中产生的对事物个别属性的反映。知觉是在感觉的基础上对事物整体属性的反映,但不是各种感觉的简单相加,而是许多感觉形成的复合刺激物,由大脑皮层对复合刺激物的各个部分及其相互关系进行分析和综合,形成完整的形象。两岁以前儿童的感知是在动作中思维,"做到了"也就"想到了",与行动没有完全分化。它伴随的是某种情绪,甚至没有摆脱本能的要求,它的传达、交流是从口中发出声音信号而不是语言符号。所以,在两岁前,儿童的感知一般以感知事物的个别属性、自然属性为主,这种感知是被动的、支离破碎的,局限性极大。但是,这种低级的感知活动是高级活动发展的基础,而且更高级的学习活动——意识活动总是与这种低级的感知活动结合在一起。两岁以后的儿童由于生活经验的丰富和情感体验的增加,再加上第二信号系统——词的参与,他们的神经有了新任务,即对第一神经系统——条件反射所感受到的无数信号进行抽象和概括,加上日趋复杂的活动能力的发挥,儿童有了初步的分析和综合能力,开始认识时间和空间。但这时儿童还是不能区分主体和客体,即没有自我意识和对象意识,把主体需要和客体条件混为一体,把主观情感和客观特征融合为一。比如儿童扮演小老虎,戴上小老虎的面具,以为自己就是小老虎了;自己怕冷、怕热,好哭、好笑,就以为家里的布娃娃也是这样。这时儿童还易把主要与次要、现象与本质混在一起,常常不能把握事物的主要特征和本质特征,容易抓住的是形象的外部特征,比如将白兔的白毛、耳朵当成兔子的特征而忽略其主要、本质的特征。因此,儿童文学作品多着墨于人物(含拟人形象)和外部形象的描绘,大段的心理描写和独白则不适合于儿童文学作品。

另外,还有一些特殊情况也要注意,比如儿童的空间知觉水平较低,深度视觉尚未发展,为儿童创作图画读物时,要注意背景不能过于复杂。婴幼儿的时间知觉发展较迟,在其还不能掌握"年""年代"的概念时,婴幼儿文学作品中最好使用笼统的时间词语,如"从前""很久以前""后来""过了很久"等;等儿童有了时间和空间概念后,儿童文学作品就可以利用空间和时间概念来组织故事情节,表达情感变化了。

二、记忆的具体形象性和注意的无意性

心理学的有关研究证明,儿童的形象记忆力较强,所获得的表象比较丰富、活跃。他们总是凭直觉做出非理性的判断,而不会像成人那样,把整体分解成不同部分,寻找部分之间的关系,外部的整体形象只提供"由表及里""由此及彼"的依据。成人通常把形象作为形成概念的依据,概念一旦形成,形象就被遗忘了。儿童却紧紧抓住形象不放,而且喜欢重复感知某些形象,他们擅长将外部描绘转化为细节性的具体记忆表象,使形象越发鲜明,于是有些对细节特别敏感的儿童就会发现成人重复讲述同一故事时所做的微小改动。

儿童的注意力有自己的发展脉络,儿童的无意注意占优势,鲜明生动、具体形象、有变化的刺激物和儿童感兴趣的事物,容易引起其无意注意。为适应此特点,儿童文学作品的开头应尽量简短,尽早提供人物和事件的发展线索,篇幅不宜过长;故事情节要生

动、曲折、紧张、有趣。

儿童的记忆力也是从无意记忆向有意记忆发展的,与注意力的发展同步。儿童的记忆带有很大的无意性,他们所获得的知识、经验大多都是无意识记忆的结果。幼儿初期,那些鲜明生动、能满足其个体需要及激起情感、情绪的事物容易被记住。幼儿后期,记忆的有意性得到发展,他们能努力识记和回忆所需要的材料,但其总的记忆仍是以机械识记为主,逻辑识记的能力和记忆的精确性还较差,往往只能记住富有吸引力的内容,而把主要内容遗漏。因此,语言合辙押韵、朗朗上口的儿童诗歌,形象生动、情节曲折的故事,富于幻想的童话,能帮助幼儿记忆。

小学阶段的儿童,其注意品质依然不稳定、不持久,难以长时间地注意同一件事物,容易为一些新奇事物所吸引。生动、具体、形象的事物,形式新颖、色彩鲜艳的对象,比较容易引起他们的兴趣、吸引他们的注意。小学阶段的儿童注意的范围较小,不善于分配自己的注意力,他们集中注意某一事物时,经常出现"顾此失彼"的现象。

三、思维想象的独特性

儿童以无意想象为主,常常分不清想象与现实,其想象在具体形象的水平上进行。儿童的想象首先具有强烈的拟人化倾向,他们可以让风长上耳朵,为向日葵画上眼睛,使花挂满泪珠,还常常语出惊人,看到太阳下山说是因为太阳累了需要休息。其次通过想象和联想使毫无关联的事物产生联系,甚至对于本来不具有美感的事物也能通过绝妙的联想和想象生发出美感。由于自身的这些特点,他们对采用想象、夸张、拟人、隐喻等艺术手法的儿童文学作品有着天然的接受力。

四、情感的易感染性和弥散性

儿童的情绪外露而不稳定,表现为易冲动、易转变、易被感染,能从音乐、美术、文学等艺术活动中获得美感,并容易被深深地吸引和感染。儿童情感的易感染性,使他们非常容易受客体某些情绪特征的影响,产生频繁的情感共鸣或者情感转移。例如,当听教师讲到小老虎因为吃太多糖牙齿都掉了时,会不自觉去摸摸自己的牙齿;听到小猪因为手脏没有小朋友跟他玩时,那些不爱洗手的小朋友会很快去把手洗干净;看到其他小朋友哭会受到感染不由自主地跟着哭。儿童情感的易感染性和弥散性类似于文学欣赏活动中普遍存在的一种心理现象:情感的移"出"和移"入"。儿童普遍存在泛灵心理,如看到花低垂着头凋谢了,就说"花哭了",看到小鸟被关在笼子里叫个不停,就说"小鸟想妈妈了",这与杜甫的"感时花溅泪,恨别鸟惊心"相比有惊人的相似之处,只不过杜甫的诗句是诗人创造的审美意象,而儿童的趣语只是儿童自我中心的认识方式所导致的无意识的情感弥散。儿童的很多无意识表现可以与作家刻意塑造的审美意象相类似,二者之间物我交融的审美情感底蕴是一脉相承的,所以我们说儿童是天然的文学欣赏家和创作者。

五、审美意识的独特性

(一)审美偏爱的局部性

审美偏爱是指个体心理活动的选择性和指向性,它表现为个体对某类审美客体或者某种形态、风格、题材的艺术作品优先注意的心理倾向。每个人几乎都有自己的审美偏爱,例如,生活中每个人都有自己喜欢的服装颜色和款式、居家陈设、发型等;戏迷喜欢听戏、看戏;音乐爱好者有自己喜欢听的歌曲;艺术家或者艺术爱好者有自己喜欢的艺术形式、艺术风格和艺术作品等。凡此种种都表明,审美偏爱是每个人都具有的审美心理倾向。

国内外一些心理学家和学者进行了实验研究,结果证明,儿童有自己的审美偏爱。儿童喜欢色彩鲜艳、具有夸张与拟人风格的艺术作品,特别偏爱那些观赏性比较强的事物。儿童的审美偏爱具有局部性特征,即他们对某张画或某件艺术作品的偏爱,不是对整个作品的偏爱,而是对作品所表现的事物的局部特征的偏爱,诸如画面上的动物或者衣物上的饰物等。儿童的思维极富诗性美感,具有明显的特征:首先是具体形象性,儿童思维很少涉及逻辑、理性,他们通过形象来感知世界,通过生命来体验生命。其次是同一性,即在儿童的世界里,外在世界既可以是它本身,也可以是人自身,人能跟它对话和交流,彼此之间没有什么区别。最后是生命性,以儿童的眼睛看世界,一切都是有生命的。

了解儿童审美心理的特殊性,有助于我们引导儿童欣赏儿童文学作品,也有利于创作符合儿童需求的作品。

(二)儿童接受文学的特殊方式

1. 从听到看,从亲子共读到独立阅读

幼儿主要是听赏文学,这便产生了文学接受的间接性,其受到中介人讲述水平的影响。随着文化和科技的发展,儿童接受文学的方式已向听、看结合,甚至触摸的方式发展,但就总体而言,听赏仍是幼儿接受文学的主要方式,幼儿文学作品因此更通俗易懂、明白晓畅。随着年龄增加,儿童进入小学后识字量增加,从听赏、读图慢慢提升为文字阅读,完成从亲子阅读到独立阅读的过程,文学欣赏也变成了一种自在自得的审美活动,而与之适应的文学作品从语言、结构到主题设计也向纯粹的书面表达过渡,直至与成人文学重合。

2. 从感知性的接受到理性的选择

儿童欣赏艺术作品时,往往出于感知的本能,注意的是艺术表现内容与他们对客观生活的熟悉程度,如果表现的是他们熟悉的生活内容他们就很感兴趣。此外,内容的新奇性对他们也有强烈的吸引力。但随着年龄的增长和外界的引导,他们会理性地选择对自己成长有利的作品进行欣赏阅读。

3. 从具有游戏性质的自我幻化与角色扮演到有距离的审美接受

游戏是儿童的基本活动,儿童游戏的主要特点是扮演和模仿,强烈的随意性和模仿性使得他们的想象很少顾及事件的真实性,因而他们很容易制造出富于情趣的游戏情境和氛围。儿童在听赏作品时,常把自己幻化成作品的主人公,很快地融入作品。随着阅读理解力及欣赏能力的不断提高,儿童也会逐渐明白作品与读者之间的距离,学会有距离地感知文学作品,获得阅读的愉悦感和美感。

探究·讨论·实践

1. 儿童文学创作系统包含哪些要素,其特殊性体现在哪里?
2. 儿童文学的创作客体由哪些内容构成? 与成人文学相比有哪些特殊内容?
3. 试述儿童对儿童文学创作的制约作用。
4. 就你的理解谈谈为何创作儿童文学作品对作者的要求没有降低反而更高?

第五章　儿童文学的创作过程和要求

第一节　儿童文学的创作过程

学者对写作实践活动进行大量研究后认识到,写作过程有其本质属性,可以归结为"感知—构思—表达"的动态规律和"物—意—文"的双重转化规律。文学创作的过程实际上是指文学作品的形成过程,其涉及的问题无外乎"写什么"和"怎么写"。

首先解决的问题是"写什么",这是关于题材的问题。题材一旦选定,便要考虑"怎么写"。从具体操作过程来看,大致有三个阶段:一是感知阶段,二是构思阶段,三是表达阶段。感知和构思阶段是心理形成的过程,表达阶段是意象物化的过程。通常总是感知、构思在前,表达在后,即作者总是先对生活印象进行创造性的构想,形成一个意象组合的构架,然后运用语言符号和技巧把它们表达出来。

由于始终有指向儿童的读者意识在引导和制约着写作主体的创作行为,因而儿童文学创作在取材、构思方法、表达形式和语言技巧等方面,与成人文学创作都有不同之处。

一、感知阶段

任何写作的初始阶段都是从感知开始的。人通过感觉器官感受外界事物并把信息传送给大脑,经过整理、综合,形成事物的完整映像。客观事物的表象通过人的感知、吸收,经过多次反复的积累,在一定创作意识的支配下,成为写作的对象,再经过创作者的琢磨、思索,最后确定写作的目的和写作的内容。儿童文学作家最关注和最感兴趣的必然是儿童生活领域的人和事、儿童的情感和想象及他们的所作所为,这些内容是儿童文学作家感知的对象,也是儿童文学创作选取题材的目标和确立主题的依据。因此,儿童世界,包括儿童想象中的世界和儿童感兴趣的世界,都是儿童文学创作的基本题材库。虽然儿童文学作家会因为自己的生活经历和生活体验的不同,其取材的领域和指向不同,但他们取材的目标都是指向儿童世界的。

二、构思阶段

构思是一个十分复杂的心理过程,而且是创作成功的关键。儿童文学作家在构思过程中,不仅要清醒地意识到题材自身的意义,还要考虑怎样处理题材,选择何种文体形式,怎样设计和安排情节结构,运用哪一种艺术手段来塑造形象、表现主题思想,才能使作品为儿童所乐于接受和易于接受。在创作方法上,最值得重视的是浪漫主义的应用。浪漫主义的创作方法始终是儿童文学创作的主流,因为其离不开想象和幻想,即便是现实性很强的题材,也不排斥想象和幻想,它们往往是儿童文学创作思维的基本形式、构建情节的主要方式、形成童趣的重要途径。因为儿童的思维方式本身就带有童话的特点,他们最容易相信假定性的东西,常把自己的思想感情注入周围有生命甚至无生命的物体上。处于儿童时期的孩子,一方面觉得自己无所不能,向往着创造不平凡的事业,另一方面又受智力、体力、时间和空间的极大限制,由此引起的矛盾唯有借助幻想来寻找依托,得到化解。这就像处于童年期的人类——原始人须编造种种神话,借助于想象以征服自然力,支配自然力,把自然力加以形象化。

直观性和叙事性也是儿童文学创作比较重视的方法。儿童对直观性的要求,不但体现在儿童只能借助于图画来进行阅读,同时也体现在他们需要成人的帮助,通过成人带有表演性质的朗读和解释来间接地阅读儿童文学作品。对于儿童来说,直观性强的作品总能格外地博取他们的欢心。即使是已经开始识字,有了一定文字阅读能力的小学低年级、中年级学生,图文并茂的艺术作品仍然能获得他们的青睐。至于叙事性,几乎可以说是儿童文学艺术样式的总体特征,哪个年龄阶段的儿童文学作品都具有此特征。儿童喜欢以叙事性为主的作品,这与他们的直观、形象的思维方式有关。翻开林林总总的儿童文学作品,我们发现无论是把幻想作为核心的童话、科幻小说,还是源于生活又高于生活的儿童小说、儿童生活故事,或是写实的传记、回忆录和报告文学;无论是以人为主人公的,还是以人格化的动物、植物为主人公的儿童文学作品,无不讲究以情节曲折、形象生动为主要特征的叙事性。散文在成人作品中多以抒情见长,可在儿童文学作品中,深受小读者喜爱的却大多是那些以一个或几个具体生动的故事片段为核心内容的叙事性散文。因此,儿童文学作品中纯粹抒情的作品很少。叙事性这一特征,要求儿童文学作家既要有坚实的生活基础,又要有出色的想象力,能将所要表达的主题思想借助曲折有趣的故事情节、鲜明生动的人物形象表现出来,吸引儿童的注意力,使他们在享受文学带给他们的愉悦的同时,潜移默化地受到思想、认识、审美上的教育。

作品的构思,从萌芽到成熟,是一个反复进行、不断修正的发展过程。构思成熟的标志是艺术形式的明朗化和具体化,即融为一体的主观情趣和客观物象最终以适宜的艺术形式显现出来。只有如此,文学创作才能从构思转向表达。对于儿童文学创作来说,验证其构思是否成熟的有效办法是向儿童讲故事。其实,讲故事就是一种文学表达,是口头文学表达,这正是儿童接受文学作品的重要方式。许多儿童文学作家习惯把自己构思的故事先讲给儿童听,边讲故事边完善构思。可见,构思和表达并不是泾渭分明的,两个阶段可以交叠反复,互相补充。

三、表达阶段

表达是文学创作十分重要的阶段,也是最后一道程序。写作的构思活动最终都要通过物化的形式,运用语言文字的排列、组合、编码,将大脑思维的结晶反映并固定下来,凝聚为写作的成品——文章。语言文字将构思活动的成果,按照一定的顺序编排成系统的文字符号,用最佳的表现形式表达出来,即将意象物化成文字形式的、可以用来交流的文学作品。这是在构思活动的指挥下所进行的具体创作过程,也是对构思活动的整理和完善。

文学的美学风格必须依赖语言才能得以展现。儿童文学对语言更是有明确的要求：简明，流畅，通俗易懂，有声有色。儿童文学创作十分讲究语言的活泼、简练和趣味性，注重营造稚拙的艺术氛围，形成一种朴素而明朗的风格特征。

第二节 儿童文学的创作要求

一、确立鲜明的主题，选取新颖的题材

主题是通过作品的全部内容表达出来的基本观点，它是作者从自己对生活的感受和对题材的加工提炼中产生的，是生活暗示给他的一种思想。儿童文学作品适合反映哪些主题，反映的深度如何掌握，选用什么材料来表现，这是创作时首先要考虑的问题。主题是文章的灵魂和统帅，在文章中起着支配和决定性作用，因此对它有着正确、深刻、新颖、集中等具体而明确的要求。儿童文学创作对主题也有明确的要求，即单纯、浅显、鲜明。儿童知识积累少，辨别能力差，对隐晦、复杂的主题无法体会和理解，对是非的判定还处于非常幼稚的水平，好和坏是他们评判人物和是非的尺度，有时甚至只注意情节，对作品的主题思想不过分关心。

儿童文学作品的主题一定要鲜明，能让儿童直观地明白"为什么好""为什么坏"。但是，不能因此把教化意义强加到题材中去，而将儿童文学创作变成"故事＋主题＝作品"的简单程序；或者借用作品中的人物来讲道理，干脆把主题思想讲得明明白白，毫无文学意蕴。文学不是灵丹妙药，文学的教育功能是在潜移默化中实现的。比如普希金的童话诗《渔夫和金鱼的故事》，在反复叙述渔夫的老婆贪得无厌之后，最后用几句描写景物的诗句形象地暗示了主题："一看，在他面前的仍然是那所小泥棚，他的老太婆坐在门槛上，她的面前还是那只破木盆。"孩子们听完这个故事，自己就会明白：老太婆贪心。这就是活生生的教训，善良与邪恶、公平与不公平对照鲜明，孩子们有自己的是非评判。鲜明是儿童文学作品对主题的基本要求。

主题是从题材中提炼出来的，题材是体现主题的具体材料，二者相生相伴，尤其在儿童文学作品中表现得更充分，因为儿童文学创作反对主题先行，注重从儿童的生活中发现题材，挖掘主题。儿童文学作品的题材有以下自己的特点。

首先，广泛多样。儿童文学作品的题材可以涉及生活的各个方面，既包括儿童现实生活的题材——儿童家庭生活、学校生活以及与儿童生活息息相关的成人生活；也包括虚拟的世界——神话故事、民间故事、历史故事、科幻故事等；还可以从成人文学中选取适合儿童阅读和欣赏的题材加以改编，如寓言、传奇故事、古典小说中的内容，使经典的成人文学作品成为儿童文学的题材宝库；儿童的求知欲和好奇心很强，文学作品是儿童获得知识的重要来源，因此，知识性的题材在儿童文学作品中也得到充分的重视。

其次，适应儿童的理解水平。由于儿童的逻辑思维处于萌芽状态，其只能依靠直观的生活经验和形象思维认识社会生活，他们对熟悉的事物和生活更感兴趣，因此，儿童文学应以儿童熟悉的生活和能理解的事物为主要创作题材，但绝不是说儿童文学的取材只

能限于儿童的生活经验,从而消极地适应儿童的特点。儿童文学作品的内容应适当高于儿童的理解水平,才能具有教育的前瞻性。同时,为了发展儿童的思维和想象力,提高其审美能力,也需要向他们传授一些间接经验和知识。儿童文学作家陈伯吹说:"幼童文学面向经验、知识贫乏的幼童,它的题材内容首先要满足他们所不知道的有十万个那么多的'什么''为什么'和'怎么样'。以他们的日常生活作为起点,一直伸展到自然环境、社会环境中去,由此而丰富他们的经验、启迪他们的知识,同时训练他们的观察能力和发展他们的想象能力。"[①]此段话阐明了儿童文学的题材如何向儿童未知的空间扩展,其对儿童文学的取材有积极的借鉴意义。

最后,新颖。文学是社会生活的反映,而生活是不断变化的,所以文学创作讲究创新,要求出新,只有新、奇、美的内容才能引起读者的阅读兴趣,满足读者的求知欲和不断变化的心理需求。因此,儿童文学的题材选择还要遵循文学题材的共同特点——新颖。儿童文学创作应顺应时代的变化,不断拓宽创作题材的领域,以适应当代社会的迅速发展和儿童的心智水平。现实生活中,每天会有许多新人、新事、新经验、新问题出现,我们要培养自己敏锐的观察力,善于从看似平淡的生活中发现和选择适宜于儿童文学表现的新鲜材料来创作。但新鲜并不只是从未有过的事物,有的事物大家司空见惯,不以为意,若能从中发现某些新意,仍然具有新鲜感。英国诗人米尔思的《寻人》写孩子找妈妈,他讲:"我的妈妈不听我的话,我一直跟她讲:你出去要跟我讲一声,你到哪里去一定要带我去,你现在根本不听我的话,结果就不见了。"这种颠倒的写法新奇、有童趣,本来目的是告诉孩子出去时要告诉妈妈,但这样一颠倒效果就不同了,这是作者的匠心独运之处。再如李想的《借生日》就是从司空见惯的过生日的题材中,提炼出关心父母的具有新意的主题的。

如今,伴随科技的发展和各种媒体的普及,儿童的生活领域不断拓宽,其对社会的认识速度往往超过成人的想象,因此,以前一些不能在儿童文学中表现或者不好表现的题材,只要选择好角度和方法也可以出现在儿童文学中,以前没有出现过的新事物或新现象更应该反映。作者要勇于创新,大胆突破,不断选取新的题材,反映日新月异的社会生活。

二、情节曲折,结构单纯,层次清楚

有情节的儿童文学作品占绝对优势,即使在抒情性较强的儿童诗歌和散文中,叙事性的成分也占有较大的比重。由于儿童文学作品篇幅短小,谋划结构时应注意以下两点。

第一,情节力求单纯完整、曲折有致,符合儿童的理解水平。

第二,结构清晰,条理清楚,顺序井然。儿童文学作品的结构要条理清楚,顺序井然;尽量使用顺叙的方法,避免插叙、倒叙和补叙。最好以一条线索贯穿到底,避免多条线索同时进行。为了吸引儿童的注意力,可以采取重复的结构方式,还应注意故事的起伏跌

[①] 转引自祝士媛,张美妮.幼儿文学[M].长春:吉林大学出版社,2000:31.

宕，切忌平铺直叙。

三、塑造鲜明、生动的形象

儿童文学创作的核心问题是塑造什么样的形象？怎样使形象鲜明生动，对儿童有吸引力？每一种文体在塑造形象方面各有自己的侧重点和方法，不能做统一的描述，以下是简要归纳出的有共性的规律。

第一，儿童模仿能力强，但分辨能力差，作品塑造的形象和行为要值得他们学习和模仿，不宜过多描写反面形象和行为。

第二，儿童好动，喜欢活灵活现的形象，因此最好少进行沉静、呆板的刻画。

第三，塑造外部特征生动、突出的形象。儿童感知事物表象的能力比较发达，容易抓住事物的外部特征，但还不具备深入理解事物本质的能力。如果文学形象的外部特征突出，不仅可以吸引儿童的注意，还可以帮助其理解人物的内心世界和作品的意义。

第四，儿童的知识、经验有限，难以理解具有复杂性格的形象，因此，儿童文学作品中塑造得较多的是生动、丰满却有独特个性的形象。

四、创造鲜活的儿童文学语言

语言的本质特征是交际性和工具性，儿童学习语言的目的在于使用语言与他人交流思想、信息和情感，也在于学会一种理解外部世界及表达自己对外部世界的认识的方式。心理学研究表明，儿童语言的获得与发展遵循一定的规律，而且是儿童心理发展的重要内容。儿童对语言的获得是对语言形式、语言内容和语言运用的综合习得。文学作品对儿童的语言发展有积极的引导作用，因此，对儿童文学作品的语言有如下要求：阶段性；可接受性；超前性；多样性。

探究·讨论·实践

1. 儿童文学创作过程包含哪几个环节？它们是什么关系？
2. 为什么儿童文学作品的主题要求鲜明、单纯？
3. 认真阅读《小蝌蚪找妈妈》，以它为例分析儿童文学的结构特点。
4. 请结合鲁兵的《冬娃》、薛卫民的《五花山》，具体分析儿童文学语言的特征。

第六章 培养儿童文学的写作素养和创作能力

第一节 培养儿童文学的写作素养

写作素养指写作主体从事写作必须具备的素质和修养,即主观条件。它包括智能因素、非智能因素及世界观等,具体涉及思想、生活、知识、阅读、动机、兴趣、意志、情感、个性、气质及感知能力、思维能力、想象能力、表现能力等多个方面。

素质和修养是两个不同的概念。素质是指人的先天生理特点和心理发展的条件,主要指神经系统、感觉器官、运动器官、脑方面的特性,是个性、能力形成和发展的生理基础。具体地说,人的素质是指以个体的先天禀赋为基础,在环境和教育影响下形成并发展起来的稳固的心理、生理特征。稳固只是一个相对的概念,因为随着环境特别是教育的影响,人的心理、生理是在不断发展、变化的。一方面,素质既受先天的自然禀赋的影响,也受后天的学习和实践的影响。通过学习和实践,人的素质可以得到提高。另一方面,素质又可以稳固在一定水平之上。修养是指在政治思想、道德品质和知识技能等方面,经过长期的学习和实践所达到的一定水平。写作主体的修养以写作实践为基础,主要包括丰富的生活经验、积极的世界观和艺术观、广博的文化知识、熟练的艺术技巧等。因此,修养必须靠后天来培养。

素质和修养对写作主体的个性心理特征都产生重大影响,但是修养起着决定性的作用。有的人素质并不出类拔萃,但通过后天的努力,以修养弥补素质的不足,也可成为写作高手。所以,写作主体的素养的形成与提高,以一定的生理条件为基础,但主要靠后天的实践,特别是写作实践。古今中外有成就的作家,都十分重视自身素养的培育与提高。

写作素养的提高途径主要有思想的砥砺、信仰的确立、知识的积累、环境的熏陶、艺术的陶冶、实践的锻炼及严格的教育训练等,具体应重视以下几个方面。

一、思想观念对写作的导向作用

思想观念是思维活动的结果,也是社会存在的主观表现。正如毛泽东所说:"这种感性认识的材料积累多了,就会产生一个飞跃,变成了理性认识,这就是思想。"[1]感性认识有正确与错误、是与非之分,思想也就有正确与错误、先进与落后、美与丑之分。写作活动是以语言文字为媒介来传递信息、交流感情和思想的活动,因此,写作主体的思想观念对其所写文章的好坏具有决定性作用。儿童不像成人那样有分辨能力,他们对作品传达

---

[1] 毛泽东.毛泽东著作选读(乙种本)[M].北京:中国青年出版社,1964:249.

和灌输给他们的思想观念会照单全收。因此,在儿童最初接触文学作品时,将什么样的作品交给儿童,将什么样的思想观念传导给儿童,不仅仅关系到儿童一般意义上的审美、认识等能力的培养问题,更是关系到社会和国家未来的道德秩序的建立问题。

道德指一定社会调整人与人之间、个人与社会之间的关系的行为规范的总和。它以善与恶、正义与非正义、公正与偏私、诚实与虚伪等观念来评价人们的各种行为、调整人们之间的各种关系。在儿童文学作品里道德观念常常被作者以具体的故事和形象为载体表述出来,对儿童的教育是最直接和最直观的。

因此,作者的思想道德修养对写作具有决定性的作用。我国历来重视写作主体的思想道德修养,"有德之文信,无德之文诈""诗品出于人品"等说明了思想观念对文章的思想价值有着决定性作用。正如鲁迅在《革命文学》一文里所言:"从喷泉里出来的都是水,从血管里出来的都是血。"[①]要写出观点正确、道德高尚的文章,作者首先就要加强思想修养,树立正确的观念。

儿童是人类的未来和希望,儿童的成长需要全社会的关注。因此热爱儿童是儿童文学作家首先应有的基本品格。有志于儿童文学创作的人,都应该有崇高的爱心和责任感,要发自内心地热爱儿童文学,把它当作神圣的事业倾注满腔的热情和精力。托尔斯泰为每则儿童故事加工、修改、润色达十余次,其高度的责任感和纯真的慈父心是后世作家的楷模。儿童文学作家还要淡化名利心,有崇高的使命感。正如贺宜所说:"儿童文学决不是'低级'的、'幼稚'的儿童文学!为了攀登它的高峰,值得我们付出毕生的劳动和不懈的努力!"[②]可以说,热爱儿童文学是儿童文学作家必须具备的思想素质和修养。

二、积累知识对写作的奠基作用

知识是人脑对客观规律的反映,是人类认识自然、社会和人的精神产物,是人类在经验基础上的系统概括。知识不仅对于写作有奠基作用,对于认识世间万物也是有力的武器。王充在《论衡》中说的"人有知学,则有力矣"与培根所说的"知识就是力量"不约而同地说明了"知识是力量的源泉"这一真理。写作主体更不例外,要想写出力透纸背的佳作,就必须具有坚实丰厚的知识基础。

写作是一项综合性很强的活动,要求写作主体具有多方面的修养,而知识修养是其中最重要的组成部分。具有广博的知识,才能眼界开阔、胸襟豁达,才会具有良好的人品和文品。纵观历史上的文豪,没有哪一个不是知识渊博的人,屈原、司马迁、李白、杜甫、汤显祖、曹雪芹、苏格拉底、莎士比亚、马克思、恩格斯、托尔斯泰等,他们深厚的知识功底无不昭示后人:要打好写作基础,首先要打牢知识基础;要提高写作修养,应从提高知识修养入手。

知识的获得通常通过三条途径:学历、经历和阅历。

学历指个人学习的经历,主要指在学校受教育所取得的资历。学历可以说明一个人

---

① 鲁迅.鲁迅全集(全20卷)[M].广州:花城出版社,2021:300.
② 转引自鲁兵.中国幼儿文学集成·理论[M].重庆:重庆出版社,1991:47.

接受了比较系统和集中的知识训练,因而在一定程度上可以说明一个人的知识水平。学历能决定一个人基础文化知识和专业知识的深度与广度,表现为对外部世界的感受能力和理解能力。对于写作主体来说,受过系统的教育尤其是高等教育,不仅能获得较多的文化知识,而且能培养良好的思维方式及敏锐的感知能力。较高的文化水平是写作不可缺少的基础和条件,提高文化素质是从事写作的人的首要任务。但学历对写作主体的成才并不起决定性作用。

经历指个人在社会中生活的历程。从纵向看,包括童年、青年、中年、晚年的经历;从横向看,包括学校生活、家庭生活、社会生活等。顺利或者不顺利的经历都会转化为人内在的一种心理结构。一般地说,顺利的经历内化程度要浅些,不顺利的经历内化程度要深些。越是奇特、曲折的经历,越能深入作者的内心深处。那些坎坷的经历、充满刺激甚至苦难的生活,一方面开阔了作者的视野,另一方面必然引起作者的感情波动,这种感情波动对作者心理素质的优化创造了有利条件,使得作者对人情的冷暖、生活的真谛有深入而独到的见解和领悟,为文学创作奠定了坚实的基础。

由于文学创作具有作者自我表现的因素,所以,作者的个人经历愈曲折,他在生活中获得的各种印象、感受和认识就愈丰富,他的创作基础也就愈厚实。经历对于写作活动,特别是对于文学创作者具有决定性的作用。现实生活的丰富多彩造就了不同的作家,生活烙印在每个身处其中的作家身上的印记是不一样的,这些印记反映在作品中,就形成了文学艺术不同的风格。有人以为对儿童文学作家的经历要求没有成人文学作家那么丰富,因为儿童文学表现的多是小猫、小狗的故事,可以随便编造。这是一种错误的想法。儿童文学虽然借小猫、小狗来说话,但那些小猫、小狗就是儿童的形象,针对它们的写作不仅要具备所有文学创作应该具备的能力和素养,作者还必须成为儿童心理、儿童教育等方面的专家,要求作者的人生经历中要具备有别于真正童年的"特别童年",即总在不断地回忆、体会童年的生活,永远保持一颗童心。

阅历指个人在社会生活中观察、体验和思考的历程。这是写作主体不断接触、感知、识别外在世界的活动过程,既包括学习书本知识、汲取前人的经验,又包括自己亲身的体验,更包括研究他人的得失、考察社会的发展状况等。每个人都会随着年龄的增长不断地深入社会生活,充当的角色越来越多,接触的生活面越来越广,各种体验也会不期而至。这一见识世界、阅遍人生的过程也是人的个性不断形成、素质不断提高的过程。

对于写作主体来说,学历并不特别重要,起决定作用的是经历和阅历,其中阅历更为重要。阅历不仅从正面、积极的方面塑造人的个性,还常常从反面诸如通过挫折、不幸、坎坷、生老病死、生离死别等来锻炼一个人。作者的生活阅历丰富,在形象记忆中保存大量的生活经验,可以更多地、更深刻地感受到人情的冷暖,拥有丰富的情绪记忆,形成丰富的感情积累和内心体验,这对于其创作是非常重要的。

儿童文学作家应该具备的知识结构如下。

(一)综合知识

作家应该是上知天文、下晓地理、中间还懂"鸡毛蒜皮"的"杂家",其综合知识包括哲学、经济学、政治学、伦理学、民俗学、人类学知识等,还应该懂得起码的自然常识和科学知识,对音乐、美术、雕塑、建筑等与文学相关的艺术知识也应该懂一些,对于儿童文学作家来说还应多掌握一些,因为儿童文学本身就是综合性的艺术,它对音乐、美术有很强的依赖性,而且儿童文学作品常常与音乐、美术作品等组合起来运用,水乳交融在一起。

作家除了需要掌握各个学科的知识之外,生活知识也是其必须要关注和掌握的。作为文学创作者,首先需要积累大量的生活知识,因为没有它们,就没有真实的生活场景和鲜活的人物形象,也就没有栩栩如生的生活细节。儿童文学作家除了要掌握成人的生活知识外,还必须熟悉儿童生活。当然,对生活知识的掌握不必达到专家的水平,有时做一般了解即可,但生活知识的积累却是越多、越广越好。

(二)写作的专业知识

写作的专业知识指写作的系统理论知识和具体技巧的指示两部分。写作的专业知识是作家形成专业能力的基础,作家应当熟练地掌握关于写作的专门知识。对于儿童文学作家来说,首先应当具备儿童文学写作的专业知识,掌握各种文体的写作方法和技巧,对诗歌、散文、小说、戏剧、童话、故事等的写作要求和技巧了然于心,能熟练地写出各种文体的作品。

(三)儿童文学理论知识

儿童文学是所有文学形式里个性最鲜明的文学,随着读者的年龄不断向成人靠近,儿童文学的儿童性越来越弱。因此,要创作儿童文学作品,写出受儿童喜爱的文学作品,就必须掌握儿童心理、儿童教育、儿童文学等方面的专业知识,甚至要经常深入儿童中间,了解他们的思维等的变化规律与文学表现之间的关系。

三、各种非智力因素对写作的影响

(一)培养儿童文学的创作动机

动机是直接推动一个人进行活动的内部动力。人类的大部分动机都是需要的具体表现,或者说是需要的动态表现,常以愿望、兴趣、理想的形式表现出来。

写作动机是直接推动作家进行写作的内部动力,是引起和维持写作行为并将写作活动导向某一目标的愿望和意念。写作动机产生于人们对写作的需要。写作需要的表现形式多种多样,但究其实际不外乎两种:一是外在需要,即为了交流信息;二是内在需要,即为了宣泄情感,维持心理的平衡。前者是社会性的需要,后者是个人的心理需要,二者相互沟通就构成了人类写作的总体需要。作为具体的人,必定会因为生活在具体的环境中而产生各式各样的情感、兴趣和理想,这些内容只要能够引起主体想满足需要的愿望,又有相应的客体,就能成为写作动机。

儿童文学的写作动机可能是所有写作动机中最为纯粹、明净和高尚的,因为儿童文学写作的一切需要都是由儿童文学的审美目的、认识目的和教育目的来决定的,它具有很强的使命性。为儿童创作精美的文学作品不仅是作家个体在表现自己的才能、思想、情感,更重要的是为培养儿童做基础性的工作。儿童文学作品是儿童的精神食粮,对儿童的成长有着不可替代的培育作用。为儿童写作是关乎人类未来发展的高尚的工作。

为此作为儿童文学作家,必须以一种高度的责任心来培养自己的儿童文学创作动机,本着为人类发展做贡献的高尚精神来进行儿童文学创作。就这一点来看,儿童文学的写作动机更注重社会性。

如何培养儿童文学的写作动机呢?具体措施如下。

1. 明确儿童文学的写作目的,增强写作的自觉性

对写作的兴趣就是一种天然的写作动机。对于儿童文学作家来说,应珍惜自己的写作兴趣,同时又不单纯地从个人兴趣出发,而要明确儿童文学的写作目的,增强社会责任感,把个人的兴趣与社会未来发展的需要结合起来,使自己的写作动机建立在坚实的基础之上。

2. 积极了解儿童生活,激发写作欲望

只是明确儿童文学的写作目的,对其有理性的认识,并不能产生写作动机。只有在实际生活中深深感到必须为儿童说点儿什么、讲点儿什么,才会产生强烈的写作欲望。对于大多数的父母和儿童教师来说,长期生活在儿童中间,儿童纯真、质朴的思想和情感是儿童文学创作的绝好素材,对儿童生活的了解是激发写作欲望的最好因素。

3. 以榜样为动力,触发写作动机

有很多儿童文学作家最早并不是专职作家,而是幼儿园的教师或者中小学教师,他们在长期的生活与实践中积累了很多的儿童生活素材,继而拿起笔来为儿童写作,成为出色的儿童文学作家。经常阅读他们的作品,领略其写作成果的魅力,可以提高自身对写作价值和意义的感性认识,还可以从中找到自己的优势,触发写作动机。还有一些写作佳话,像《爱丽丝漫游奇境记》是作者刘易斯·卡洛尔——一位牛津大学的数学家随口编给爱丽丝姐妹们的故事流传下来成为的经典;梅子涵写自己女儿故事的《女儿的故事》等,都可以激发有心之人的写作动机。

4. 利用成果反馈,强化写作动机

儿童文学的发表不像成人文学那样需要很专业的媒介,它可以在有儿童的地方随时发表,听赏的儿童既是儿童文学作品发表的媒介,又是儿童文学作品的评价者,更是儿童文学作品的检验者。因此,作为家长和幼儿园、小学教师,可以近水楼台先将自己的作品读给儿童听赏,通过儿童的反应来确定作品的优劣,从中获得反馈,强化自己的写作动机。这是成人文学创作无法比拟的一个优势。

(二)激发儿童文学的写作兴趣

兴趣是指人的意识中对事物所持的一种选择态度和积极探索的认识倾向,是人力求认识和趋向某种事物并与肯定情绪相联系的个性倾向,它促使人对一定事物优先给予注意,具有人格上的指向性、超乎寻常的稳固性和持久性等特点。

兴趣一方面反映了主体对某种事物或者某项工作有特殊爱好;另一方面表现出为完成某项工作而自愿付出自己的精力。

写作是一项艰苦的创造性精神劳动,没有充分的自觉性就谈不上创造性。只有以写作为乐事,才能打开智慧的大门,开动创造的机器,投身到艰苦的笔耕中去,用汗水浇灌出心灵的花朵,使自己在写作方面获得长足的进步。这就需要激发写作兴趣,尤其是儿

童文学创作,需要的更是一种对儿童文学的纯粹兴趣。

　　心理学研究表明,兴趣在人的实践活动中具有重要意义,它可以使人集中注意力,产生愉快、紧张的心理状态。这对人的认识活动会产生积极影响,有利于提高工作质量和效果,对写作也有着重要作用,具体表现在以下两点。

　　首先,推动写作主体去探究写作规律或者参加写作实践活动。巴尔扎克因为在大学旁听时对文学创作产生了极大的兴趣,毅然放弃了将来待遇优厚的律师职业,不顾父母的反对在巴黎的贫民区租了一间小阁楼,在饥寒交迫中从事写作,后来终于成为大文豪。莫里哀出身于有产家庭,因为从小随外公看戏而迷上了戏剧演出与创作,他不惜放弃世袭国王侍从的爵位和法律硕士学位,甘心与戏班到处流浪演出,后来还因为戏班负债而进了监狱。他虽历经磨难仍然不悔,终于成为著名剧作家。他们的故事说明了兴趣对人的人格指向有着很强的引导作用,而且还具有超乎寻常的稳定性和持久性。同时也说明,培养写作兴趣对于个体在写作上的发展有着多么重要的奠基作用。

　　其次,写作兴趣引起人持久而稳定的注意,使主体的感知清晰、记忆鲜明、想象活跃、思维敏捷。由于兴趣的这种自发倾向及其对感知、记忆、想象和思维的积极作用,它常常成为启迪写作才能的一种媒介,有利于主体轻松、愉快地为未来的创造性写作做大量的智能准备。司马迁为了写《史记》,年轻时花了大量时间到处游历,一方面增长见闻,一方面收集各种资料。蒲松龄为写《聊斋志异》到处搜集故事,甚至在路口摆下茶摊,免费提供茶水,以广泛征集民间传说。正如孔子所言:"知之者不如好之者,好之者不如乐之者。"

　　爱因斯坦说:"热爱是最好的老师。"儿童文学写作更是这样:热爱儿童文学写作,兴趣强烈,才能全身心地投入儿童文学的写作过程中,克服重重困难,完成自己的写作愿望。因为热爱和兴趣为写作活动做了最好的准备。写作的灵感来自外界的信息刺激,而灵感总是光顾"有准备的头脑"。只有热爱儿童文学写作,才会形成稳定的兴趣中心,集中注意力去研究儿童文学的写作技巧,提高儿童文学的写作能力。

(三)磨炼坚强的写作意志

　　意志是指作者为了实现预定的写作目的而克服困难,不断调节、支配自己的行动的心理过程。意志是人类行为过程中所特有的调节机制,是人的能动作用的特有表现。从事儿童文学写作也离不开意志的调节作用,意志在儿童文学写作中的作用主要体现在两个方面:发动和制止。发动表现为推动作者为了实现儿童文学的审美、认识和教育目的去从事写作活动;制止表现为制止与预定的儿童文学写作目的不相符合的愿望和行动。意志是和儿童文学的写作动机紧紧相连的。因为作者的意志总是由一定的写作动机激发,并指向某种写作目的的。作者要将由写作动机激发起来的写作行为坚持下去,还得靠意志来支配自己的行为,以实现预定的目标。因此,儿童文学的写作动机是作者意志形成的必要条件和动力,作者的意志又是延续儿童文学写作动机和实现写作动机的保证。只有具有正确而强烈的儿童文学写作动机,又具有坚定的意志,才能使儿童文学的写作活动顺利进行下去。

　　意志不是天生的,需要有意识地加以培养。意志坚强的作者应具备以下基本品质。

1. 自觉性

自觉性是指作者对于儿童文学的写作目的、意义具有明确而充分的认识，从而积极主动地为完成预定的儿童文学写作目的而努力，并有步骤地安排好写作活动。这样能减少写作的盲目性，充分发挥作者的主观能动性。

2. 果断性

果断性是指作者善于明辨是非，适时地做出决定并加以执行。适时即指时机成熟之时，善于根据具体材料进行分析、判断，明辨是非真伪，迅速而正确地做出写作的决定。写作时机不成熟或者情况发生变化时，又能做出不写或者停止写作的决定。

3. 坚毅性

坚毅性是指儿童文学作家在写作中克服困难和挫折，达到既定目标的意志品质。它的特性是不顾一切困难，始终不渝，不达目的誓不罢休。历史上有很多作品都是依赖作者坚韧的毅力完成的，许多不朽的巨著都是作者坚韧意志的集中体现。司马迁"隐忍苟活"完成旷世奇作《史记》，曹雪芹"披阅十载，增删五次"写出巨著《红楼梦》，这些都是作者坚韧意志的光辉体现。

古人云："天若无霜雪，青松不如草；地若无山川，何人重平道。"艰难困苦、磨难挫折，是写作过程中必经的坎坷，也是提高写作水平的砥砺之石。因此，坚韧不拔是写作主体必须具备的写作品质。李贺的"日夕著书罢，惊霜落素丝"道出了写作的艰苦。写作主体从萌发写作愿望到把动机变成现实，将精神物化为文字，其间有一段很长的距离和艰苦的历程。普通人要将自己慢慢磨砺为思维力、感悟力、想象力、表现力等都符合文学创作要求的特殊人才，其漫长的过程更是需要坚毅的意志来调控。

4. 自制性

自制性是指作者善于控制和支配自己的行动或情绪的意志品质，它主要表现在两个方面：一是善于促使自己去执行已经做出的决定，并能战胜与之相悖的一切因素，诸如犹豫、恐惧、懒惰、羞怯等不良心理因素；二是善于在写作过程中抑制自己的消极情绪或者冲动。通常情况下，积极的情绪能加强作者的意志活动，有利于补充作者的精力，激励作者去克服困难，实现预定目标。消极的、不愉快的情绪，则会降低作者的积极性，消耗作者的精力，妨碍意志行动的贯彻。意志坚强的作者可以克服消极情绪，在艰难困苦中顽强拼搏，写出优秀的作品。当然，在不具备写作基础和能力的条件下，意志品质也表现为不失时机地放弃，不一味蛮干。正如马卡连柯所说："坚强的意志——这不但是想什么就获得什么的那种本事，也是迫使自己在必要时放弃什么的那种本事……没有制动器就不可能有汽车，而没有克制也就不可能有任何意志。"[①] 具有自制力的作者无不具有克己的品质，能够自觉地控制和调节自己的心态和欲望，以便排除干扰，确保写作活动的顺利进行。进行儿童文学写作尤其需要这种自制力来排除外界的干扰，让自己沉静在纯洁无瑕的心灵世界中全身心地投入创作。

---

① 马卡连柯.马卡连柯全集[M].北京：人民教育出版社，1957：512-513.

(四)用积极的情感催生写作灵感

情感是人对客观事物所持的态度、体验。情绪和情感是两个既有联系又相互区别的概念。心理学认为,情绪指那些与生理需要相联系的体验,情感则是与社会需要相联系的体验;情绪是人和动物所共有的,情感则是人类所特有的,是受社会历史条件制约的。写作活动是人类所特有的、与社会需要相联系的体验,显然属于情感活动。情绪总是由当时的情境引起的,其强度往往超过情感,但容易迅速减弱,且不太稳定,常随情境的改变而改变。情感则既具有情境性,又具有稳定性和长期性,是贯穿于写作过程始终的一种心理活动。当然,情感和情绪的划分是相对的。具有稳定性的高级情感,有时可能突然勃发为一种情绪;与人的生理需要相联系的情绪,有时也可能因赋予它一定的社会意义而改变其原始的表现形式,上升为某种情感。

情感总是由一定的客观事物引起,无缘无故的情感是没有的。作者对客观事物产生情感的过程,正是对客观事物进行判断和评估的过程;作者在认识客观事物的过程中,往往伴随着某种情感的产生。认识是作者对客观事物本身的反映,而情感是对客观事物的一种好恶倾向,二者是有区别的。由于客观事物与作者的主观需要之间有着不同的关系,作者对客观事物便抱着不同的好恶态度:对于能满足或者符合作者需要的事物,作者就会产生愉快、满意、喜爱之类的肯定情感,反之则会产生厌恶、愤怒、憎恨之类的情感。

"文章不是无情物。"儿童文学作品因其自身的特殊性和审美效应,必须是充满美好和高尚感情的艺术作品,事实上,优秀的儿童文学作品确实是有着自己独特审美特征的艺术结晶。因此,儿童文学作家应该是具有高尚和丰富情感的人。

1.情感催发灵感

作者的情感对写作的催化作用主要表现在催发写作灵感上。写作的动念往往出于某种强烈的感情驱使,然后发而为文。在写作过程中,情感是写作的催化剂,可以引发创作冲动和灵感。灵感本身就是情感作用下的一种心理反应,它是作家、艺术家、诗人在对某种艺术构思长期琢磨、苦思冥想而不得其解时,由于某种事物的启发,突然茅塞顿开而捕捉住的富有创造性的构思;是作者对作品的构思突然颖悟时所显现的一种思维高度集中、情绪高度兴奋的心理状态。很多文学家在自己的创作实践中都有过灵感在情感催化下迸发的经验。郭沫若在《我的作诗经过》中谈他的写作经验时说:"《凤凰涅槃》那首长诗是在一天之中分两个时期写出来的。上半天在学校课堂里听讲的时候,突然有诗意袭来,便在抄本上东鳞西爪地写出了那诗的前半。在晚上行将就寝的时候,诗的后半的意趣又袭来了,伏在枕头上用铅笔只是火速地写,全身都有点作寒作冷,连牙关都在打战。"① "袭来"的诗意正好说明了灵感的突发性、偶然性和创造性,同时也说明了它随情绪爆发的情感性特征。很多作家都有过这样的经验,自己在生活中已经积累了丰富的素材,可这些素材是杂乱无章的,组织它们的时候往往找不到合适的手段或者方法,在冥思苦想而不得的过程中,自身的焦虑、着急、渴望、烦躁等反应会刺激人的神经进入一种特

---

① 转引自李珥平.创作动力学[M].天津:百花文艺出版社,1992:171.

有的亢奋状态,情绪因此大不稳定,会产生波动,这时如有外界刺激物介入,就会产生"如梦初醒""灵感骤至"的高度兴奋状态。这时那些原本杂乱无章的素材,那些原本潜在于心的、对现实生活的印象、体验、意识等,因为偶然因素或者事物的促发,会骤然间有机地联结在一起,发生质的飞跃,升华为全新的艺术构思。

2. 激情促发灵感

"文章本天成,妙手偶得之。"偶然得之的妙手并非真正出自偶然,它是建立在长期的生活积累和修养基础之上的。生活积累和灵感突发、偶然性和必然性都是辩证的。因此,要想写出好的作品来,要想让灵感随时光顾自己,首先要"长期积累",然后才能"偶然得之"。

同时,在情感上也要随时保持高度的敏感。尤其进行儿童文学创作,要求作者始终有一颗童心,愿意用儿童的视角来观察客观世界,用儿童情感来体察客观外物,感同身受才能与儿童的情感相通,写出为儿童喜闻乐见的作品。金波先生接受采访时曾经这样介绍他的创作经验:

"我在六十年代写过一首诗叫《雨铃铛》,写房檐挂的雨水,滴答滴答往下掉,叮当叮当地响。当时我很快就把它写出来,大致是这样:'沙沙响,沙沙响,雨水挂在房檐上,房檐上挂珍珠,好像一串一串雨铃铛。叮叮当当,叮叮当当,它在招呼小燕子,快快过来盖新房。'我很快写出来的原因,是我小时候——大约五岁时,有一次我坐在房檐底下看着雨水珠从房檐上一会儿叮咚下来,一排新的又叮咚下来,我当时想:咦,怎么这么漂亮,还叮当叮当响,掉在地上打得水花儿响,我觉得它特别像一串铃铛,雨的铃铛。那是我很小时候的一种想法,以后就忘了。那次(写作时)我又看到下雨,雨铃铛的景象——我五岁时的记忆被唤醒了,孩子时我只是有这种想法,当然现在我有技巧了,就可以把它变成作品,这就是一种构思的方法。童年的生活跟你眼前的现实生活一下衔接起来。这种记忆中的碰撞往往激发出一个灵感,就把它写出来了。"

金波先生的创作经验很形象地说明了"长期积累"与"偶然得之"的灵感的碰撞过程,同时也说明要创作儿童文学作品,自己要以饱满的儿童情感来观察、体会客观事物,才会激发相关的儿童文学创作灵感。

另外,作者的情感还有感染作用。儿童文学作品是成人作者与儿童读者之间情感交流的媒介,作者必须具有强烈的审美情感并将自己丰富的情感和体会注入儿童文学作品中,才能使那些作品具有感染力,才能打动儿童,陶冶儿童,激励儿童。如洪汛涛所说:"你要儿童喜爱读你的作品吗?请用你对儿童的喜爱去交换。"[①]

总之,儿童文学创作是综合性很强的精神劳动,它要求作者必须具备多方面的知识和能力,不仅要求作者有丰富、广博的科学文化知识,有开阔的视野、高超的驾驭语言文字的表达技巧,还要对儿童的心理、审美意识等有系统的认识和了解。同时,还必须熟悉社会生活、家庭生活、儿童生活,具有厚实的生活积累。儿童的生活空间是创作儿童作品的艺术环境,但这个环境不是真空,其跟一定的社会生活、历史环境、人文环境紧紧联系

---

① 洪汛涛.儿童·文学·作家[M].郑州:河南人民出版社,1982:52.

在一起,如何将合适的儿童文学题材放到合适的儿童文学空间中去表现,这是儿童文学作家写作功力的具体表现。创作时还要考虑阅读对象的具体年龄,作品是面向三岁的孩子,还是五岁的孩子,虽然只差两岁,但有很大的区别,不仅涉及自然年龄因素,还包含社会性和时代性因素。作为作家不仅要懂得"儿童"这门科学,还须自己直接去接触儿童,去了解他们的生活,因为书本上的理论知识终究是抽象的、理性的,搞创作需要感性的材料。生活是创作的源泉,要从生活中选择主题、提炼主题,根据生活来描写人物、叙述故事。闭门造车是不行的,离开儿童生活,儿童文学创作就会枯竭,因为儿童丰富而有趣的想象和精神世界是我们成人所无法构建的。

儿童文学作家还应对儿童的生活有敏锐的观察力和概括力,对儿童独特的精神状态予以承认和把握,抱着欣赏的态度观察儿童的天真、稚态,与儿童的精神世界交流、沟通。

第二节　培养儿童文学的创作能力

创作能力是指运用已有知识,依据写作任务,使语言文字物化为文章的实际技巧。能力指人完成某种活动的本领,包括完成某种活动所必备的个性心理特征和具体方式,它是人们在掌握知识、技能的过程中逐步培养和发展起来的。按照心理学的观点,人的能力可划分为一般能力与特殊能力两大类:一般能力指智力(包括观察能力、感知能力、思维能力)和操作能力(手脑并用解决实际问题的能力),它是适合于各种活动的能力。特殊能力指在智力活动的基础上发展起来的、符合某种专业活动所要求的独特能力的结合,它是构成人与人之间能力差异的主要内容。一般能力寓于特殊能力之中,并且通过特殊能力表现出来。创作能力特别是文学创作能力是一种特殊能力。一般的写作能力包括审题能力、选材能力、立意能力、谋篇能力、表达能力、修改能力等。文学创作能力则主要包括观察感受能力、直觉体验能力、记忆联想能力、想象变形能力、理性思考能力、艺术构思能力、形式驾驭能力等内在审美创造能力。对儿童文学作家来讲,以上诸多能力都应该具备,但最重要的或者说首先应该具备的是感知能力、思维能力、想象能力和表现能力,下面重点介绍这几种能力。

一、感知能力

所谓感知,就是心理学上感觉与知觉的统称。感觉是客观事物的个别特性在人的头脑中的直接反映;知觉是客观事物的整体形象和表面联系在头脑中的反映。通常认为感觉是对事物个别属性的理解,而知觉是对事物整体属性的理解。创作作为一种极为复杂的心理活动和精神劳动,它与感知的关系极为密切。任何文章的产生,都是由客观材料经过作者的感知,再内化为作者的某种思想观念,然后才外化为语言文字的。儿童文学创作的感知方式具有鲜明的儿童性和审美性特点。

(一)儿童性

儿童文学是为儿童创作的文学,因此它是一种自觉的、有目的地倾向于发展儿童心理和审美的有意感知。成人在实际生活中都是以知觉的形式直接反映事物,感觉一旦产生,便转化为知觉,很少有孤立的感觉存在。比如成人观看一幅画,一下就能看清整个画面的情形,并且形成整体的观念。实际上成人并不是首先就产生知觉的,而是在长期的实践过程和教育锻炼中,感觉和知觉已经形成很快的链接速度,快到我们几乎不能察觉到中间的时间差。儿童却是从认识事物的部分开始的,他们首先注意的是自己感兴趣的局部,不太注意整体。和一切心理过程的发展一样,感觉、知觉的发展也有一个由低级向高级不断完善的过程,而且儿童的感觉和知觉的发展是不平衡的。他们的听觉、视觉、辨色力、整体知觉、部分知觉、空间知觉、时间知觉等都在随着年龄的增长而不断完善。因此,为照顾儿童的感觉、知觉特点,儿童文学中的形象会突出局部特点,以引起儿童的注意,这和成人文学创作的感觉、知觉有很大的不同。比如,对于生活中的很多常见物品,从生活化的角度来感知,可能更多地想到它们的用途;而作为文学对象感知,可能就会将其和当时的情感或者社会、人生联系起来。比如圆,对于生活中的人来说,圆就是数学里可以给出一个准确定义的图形,但在诗人眼中圆变化万千,甚至不再是它本身,有一首叫《圆能变成什么》的诗很有意思,恰好跟儿童的感觉、知觉联系在一起,这首诗说明了孩子眼中的圆就是跟圆形有关的事物。儿童对客观世界的认识是从千千万万具体的事物和形象开始的,即由感性认识开始,然后形成知觉,并逐步培养起理性认识。从该诗中"在儿子面前/我终于知道圆是什么了/知道太阳月亮梨子苹果/为什么是圆的"也能看出来,"在儿子背后",诗人实际上并未把圆看成简单的圆,不然就不会刻意写下这首诗了。圆不是圆,那是什么呢?它就像"春蚕到死丝方尽,蜡炬成灰泪始干"中的春蚕、蜡炬一样,被诗人赋予了更多的社会性内容。简单、具体的事物进入文学创作的境界后就会超越它们自身的特定形状和意义而变得意味深长,这是成人文学创作的感知方式。

在儿童文学创作中,作者对事物的感知既有成人理性的指导,更主要的是要还原成事物最初的形状来认识,因为文学创作里普通的意象化手段及感知方式不适合儿童,而且作者最好有一个清晰的读者定位,明白自己的作品是写给哪个年龄段儿童看的,要用那个年龄段的儿童感知世界的方式和视觉来感知,这样才能为儿童所理解。例如教儿童认识圆,就从具体的圆形事物开始引起他们的注意和观察,至于理性化的认识及感知必须要等他们具有相关的圆形知识和辩证观点后才能慢慢引入。

所以,儿童文学创作的感知方式具有儿童性,注重局部,注重形象,注重具体化。相应的感知能力的培养却不能儿童化,它是建立在成人已有感知能力的基础上的一种儿童化的表现方式。

(二)审美性

因为儿童具有自我幻化的心理特点,万事万物在儿童眼里都是有生命的,因此他们的生活充满诗意,儿童文学因此也有了很浓的诗意。儿童文学创作的感知也具有很强的审美性,它具有形象美、情感美、意境美,这些美都源自儿童视野中的事物所具有的特殊美感,也源自作者以儿童和成人的审美意识相互作用而形成的特有的审美感知。

二、思维能力

思维是人脑对客观事物的特征和规律的一种间接的、概括的反映过程。思维能力指的是人们在思维活动中所表现出来的能力。人类通过思维可以认识那些没有直接作用于自己的种种事物,也可以推断未来的发展变化,以调整自己的行为,顺应事物的发展规律。写作的过程也是思维的过程,从立意选材到谋篇布局,从确定方法到选择语言,都离不开思维,思维贯穿于写作的整个过程之中。思维能力是作家必须具备的一种极为重要的智力,也是作家最重要的心理能力。

从运用的角度看,思维能力可以分为一般思维能力和创造性思维能力。一般思维能力指在日常生活、学习和工作中对事物的理解能力和解决问题的能力。创造性思维能力则指在提供崭新的精神和物质产品的过程中表现出来的独创性。

从内容与形式看,思维能力可以分为抽象思维、形象思维、灵感思维和直觉思维能力。一般来说,文学创作主要应具备较强的形象思维能力,其特点是能运用表象、联想、想象等思维形式进行思维,当然也离不开抽象思维,因为作品的形象背后所蕴含的主题、立意等就是抽象思维的结果。

文学创作是一项独创性很强的精神劳动,它更需要创造性思维。创造性思维既有一般思维的特点,又不同于一般思维活动。首先,它往往与创造性活动联系在一起。其次,它要在现成资料的基础上进行想象、加以构思才可能完成,因而它是思维与想象的有机统一。最后,它往往带有突发性,常被称为灵感。所以创造性思维是多种思维的综合表现。

儿童文学更需要创作主体具有创造性精神和创造性思维。儿童文学创作所需要的创造性思维方法通常有以下几种。

(一)求异思维

求异思维是一种不满足于现有结论而力图另辟蹊径的思维方式,它是打破思维定式的武器。儿童文学奇妙脱俗的幻想要求作家以不同常规的思路和视角去思考和观察,从而得出超乎寻常的见解,创造出独特的艺术形象,这就需要作家具备超常的创造力。《小蛋壳历险记》《小布头奇遇记》《尼尔斯骑鹅旅行记》《爱丽丝漫游奇境记》等的书名就预示着其不是按常规来创作的作品,这些作品也确实体现了作者独特的创造性思维。

(二)组合思维

组合思维是一种把有关联的事物或者事物的各个方面合成一个有机整体的思维方式。儿童文学创作中经常将若干片段组合成一个完整的事件,把若干人物的性格或者某个人物的若干性格组合成一个鲜明的形象,或者把若干场景组合成一个统一的画面,或者把若干事物的特征组合成一个有机的整体,这些都少不了组合思维的作用。同时,常常将儿童与动物组合在一起,创造一些超人或者拟人化的童话形象,舒克与贝塔是儿童和老鼠形象、性格的组合;孙悟空是人、神、猴三位一体的组合;丑小鸭是天鹅及不懈追求自己理想的人的组合;《爱丽丝漫游奇境记》中狮身鹰头的格里芬、鱼头人身的信差及扑克王国里面各种身份的角色等,都是组合思维创造出来的新形象。

儿童文学中运用组合思维对客观外物进行组合是很常见的,现实生活中的事物如果总是以原态出现在作品中,儿童是不感兴趣的,出现在儿童作品中的小猫、小狗如果不会说话,儿童肯定觉得毫无情趣。

(三)类比思维

类比思维是一种把相似的事物联系起来由此及彼地进行对比的思维方式。同类事物有相似性,不同类事物其实也有相似性,这为世界的丰富多彩提供了物质基础,同时也为初识它们的儿童造成了理解的困难。儿童文学在引导儿童认识世界时,会用很形象、很生动的手段将事物的相似性提供给儿童,以帮助他们从不同角度辨认客观世界;同时,儿童自己在观察世界时也会无师自通地运用比喻等手法来寻找事物之间的相似性。因此,儿童文学中类比思维的运用是很普遍的。比如,金绍珍的《金苹果》、欧澄裁的《大瀑布》、刘育贤的《小香蕉》中有这样的比喻,夜空像座大花园,太阳像个金苹果,瀑布像高挂山上的布,香蕉像月牙、像小船,这些想象都是运用了类比思维的结果。

(四)变形思维

变形思维是一种对生活原型进行变形处理的思维方式,这种思维方式的最大特点是将众多原型进行剪裁、移位,然后嫁接、拼贴、补充,以创造出新颖独特的艺术形象。变形思维是儿童文学创作不可缺少的思维方式,很多童话形象都是经过变形处理之后创造出来的新形象。《爱丽丝漫游奇境记》中爱丽丝虽然一直是一个小女孩的形象,但她吃了神奇的蘑菇就可以想变大就变大,想变小就变小,而其他形象也都是经过变形处理后的新形象:穿礼服、戴怀表的大白兔;一直保持笑容且能将身体慢慢消融在黑暗中的柴郡猫;扑克牌上的各种形象;狮身鹰头的格里芬;一直处于悲伤状态的假海龟;会跳舞的大龙虾;长着鱼脸和青蛙脸的男仆等。这些都是经过变形思维处理后所造出来的形象,它们使爱丽丝的漫游真正地充满了奇幻色彩。

三、想象能力

想象是对头脑中已有表象进行加工、改造而建立新形象的过程。想象能力是人们在进行想象活动时表现出来的个性心理特征。黑格尔说:"最杰出的艺术本领就是想象。"[①]"真正的创造就是艺术想象的活动。"[②]确实,写作的创造性主要是通过想象与思维的结合来实现的。想象可以使思维长出翅膀,开拓写作的思路;想象可以使形象与思维相联系,从而进行形象思维,创造出新形象;想象还可以由已知推测未知,提出各种各样的预测、设想。想象能力比知识更重要,因为知识是有限的,而想象能力概括着世界上的一切,推动着进步,并且是知识进化的源泉。文学创作活动是最考验作者的想象能力的,因为生活的形态是以表象的客观、原始的形式活跃在作者头脑中的,文学创作要将这些表象信

---

① 黑格尔.美学(第一卷)[M].朱光潜,译.北京:商务印书馆,1984:357.
② 同上 50.

息重新组合才能创造出新形象,组合的材料或者黏合剂就是出色的想象力。离开了想象能力,便无从谈写作的创造性。艺术想象能力对于文学创作极其重要,它起着开拓思路、触发灵感、孕育创新、强化感情、增强形象的魅力等作用。

想象能力是由多种因素复合而成的智力结构,它以敏锐的观察力、出色的记忆力和丰富的知识储备为基础,改组原有表象,创造新形象,这又需要较强的分析能力、综合能力、判断能力、推测能力和注意力等。这些能力有一部分是与生俱来的,属于生理性的先天素质,但更主要的是靠后天有意识的培养和训练。若要从事儿童文学创作,特别要注意培养自己的想象能力。培养想象能力的途径通常有:第一,扩大知识领域,丰富表象储备。第二,重视生活积累,让表象充实想象。第三,重视情感培养,让激情引发想象。第四,重视阅读,提高语言素养,发挥语言激发想象的中介作用。第五,重视实践,以实践活动发展创造性想象能力。

除了通过上述手段培养想象能力之外,从事儿童文学创作还要更多地向儿童学习。儿童具有非凡的想象能力,他们眼中的所有事物都带着一层迷幻色彩。儿童文学作家培养自己的想象能力时,既要遵循一般想象能力的培养原则,又要注意吸取儿童想象中特别具有创造性的那些成分。比如洪汛涛曾写过这样一个故事:"一群儿童园的孩子在草地上玩,老师出了个题目,让孩子们回答:怎样才能捉到飞来飞去的蝴蝶?其中一个孩子说:我要在衣服上画上许多花,站在草地中间,蝴蝶还以为那是真的花,却飞到我的身上来,我就把它们捉住了。大人们,你们想得出这么个'好办法'吗?"①

儿童虽然有着丰富的想象,但其想象又是混沌无序、非逻辑和被动的,它们可以成为写作的素材,作家只能吸取其中有意义和有价值的部分。因为指导作家创作的是艺术想象,其是在文学审美目标指导下的有益想象,应呈现出有序的逻辑状态。儿童文学的想象特别强调创造性,但并非凭空创造,也不是采用儿童的原始想象,而是深入孩子中间捕捉他们奇妙的想象火花来点燃成人的创造性,使最终创作出来的文学作品想象奇特、新颖独到,同时又符合文学审美的标准,既是奇妙的、具有创造性的想象,又是规范的、有表现力的想象。《随风而来的玛丽·波平斯阿姨》中,发生在玛丽·波平斯阿姨身上的事情就像"随风而来"这个名字一样奇妙得让常人难以想象:她的空手提袋里可以拿出无数的东西;一瓶奇怪的溶液可以变出无数种味道的饮料;能进入图画中去尽情享受假期……这许许多多的奇妙想象分别构成一个个小故事,它们就像梦一样随意和松散,但作为文学作品,这种松散只是表面现象,作品的内在结构是有逻辑、有条理的,那就是运用奇妙的想象为儿童模拟了一个快乐的童真之梦,目的是为儿童制造快乐。

四、表现能力

儿童文学创作最难的是用儿童能理解的文字来传达作者的审美意识。儿童文学作家必须掌握适宜于儿童的表达技巧,善于用儿童能理解的文字来传达自己对客观世界的审美感受。文学的形式特征比较隐蔽,不像美术作品的视觉特征和音乐作品的听觉特征

---

① 洪汛涛.儿童·文学·作家[M].郑州:河南人民出版社,1982:34-35.

表现得十分鲜明,人们欣赏文学作品时容易被主题和情节吸引,而把形式挤压进无意识中。儿童文学的天然机趣、率真本质要求一种"无技巧的技巧",看似随意中恰好表现出作者的精心构思。儿童文学的表达技巧主要体现在选材立意、布局结构、表现手法、形象塑造、语言运用等方面,而且各种文体的表现技巧是不一样的,后文将分别对这些表达技巧进行专门论述。

探究·讨论·实践

1. 如何激发儿童文学创作的动机和兴趣?
2. 什么叫灵感?如何激发儿童文学创作的灵感?
3. 儿童文学作家应该具备哪些知识结构,尤其应该重视哪些知识的积累和学习?
4. 试着用变形思维和组合思维构思一些与众不同的形象,并把它们塑造成童话形象,进而创作出完整的童话作品。

第七章 儿童文学的文体创作

第一节 儿歌创作

一、儿歌的概念和特点

(一)儿歌的概念

儿歌是专为儿童创作、适合其心理特点和欣赏趣味,并且易读、易记、易唱的歌谣。它带着浓浓的母爱、和着甘甜的乳汁一起流入孩子的心田,是人一生中最早接触到的文学样式。孩提时代,没有哪个孩子不曾听过母亲或其他长者吟唱的儿歌,也没有哪个孩子不曾歌唱过、念诵过儿歌。儿歌像美丽的百灵,为孩子带来欢乐,陪伴他们度过美好的童年时光。那些生动形象、韵律优美的儿歌,不但使孩子得到身心的愉悦和美的熏陶,有的甚至影响其终身发展。

儿歌有着悠久的历史,古代一般称为童谣。我国远在3 000多年前就出现了传唱于儿童之口的童谣;2 000多年前就有人对儿歌加以搜集和记录,在《左传》《国语》《战国策》等历史著作中可以读到最早记载下来的儿歌。"儿歌"一词普遍使用是在五四时期。周作人曾说:"儿歌者,儿童歌讴之词,古言童谣。《尔雅》,'徒歌曰谣'。《说文》,谣注云,'从肉言,谓无丝竹相和之歌词也。'"①

古代的童谣还有种种别名,如童子歌、孺子歌、婴儿谣、童儿歌、儿童谣、小儿谣、小儿语、孺歌等,都是指传唱于儿童之口的"徒歌"。古人将"歌""谣"解释为:"曲合乐曰歌,徒歌曰谣。""谣"即不用乐器伴奏,没有固定曲调,唱法自由的"徒歌"。由此可见,童谣是长期流传于儿童之间的一种以韵语写成的没有音乐伴奏的口头短歌。

1593年,我国出现了第一部个人搜集整理的儿歌集《演小儿语》,这是明代吕坤从各地民间搜集并加以改编的,它标志着儿歌的发展进入了一个新阶段。到了清代,儿歌的价值得到充分肯定,出现了《天籁集》(郑旭旦编,许之叙校)、《广天籁集》(悟痴生编)等优秀的儿歌集,其中大多数作品既有知识性,又有趣味性,比明代的儿歌内容更丰富了。

在我国真正将儿歌作为儿童文学体裁去看待、解释是在20世纪初。1918年,在北京大学校长蔡元培和学者沈尹默、刘半农等人的倡导下,北京大学建立了歌谣研究会,成立了歌谣征集处,创办了《歌谣》周刊,发表了所收集的大量歌谣,对其中的儿童歌谣冠以"儿歌"的名称。从此,"儿歌"一词广泛使用,沿用至今天。

---

① 周作人.中国新文学的源流[M].石家庄:河北教育出版社,2002:30.

中华人民共和国成立后,儿童文学的创作受到重视和提倡,涌现了许多热心于儿童文学创作的作家,在他们所创作的优秀儿童文学作品中有大量的儿歌。文人创作的儿歌的出现,表明儿歌走向自觉的时代的到来。儿歌作为一种文学体裁,经过几千年的孕育终于完成了蜕变的历程,羽化为充满独特审美价值和艺术魅力的文学形式。

(二)儿歌的特点

儿童对事物的感知能力是逐步培养和发展起来的,表现出很强的年龄特点,其总的趋势是各方面由不成熟逐步向成熟发展,年龄越小的孩子其儿童特征也就越明显。文学作品为了适应这种变化趋势,从内容到形式乃至艺术手段都呈现出从低级到高级的上升态势,直至与成人文学完全融合。在这个不断前进和上升的审美过程中,儿歌是儿童最早接触到的文学样式,处于文学审美运动图式的最底层。因此,它肯定有不同于其他儿童文学体裁的特点,具体体现如下。

1. 韵律自然,节奏鲜明,具有欢快、明朗的音乐性

儿歌的音乐性是其最本质的特征之一。心理学研究发现,新生儿已经具有良好的听觉能力,不仅能够听见声音,而且还能区分声音的音高、音响和声音的持续时间。连续不断的优美声音对婴儿可以起到抚慰和镇静的作用。这种与生俱来的听觉能力在12到13岁以前一直在提升。[①] 为儿童欣赏儿歌提供最基本的生理和物质基础,这也是儿歌成为儿童最早接触的文学样式的主要原因。

婴幼儿不是凭文字,而是借助音乐的表情性来感觉儿歌,因此提供给婴幼儿欣赏的儿歌在音乐上的要求超过了语义要求,儿歌只有在诵唱之中才能体现其生命力。有些儿歌内容上并没有多大意义,但它和谐、鲜明的音乐韵律却能入耳入心,从听觉上给婴幼儿愉悦,引起婴幼儿生理上的快感。这在摇篮歌中表现得最突出。不过,儿歌的音乐性不同于一般的音乐,更不同于一般文学的音乐性。它不仅要求语言浅近、精练、口语化,而且要自然合节、朗朗上口,其明快自然的特性是其他文体无法相比的。例如:河南传统儿歌《菊花开》:"板凳,板凳,歪歪,/菊花,菊花,开开!/开几朵?/开三朵。/爹一朵,/妈一朵,/妹妹头上戴一朵。"这首儿歌明快流畅,又不单调,开头两句是整齐的六字句,并且还有意切分成三个二字音节,让前面两个音节重复,末尾一个音节单字重复,节奏鲜明;以下转为两个三字句,最后一节是儿歌中常见的"三三七"句式,音节和韵律整齐中有变化,显得简洁工整而又错落有致,吟诵时感觉自然、清新、流畅。再如《小老鼠》:"小老鼠,上灯台,/偷油吃,下不来,/吱吱吱,喊奶奶,/奶奶不肯来,/叽里咕噜滚下来。"《跳花墙》:"羊!羊!跳花墙,/抓把草,喂你娘。/你娘没在家,/喂你老哥仨。"

从众多的儿歌中我们可以发现,儿歌的形式有一定的规律:一般首句就入韵,有的句句押韵,一韵到底,如《小老鼠》;有的以小节为单位换韵,如《跳花墙》的前两句押(ang)韵,后两句押(a)韵。音韵响亮且句式和字数上常有变化,多采用叠词叠韵、语词重复的手法,形成有规律的反复,产生回环往复的音响效果,同时又适合儿童需要反复和强化的

---

① 刘金花.儿童发展心理学[M].上海:华东师范大学出版社,1999:81.

记忆特点。

音乐性在儿歌中的重要性绝不亚于语义。可以说,通过节奏和音韵体现出来的音乐性是儿歌区别于其他文学样式的最显著的特征。

2. 篇幅短小,内容浅近,具有单纯、活泼的稚拙美

儿歌作为一种听觉艺术,具有流动性和不可逆转性,念诵时不可能给人留下充裕的思考时间,对于语言与思维的链接还没有完全实现自动化的儿童来说,更是没有思考的余地。因此,为了儿童领会、唱诵和记忆的方便,儿歌的篇幅一般都短小、精致,句式简练,结构单纯,口语色彩浓,读来朗朗上口,而且易记、易诵。与形式的简洁相对应的是内容的浅近和主题的集中,一首儿歌往往单纯、集中地描述一件事情、一个现象,或者在简洁、有趣的韵语中表明某个平常的道理,使儿童在欢快、活泼的童趣中受到智慧的启迪和美感的熏陶。

儿歌浅显单纯、活泼灵活的特点使得它不仅满足了儿童身心娱乐的需要,从文学审美的角度看,优秀儿歌往往在浅显、单纯之中蕴含着高妙、悠远的神韵,在稚拙中显示出一种纯真的空灵,其美学价值是很高的。难怪古人称赞儿歌"天机活泼""真率浑成",是"天地之妙文",是内存"至理"的"天籁"之音。请看:

千条线,/万条线,/掉到河里看不见。(谜语歌《雨》)

这首儿歌仅用三句十几个字就生动活泼地写出了下雨这一自然现象,同时还很巧妙地揭示了雨水和河水的相关之处,用"三三七"的句式安排三个句子,内容单纯,形式却不单调,显得情趣盎然。又如:

头戴黄草帽,/身穿绿色袍,/见风点点头,/朝着太阳笑。

这首叫《向日葵》的谜语歌,用整齐的五字句,抓住向日葵的外在特征"黄草帽"和"绿色袍"来吸引儿童的注意力,将思维的方向锁定在其外形上,但并不限于此,紧接着两个动态的描绘"点点头""朝着太阳笑"使整首儿歌充满了动感,显得鲜活而灵动,浅显却不浅薄。再如:

丫头丫,打蚂蚱;/蚂蚱叫,丫头笑;/蚂蚱飞,丫头追;/蚂蚱蹦得高,/吓得丫头一大跳。(《丫头丫》)

这首儿歌虽短,却像一个故事,有情节,有细节,人物形象鲜明,"丫头"和"蚂蚱"在儿歌里重复出现了四次,在看似简单的重复中,实则独具匠心:第一句"丫头丫,打蚂蚱"是丫头在主动位置,"打"表现了丫头的顽皮,而后的几个情节就是丫头被蚂蚱的"叫""飞""蹦"逗得开心地"笑""追",尤其是最后一个细节"吓得丫头一大跳"真是妙趣横生,让人忍俊不禁。整个画面充满了稚拙的童趣和真率自然的风格。还有《小老鼠》里那个偷油吃下不来的小老鼠形象,用了童话的表现手法,表面写小老鼠的可笑行为,实则表现了儿童生活中的趣事,他们往往顾前不顾后,做出一些幼稚可笑的举动。

由于儿歌是儿童文学中篇幅最小的,所以特别讲究主题的单纯、集中,可用美术中的速写来比喻,线条是粗放的、简练的,但表现力却是鲜明、准确、丰富的。

3. 载歌载舞,唱诵嬉笑,具有歌戏互补的可操作性

儿歌与游戏相辅相成,唱儿歌不做游戏显得单调乏味,而做游戏不唱儿歌又觉得呆

板扫兴,唱诵嬉笑总是如影相随,所以儿歌往往具有组织游戏的作用。

儿童对有节奏的声音相当敏感,而儿歌明显的节奏感正好契合儿童天生对声音和节奏的敏感力,使其身心得到愉悦。事实上,从民间婴幼儿的游戏活动看,有很多儿歌本身就是用来为游戏活动伴奏的。比如传统儿歌《虫虫飞》就是教婴幼儿玩手指相对,训练协调性时伴奏的歌谣;传统儿歌《拉大锯》是随着节奏一拉一送摇晃婴幼儿的伴奏歌谣。这样的儿歌在生活中很多。比如《跳房子》是儿童跳花房子时唱的儿歌,生动、形象地描绘了做游戏时的情景和儿童乐在其中而忘记了时间的快乐情形;杜虹的《丢手绢》是对丢手绢这一游戏活动过程的准确记载。

对于婴幼儿来说,欣赏儿歌不仅可以获得听觉上的愉悦,而且在游戏中还是很实用的动作指挥,一方面可以指挥个人的具体动作,另一方面可以协调大家的活动,唱诵嬉笑被统一在一起。所以儿歌不仅有组织游戏的作用,而且还能够培养儿童自我控制及与他人合作的习惯,尤其是合唱类儿歌,这使得儿歌具有了其他文学样式所不具有的特殊功用。

二、儿歌的分类及其特殊形式

儿歌的分类没有统一的标准。根据婴幼儿不同年龄阶段的特点,有的研究者将儿歌分为母歌和儿戏两类。前者指婴儿还不会说话时,母亲和其他长者吟唱的摇篮歌;后者指渐渐学会说话的幼儿边嬉戏边念唱的歌谣。在章法结构上,儿歌一般没有固定形式,外在的形式总是随着内容和时代的变化而变化。从儿歌的功能看,既有帮助幼儿进行语音、吐字练习的绕口令,也有锻炼智力和测试判断力的颠倒歌、谜语歌;既有丰富幼儿知识、开阔视野的对花调和时令歌,也有纯属娱乐、戏耍的连锁调等。从语言结构看,句式有三言、四言、五言、六言、七言,也有杂言;节奏一般为二拍或者三拍,至多不超过四拍;可以句句押韵,也可以隔句押韵,可一韵到底,也可中间换韵。在我国民间口头文学的基础上形成并流传下来的儿歌,经过漫长岁月的沉淀,除了一般形式外,还逐渐形成多种深受幼儿喜爱的特殊形式,主要有以下几种。

(一)摇篮曲

摇篮曲又称催眠曲、摇篮歌,古代曾经称作抚儿歌。它的作用在于催眠,常有"睡觉""宝宝"一类的字眼。吟唱时节奏舒缓平稳,旋律优美;歌词浅显简单,含义单纯。它对婴儿的作用不在"语",而在"声";比起摇篮曲的内容,更为重要的是它温柔、悠扬的声调和节奏所形成的温馨的氛围。摇篮曲带给孩子的满足感、安全感是儿歌这种文学样式普遍受婴幼儿欢迎的基础。

世界上流传着不计其数的摇篮曲,大都以母亲的口吻表达对孩子的祝福和希望,这是表现形式上的共同之处。就创作者来看,有些是看护孩子的母亲或长者即兴创作的,这类摇篮曲有的根本就没有歌词,只有令人陶醉的乐调和舒缓的节奏,或者有一些简单的歌词,但只是音乐的一种点缀,完全是母亲或长者充满爱心的即兴之作,如云南民间有一首摇篮曲是这样的:"喔喂,喔喂,喔喂喂;宝宝睡觉喽!/喔喂,喔喂,喔喂喂;乖乖睡觉罗!"这类摇篮曲可以反复吟唱直到宝宝睡着为止。歌词简单,但是音调优美、舒缓,显得特别抒情。

有的摇篮曲是诗人、作家根据实际生活中的素材创作或加工的歌谣。这类摇篮曲经过文学加工后往往更具有民族特色和文化特点,显得优美而韵味深长,比起那些即兴的作品,表现手法相对多一些,显得更细腻,更有文学色彩。如莱蒙托夫的《摇篮曲》、陈伯吹的《摇篮曲》、金波的《噢,快睡》等。

摇篮曲在生活中所具有的实用性使它在艺术领域具有广阔的应用空间,尤其是音乐的参与,使得有些摇篮曲成为艺术珍品。比如,戈特尔作词、莫扎特作曲的《摇篮曲》和舒伯特作曲的《摇篮曲》深受大家喜爱和欢迎。印尼摇篮曲《宝贝》具有一种独特的异域风情,其优美的旋律和深情的乐调,再加上摇篮曲少有的表现现实的特点,使其流露出鲜明的时代特色。

(二)数数歌

数数歌是一种培养幼儿数目观念、训练幼儿识数能力的儿歌。它把数学和文学巧妙结合起来,将数字和有趣的事物联系起来,让抽象的数字变得具体形象,加上一定的游戏活动,使枯燥的识数活动变得生动有趣。因此,数数歌成为符合幼儿理解能力和认识水平的最早的算术"教材",对于发展幼儿的思维有着重要的作用。

有的数数歌着重帮助幼儿识数及掌握最基本的数的序列。例如《五指歌》《手搭手》《外婆有只花猫咪》。有的数数歌将数字和动植物的相关知识结合在一起,既可使幼儿练习数数,又可了解一些自然常识,扩大知识面。例如金迈的《小白兔》和传统儿歌《六字歌》《一只小鸟叫喳喳》。有的数数歌着重训练幼儿简单的计算能力,如《数蛤蟆》《数角》《没有腿》。有的拍手谣用数数的游戏向孩子传递生活常识和其他知识。例如李美的《保护环境拍手谣》就是宣传环保知识的。

(三)谜语歌

以儿歌形式呈现的谜语叫谜语歌。谜语在我国有悠久的历史,不仅儿童喜欢,成人也很喜欢。在娱乐方式比较少的古代,猜谜是老百姓的一种重要的娱乐方式,也是测量人的智力和知识的一种手段。长久以来,谜语歌在艺术形式上的特殊性,使得它成为具有中国特色的一种文化形式,对于孩子来说更是一项有利于开发智力、有效地提高辨别能力和联想能力的活动。

谜语一般由谜面和谜底组成,谜底就是所猜测的对象,谜面则是启示猜测者的话语,往往用比喻、拟人等方法来描绘事物、突出本体的特征。谜语蕴含的强烈悬念正好投合儿童强烈的好奇心,而生动形象的描写、巧妙有趣的比喻及拟人手法的运用,一方面有助于儿童认识事物,把握事物的本质特点及相互联系,另一方面对于训练孩子的思维和语言能力有着积极作用。

猜谜作为我国的一种传统文化现象有着深厚的文化底蕴,涉及多种文化艺术,内容和形式都很复杂。但是供儿童尤其是幼儿念唱的谜语歌谜面一般浅近,谜底较为直观,多以事物为谜底,儿童稍加思索就能猜出谜底。例如陶行知的《眼睛》和传统儿歌《蜗牛》《气球》《雨伞》《袋鼠》等。这些谜语对生活中某一现象进行形象生动的描绘,启发儿童发现事物的不同特征,识别事物间的联系,使心智得到开发。

(四)连锁调

连锁调也叫连珠体或衔尾体。此类儿歌用顶真的修辞手法来安排结构,即用前句末尾的词语作为后句开头的词语,或者"随韵接合,义不相贯"(周作人语)。传统儿歌中的连锁调意思往往不完整,甚至没有明确的意思,但句式简短,节奏、韵律感很强,符合儿童思维跳跃、逻辑性弱、对音乐性却很敏感的特征。比如《飞上天》并没有完整的意思,但是顶真手法的运用使得后一个音节与前面的音节自然呼应,形成回环往复的音乐效果。有些供儿童游戏用的连锁调具有指挥和协调动作的作用,如《翻绳谣》。文人创作的连锁调往往表达一定意义,儿童可从中得到某种启示,如金波的《野牵牛》,作者巧妙地将野牵牛的自然形象与连锁调的生动有趣结合起来,野牵牛胆小、随遇而安、不敢追求理想的软弱性格被有声有色地描绘出来,儿童在有趣的吟唱中能得到生活的启迪。

(五)问答歌

问答歌又叫问答调、对歌,有的地区称为盘歌。它利用设问作答的形式表述内容,因为有问答双方的参与,适宜于组织游戏,所以问答歌成为儿歌的一种主要表现形式。此类儿歌反映的儿童生活领域很广,既可以用来识数,也可用来认识客观事物,还可以是现实生活的模拟,能帮助培养儿童观察和分辨事物的能力。有的问答歌一问一答,如《我唱一》;有的则是多问多答,如程宏明的《谁唱歌》。

(六)绕口令

绕口令也叫拗口令或急口令。它除了具备儿歌的一般特征之外,最鲜明的特征是在一首儿歌中组合起若干双声、叠韵的词语,或者发音相近、相同的字词,构成有趣的句子或短语,要求吟诵者快速无误地道出。经常练习绕口令,可以矫正幼儿的发音部位,使其口齿清楚,吐字辨音准确,锻炼口头表达能力,促进思维发展,如《打醋买布》《碗盛饭》《酒换油》《我和鹅》《白石塔》,这些绕口令的韵脚上都有相似的字音,容易混淆,儿童在念唱时,唇、舌、齿、腭等发音部位都得到了锻炼,同时思维的敏捷性也得到相应锻炼。

(七)颠倒歌

颠倒歌又称错了歌、倒唱歌、滑稽歌等。它通过大胆的夸张、故意将事物的正常关系和各自的特征加以颠倒,造成违背常规的奇怪现象或"废话连篇"的奇特效果,引导儿童从违背常规的现象中去辨别是非真伪,如《颠倒歌》《小槐树》等。

(八)字头歌

字头歌是指每句末尾的字词完全相同的儿歌。这类儿歌用同一个字做韵脚,句句押韵,韵律感极强,加之语言亲切幽默,很受儿童欢迎。常见的是以"子""儿""头"为尾字的字头歌,分别称为"子"字歌、"儿"字歌、"头"字歌。例如,张秋生的《蜗牛出门》是"子"字歌;张强的《橘子船》是"儿"字歌;传统儿歌《头字歌》等。

三、儿歌的创作方法

儿歌的创作源泉是成人对婴幼儿成长的关爱、对儿童美好未来的期盼；儿歌生长的土壤是民间文学，主要的流传形式是口耳相授，代代相传；儿歌的主要对象是婴幼儿，取材于婴幼儿生活，是活在其口头的文学。所以儿歌的创作是爱心的自然流淌，是感情的天然流露，好多在民间传唱的优秀儿歌并不是专业作家创作的作品，也许就是一位充满爱心的母亲的杰作，或者是一个天才儿童的随意模仿之作。儿歌通俗易懂，浅显质朴，创作儿歌，首先应遵循儿歌的本质特征，然后在此基础上体现作者个人的独创和匠心。

（一）发现儿童情趣，表达儿童质朴率真的情感

所谓儿童情趣，主要是指作者能用儿童的眼光观察事物，并用儿童的心理状态和思维方式去理解它、表现它。儿童情趣应包括儿童感情的基本特质，儿童的性情、志趣，以及表达感情的独特方式等。儿童的心灵纯洁，情感质朴率真，他们习惯于借助直观、形象的感觉来思维，用单纯而热烈的心灵来感知，因此，创作儿歌时应主动发现儿童情趣，创作出真正为儿童喜闻乐见的作品来。张继楼创作的儿歌《小蚱蜢》就具有浓郁的儿童情趣，那只顾前不顾后的小蚱蜢像一个儿童活灵活现地跳跃在读者面前，它的行动、语言及滑稽的跌跤过程让人忍俊不禁。

小蚱蜢，学跳高。/一跳跳上狗尾草。/腿一弹，脚一跷，/"哪个有我跳得高"。/草一摇，摔一跤，头上跌个大青包。

儿歌中的儿童情趣，不应该也不能是成人"制造"出来的，它只能是儿童的天真、活泼、幼稚，儿童的好动、好奇，以及儿童富于幻想而纯洁无邪的心灵的反映。有首名叫《爱惜粮食》的儿歌："妈妈教宝宝，/粮食宝中宝，/爱惜宝中宝，/才是好宝宝。"这首儿歌虽然句式整齐，读起来节奏感很强，可它只是站在成人的角度对儿童进行说服教育，缺少想象和情趣。如果作者注意形象的具体性，用丰富的想象给儿童以启迪，作品就会生动有趣得多。再看另一首爱惜粮食的儿歌："宝宝乖，宝宝乖，/宝宝的桌子不用揩，/饿得抹布脸发白。"短短的四句话，层层推进地引导儿童去想象。先用反复手法，连连称赞"宝宝乖"，宝宝"乖"在哪里呢？原来是宝宝把饭吃得真干净啊！不掉饭粒，桌子自然就用不着揩了，抹布没有剩饭可吃，只能饿得"脸发白"了。这首儿歌的情趣表现在想象的奇特上，把"抹布"当成也知饥饱的人来写。这种表现手法恰恰合乎儿童的心理，在儿童的眼里所有的事物都是有生命的，小猫能和人一样会说话，板凳、椅子同人一样也知痛痒。[①]

儿童对事物的认知带有很强的无意性，而且只记得住自己感兴趣的事物。他们常常在游戏娱乐中接受新知识，所以好动的儿童老干"笨"事、出笑话，这实际是他们了解世界的一种方式。因此作为反映儿童生活的儿歌，应该反映这些特别的儿童情趣，如果少了这个核心，只是空洞苍白地说教，那儿童文学的审美、认识、娱乐诸作用就不可能真正发

---

① 徐士国.略谈儿歌的情趣[M]//梅果.幼儿文学创作与赏析.北京:经济科学出版社,1994:69.

挥。比较下面两首儿歌，我们可以看出优劣：

小剪刀，手里拿，/咔嚓咔嚓剪指甲。/饭前饭后先洗手，/黑泥细菌藏不下。/讲究卫生保健康，/学习劳动顶呱呱！

指甲长长不剪掉，/又像小猫又像豹，/小手伸给奶奶瞧，/奶奶见了吓一跳！

同样是讲剪指甲，前一首儿歌只能算是宣传讲卫生的顺口溜。除用了两个拟声词外，其余全是标语口号式的语句。后一首儿歌却没有讲道理，它抓住儿童生活中极平常、极细小的事情来写，用诙谐有趣的语言刻画了一个不爱卫生、叫人又好气又好笑的小调皮形象。可以想象，当儿童听到或念到"奶奶见了吓一跳"时，他们的好奇心肯定得到满足，因而觉得好玩逗乐，在欢笑中就能明白不剪指甲是不好的生活习惯。

如何使儿歌创作富于儿童情趣呢？

首先，作者要有儿童般的纯情。儿童情趣只能来源于儿童生活和儿童想象。如果作者缺少童真，那是写不出真正有趣的儿歌的。作者必须做个"大孩子""老孩子"，融入儿童生活，去理解儿童的情怀和世界，见儿童所见，想儿童所想，真心地欣赏儿童质朴率真的情感，才能发现其"真"所具有的美学价值。"老鸡说小鸡，你这笨东西！我教你唱咯咯咯咯，你偏要唱叽叽叽叽。"这是儿童对老母鸡和小鸡不一样的叫声产生的奇妙联想，它令我们想到成人在教育孩子缺乏耐心时常说的"你这笨孩子"，惟妙惟肖地反映了儿童观察世界时独特的视角，充满童趣。再如《小猫的胡子》：

我说小猫不像话，生来就想当爸爸。小猫趴我耳朵边，跟我说个悄悄话："没有胡子像小孩，老鼠见了不害怕。"

在儿童眼中，只有爸爸类的大人才长胡子，小猫一出生就有胡子真是奇怪，因此产生了疑问，并且责问小猫，而小猫的回答让人联想到儿童对父母的身高、体型及似乎无所不知的智慧的盲目崇拜和心理上的不自觉抵抗。

其次，作者应随时深入儿童生活去观察，积累素材。

要创作富有儿童情趣的文学作品，除了深入儿童生活，及时发现儿童的有趣表现和闪光点，将其记录下来，作为创作的素材外，还要独具慧眼，善于从平常中发现不平常，于一般中找到特殊的情节点，做到眼观六路、耳听八方，于儿童纯真的生活中找到文学创作的切入点，使自己的创作新颖独到、匠心别具。不仅儿歌创作要如此，所有的儿童文学作品创作都应这样，以后论及其他文体时将不再赘述此类内容。

最后，儿歌的儿童情趣很大程度上得益于其语言特有的稚拙、夸张、意外等形象性的喜剧效果和合辙押韵的音乐性。因此，要体现儿童情趣，作者还应在语言的锤炼上下功夫。作为一种特殊的语言艺术，儿歌主要是从听觉上带给儿童愉悦和满足。由于听觉对流动的语音的记忆不牢固，而儿童本身以无意记忆为主，因此要注意口语化和通俗化，还要注意运用夸张、拟人、反复、比喻等修辞手法来加强注意和记忆的强度，以达到让儿童喜闻乐见的目的。我们来看金波的《雨铃铛》：

沙沙响，沙沙响，/春雨洒在房檐上，/房檐上，挂水珠，/好像一串一串小铃铛！/丁零当啷……/丁零当啷……/它在招呼小燕子，/快快回来盖新房！

这首儿歌犹如一首轻快的乐曲。作者用摹声和反复的手法，在声响上唤起儿童整体的形象感:春雨细细软软地洒落下来,在房檐上积成水滴后不断滚落下来,声音由"沙沙"声变成了"丁零当啷"的铃铛声,加上押 ang 韵,念起来响亮流畅,乐声不断,热闹非凡;画面有静(房屋)有动(春雨),还有一群儿童在拍手"招呼小燕子,快快回来盖新房"。场面生动,更添情趣。

(二)巧妙构思,用生动活泼的艺术形式表现儿童眼里的世界

构思指作者动笔之前对作品的思想内容和艺术形式所做的全面设计,主要包括选材、炼意、形象刻画、语言表达等。儿歌创作、构思的中心应是用不同的手法来表现儿歌的艺术特点,使之更好地适应儿童的年龄特点,尤其是儿童善于形象思维这一特点。下面具体介绍几种表现手法。

1.比喻、夸张手法

比喻是用儿童感兴趣的、具体的事物去比譬儿童不常见的、不易感知和理解的事物,把儿童头脑中已有的表象进行升华。它是对比兴手法的继承与发展。比喻在诗歌尤其是儿歌创作中特别重要,因为儿童认识事物是从具体到抽象、从近到远的,许多传统儿歌都是用儿童常见的东西打比方开始吟唱。例如《弯弯月亮坐一桌》:

橘子开花一朵朵,/橘子结果青壳壳。/秋风摸摸它,/变成黄壳壳。/太阳亲亲它,/又变红壳壳。/打开红壳壳,/弯弯月亮坐一桌。

此首儿歌用借喻的手法将"甜甜的橘瓣"比成"弯弯月亮",首先抓住形象上一瓣瓣紧紧环抱在一起的橘瓣,正像弯弯的月亮团团围坐在一起的特点来构思,想象奇特,新颖独到。然后紧扣橘子生长中的重要环节——开花、结果、成熟的全过程来写,具有一定知识性。同时从头到尾都运用拟人化的手法,把秋风、太阳、橘子写活了,这会使儿童在读的时候倍感亲切,也符合他们的欣赏习惯。

用比喻就免不了夸张,夸张是儿童喜爱的一种修辞手法。儿童画画,首先画人头,而且比例极大,因为儿童首先注意的就是头。"一个孩子对我形容一个肥而矮的人,说,那个人胖得像一张圆桌面,矮得像一粒花生米。"[①]这样的比喻和夸张成人望尘莫及。创作儿歌运用比喻和夸张时要注意贴切、夸而有度、符合儿童特点,不能比拟得不伦不类,不应夸张得失去事理逻辑。我们来欣赏《爬山虎》:

爬山虎劲头足,/一爬爬上三米五,/爬了一墙又一墙,/爬成绿色大瀑布!/爬山虎,闲不住,/秋风一吹变魔术,/绿叶转眼变红叶,/好像红花开万树。

2.拟人手法

拟人手法可把生命和情趣辐射到物体上,使本来只有物性的东西也有了人情,正好符合儿童的泛灵心理,能更积极地引导儿童投入作品进行欣赏。比如《水娃娃》:

水娃娃/变戏法/变成蒸汽天上耍/春天变细雨/小河响哗哗/夏天变浓雾/远山蒙银纱/秋天变薄霜/路上撒盐花/冬天变飞雪/大地穿白褂/变来又变去/还是水娃娃。

---

① 黄庆云.儿歌的继承与创新[M]//陕西少年儿童出版社.儿童文学十八讲.西安:陕西少年儿童出版社,1984:86.

这首儿歌抓住儿童好动的特点,于动态描写中把水的"三态"点化成不安分又讨人喜欢的"水娃娃""变来又变去"是儿童特别喜欢的一种游戏,他们会很感兴趣。

拟人是儿童文学作品普遍运用的手法,它又是幻想的升华。有时拟人化的动物形象比真人还受儿童欢迎,而且通过幻想、变形、拟人化后的动物(有时是植物)其特征更突出、更生动、更能吸引儿童。例如《不吃小羊羔》:

小羊羔,/真好笑,碰见小花豹,/它把"妈妈"叫。/花豹害了臊,/悄悄走开了。/为啥不吃小羊羔?/"妈妈"怎能吃宝宝?

3.问答法

问答法是儿歌常用的手法,创作的关键是要问得天真自然,答得巧妙有趣,否则容易雷同。一般采用设问式,自问自答,问要天真稚气,答要深入浅出,才能将知识与形象寓于一体,和谐统一。拟设问题时一定要注意抓住事物的特征,答案与问题之间还应形成事物的外表或者本质的对应关系,才能更好地启发儿童。比如传统儿歌《什么尖尖尖上天》:

什么尖尖尖上天?
什么尖尖在水边?
什么尖尖街上卖?
什么尖尖姑娘前?

宝塔尖尖尖上天,
菱角尖尖在水边,
粽子尖尖街上卖,
花针尖尖姑娘前。

什么圆圆圆上天?
什么圆圆在水边?
什么圆圆街上卖?
什么圆圆姑娘前?

太阳圆圆圆上天,
荷叶圆圆在水边,
烧饼圆圆街上卖,
镜子圆圆姑娘前。

什么方方方上天?
什么方方在水边?
什么方方街上卖?
什么方方姑娘前?

风筝方方方上天,
丝网方方在水边,
豆腐方方街上卖,
手巾方方姑娘前。

什么弯弯弯上天?
什么弯弯在水边?
什么弯弯街上卖?
什么弯弯姑娘前?

月亮弯弯弯上天,
白藕弯弯在水边,
黄瓜弯弯街上卖,
木梳弯弯姑娘前。

这首儿歌与云南有名的"猜调"极其相似:"什么长长长上天,哪样长长在水边,什么长长街上卖,什么长长……"一连串谜一样的问题,一面唱,一面动脑筋,既有益处,又有趣味。"猜调"在云南的一些地方也是成人娱乐唱诵的民歌,深受大家欢迎。

4.肯定否定法

肯定否定法大体上是从"是"和"不是"两个对立面把知识化为形象,突出事物的本质特征。例如《水仙花》:

水仙是种神仙花,/叶儿长长花儿香;/不用泥土和肥料,/清水里面能生长。//水仙不是神仙花,/自己随身带"干粮";/看它下部"洋葱头",/就是一个大"粮仓"。

这类儿歌有助于培养儿童思维的广阔性,使其在潜移默化中领悟到:认识事物时,要善于抓住事物的各个方面,不应忽视其重要细节。

5.数字镶嵌法

儿歌很难回避数字,数字一般镶嵌在文字的形象表达之中。使用数字时,要把数字与形象自然和谐地结合在一起。例如《一只脚》和《数数歌》:

一只脚,叮咚叮。/两只脚,报天明。/三只脚,厅上坐。/四只脚,看后门。

1像铅笔细又长,2像小鸭水上漂,3像耳朵听声音,4像小旗随风飘,5像称钩来卖菜,6像豆芽咧嘴笑,7像镰刀割青草,8像麻花拧一遭,9像钩子能盛饭,0像鸡蛋做蛋糕。

这两首儿歌抓住事物的特征进行比喻,有助于儿童认识事物。

6.重叠和反复

儿歌创作经常使用重叠和反复。但不要为了重复而重复,重复之中要有推进和变化,不但故事要如此,儿歌也要这样。《小红帽》中小红帽三次问狼奶奶,每次都把故事推进一步,气氛越来越紧张。《拔萝卜》中每次重复都有新成员加入,并非完全重复。儿歌的重叠和反复也是通过细微的变化来推进情感,加强记忆,突出儿歌的节奏感和音乐性的。

艺术的生命在于独创。儿歌的表现手法一旦模式化,也就失掉了生命力。以上几种常见手法只是入门的向导,绝不是儿歌写作的秘诀,方法只有与情感水乳交融、了无痕迹,才是"上法"。创作时要因人而异,因情而异,才能独辟蹊径,文采斐然。

(三)激发想象,创造奇特的艺术境界

丰富的想象是儿歌的重要特点之一。想象是儿童的天性,也是人类认识世界、改造世界的过程中极其可贵的品质。对于儿童来说,想象既是他们当下认识世界的一种方式,更是其未来创造性发展的基石,没有了想象,儿童的生活将失去灿烂的色彩,正是想象使儿童受束缚和限制的身心得到自由的飞翔,使他们窄小的生活空间得到拓展和延伸,童年生活也因此变得丰富多彩。因此,儿歌创作应该突出想象。请看刘饶民的《海水》:

海水海水我问你:/你为什么这么蓝?/海水笑着来回答:/我的怀里抱着天。/海水海水我问你:/你为什么这么咸?/海水笑着来回答:/因为渔人流了汗。

作者把海水呈现为蓝色的原因归结为它怀里抱着天;把海水的咸归之于渔人流了汗。多么富有诗意的想象!这样丰富的想象使作品的形象高度凝练,境界更加开阔。

儿歌中的想象体现在内容和表现手法两个方面。在内容上,可直接描绘儿童对周围事物的天真想象。例如田万宪的《海娃娃》:

海浪花,海娃娃,/跑到岸边来玩耍。/玩累了,玩够了,/慌慌张张跑回家。//丢了蟹,丢了虾,/贝壳海螺满地撒。/海娃娃,真粗心,/忘把玩具带走啦!

有些儿歌的想象主要体现在各种表现手法的巧妙运用上,如比喻、拟人、夸张等。例如黄庆云的儿歌《摇篮》:

蓝天是摇篮,/摇着星宝宝,/白云轻轻飘,/宝宝睡着了。//大海是摇篮,/摇着鱼宝宝,/浪花轻轻翻,/宝宝睡着了。//花园是摇篮,/摇着花宝宝,/风儿轻轻吹,/宝宝睡着了。//妈妈是摇篮,/摇着小宝宝,/歌儿轻轻唱,/宝宝睡着了。

这首儿歌以"蓝天""大海""花园""妈妈"等一组儿童熟悉又亲切的形象,生动地表达了诗人对自然、亲情的歌唱。它运用拟人、比喻、反复等修辞手法,驰骋想象,将心中温馨、宁静的情致轻柔地抒发出来,像一首温柔、浪漫的小夜曲。"宝宝"等词语反复出现,除了在音韵上造成回环往复的节奏和余音袅袅的音乐效果外,其浪漫的想象充满了人文性,正好切合儿童的思维方式,同时更是一种美好感情的陶冶。这首文字朴实、形象,意境清悠、深远,好听好记的儿歌被陈伯吹称赞为"一支美妙的摇篮曲",说它"是歌也是诗",真是恰到好处。

(四)锤炼明白晓畅、韵律优美的儿歌语言

音乐美对儿童很重要,尤其是儿歌,音乐性更强。在我国诗歌传统中,抒情性与音乐性从来是不可分的,诗歌的音乐性绝不仅仅指涉形式问题,因为韵律和节奏往往作为表现内容的重要手段。几千年的诗歌创作传统已经濡染到生活的方方面面,很多艺术形式都继承了诗歌追求音乐美的传统,如顺口溜、数来宝、民歌、民谣等,对儿歌的影响也是如

此。儿歌在形式表现上最重要的特征就是有明朗的音乐美,因此,创作儿歌首先应对儿歌语言进行研究,尤其应认真学习我国民歌和古典诗词的锤炼技巧,将浅显生动的儿歌语言锤炼得朗朗上口。

儿歌的音乐性主要体现在以下几个方面。

首先,儿歌属于歌谣体,没有严格的格律要求,追求的是自然、和谐的节奏和响亮、明快的音韵,在创作儿歌时应注意重点使这两方面和谐。如何才能使节奏鲜明、音韵响亮呢? 可以利用音节的"顿"形成鲜明的节奏。在我国民歌和古典诗歌中,一般每两个音节在一起形成一"顿",有人将"顿"称为音组或者音步。四言诗两顿,音节为二二;五言诗三顿,音节为二二一或者二一二;七言诗四顿,音节为二二二一或者二二一二。整齐中有变化,显得生动活泼。儿歌继承了古典诗歌的这一特点,只不过在一首儿歌内形式并不固定,二言、三言、五言、六言和七言间杂运用,但规律与古典诗歌是一样的。比如《摇到外婆桥》:"摇、摇、摇,/摇到外婆桥。/外婆叫我好宝宝,/糖一包,果一包,/少吃滋味多,/多吃滋味少。"第一句三个"摇"字自然停顿形成三"顿",第二句组合成"二二一"三顿,"外婆叫我好宝宝"是"二二一二"的停顿形式,句式长短虽不一样,但节奏是鲜明的。

其次,利用押韵形成节奏。押韵是诗歌音乐美的标志之一,它是字音中韵母部分按规律在一定位置上的重复。同韵收尾能形成声音循环往复的旋律,产生节奏。同一韵母有规律地出现,有如乐曲中反复出现的一个主音,整首乐曲可以由它贯穿起来。

儿歌押韵的突出特点有二:一是一定要押韵;二是韵押得越响亮越好。如上面所列举的《摇到外婆桥》中韵脚是"ao",这个韵是开口呼,发音响亮,它使整首儿歌镀上明快的音韵色彩,欢快明亮。比如圣野的《扮老公公》:"老公公,/出来了,/白胡子,/白眉毛,/点点头,/弯弯腰,/脚一滑,/摔一跤,/一摸胡子掉下了,/乐得大家哈哈笑。"押"ao"韵,显得响亮、流畅。

最后,利用平仄、叠音等构成节奏。平与仄有音高的对比,平扬仄抑,音节间有对比的形式美。比如《数青蛙》就用平仄相对的词语组成诗句,抑扬顿挫,朗朗上口:"一只青蛙一张嘴,/两只眼睛四条腿。/两只青蛙两张嘴。/四只眼睛八条腿/三只青蛙三张嘴/六只眼睛三条尾。/不对不对你不对,/三只青蛙怎没腿?/最后三只是蝌蚪,/只有尾巴没有腿。"

叠音字是相同字音的重复,有和谐对称的形式美。当它们以音节的"顿"为基础有规律地交替出现时,不仅使音调回环往复、优美动听,而且使语言节奏更富有节拍感,产生鲜明的音乐性。比如《小公鸡》:"小公鸡,红毛毛,/天还没亮喔喔叫,/叫醒小弟弟,/去做广播操。/伸伸手,弯弯腰,/蹦蹦跳跳身体好。"这首儿歌一共用了七个叠音词间杂在不同节奏的歌词中,使得音节在整齐中有变化,活泼灵动。

创作儿歌,除了要注意儿歌的语言特点外,也要防止两种不良倾向:一是"学生腔"过浓,主要表现在词汇的选择上,堆砌辞藻,运用艰深的字眼和抽象的语词,进行静态的描写。二是刻意追求"娃娃腔",将儿童原始的生活语言照搬到作品中来,放弃了文学语言的艺术性。作者不仅要具有一般文学表达的功力和修养,同时还要具备将生活语言转化为音韵流畅、充满音乐性的儿歌语言的能力。因此,创作儿歌必须对汉语音韵有一定了解,对古典诗歌、民歌的创作规律及形式特点比较熟悉,打下扎实的文学表达基本功。同时,也要加强对优秀儿歌的阅读和欣赏,不断进行揣摩、练习,提高写作水平;还要做有心人,利用与儿童接触的机会,细心观察,认真揣摩儿童在生活中如何运用语言来表达情感,写出为儿童所喜闻乐"听"的儿歌来。

探究·讨论·实践

1. 儿歌的特点有哪些?最本质的特征是什么?
2. 通过具体例证对摇篮曲的特点进行分析。
3. 创作儿歌必须注意哪些因素?
4. 以《丫头丫》为例分析儿歌的趣味性。

第二节 儿童诗创作

一、儿童诗的概念和特点

(一)儿童诗的概念

我国古代即重视用诗歌对儿童进行教育,但真正的儿童诗数量比较少,也没有形成儿童诗的体系。儿童诗是从五四以后的自由体新诗中演变发展而来的。自由体新诗明白晓畅的语言、自由无拘的韵律很快受到正在蓬勃兴起的儿童文学的青睐,儿童诗应运而生。

儿童诗是指切合儿童心理特点,抒儿童之情,寄儿童之趣,为他们所理解、欣赏、喜爱的诗歌。它是诗歌王国中的一员,具有一般诗歌的共性,同时又有独特的个性。这种共性和个性的统一,使得它在群星灿烂的诗歌世界中形成了一个光彩特异的体系。

(二)儿童诗的特点

1. 充满健康、自然、率真的儿童情感

诗歌的美首先体现在抒情的美。抒情性是诗歌最本质的艺术特征。诗歌的抒情性是指诗歌不但用抒情的方式反映生活、表达作者的思想情感,而且也通过抒情的方式打动读者。英国诗人华兹华斯说:"所有的好诗,都是从强烈的感情中自然而然地溢出的。"[①]抒情性构成了诗歌的艺术生命。其他文学样式,如寓言和童话通过人物(或动物、植物)和故事来再现生活;散文尽管在取材和写法上要灵活、"松散"些,但仍然是借助一定的人物、事件和场景来再现生活;戏剧文学则是通过作品中人物的行动、语言,以及矛盾冲突的展开与解决来再现生活。它们都是用叙述或描绘外界事物的方式,完整地或大体上完整地再现社会生活,并借以表现作家对生活的理解与评价。诗歌则不同,尽管它的内容也离不开人物、事件或景物,离不开艺术的形象和画面,但它并不是通过这些形象

---

① 伍蠡甫.西方文论选(下卷)[M].上海:上海译文出版社,1979:3.

和画面去构成完整的故事或完整地再现一定的社会生活,而是借助于艺术的形象和画面来抒情。正如别林斯基所说:"尽管内容极为丰富,抒情作品仿佛是没有内容的,——有如此优美的感觉颤动我们生命的乐曲,它的内容完全含蓄不露,因为这种内容是难以用人的语言传达的……除非让人去读诗人笔下所产生的那篇东西;如果换一种话转述或用散文翻译的话,它就会变成丑恶和僵死的幼虫。"①

儿童诗虽然也强调叙事性,但总体上还是以抒情为主要特征。儿童诗的诗情必须是能引起儿童共鸣的儿童之情,如果忽略了儿童的喜怒哀乐、渴望追求,儿童诗将不能为儿童接受,那它就失去了存在的价值。所以,儿童诗抒发的应是儿童健康、自然、率真的情感。之所以强调健康的情感,是因为儿童处于社会化的过程中,其情感往往处于由一般情感向社会情感过渡的阶段,诗人在抒发情感时,有必要对儿童的一般情感进行提升,逐渐使其向社会情感过渡,并纠正儿童的不正确的情绪表现,使之于潜移默化中受到健康、积极的情感的熏陶。

2. 意象鲜明,生动活泼

诗歌是抒情的艺术形式,作者的情感活动不可能抽象地进行,必须附着于物象上,物象是诗歌作者所捕捉到的相关事物、景况或在脑海中浮现的影像。当作者的情感被激发以后,作者就要捕捉贴切的物象,将情意融入其中,寓虚意于实景实物,写出情景交融的诗歌来。屠格涅夫说:"不过,……思想,从来也不曾赤裸裸地、抽象地出现于读者之前,而常常是同来自内心与自然界的形象交融一起,为这些形象所渗透,而又难解难分地贯穿于形象之中。诗人需要表达的是一种思想,一种感情,二者融合无间。"②情感离不开思想,思想和情感一起寓于形象之中,于是情感、思想和形象相结合,在诗歌中便组成意象。"意"是诗人的主观情感,"象"是客观景物,指现实生活中的场景、物象、事象,但意象并非"意+象",而是诗人的主观情意和客观事物在相互交融的基础上形成的渗透着主观感受的客观事物的影像,即意中象,诗中的景与物虽然都是具体的东西,但融入了作者鲜明的主观意识。诗中的物象,一方面经过作者审美经验的淘洗与筛选,另一方面又经过作者感情的化合与点燃,渗入了诗人的人格和情趣。

儿童诗歌的意象应体现儿童的审美情趣,它应该鲜明、形象、灵动、活泼,而所蕴含的诗情又要浓郁、深长。因此它有以下几个特点,把握这些特点,对于创作儿童诗具有重要意义。

(1)符合儿童的思维特点——浅显明朗。

儿童诗的意象要以儿童能接受为首要条件。儿童无法理解深奥的思想内涵和不可思议的情感,儿童诗的意象只有浅显明朗方能集中起儿童易于分散的注意力,使其体会诗歌的内蕴。因此,作者要设身处地将儿童的情、趣、意寄于具体、单纯、明朗的生活场景、物象、事象之中,让儿童喜闻乐见,心领神会。例如,马尔夏克的《笨耗子的故事》,写笨耗子妈妈为儿子挑选保姆,东挑西拣最后挑到一个满意

---

① 别林斯基.别林斯基论文学[M].梁真,译.上海:新文艺出版社,1958:174-175.
② 中国社会科学院外国文学研究所外国文学研究资料丛刊编辑委员会.外国理论家 作家论形象思维[M].北京:中国社会科学出版社,1979:71.

的保姆——猫,小耗子最后却为这保姆所害。小耗子的任性、耗子妈妈的溺爱,以及它们的愚笨、单纯显而易见。此诗读起来畅达自如,自然能调动儿童思考的积极性,去体会诗中蕴含的多种意义:看人不能看表面,要看内心;听话不能只听巧言,要察真情;爱人要爱得有方,不能一味纵容;等等。

(2)适应儿童的审美期待——情节生动。

儿童不喜欢静态的抒情,喜欢带有故事情节的动态描写。因此,儿童诗一般会有简单的情节描写,不仅叙事诗、童话诗有情节,抒情诗也讲究情节性,借助简单的情节增强儿童的阅读兴趣。同时,儿童好动,对于静止的画面和静态的抒情不感兴趣。虽然儿童诗篇幅短小,不一定能满足儿童听故事的欲望,但它能抒写一个小小的事件的始末,让作品带有简单的情节,使主观的思想、情感与现实生活的意象融于一体,变得具体可感。所谓简单的情节,就是儿童诗中的情节不像一般叙事性作品那样丰富曲折,也不要求有完整的开端、发展、高潮、结局几个部分。它只是通过某一特定的生活场景来表现人物和事件的相互关系,开拓诗歌优美的意境,借此把情感更真实、更充分地表现出来,增强诗歌的艺术感染力。例如,贺宜的《杨柳青》给我们讲了一个曲折生动的故事。当然,注重情节,并不能只重叙事,而是要求叙事和抒情紧密结合。有些儿童诗之所以不能以情动人,往往是因为它虽有完整的情节,却忽视了感情。儿童诗的情节本身应该是诗意盎然的生活片段或生活图景,而不是一般的故事情节。有了这种情节因素,诗的内涵才会变得具体可感,儿童也才容易受感动,继而沉思咀嚼,反复玩味体会诗歌的深厚意蕴。任溶溶的《爸爸的老师》写了一个"看老师"的小事件,诗人巧妙构思,一开始就造成悬念,抓住孩子的好奇心:爸爸是数学家,他还有老师?待孩子知道爸爸当年的老师就是自己读一年级时的老师,而且"我念三年级了,她还教一年级",出乎意料的结局,造成儿童心中强烈的反差。然后从容地让孩子在爸爸和老师亲切的对话交谈中,留下深刻的思想感观。由此引起读者思考,悟出一个深刻的道理来:"爸爸虽然学问大,却有一年级的老师曾经教导过他。"此诗的意象美在奇巧的情节中隐含了深刻寓意。可以想象,如果生活中真存在这样一次会话,将会使孩子终生难忘。这种巧妙的构思、曲折有趣的情节安排,在思想和诗艺上都会收到较好的效果。情节性也有助于在诗中刻画出生动的形象,再现儿童情趣,增加诗的趣味性。世界上有声望的儿童诗人,如俄国的马尔夏克、英国的史蒂文森、意大利的罗大里和我国的柯岩、任溶溶等,他们的脍炙人口的佳作,大多具有一定的故事情节,这绝对不是偶然的。

(3)尊重儿童的审美心理——声色鲜明。

儿童诗要引人入胜,往往需要各种感官的辅助,通过视觉、听觉、嗅觉、味觉、触觉等感觉器官去全方位塑造形象,营造气氛,创造现场感,让读者有身临其境的感觉。所以,儿童诗作者往往尊重儿童的审美心理,很注重对意象的声音、色彩和味道的渲染,将诗歌里出现的意象渲染得声音动听、色彩鲜艳、形象明亮、立体生动,才能更好地调动儿童的感官进行感知,提高作品的感染力。例如张强的《太阳》,通过对蓝天、大海、太阳、青山等物象的描绘,将红、蓝、绿等色彩对比排列,构成一幅鲜明的图画。又如汤素兰的《声音》,不仅形象地描摹了很多种声音,而且结尾处还意味深长地提醒孩子们,妈妈的叮咛是最美妙的。再如牟心海的《妈妈的吻》,将味觉、触觉、听觉等多种感官调动起来,让孩子们全身心地去体会妈妈对子女深厚的爱。

(4)符合儿童的认知特点——新奇动感。

新奇动感的事物总能很快地吸引人的注意力,所以在传统的诗歌创作中,诗人特别注意营造新奇动感的诗歌意象来抓住人心。诸如"红杏枝头春意闹""云破月来花弄影""春风又绿江南岸"中的"闹""破""弄""绿"等词的运用就是制造新奇动感的典型例子。儿童对未知世界的好奇,以及他们好动、好思考的特点,使得儿童诗必须具有与之相应的蓬勃向上的张力和新异奇特的画面,因此,新奇动感是儿童诗意象的又一特点。如麦穗的《小雨滴》中的"小雨滴""老远""跑来",又是"敲敲"木瓜叶,又是"踩踩"睡莲,还"跳舞""说"悄悄话,几个动词将雨渲染、描写成顽皮十足的小淘气,其活泼劲儿活灵活现地呈现在读者眼前。

儿童诗的意象美是诗人对各种生活尤其是儿童生活和儿童思维的独特发现、独特感受和独特表现,是儿童的思想、情感与符合儿童情趣的形象融为一体的产物。优秀的儿童诗,无一不是寻找到新奇而美好的意象,创造了属于儿童也属于作家自己的意象世界,才赢得读者的赏识,继而流传不绝。

3.语言精练而亲切,音韵和谐而优美

语言精练形象是诗歌的共同特征。儿童诗歌的语言除了必须高度凝练、十分精粹之外,还要亲切,即生动、通俗、明了、口语化。黄庆云的《摇篮》就是语言亲切的典范之作。全诗只有16行,分4段。每段都有20个字,句型结构也相同。作者掌握了儿童诗语言的技巧,使诗歌意境高雅、意象丰富、色彩缤纷。诗人把蓝天、大海、花园、妈妈比作摇篮,让蓝天摇着星宝宝、大海摇着鱼宝宝、花园摇着花宝宝,妈妈摇着小宝宝安静地入眠,语言形象生动、通俗浅显,很容易引起儿童的联想和想象。诗歌为了形成一种摇篮曲似的意境,又用"白云轻轻飘/宝宝睡着了""浪花轻轻翻/宝宝睡着了"……"歌儿轻轻唱/宝宝睡着了"收尾,通过重叠和结构的重复,形成悠扬和谐的音韵,造成悠远恬静、轻柔舒缓、回味无穷的意味和无比亲切的感觉。

富于音乐性是诗歌的本质特征,儿童诗歌更是须臾离不开音乐美,否则将失去儿童诗存在的价值。儿童诗只有在儿童的吟唱、朗诵中才能充分发挥其抒情、审美的艺术效果。鲁迅先生说:"诗歌虽有眼看的和嘴唱的两种,也究以后一种为好。"[①]儿童诗是属于"嘴唱的",语言必须准确而精练、亲切而活泼、流畅而优美。

4.形式多样,形体别致

如果说由于诗歌具有节奏、韵律、声调等音乐元素而被称为"凝固的音乐"(音乐则被称为"流动的诗歌")的话,那么由于它在外形结构方面所具有的形体美,也不妨称它为"语言的建筑艺术"。诗歌的形体美指诗歌在外形的结构安排方面所具有的形式美。建筑艺术被称为视觉艺术或造型艺术,其重要特点是讲究外形的比例、对称、和谐,在这一点上,诗歌比其他任何文学样式都更接近建筑艺术,更具有建筑美。

---

① 鲁迅.鲁迅选集[M].长沙:岳麓书社,2020:355.

小说、散文或剧本的写作,有的分章分节,有的分幕分场,有的一篇作品从头至尾一以贯之。不论分与不分,作家写作时,着重考虑的都是作品内在的逻辑的发展,对作品外形的结构安排并不特别看重。为适应抒情的需要和感情的起伏,诗歌的语言是分行分节的,这为诗歌的形体美提供了基本条件。在这一基础上,诗人按照一定的比例、匀齐、对称、和谐等来构造诗的外形,使诗具有一种独特的形体美。诗歌的形体美是诗歌区别于其他文学样式的又一艺术特征。

儿童诗在形体上有匀齐的美(节有定行、行有定字)、参差的美、呼应的美等通常诗歌所具有的外在形式,还有象形的美,即诗歌的外形排列与所表现事物有相似之处,如鲁兵的《呱》和张光昌的《滑滑梯》:

```
呱                          滑滑梯,
呱呱                          真有趣,
呱呱呱                         一级级,
我是青蛙                        爬上去,
小虫吃庄稼                    ——我是登山运动员!
我就马上                       滑滑梯,
捉住它                         真有趣,
呱呱                          呼一下,
呱                           飞到底,
                         ——我是滑雪运动员!
```

此外,有的诗歌还非常强调外形的流动美,如任溶溶的儿童诗《我给小鸡起名字》,把"小一、小二、小三……"做楼梯式的排列,使原来处于静态的数字一下子就有了动感,符合儿童喜爱动态事物的天性。

我给小鸡起名字
任溶溶

一、二、三、四、五、六、七,
妈妈买了七只鸡。
我给小鸡起名字:
小一、
  小二、
    小三、
      小四、
        小五、
          小六、
            小七。

小鸡一下都走散,
一只东来一只西。

于是再也认不出:
谁是小七、
　　　　小六、
　　　　　　小五、
　　　　　　　　小四、
　　　　　　　　　　小三、
　　　　　　　　　　　　小二、
　　　　　　　　　　　　　　小一。

这首诗歌富有动感的外表形式对儿童有着很强的吸引力,它们错落有致地排列就像一只只追着母鸡跑得七零八落的小鸡,显得别致而新颖。

当然,不能为了追求新奇的造型而刻意雕琢形体,使形体美游离于诗情之外。形体美与诗意美必须自然地融合在一起,正如别林斯基所说,诗歌的"造型性不是来自外在的修饰,而是从他内在的生命发出的"[①]。

二、儿童诗的分类

按照诗歌通常以表达方式来分类的方法,儿童诗可以分为抒情诗和叙事诗。若按题材、内容来分,儿童诗则可分为散文诗、童话诗、科学诗等。下面对这几种常见的儿童诗进行介绍。

(一)抒情诗

抒情诗即直接抒发儿童的思想感情的诗歌。比如乔羽的抒情诗《大雪歌》:"轻轻地卷呀缓缓地飘,/翻一个跟头转一转腰,/白云不在天上住,/来为大地做新袍。"李国良的《春天在我心里》:"爸爸说话/像温和的风,/妈妈说话/像甜丝丝的雨。/他们把春天/给了我,/我才像花儿/一样的美丽!"

(二)叙事诗

叙事诗即有比较完整的故事情节和人物形象的儿童诗歌,篇幅一般比抒情诗长一些。比如任大霖的《我们院子里的朋友》、任溶溶的《你们说我爸爸是干什么的?》、马尔夏克的《笨耗子的故事》等都是优秀的儿童叙事诗。

(三)散文诗

散文诗即用散文形式写成的诗歌,兼有散文与诗歌的特点。一般篇幅短小,有诗的优美意境,语言流畅、清丽,但形式像散文,不分行、不押韵,用散文语言表现诗的意境。如鲁兵的《春娃》告诉孩子们春天是永恒的,我们在春天里茁壮成长。全文不过百十来字,景语、情语浑然一体,清新优美,活泼有趣。佟希仁的《彩色的雨》对夏天的勃勃生机进行了诗意的描绘,让人浮想联翩,无限向往:

夏天的雨啊,彩色的雨,从高高的天上飘下来了。

---

① 别林斯基.别林斯基论文学[M].梁真,译.上海:新文艺出版社,1958:14.

它像一个淘气的孩子,悄悄躲在云彩里,手拿巨大的喷水头。

哗哗——落在田野里,给庄稼洗个冷水澡。苗儿像喝足了奶汁儿,一天一夜就变得更加郁郁葱葱,挺拔茁壮;

哗哗——落在果园里,各色的果子顿时像花枝招展的小姑娘,又干净又漂亮;

哗哗——落在菜畦里,番茄更加鲜红,茄子亮得发紫,丝瓜更加嫩绿,倭瓜更加橙黄;

哗哗——落在小朋友们搭起的夏令营的帐篷上,使孩子们心中顿时充满了彩色神奇的幻想,……

夏天的雨啊,彩色的雨,充满希望、令人喜悦的雨,从高高的天上飘下来了……

(四)童话诗

童话诗即把童话的幻想、夸张等要素与诗歌语言的抒情性、凝练性有机地结合起来的诗歌,既有迷人的故事,又富于浪漫的诗意,深受儿童喜爱。如鲁兵的《小猪奴尼》既是童话又是诗,用典型的诗歌形式来刻画小猪奴尼这个童话形象,它所表现的幻想和情趣,极富艺术魅力。

(五)科学诗

科学诗即把儿童能够接受的科学知识与诗的表达形式有机地结合起来,以期激发儿童对科学的兴趣的诗歌。如高士其的《我们的土壤妈妈》、望安的《哈雷彗星,你好》等都是优秀的科学诗。

三、儿童诗与儿歌的异同

诗与歌在古代是有区别的,虽然现代一般文体分类中,常将诗歌作为各种诗体文学的统称,诗与歌已不再泾渭分明,但在儿童文学作品中,儿童诗与儿歌有着明显的不同,二者是既有区别又有联系的两种韵文体裁形式,我们将其作为两种不同的韵文体裁来介绍,主要是着眼于它们的区别。

(1)儿童诗比儿歌的内容深广,思想含蓄,结构复杂。

(2)儿歌在语言运用上讲求顺口自然且有"俗味";儿童诗的格式比较灵活自由,在遣词造句上除了追求明白晓畅以外,还讲究多一些"雅趣"。

(3)儿歌讲究韵律、节奏,注重语音外在表现形式上的音乐感,追求音韵和谐,被称为"半格律诗";而儿童诗可以更自由,少拘束,音乐美体现于诗意之中,人称"自由体"。

(4)儿歌往往以叙述、白描、说明等方式表述事物、现象,偏重于明白地展示,追求幽默、机警和谐趣;儿童诗更注重情感的抒发、意境的创造和表达的含蓄。

(5)儿歌适宜于歌唱、游戏,有娱乐和实用的特质;而儿童诗更适合于吟诵听赏,讲求精神性的消遣。

因此,儿童诗更适合于年龄稍大的儿童和幼儿园大班孩子听赏,儿歌则更受幼儿的欢迎。但是这些区别又是相对的,儿童诗和儿歌界限并不分明,它们都是易于儿童接受的诗歌文体,文体之间的渗透和融合在创作中是在所难免的。

四、儿童诗的创作方法

诗是由情感、意象、意境等内在因素和富有音乐性的语言等外在因素构成的。创作儿童诗应从这几个方面入手。

（一）抒发儿童真挚、明朗的感情

儿童诗大都是成人为儿童写的，然而有的作者虽然的确是情有所感，触发想象而写成了诗，可儿童读了并不觉得亲切，以致不能发挥诗歌应有的艺术功能。究其原因，就是诗里表露的感情并非儿童之情，或者是假造、矫饰的儿童之情，儿童自然对其不感兴趣，无法与之在感情上沟通。所以要使诗为儿童所接受和喜爱，必须抒儿童之情。这就要求作者从儿童出发，设身处地去体验儿童的感情，并以儿童的表情方式表现出来，而不是作者直抒胸臆。

抒真情，还必须避免浮泛、空洞的叫喊，每行诗都应是"吐自肺腑的心曲"，而且还应该是一种高尚的真情。普列汉诺夫指出："为什么守财奴不能歌唱他所失去的钱财呢？这很简单，因为如果他歌唱自己的损失，他的歌唱就不会感动任何人，也就是说，他的歌唱不能作为他和其他人们之间的交往手段。"① 所以，只有抒发纯真美好感情的诗歌，才能成为净化儿童心灵的精神财富。

同时，还要注意情感的升华，即通过各种艺术手段，使抒发的情感升腾起来。儿童的情感固然因为真率、质朴而具有特殊的美学意蕴，却需将平淡、凡俗的一般情感点化为具有典型性或共时性的社会情感，以培养和提升儿童的审美情感，比如金波的《绿雨》：

春雨/一滴，一滴，/淅淅沥沥……/春雨，春雨，/你是什么颜色的？/你是绿色的吗？/要不然，/那山，那树，/怎么会悄悄地/一夜间都被染绿！

平常的春雨被诗人点化成了"染绿"山水树木的奇妙画手，"春风又绿江南岸"的神奇意境也蕴藏在这首短短的诗中，由此此诗具有了优美的意境和浓郁的诗情。

儿童诗常用的抒情方式有以下几种。

1. 借物抒情

借物抒情以描绘形象为主，让情感从形象中自然流露出来。如胡圳的《雪》，想象雪是雪婆婆磨的面粉。下雪乃自然现象，诗人却从中产生了奇妙的想象：竟然是位慈祥的雪婆婆忙了整整一夜，才磨出来的许多"雪白的面粉"。结尾处，将"瑞雪兆丰年"巧妙地融入诗歌，变成了"天上也和人间一样，定是个大丰年"的诗句，歌颂人间的丰收富裕、美满幸福，却含而不露，婉曲动人。

2. 情景交融

情景交融指情中有景、景中有情，情景互相渗透、融为一体，即王国维所说："一切景语皆情语也。"如盖尚铎的《月亮和我好》，情感浓郁，意境优美，格调清新。月亮三次出

---

① 普列汉诺夫.没有地址的信 艺术与社会生活[M].曹葆华,丰陈宝,杨民望,译.北京：人民文学出版社,1962:226.

现,都是"月亮和我好"的主题再现。小鸟、青蛙、宝宝与月亮的情谊一次比一次深厚。叙写距离的安排也体现了作者结构上的匠心:先写树梢,再写池塘,末了是一只伸手可及的脸盆,分别用了三个不同的动词——"挂""漂""盛"。"挂"在"树梢"是"静"的感觉,"漂"在池塘中有了动态,用"盛"时就有了贴近感。反复使用"月亮和我好",不仅仅是语句、韵律的重复,实际上是感情的不断深化,每重复一次,感情就加深一次。小鸟、青蛙和宝宝,看到多情的月亮,都重复着同样一句心里话:"月亮和我好!"该诗采用三段式,以三次有意识的反复突出了诗的主题,深化了诗的意境,增加了诗的魅力。这是一首情景交融、玲珑剔透的好诗。

3. 缘情体物

缘情体物主要描绘情感所导致的景物变化,以情感的变化为主,景随情走。刘饶民的《春雨》一开头就是"滴答,滴答,下小雨啦",没有一丝雕琢,没有半点儿造作,这就是春雨的声音,这就是春姑娘的脚步,她给经过漫长严冬的人们带来了美好的希望,给刚刚苏醒的万物带来了无限的生机。接下来作者没有泛泛落笔,也没有直抒胸臆,却选择了要发芽的种子、要开花的梨树、要长大的麦苗,赋予它们孩子般的语言和心理,让春芽、春花、春苗代表万物热情地欢迎春雨:"下吧,下吧……"喜悦之情溢于言表,自然优美。诗人到此并未停止,又写了人类的春天——儿童。作者没有赞美春天或者以珍惜春光的态度来立意,而是以小朋友之口说:"下吧,下吧,我要种瓜。"春雨给人们带来的欢欣和希望得到了生动的体现和形象的表现。最后,再轻轻吟唱:"滴答,滴答,下小雨啦。"春雨滴滴答答地滋润着大地,也滋润着儿童的心田。

4. 直抒胸臆

直抒胸臆指情感的抒发并非寓情于景或情景交融,而是通过语言的分割组构,直接与情感联系起来,使人感到那炽热的情感是从字里行间喷射出来的。例如,美国休斯的《旋转木马》选择一个黑人孩子对旋转木马渴慕的呼唤来直抒感情,作者巧妙地借儿童幼稚的口吻追问:"但是在这旋转的木马上,并不分前面后面呀!哪儿是黑皮肤的孩子,可以骑的马?"这既是对种族制度的质问,又是对社会制度的控诉,深刻而警醒。

(二)展开想象的翅膀,构思鲜明生动的意象

诗歌的艺术魅力很大程度上来源于以丰富的生活为基础的想象。儿童诗的想象丰富,而且大都是幻想性质的,这就要求创作者要尽力在诗歌里为儿童构造一个奇幻、多彩的想象世界。这个世界既要想象丰富,又要浅显易懂,因此,既离不开对生活素材加以概括、集中和提炼,又必须按儿童的思维方式进行匠心独运的创造,做到深入浅出,体现情真、意深、巧思的特点。由于成人与儿童在想象的质与量上都有着很大差别,因此创作儿童诗歌时要注意儿童诗的想象应符合儿童的心理特点,与他们的知识、经验相吻合,按这个原则来处理素材,才能做到既新颖、精巧、富有诗意,又活泼生动、鲜明动人。有一种不良创作倾向是离开诗的形象去"提高"思想,既违反了儿童文学的创作规律,也破坏了诗歌构思的完整性。精巧的构思、曼妙的想象必须落到具体的形象上。诗人写诗时,总是将自己心中的意念、体验或情感,利用文字的描绘,变作具体的景象,这样才能唤起读者

的共鸣,起到陶冶情操的作用,因此,诗的思想最好是通过塑造具体的意象加以表现。对于儿童诗更是如此,诗意、诗情必须寄托于具体的物象上进行抒发才能动人,而且还必须是儿童感兴趣的形象。塑造形象是儿童诗创作的关键。一首好诗,绝不是一种概念性的理性意识,而是一个个鲜活动人、似乎可以伸手触及的形象。这里具体谈谈儿童诗构思创造意象的方法。

1. 依据情意捕捉贴切的物象

生活中很多人们司空见惯的事物实际上却蕴藏着丰富的诗意,如果作者具有诗心和童心,并能以儿童情趣和视角去观察、思考,一定能捕捉到富于新意、饱含情意的独特意象。儿童诗人林武宪的《鞋》是这方面的典范:鞋是很平凡的事物,人们司空见惯、习以为常,但作者却以儿童眼光看它们,从大大小小的鞋联想到岁数、高矮不同的一家人。它们"依偎在一起说着一天的见闻",平凡的事物因此具有了美妙的情意。这应该是诗人有感于家庭团聚的温馨后,捕捉到不同家庭鞋聚在一起的物象后创作出来的诗歌。鞋"就像大大小小的船,回到安静的港湾"的比喻,引起读者的联想与想象,唤起大家对家庭幸福的深切渴望。

2. 化抽象为具体

儿童诗以表情达意为目的,但情与意都是抽象的,而儿童以形象思维为主,认识世界、接受道理都是从具体事物开始的。因此,作者要运用自己的经验和能力,把虚化的情意与抽象的观念外化成具体直观的意象,使儿童产生现场感。

3. 化静态为动态

运用各种艺术手法让事物活动起来进行现场表演,构成生动的场面和动人的情景,这样读者就会有身临其境的感觉。范广兴的《浪花》中大海"唱着歌"、浪花"亲亲我的小脚丫"这些动态描写使这首诗意象生动、情趣盎然。

(三)创造饱含儿童情趣的意境

意境是诗歌的重要美学特征,指作品描绘的生活图景和表现的思想感情融合一致而形成的一种全新的艺术境界。意是诗人在画面中所表达的主观思想感情,境是诗人所创造的、看得见、感觉得到的具体的生活画面。意和境(即情和景)有机统一,形成一种崭新的艺术境界,它使读者从作品所提供的具体画面中,感受到形象之外更深刻、更丰富的含义,获得美的享受。

儿童诗的意境往往寓浓郁的诗情于浅显流畅的语句、藏纯真的诗意于儿童习以为常的事物之中。因为浅显流畅、习以为常,才能带给儿童既熟悉又陌生的亲切感,有了这种亲切感,诗情、诗意才能自然地渗透到儿童心灵中,起到"润物细无声"的作用。要创造这样的意境,要求诗人在驰骋想象的时候,要牢牢把握儿童想象的特点,了解儿童的认识规律。

第一,儿童诗的意境美存在于真实的语言形象之中。语言形象的真实性是儿童诗歌意境存在的基础,有真才有美。真实的语言形象能够激起审美主体产生艺术联想,进行再创造时才能构成一种真实的意境。如果儿童诗的语言过于抽象,并不适合儿童理解事物的思维水平,再创造的平台就搭建不起来,再美的诗歌也无法进入儿童视野,审美价值就无法实现。儿童诗里很难找到纯粹抒情或者说理的作品,明净的意境往往通过具体的形象描写营造出来。

第二,儿童诗的意境美不只是一般的情与景合,它必须包含生动的内容,才能使读者对语言形象之外的深意或情趣有所领悟。比如《春妈妈》:"春,是花的妈妈。/红的花,蓝的花,/张开小小的嘴巴。/春妈妈,/用雨点喂她……"这首诗描绘"春雨润万物"的美好景象,意境高雅醇厚。诗人巧妙地将抽象的时令"春"拟为慈祥的妈妈,符合儿童的联想方式以及他们已经具有的生活经验模式:自己吮吸了母亲的乳汁一天天长大,那红的花、蓝的花也同样是吃了春妈妈的"乳汁"才长大的。这种想象给诗歌带来了迷人的童话色彩。

儿童诗意境的创造通常可以从以下几个方面进行。儿童以形象思维为主,但他们对事物的本质非常好奇,爱问为什么,表现在诗中常常是表面上的荒唐和实质上的合理有机统一,从而产生意想不到的诗歌意境。比如孩子喜欢鲜艳的颜色,想把两种颜色的鞋同时穿在脚上的想法令人觉得十分好玩,这是金柏松的《红鞋和蓝鞋》表现的情感。

儿童特殊的心理倾向使其难于准确区分幻想和现实,诗人如能抓住这个特点,就能创造出优美的意境,写出隽永含蓄的诗篇。比如谢采筏的《海带》,诗人舍去了海带的形貌,着力渲染海带的神韵,其修长柔美有如海的女儿的"飘带","捞到了她的飘带",仿佛也看到了海的女儿,给人带来由衷的欢欣。诗人把对大海强烈的爱、对美的一往情深,附着于随波摇曳、舞姿婆娑的海带上,不由人不陶醉在诗的意境中。这样的意境是建立在儿童分不清现实与幻想的年龄特征之上的,这样才有可能把童话中海的女儿与现实中的海生植物联系起来,用现实中的海带来满足幻想中"见见海的女儿"的夙愿。这种极富浪漫色彩的意境是任何一首称得上儿童诗的作品都不可缺少的。

另外,儿童特有的稚拙也会形成儿童诗特有的意境美。仔细阅读张秋生的《只听半句》和谢武章的《风》,可体会其中表现出来的儿童的稚拙。

(四)锤炼和谐优美、充满儿童情趣的诗歌语言

儿童诗的语言在韵律上属于自由体,虽不如儿歌的半格律化要求严格,但依然遵循诗歌语言的普遍规律:合辙押韵,朗朗上口,具有音乐美。儿童诗与儿歌在音韵上的制作要求有很多相似之处,在此不细说。

儿童诗是语言的艺术,除了必须具有生动、凝练、精确等一般特征以外,还必须洋溢着天真和稚气。这种蕴含着儿童情趣的语言,不仅使儿童诗活泼有趣,还有利于把读者带入诗的意境。

儿童诗也是一种极其精致的语言艺术,特别讲究语言的锤炼和修辞手法的运用,包括词语的锤炼、句式的选择,以及固定修辞格的运用等。

另外,儿童期的孩子,其生理和心理发展非常迅速,成长的阶段性明显。儿童期内部还可分为婴儿、幼儿、儿童和少年等阶段,因此,儿童诗的创作也应明显地反映各年龄阶段儿童的特点和情趣。如同样写下雪的内容,《小雪花》

《雪花》《雪娃娃不见了》这几首诗就各有适宜的读者对象：《小雪花》告诉孩子下雪代表冬天到来了；《雪花》通过实验告诉孩子雪花遇热融化的性能；《雪娃娃不见了》不仅写出太阳一出来雪就融化的自然知识，还隐约道出雪娃娃不畏严寒的性格，含蓄深刻。三首诗从语言到内容都是逐步加深的，分别适合小、中、大班不同年龄段的儿童阅读。

探究·讨论·实践

1. 儿童诗有哪些特点？儿童诗的意境如何体现？
2. 儿童诗与儿歌的区别主要体现在哪些方面？
3. 如何创造儿童诗鲜明生动的意象和清新纯净的意境？
4. 仔细阅读下面的诗歌创作案例，体会儿童诗凝练形象的特点，并试着创作1~4首表现儿童情趣的诗歌，题材、题目自选。

诗人马亚姗在听著名编辑李金本老师关于儿童诗歌的讲座时灵感迸发，当场即兴创作了一首《影子》，李老师马上提出修改意见，认为写诗仅需要生活的横断面，尽量剪掉不要的枝叶。这首诗后来发表在《少年诗刊》上。

影子

文/马亚姗

公鸡的一声打鸣
太阳露着笑脸出来了
我身后的影子
也出来了
它由短变长，由长变短。

忽然，雷声一响
吓得太阳躲进乌云里。
此时，我的影子
可能受到了惊吓
躲进我的身体里。

太阳下山
夜，也越来越深
我不停地问，妈妈
影子会不会害怕呀？
梦里会不会追寻我的身影？

第三节　儿童散文创作

一、儿童散文的概念和特点

(一)儿童散文的概念

儿童散文是为儿童创作、以儿童为主要读者对象的散文。它主要表达儿童的生活情趣和心灵感受，是篇幅短小、知识性强、写法自由、情文并茂的艺术短文。

我国散文传统虽悠久且成果丰富，但儿童散文真正出现却是在五四运动之后，其后由于多方面的原因，儿童散文发展缓慢，直至20世纪80年代，儿童散文才真正崛起。现在，它已经作为一种独立的文学样式与儿童诗、童话、儿童故事等并列，在儿童文学大家族里占有一席之地。儿童散文在儿童美育中有很大优势：它比儿童诗更有情节，比童话更具现实性，比儿童故事有更优美的意境和语言。儿童散文还有其他体裁不可替代的作用:内容广阔,题材丰富,可以开阔儿童的眼界,增长知识;优美的意境和真挚的情感可以使儿童得到美的熏陶,逐步培养审美意识和能力;表现手法灵活,语言精练、规范,对训练儿童的观察能力、语言表达能力有示范作用。小学课本里的许多课文都是散文,儿童的最初习作也多是散文体,这些都使得儿童散文越来越受到重视。

(二)儿童散文的特点

儿童散文的总体特点为儿童化和散文化,二者的融合使得儿童散文呈现出以下具体的特点。

1. 题材广阔自由,充满儿童情趣

题材广阔自由是散文的优势特点。上下几千载,纵横几万里,大及宇宙洪荒,小至草木虫鱼,都可涉及,可以写得庄严肃穆,也可以写得轻松愉快。正如冰心在《关于散文》一文中所说:"散文……有时'大题小做',纳须弥于芥子,有时'小题大作',从一粒砂来看一个世界……"[①]在所有文体中,散文最容易将日常的生活化为文学艺术,对日常生活做逼真性和直接性的反映。当然,散文的题材虽然无所不包,但并不是任何内容都可以进入散文写作的视野,也并不是所有的生活形象都能转化为散文意象。散文意象是经过散文作家主观体验、过滤、带上作家鲜明的个性色彩的艺术形象。凡是被散文作家感受、体验过的人、事、情、物、理都可以成为散文的写作题材,比起诗歌高度概括和浓缩生活,比起小说精心提炼细节、情节来塑造人物,散文显得自由灵活了许多。

儿童散文反映的是儿童的真实生活。儿童生活面的狭窄使很多人误以为儿童散文的题材也受到局限。其实,儿童散文的题材范围有时超过成人散文,它甚至能将现实生活中不存在的童话类想象和幻想也放在表现范围里,当然这只是用童话似的幻想来迎合儿童的兴趣,使儿童散文穿上迷人的外衣,其本质还是现实生活的重现。儿童散文广泛的题材包括世间一切,有的含有明显的喻世之意,选材时可考虑即事言情,因物咏志,有所寄托;有的则在潜移默化中起陶冶性情之功,并不把教义直接表现出来,含蓄悠远;有的写世故人情,暗示孩子掌握正确的为人处世之道;有的散文只是写出了儿童生活中一些天真烂漫的情趣,让人想起充满诗意的生活。更多的儿童散文则是写云影月光,让孩子从自然和生活中发现美,感受美,如夏辇生的《月牙儿,一晃一晃》,一弯平常的月牙儿在孩子的眼里会变幻出如此多的美妙意象,是冰灯,是小船,是星宝宝的摇篮和秋千,这些意象背后孩子参与游戏的动态画面虽没有真实出现,但已经暗含其中,起到启发想象的作用,由此产生的意境深远而清新,因而韵味无穷。仔细探究,从文中很难找出通常强调的"道"来,也没有明确的寓意,它只是再现了大自然的美好,抒发了人们对美好月夜的赞美之情,却能启发孩子去体会自然美,感悟生活情趣。这样的散文在儿童散文中所占比例不小。

儿童散文贴近儿童生活的另一个重要表现就是充满儿童情趣,这一点可算是儿童散文的核心特征。例如,冰波的儿童文学作品清新明朗,其散文在充满诗情画意的描绘中

---

① 冰心.关于散文[M].//萧风.中国二十世纪散文精品.西安:太白文艺出版社,2002:235.

往往表现出儿童特有的情趣。他的《萤火虫和星星》写孩子对满天飞舞的萤火虫充满神秘的幻想,不知它们是星星变的,还是星星变成了它们,于是孩子想象:它们飞来飞去竟然在空中迷了路!

因为题材的广阔,散文在写法上显得自由灵活。它可以在朴实的叙述中显出真情和感悟;也可以灵活地调动记人、叙事、抒情、咏物、讽刺、幽默等各种手法,创造出色彩斑斓、意蕴深远绵长的散文情境和意旨;还可以从不同角度、不同层次、不同侧面展示主体生命的体验和思考。总之,只要是儿童能接受的艺术手法都可以使用。这种自由有效地拉近了生活和文学的距离,使儿童散文和成人散文一样,成为拥有庞大读者群的一种文体。

2.立意真诚,具有鲜明的叙事性

儿童充满好奇心,他们喜欢听那些引人入胜的故事,因此,除了抒情、写景,儿童散文还具有鲜明的叙事性。例如,任大霖的《多难的小鸭》写一只小鸭充满磨难的人生:有一天,亲戚送来半篮喜蛋(孵化一半的蛋)。突然有一只蛋壳破了,跑出一只小鸭。小鸭被老鼠咬了,奶奶用万金油给它敷好,但它的头从此就歪着。它喜欢跟着人跑,被太先生踩了翅膀,奶奶又给它敷了万金油。有天下大雨,满天井都是水,小鸭高兴地玩水。水退的时候,它跟杂草、枯枝一起漏进了阴沟中,奶奶用火钳把它钳出来,它才免了一劫。后来,它又和小鸡争米吃,半个钟头以后,它就不舒服起来,老用一只脚抓自己的胸脯,还张大嘴喘气。"我"跑去找奶奶说小鸭老打哈欠要睡觉了,奶奶跑来看了看说:"唉,什么打哈欠,它是'贪心害自命'了!它的肚一定要胀破了。"奶奶给它吃人丹和十滴水,才活下来。文章结束时作者说:"小鸭子就这样活下来了,虽然它的磨难这么多。我现在回想起来,还觉得奇怪呢!"这只小鸭的坎坷经历读起来曲折有趣。尽管它没有太多的教育意义,却能引起孩子们的兴味,得到一种消遣。

3.意象具体生动,易于儿童接受

散文和诗歌一样,也会借助意象来传达感情、暗示思想。儿童散文的意象主要是写实性意象。诗歌意象呈现的是偏重于表现的艺术形象,散文虽然也具有体现作者主观情感的审美元素,但散文的意象是写实的,不具备诗歌意象的那种概括性和变形性;散文再现的是作者亲身经历过的真实的事实,而不像故事那样,作者做了超现实的艺术提炼和重组,具有虚构成分。儿童散文同时具备再现、表现的特点使得其意象具体而生动。例如,楼飞甫的散文《春雨的色彩》,其意象有绵绵的春雨、欢快的群鸟、万紫千红的大地,还有童话般的小屋在沙沙的小雨中静默着,屋檐下的小鸟叽叽喳喳辩论着,伴随着甜美天真的角色语言,电影镜头般推出翠绿的草地、嫩绿的柳枝、粉红的桃花、淡红的杏花、金黄的油菜花、鹅黄的蒲公英等诗情画意的情景。此情此景是儿童熟悉并容易接受的,对于启发他们的想象力、创造力大有好处。同时,有声有色的意象可以让儿童充分感受到散文的语言美、情景美。

4.意境明丽优美,充满浓郁诗意

在儿童文学里,诗歌侧重抒情,儿童故事、童话侧重描绘情节,散文则侧重描述情境。儿童散文的意境要求优美,却不苛求深邃,它是通过作者细心观察,从孩子们所熟悉的生活中发掘美的结果。例如,樊发稼的《绿色的小扇子》,作者把老槐树拟为慈祥的老爷爷,而他的无数树叶成了小扇子,在酷热的夏天给人们带来清凉。情与景的交融,将自然对人的呵护、人对大自然的感激,以及由此产生的美好意境烘托出来,具体形象,优美浅显,犹如浅浅的小溪流过美丽的河床,一路清唱,一路清凉。

又如傅天琳的《谷草屋》,作者用儿童的视角和想象营造了一个优美的诗化意境:谷草屋是妹妹、舅舅、灰兔子、小麻雀和牛温暖的家,跳舞的绿竹林陪伴在他们左右,被大白菜"拔过去"的妹妹是整幅画面里最生动的形象,她被大白菜"拔过去"的稚拙动作、神态本身已经出神入化,再加上一群贪吃的小麻雀一点缀,整个画面活灵活现。我们能清晰地看见稚拙、可爱的妹妹那纯真的笑脸,听见她开心、明朗的笑声。

儿童散文的美好意境源自儿童特有的泛灵心理和自我幻化的思维,这使得世间万物在儿童眼中具有了灵性和生命,因而使儿童生活具有了诗性的光辉,反映在儿童散文中,为儿童散文镀上了一层曼妙的色彩,充满浓郁的诗情。西班牙作家希梅内斯为了表达自己眼中、心中的浓郁诗情,将它寄寓到一头小毛驴——小银身上,用充满深情的笔触写出了《四月诗情》,文中作家赞叹:"啊,多么清新,欢乐而感人的诗情!"该文描绘的美丽景色、抒发的温柔情感美不胜收。

5. 语言朴实清纯,具有个性风格

散文是抒情性的美文,最能给人以直观美感的首先是语言的美。语言是引导读者进入散文美境的第一道牌楼,它的色彩、风格、情调等直接昭示着内涵的格调,显示出作者的性情。语言优美与否直接决定着文章是否具有引人入胜的艺术魅力,能否与读者的审美情趣相吻合,铺展开一条连接作者与读者的阳关道,实现散文的审美价值。散文语言不像小说语言那样细针密缝,讲究结构设置技巧,也不像戏剧那样,讲究巧合偶然,它可以信马由缰,纵横驰骋,将古今中外的人、事、物汇聚于尺幅之内。记人,它不需要完整的故事情节来展示独特鲜明的个性;叙事,它不需要精心组织矛盾冲突以写清楚来龙去脉,而是兴之所至,或跳跃跨连,或片段组合,或娓娓道来,运笔如风,各具风采。散文的描写可以穷声尽貌,舒卷自如;可以融合诗情画意,让人赏心悦目,使人回肠荡气。散文的抒情可以酣畅淋漓,情之所至笔之所至,如江河行地浩浩荡荡,亦可如云卷云舒自由自在。不管是托物言情,还是依事抒情,都要选择最能引发和积聚情感的事与物,让读者观文动容、动情。散文的说理,不用逻辑推理,不用小心求证,三言两语之间便可化腐朽为神奇,变平凡为非凡,将文章的审美价值提高到一个更高的层面,读来韵味悠长;也可以将深奥的事理隐藏于形象的描画之中,或者蕴含于事件的铺叙之中。这种无拘无束的行文气势,使散文自成气韵。

儿童散文语言应遵循儿童文学语言的整体特色,通俗易懂。既然是散文,儿童散文同时又应该具有散文的语言风格,是儿童语言与散文语言的融合,除了应该具有散文语言的优美凝练外,还要求在体现作者主观情怀时充分融合儿童情趣,使之呈现出多姿多彩的儿童风貌。散文语言具有很强的适应能力,它可以适应创作主体的各种情绪特征、性格特征,还可适应客体的各种情调特征、物象特征,形成多姿多彩的艺术风格。儿童散文语言可以用清新真朴的叙述语,也可以用自由随意的谈话风,或轻松幽默,或节奏明快,或舒徐缓悠,反映出作家特有的个性风格。例如,刘半农的《雨》通过含混而又富于幻想的语言,表达了只有孩子才有的天真:"妈!我要睡了!你就关上了窗,不要让雨来打湿了我们的床。你就把我的小雨衣借给雨,不要让雨打湿了雨的衣裳。"又如金波的儿童散文呈现出的是他个人独特的气质、风格:温婉、清新、自然。他常用孩子的视角来观察、感悟外在世界,在娓娓叙说中充满了人文关怀和儿童情趣。金波的《小小的希望》所表现的"小小的希望",实际是作家对人与自然和谐相处的希望,应该是"大大的""美好的"希望。作者举重若轻,用孩子特有的想象和口语化的语言,叙述了现实的残酷和自己美好的希望。文章语言朴实,意蕴深厚。金波的儿童文学作品题材广泛,对自然表示关怀的作品很多,他对动物、植物,甚至没有生命的石头的特别爱心,形成了他独特的诗意化题材风格;而他的语言又总是与所反映的内容水乳交融,形成他特有的充满儿童趣味的语言风格。

不同的作家有不同的语言风格。例如,郑春华的《很轻很轻》是一篇生活气息浓厚的儿童散文,在题材、意境、构思谋划上具有儿童散文的很多突出特点,尤其是语言具有明显的音乐性,"很轻很轻""轻轻地"构成这篇散文的音乐主旋律:舒缓、宁静、温馨、轻柔的爱的意境被悄然烘托出来,似乎还伴着舒缓优美的乐曲。又如滕《轻轻地》(佚名)反映了一种良好的生活习惯——不妨碍他人休息,有着明显的教育内涵。"轻轻地"不仅是情感、结构线索,也是音韵线索,"轻轻地穿衣,轻轻地下床,轻轻地走路……"在文中多次反复,叠声词"甜甜""佳佳""妈妈"间隔出现,再加上拟声词"呼噜,呼噜"的伴奏,使整篇文章节奏分明、音韵优美,表现安静的文章反而写得有声有色,真是新颖独到。

富有音乐感也是儿童散文语言的一大特点。

从上述分析可以看出,儿童散文语言的风格总体上是朴实、明丽、清纯,富于儿童情趣和音乐美。

二、儿童散文的分类

儿童散文多是抒情、叙事的,其描写的侧重面各有不同,据此进行分类,可以将儿童散文分为很多种,各类之间的界限并不十分严格。按照表达方式和题材划分,比较常见的有叙事散文、抒情散文、写景散文、童话散文、知识散文等。

(一)叙事散文

叙事散文是用散文笔调向儿童叙述生活中发生的故事的文体。儿童生活丰富多彩,儿童叙事散文也丰富多彩。例如,圣野的《去外婆家》描写有趣的农村生活:"我小时候"最大的乐趣是去看外婆,舅舅上山打柴采回很多野果,捉来山雀,舅妈可以随便采满山的野花来戴,外婆家生活在一个鸟语花香的世界里。又如滕毓旭的《一朵会说会笑的山菊花》描写妈妈和孩子捉迷藏的生活场景,展现儿童爱护自然、保护小动物的天真、稚拙情态。再如张朝东的《放牛》描述的是城市孩子在农村学放牛的新鲜经历。叙述儿童生活事件的散文一般总是选取一个生活场面进行描述,林林总总所有的散文汇聚起来,就覆盖了儿童的整个生活范围。

(二)抒情散文

抒情散文是指抒发真挚的感情的散文。例如,张朝东的《帆》描写了嘉陵江上的张张白帆像朵朵白花,开在绿茸茸的草地上,又像一片片白云,飘在蓝天上。白帆一年四季满载货物运出运进,将小小山村与祖国各地紧紧相连。"啊,我爱嘉陵江,我爱白帆"表达了作者对嘉陵江的由衷热爱和赞美之情。

(三)写景散文

写景散文侧重描绘优美的自然风光、季节变换的景色及其特征。景物描写反映了作者对客观景物的一种主观感受,实际也是作者对生活的一种美学评价。一般来说,儿童对静止的景物描写不太感兴趣,要他们理解文学作品里那些复杂、细腻的景物描写是有困难的。但是少量的、深浅适度的景物描写,对于孩子来说仍然是很需要的。恰到好处的状物写景,不仅有利于丰富孩子的知识,提高他们观察、认识事物的能力,同时还能帮助孩子积累词汇,培养他们从小热爱祖国优美语言文字的高尚情操。例如郭风的《花的沐浴》展示了绚烂清新的野花世界:一群野花在草地上沐浴,唱着歌,用绿色的浴巾擦洗。雨停了,阳光照耀着大地,草地上一片光明,散发着阵阵清香。文中描绘的优美意境和绚丽的色彩令人心驰神往。又如蒲华清的《音乐喷泉》描写"音乐"的模样:"原来它是些美丽的小水珠。小水珠们像一群小仙人,和着旋律,在屏幕上跳舞。它们忽而轻盈飞升,忽而袅袅落下;忽而散开,忽而聚拢;忽而化作了春风,忽而又变成波浪。"作者将音乐与喷泉融在一起描绘,化抽象为具体,新颖独特,形象生动。

(四)童话散文

童话散文是指把童话移植到散文创作里,兼具童话和散文的特点。它的形象是童话中的拟人形象,比起其他种类的散文,童话散文更具情节性,但是,它的情节比起童话来又简单得多、平淡得多。例如杜虹的《春风娃娃报信》就是一篇趣味盎然的童话散文。

(五)知识散文

知识散文是指以介绍知识为主的儿童散文。儿童自然不能从理论上去认识世界的复杂与变化,但透过一些生活现象和实例,从小让他们耳濡目染,了解世界的辽阔、生活的丰富和知识的无穷,却是十分必要的。知识散文篇幅短小,语言简洁,写法灵活多样,而且行文活泼,耐人寻味。它不同于条分缕析地讲解科技常识的说明文,在介绍知识时一般采用拟人和象征手法,用儿童视角来立意,显得新奇有趣。例如,薛卫民的《月亮渴了》形象生动地介绍了水、蒸汽、雨的循环关系,将一个复杂的物理问题深入浅出地展现给孩子。又如望安的《松竹梅》用拟人手法将松、竹、梅形象地比拟成三个要好的朋友,冬爷爷要考验他们怕不怕冷,他们都说不怕。在大雪的压迫和北风的摧残下,他们显得坚强无比。还有一群在冰天雪地中锻炼身体的小朋友显得更坚强、更勇敢,他们都得到冬爷爷的夸奖。诸如此类的儿童散文还有很多,儿童知识散文担负着向儿童宣传生活的多样性、丰富性的任务。

三、儿童散文的创作原则和方法

(一) 儿童散文的创作原则

1. 儿童散文创作离不开"真"字

散文是一种主体性很强的文体,重在抒写作家对人生、自然、社会的感悟,言我之志,抒我之情,揭示创作主体的个性与人格,重在作家主体意识的坦诚流泻。与诗歌相比,二者虽然都注重表现主体情感,但诗歌注重对感情的组织和提炼,而散文则讲究自然天成,不像诗歌那样要受格式约束。诗歌高度凝练而不能具体,小说因受制于客体而不能直接表现,戏剧则重冲突而轻抒情。只有散文,因其自由灵活的书写方式,可以事无巨细,淋漓尽致地直接抒发,因此散文和现实人生距离最近,作者直接面对读者,真实直白地表现自我的思想、感情,是一位典型的"本色演员",散文是沟通作者和读者的最便捷的桥梁。

散文的"真"表现在两个方面:一是创作主体的自我之真。它来源于作者诚实、谦逊的人品和真诚自由的创作心态。作者不避个性、缺憾、喜怒哀乐,毫无掩饰地袒露自我的感受。二是客体形象之真。散文真实地再现自我、他人和生活自然、宇宙人生,不仅要求本身的真实,还要具备形象在社会背景下的真实。也就是说,散文形象要能够透视本质,通过个别反映一般,通过个性反映共性。

冰心的《一只小鸟——偶记前天在庭树下看见的一件事》写一只天真的小鸟天天在树上唱赞美自然的歌,"声音里满含着清——轻——和——美,唱的时候,好像'自然'也含笑倾听一般……这小鸟天天出来歌唱,小孩子们也天天来听它,最后他们便想捉住它"。于是惨剧发生了,小鸟被弹子射中,"它的血从树隙里一滴一滴的落到地上来","从此那歌声便消歇了。那些孩子想要仰望着它,听它的歌声,却不能了"。一只小鸟被夺去了生命,血一滴一滴落到地上,这是一件多么令人惋惜和痛心的事啊!这篇散文浸透着作者的善良与爱心,作者循循善诱地提醒孩子们:珍爱自然,珍爱美好的事物,不要伤害无辜的小生命。此文还蕴含了更为深层的意蕴:美好的东西总是稀有且珍贵的,一旦失去就不会再有,还可以理解为"拥有时不珍惜,失去才知道珍贵,却永远地失去了",这是多么深刻的人生哲理,但作者举重若轻,用朴实的语言,在平静的描述中将深切的感情和深刻的哲理寄寓在一件小事中,不用说教、不做雕饰,让孩子们自己去认识事物、辨别是非,从而产生升华思想境界的作用。

抒我之情,使可信性和主体情感的真实性成为其独具的艺术魅力。因此,"真"是散文的第一生命,也是最高境界。它包括生活的真、情感的真、语言的真、思想的真,任何虚假的东西都有碍于散文创作。

在散文创作中可能最难的是如何表达作者的真实感受,如何抒写作者最真挚的情感。散文要以真情动人,就要用"心"去写。用"心"创作的作品,读者才会用"心"去读,去领会,去感受,才能获得作者情感与自身情感交融的体验。创作儿童散文尤其重视这个"真"字。儿童散文常常从小处落笔,但是必须有作者对生活的独特体验和感受,抒写真情实感,将自己的一颗真诚的心袒露在读者面前,赤裸裸地展现一个真真切切的自我。

2. 儿童散文创作离不开"散"字

散文作为一种文体,虽然应当且必须讲究艺术的加工,要进行艺术化的表现,但这种艺术化的表现主要是指艺术氛围的渲染、艺术意境的创造,以及艺术表现技巧的精到与巧妙,并非歪曲生活的真实、掩盖主体情感的真实、抹杀自我意识的个性。真情实感是散文创作的真谛,看不到技巧的技巧才是散文创作的最佳境界,这就要说到散文的"散"了。

"散"是可以概括散文从艺术构思到文章结构的最基本的一个特征。散文如行云流水,无拘无束。它可以漫不经心,可越是自由,越是引人入胜;它甚至可以跳跃,结束也不拘一格,可以戛然而止,可以余韵悠长。

散文创作的难处在于:外形非常散,内里却要非常严密。人们通常以"形"和"神"来比喻散文的外在形式与内在结构气韵,形散与神凝是对立的,但要把它们统一起来。形散指文章形式和章法要自由奔泻;神凝指文章气脉贯通,要围绕一个中心运行。散文取材自由,谋篇也很自由,它可以像水一样"随物赋形",当行则行,当止则止,不拘格套,一篇一个形式,似乎无定规。但是,仔细探究其谋篇技巧,依然符合"定体则无,大体须有"的规律。例如吴然的《大青树下的小学》充满温情地描写了一所非常有特色的边疆小学,各种鲜花、各种鸟儿、不同族别的小学生齐聚一校,看起来作者就是在平铺一个学校的组成要素,仔细研读就会发现这篇散文却是被一根红线——作者对大青树下的小学的深深热爱之情紧紧链接在一起,结尾"这就是我们可爱的小学,一所边疆的小学"就是这篇散文的灵魂。

(二)儿童散文的创作方法

儿童散文的创作方法主要包括以下几点。

1. 立意新颖,构思精巧

立意和构思在写作活动中占有重要地位,在散文写作中尤其不能忽视。散文的思想价值、格调、意境和情趣,关键在于作者的立意和构思。著名作家郁达夫说:"我以为一篇散文的最重要的内容,第一要寻这'散文的心';照中国旧式的说法,就是一篇的作意,在外国修辞学里,或称作主题(Subject)或叫它要旨(Theme)的,大约就是这'散文的心'了。有了这'散文的心'后,然后方能求散文的体,就是如何能把这心尽情地表现出来的最适当的排列与方法。"①"散文的心"大体相当于立意;"散文的体"约略相当于构思。

立意和构思包括文章中要抒写什么、表现什么,也包括怎样抒写、怎样表现,它决定于作者的思想和艺术修养,也和作者的生活阅历、审美情趣、表现技巧有关。

具体来说,散文创作的立意要求新颖深刻,构思要求精巧别致。

所谓立意,就是作者在说明问题、发表见解、提出主张或反映生活现象时,通过文本的全部内容所表现出来的基本思想和写作意图。散文最重立意,一篇散文品位的高低首先看作者的立意高下,为何呢?一是因为散文的题材散,没有立意,就是一盘散沙,没有意蕴,就不能充分发挥小题材、小文本的文体优势。二是散文的个性化色彩强烈,作者人

---

① 郁达夫.郁达夫文集(第六卷·文论)[M].广州:花城出版社,1991:259-260.

品的高下、才气的高低完全体现在文章中,而人性是善恶、美丑具存的复杂体,如果没有立意和主题框着,文字完全依着性情走,容易使文本低俗。三是因为散文是抒发真情真性的,作者的感、情、性都来源于当下的现实生活,散文的立意只有关注现实、关注人生,才能引起读者的兴趣,也才能作用于社会、作用于人生,实现它的审美价值。

散文的构思主要是解决散文的艺术形式问题,既包括通体布局,又包括具体的表现技巧。散文与一般文章的不同之处是它的结构线索往往沿着作者思想感情的起伏变化来安排,同时要处理好情与景、事与理、虚与实、曲与直等的关系,使文章显得新巧、曲折而有意趣。刘白羽说:"散文就像每朵浪花都属于大海,每一点艺术创造,都是作者的血水浇灌的鲜花,你的作品都有你的生命烙痕,无论多少,只有如此,这才是你的艺术创造。"[1]艺术创造绝不是现实生活的直接搬演,不是照相。立意、构思也不是简简单单地把思想和生活理顺、组织起来的过程,而是渗透着作者的心血,是一种复杂的艺术创造活动。

散文立意的获得有多种渠道,有的是偶尔获得灵感或者妙悟;有的是长期积累,偶然得之,豁然开朗地找到立意的角度;有的是经过钻研寻求而后发现别人之所未见。无论是通过哪一种途径获得立意,都有一个炼意的过程。因为事物具有多义性和丰富性,"意"也就有不同的层次,可以多层次探索以求深刻。通常,表层意义显露,平泛而陈俗,是人所共知之意;浅层意义是过渡带,稍加考虑即可获得;深层意义才有内涵,是精辟、新颖之所在。正如戴师初所说:"凡作文发意,第一番来者,陈言也,扫去不用;第二番来者,正语也,停之不可用;第三番来者,精意也,方可用之。"这告诉我们,在确定散文立意时,要在体验生活、获得灵感的基础上,进行情感的孕育,将自己的情感融入具体物象之中,然后去粗取精,去伪存真,由表及里,层层开掘,发现其具有代表性、普遍性和哲理性的深刻内涵,升华立意的品位,找到与之相适应的表现方法和形式。比如"吟咏春天"可说是一个陈旧题材,但是善于捕捉新意的作者仍能把文章写得颇有个性。例如楼飞甫的《春雨的色彩》就给人一种新鲜感。面对春姑娘织出的雨丝,鸟儿们争论起来:春雨到底是什么颜色的?有的说,雨水把草地染绿了,春雨是绿色的。有的说,雨滴把桃花染红了,春雨该是红色的。有的说,雨滴把油菜花染黄了,春雨应是黄色的。春雨听了鸟儿们的争论,沙沙沙地下得更欢了。它好像在说:"你们的话都对,但都没有说全面。我本身是无色的,但我能给春天的大地带来万紫千红……"文章透过鸟儿们对春雨是什么颜色的争论,启发孩子认识春雨与各种植物的密切关系,进一步领悟春雨与万物的关系,以及我们对春雨应该怀有的感恩之情。该文对孩子的知识教育和艺术熏陶正如那春雨一样"润物细无声",其写春天从颜色的角度入手可谓构思新颖。又如,泰戈尔的《花的学校》,通过夏季雨后草原上突然繁花盛开,联想到地下有个学校,花朵在那里上课,被罚站,而且它们还有深爱自己的妈妈,爱的主题自然流淌出来。

2.描绘灵动的意象,创设优美的意境

儿童散文以描述情景为中心,很少涉及抽象的逻辑思维,表达多用意象。儿童散文

---

[1] 刘白羽.刘白羽散文[M].北京:人民文学出版社,2022:140-141.

的意象灵动而丰富多彩,但主要是写实性意象,是对儿童的生活、想象、情感做逼真性和直接性的反映。儿童散文的意象一般是直观、具体的形象化意象。要将日常生活中的形象、事理化为儿童散文艺术,充满儿童情趣,首要的一个前提就是用自己的眼睛和心灵,从儿童鲜活的生活中去发现、提炼表情达意所需要的意象,创设优美的散文意境。同时将这种体验与儿童文学创作需要的诸多能力相互联结,形成特别的发现能力和体察能力,具体包括三个方面的内容。

(1)用儿童的眼睛和心灵去发现形象。

成人发现的美感或者意趣有时并不是儿童感兴趣的,要创造儿童喜欢的形象化意象,就要更多地了解、深入儿童生活,用儿童特有的眼光和心灵去发现平常生活中那些真正具有儿童情趣的形象,敏感地捕捉其中的别样意蕴。有的儿童散文虽然写的是儿童生活,但作者的视点却是成人角度,抒发的感情和意境也是儿童不能理解的,这种散文并不能算是儿童散文。要判断一篇散文是否是儿童散文,最好的办法是把它拿到儿童当中去读一读,看看儿童的反应。比如前面列举的散文《萤火虫和星星》,就是儿童视野中的萤火虫和星星,他们分不清萤火虫和星星。

(2)情感化的孕育。

散文作家应该将自己的情感灌注在作品中,设身处地地站在儿童的角度去感受它、体验它。日常的生活形象、事理在浸染了感情的体察中如果引发了作者内心的情感,同时也是能引发儿童情感变化的形象,那它就具备了构成儿童散文意象的基本情感因素。这个过程需要作家具有特别的感悟力。同样的生活,不同的人有不同的感悟:有的作家感悟深,有的感悟浅;有的能触摸到生活的本质,有的则只能看到生活的皮毛。这就是同样题材的散文,有高下之分的原因。所以在散文创作中,心灵体验、情感孕育是至关重要的。例如,希梅内斯的《四月诗情》就是一篇浸透了作者情感的优美散文。"小银"背上那些黄的、白的喇叭花以及衬托它的背景——一片转瞬即逝的浮云,都是经过作者情感孕育过的优美景象,不再是客观景物的原生形态。

(3)哲理化的探寻。

儿童散文中蕴含着一些看似平常实际却表达了对人类的终极关怀的道理,比如亲情、友情、人与自然的和谐相处等,这就是哲理化的探寻。哲理化的探寻在散文创作中是指在对散文意象做形象化发现和情感化孕育后进一步挖掘其生活底蕴,它们能够概括人性深层的内涵和人类共同的生活本质。

散文的艺术生命和审美价值往往就体现在散文意象的形象化、情感化、哲理化三者的完美结合之中。

例如冰心的《春水·三三》:"墙角的花!你孤芳自赏时,天地便小了。""墙角的花"这个意象典型地印证了散文意象形象化、情感化、哲理化融为一体的审美品格:一株柔弱的小花开在墙角,它是可见的、形象的;但它又不仅仅是一株植物学意义上的花,因为它能孤芳自赏,这是作者情感孕育过的具有感情色彩的意象。作者给予的警示"你孤芳自赏时,天地便小了"不仅是一句精警的人生格言,更是浓缩人生经验后升华的哲理。

再如《枫树、银杏和小松树》(少军)是一篇语言优美清新、富含哲理的儿童知识散文,它一方面通过栩栩如生的描绘告诉孩子们枫叶和银杏树叶秋天变色的常识,另一方面也影射了它俩爱慕虚荣而耗光树叶最后变丑的事实,赞美松树朴实无华却成就了冬天"枝繁叶茂"的大美。通过比较和分辨,儿童会明白真正的美是凌霜不傲、朴实无华,从而在思想上受到教育。

3. 表现手法灵活,语言多姿多彩

选择好意象后需要用散文语言将它们描述出来,这就像"胸有成竹"一样,竹子谁都见过,但是你眼里看到的竹子(生活力)、心里想到的竹子(感悟力)、手上画的竹子(表达力)是不一样的,感悟到的东西不一定能表达得好。能画出天然的竹子、逼真的竹子并不行,还要画出你心中的竹子。这心中的竹子已打上你的烙印,不但有"竹气",它上面还有"人气"。这画得好与不好的能力就是表达力。

散文是一种重在抒写主体感受的语言艺术,其语言的美是多元的、多彩的,它受文字的内涵、色彩、音韵等的制约,也受客观描述对象的内涵、特质的制约,更重要的是受创作主体的个人情性、用语习惯、审美观念等的制约,主体感受在行文中占有主导地位,因此遣词造句、节奏旋律,都是作者自我意识的体现。因此,有多少散文作者就有多少种语言风格,但并不能因此就说散文语言不可捉摸。仔细探究,散文语言还是有大体上的风格流派的,比如"本色天然,自由率真""浓墨重彩,金声玉振""标新立异,活跃灵动"。

儿童散文在传达情感时,更多采用生动形象的描述,讲究用词的浅显流畅、清新朴实,以及音韵的和谐、悦耳等,追求平实而又有文采的描述方式,常采用以下两种方法。

(1)实写性描述。

实写性描述即用实词实句对散文意象的特征进行描述,几乎不用修辞手法,只依靠一些具象化的、可看、可闻、可触、有色彩、有声响的实词来描述散文意象,突出散文意象的质感。这是儿童散文最常用的描述方式。例如,傅永健的《上学一路歌》就是用这种方法写孩子们上学路上的诗意生活的,该文用朴实的语言将一幅幅有声有色、活跃灵动的画面像电影似的展现在读者面前,没有修饰,语言一派天然纯真,勾勒的是多姿多彩的儿童生活画面。

(2)感觉化描述。

感觉化描述是散文的另一种重要描述方式,往往用比喻、夸张、比拟、摹状等修辞手法来突出、强调、渲染被作者的情感反复孕育过的意象,使那些被作者内心感觉体验过的独特意象带有主观的感觉,作者的各种独特体验通过那些有文采的文字一一细致呈现。金波为了渲染夏天的炎热,在《夏夜》里这样写道:"知了渴得声音嘶哑,星星跳进了水塘里……"作者把自己的感觉移到客体身上来表现,如此热,母亲为我扇扇子,她自己困得支持不住睡着了,被我吵醒还抱歉地一笑继续为我摇扇子。拟人、移觉等修辞手法的使用,突出了无私的母爱,艺术化地传达了作者的独特感觉。这些形象化程度不高的散文意象被这样感觉化的语言描述后,呈现出斑斓的文采。

又如张红的《小鸟的歌》,孩子们认为小鸟唱的歌"真好听!像巧克力,好甜的。像玫瑰花,好香的。像天上的云,好美的。嘀哩嘀哩,好甜,好香,好美的歌"。这样一联想,歌声的甜美特质便被烘托出来,同时隐藏其间的爱护自然万物的主题虽没有直说,却蕴藉深厚。

散文是语言的艺术,所以写散文不得不侧重于语言。一篇语言朗朗上口的散文,不仅具有音乐美,能给阅读带来快感,而且能充分地表达出作者写作时的心情。当然,不管如何构思,如何结构,如何体现作者的思想感情,最后都必须用儿童习惯的外在形式表现,按儿童的理解水平斟酌语言,巧妙成文。

综上所述,要写好散文,必须磨炼自己的生活力、感悟力、表达力。

探究·讨论·实践

1. 儿童散文有哪些特点?
2. 如何才能使儿童散文立意新颖、构思精巧?
3. 发现意象和孕育情感是创造儿童散文意境的过程,结合你的创作实践谈谈如何才能创造出优美的散文意境。
4. 儿童散文的语言有哪些特征?创作时应如何突出其语言风格?
5. 选取四季中你最喜欢的一个季节为题材范围写一篇儿童散文,题目自拟。
6. 仔细阅读西班牙作家希梅内斯的《四月诗情》,写一篇400字左右的欣赏心得。

第四节 儿童故事创作

一、儿童故事的概念和特点

故事是深深扎根于我国民间、深受人们喜爱、充满活力的一种文学样式,它以自身特有的艺术魅力吸引着无数的人,上至耄耋之年的长者,下至牙牙学语的幼儿,对它都有浓厚的兴趣。故事与儿歌相次而来,成为婴幼儿的好伙伴,它是婴幼儿接触得最早、最多的文学样式之一。可以毫不夸张地说,没有一个人不是从儿童时代听老人讲故事成长起来的,有些儿时听过的故事成年后仍然经久不忘。儿童故事与其他儿童文学体裁相比,有着毫不逊色的传达优势。与小说比,它虽然较少刻画人物和描绘环境气氛,但它以极简练的笔墨勾勒人物和渲染环境,它的悬念、口语、节奏等,比小说更能吸引儿童。与童话比,它虽不像童话那样想象奇特、丰富,但也有艺术的夸张和虚构,而且显得比童话更合乎常理,使儿童觉得"真实可信"。与戏剧、影视剧比,它可以不受具体时空的限制,随时随地都可以讲与读。与知识性读物比,它更能让儿童在轻松中不假思索地袒露天性,获得心灵的解放与心情的愉悦。同时,对儿童来讲,故事永远是最受欢迎的一种文体,讲故事是父母与孩子之间交流感情的一种重要方式,是父母关爱孩子的一种重要表现。因此,儿童故事在儿童文学中有着十分重要的地位。

(一)故事的内涵

阐述儿童故事的概念之前,有必要先弄清"故事"的含义。

《广韵》解释:"故,事也。"在古代,"故"与"事"是相通的,"故"与"事"组合成复合词,正如"平静""沉重"等同义字组合成复合词一样自然。

"故"的另一个解释是"旧""旧事"称为"故事"。《说文解字》把"古"解释为"古,故也。从十,口识前言者也。"过去的事是由一个个人源源不断地口头传下来的,这就叫作"故"。据此看,这种"故事"从时间上讲只是一些旧事,不包括未来的事。

《现代汉语词典》对"故事"有两个解释:第一,真实的或虚构的用作讲述对象的事情,有连贯性,富吸引力,能感染人。第二,文艺作品中用来体现主题的情节。《现代汉语词典》的解释比较准确地抓住了"故事"作为文学体裁和构成文艺作品要素的特征。

综合古今释义,可以这样认为:一个人的所作所为以及所遭遇到的一切都叫作事。"故事"实际并不受时间的约束,它概括了古往今来一切的事,它还是构成所有形式的文艺作品的素材。再从流传下来的"故事"作品看,"故事"是一个宽泛的概念:凡是运用通俗的口语创作,侧重于描写事件的过程,强调情节的生动性和连贯性,适合于口头讲述的文学作品,都可以称为"故事"。

今天,作为文学创作意义上的故事与传统的民间故事有所不同,它既有对民间故事的继承,也有随时代发展不断变化的特色,通过与民间故事的比较能更清楚地看出现代意义上的故事与民间故事的区别。

1.民间故事的特点

(1)口头性。

古代劳动人民只能用口头语言进行艺术创作和传播,长期的口头创作实践形成了丰富的、具有中国特色的民间口头文学。人们接受它的方式主要是"听",因此其具有很强的口头性。民间文学较之书面文学不但获得了较多的受众,而且口头语言的特殊性使之形成生动活泼、浅显通俗的艺术特点。口头性是民间文学包括民间故事在内的文学作品的基本特色,没有这个特色就没有民间文学,也就没有民间故事。

(2)集体性。

民间故事的集体性特点是在口头创作的基础上逐步派生形成的。民间故事是劳动人民口头创作并口头流传的,在此过程中,参与流传的人都在有意无意地对作品进行琢磨、锤炼和修改,因此民间故事没有最后的定本,它的流传过程就是再创造的过程,传播者也是它的创作者,这样民间故事就成为集体财产,具有集体创作的性质。

(3)变异性。

变异性是由前两个特点派生出来的。一个故事在不同人的口中转述会产生许多大同小异的变本来,除了讲述者即兴创作之外,不同的讲述环境、讲述对象,不同的地域风俗,都会使每一次讲述成为一次再创作,这使得民间故事具有了变异性。

(4)佚名性。

既然民间故事是人们口头集体创作的,大家都在讲述,都在创作,自然而然地形成了它无固定作者的特点,其具有佚名性是必然的。

此外,民间故事还有通俗性、传统性、地域性等特征,但以上四个特征为主。

2.现代意义上的故事的特点

现代意义上的故事,其范围要比民间故事大得多,民间故事、民间传说只是它的一部分。现代意义上的故事除继承民间故事、民间传说的某些特征外,还具备与其恰恰相对立的特征：书面性、个人性、固定性、署名性。

道理很简单，现代意义上的故事既然是书面创作，其作品一经定稿，加上印刷出版，也就定了型，以后虽然有修改的机会，但基本上是固定的，不会出现许多变本。民间故事由口头创作派生出集体性、变异性、佚名性等特征；现代"故事"由书面创作决定了它的个人创作、固定性、作者署名的特征。现代意义上的故事已经发展为书面文学，不再具有民间文学的那些特征，但是，虽然其是书面创作，也仍然必须考虑到能够口头表达、口头流传的因素，否则就失去了故事这种体裁的本质性特色。当然，书面创作的故事首先是文学作品，然后通过读者的复述进行口头传播，它的口头性表现在保留了口头传播的通俗易懂、故事情节的吸引力、读者易于讲述和听者易于理解上，这与口头创作的性质是不一样的。

（二）儿童故事的概念

以读者对象进行划分，故事大致可以分为两类：一类是写给成人阅读和讲述的故事，另一类是写给少年儿童阅读和讲述的故事。儿童故事和成人故事相比，无论是内容选材，还是表现手法，都有不少差别。但是，儿童故事并不因为与成人故事有差别而脱离故事的范畴，文体结构上依然继承了传统民间故事的基本特点。比如民间故事为了适应人们的思维方式和顺序记忆的习惯，常常使用顺序展开、首尾贯通的结构形式。这些形式一般线索单一，脉络清楚，跳跃不大；插叙、倒叙较少，故事的起承转合交代得比较清楚；艺术风格明快，以期通过听觉使故事在人们的头脑中生动起来。为了增强读者的印象，提高读者的记忆能力，不少民间故事喜欢运用"三段式""重复式"的结构。儿童故事虽然因为读者年龄的特殊性而具有自己的独特之处，但仍然未脱离故事的大范畴。所以可以这样为儿童故事下定义：儿童故事是指专为儿童创作或改编的、适合他们听赏和阅读的故事。

（三）儿童故事的特点

1. 情节完整生动，故事性强

故事之所以称为故事，就是因为它比其他文学样式更具有故事性。小说、童话、寓言、戏剧、电影、电视剧乃至叙事诗、散文、报告文学都有故事性。故事性是故事的基本要素，没有故事性，也就没有故事这种艺术形式了，它所具有的故事性比任何文体都要突出，对于儿童故事来说尤其如此。儿童故事的故事性体现在三个方面。

第一，故事的完整性。儿童故事只围绕一个中心来展开，注重事件的完整，不求细节的详尽描写，更忌讳成段的议论或心理刻画，环境描写也十分简明，这些都是为了使故事的高潮与结局尽快到来。儿童故事的篇幅一般短小，但"麻雀虽小，五脏俱全"，一般都有开端、发展、高潮和结局。有头无尾或者有尾无头都难以满足儿童听故事的心理需求。叙述上多用顺序手法，一层一层地展开情节，完整有序地将故事全然展开，而且一般总是真、善、美战胜假、丑、恶的"大团圆式"结局。故事的完整性会给儿童尤其是幼儿一种完美无缺的心理满足与美感享受。

第二，情节的生动性。平淡无奇、平铺直叙的故事难以引起听赏的兴趣，所以儿童故事的情节除了连贯、完整外,还要求紧张曲折、张弛结合,能紧紧抓住读者的注意力。这是故事性的核心内容。单纯而又不平直、短小而又曲折,这是创作儿童故事在情节、结构处理上的困难之处。

第三,悬念丛生。悬念的设置可以使儿童变被动的接受者为主动的参与者,使儿童的思维能力和解决问题的能力得到锻炼和提高。苏联作家奥谢耶娃的《错在哪里》是一篇典型的儿童故事,它取材巧妙,讲述了两个男孩旁观狗欺负猫,情节在短小的篇幅中起伏跌宕,将"不作为"这个大道理寓于一个看似平常的小故事之中,主题深刻警醒,故事性强。"不作为"是个很难界定的概念,对于儿童来讲更是一个很难讲清的道理,作者将这个难以讲清的道理举重若轻地寓于一个具体生动的故事之中,主题单纯,针对性强,这是作者取材巧妙之处,同时也可见作者观察社会的敏锐、处理材料的功力之深。就结构来看,故事开头就造成悬念:那只可怜的猫"身子紧贴着围墙,浑身的毛都竖起来了",猫的可怜相如在眼前,渲染出一派紧张的气氛。紧要关头一个大婶解了围,读者可以松口气了。她生气地对两个男孩喊道:"你们太不像话了!一点儿也不觉得难为情吗?"这真是出乎人们的意料,猫狗打架关男孩什么事?又造成一个悬念。男孩的反应与一般读者的想法是一样的,作者写他们"奇怪"地反问实际是让故事在这里蓄点儿势,造成一张一弛的艺术效果,然后出人意料地透出深刻的主题:"错就错在什么也没做!"含蓄而精警。这个百字左右的故事不仅曲折紧张,还表达了一个深刻的道理,不愧为儿童故事的佳作。

2. 主题鲜明集中,思想性强

儿童思想单纯,容易接受故事中人物、事件和行为的暗示,所以儿童作家往往利用这一点,针对儿童当前存在的问题和时代的要求,选取材料,经过艺术加工,挖掘出深刻的教育意义,编写成有趣的故事讲给儿童听,使其从中受到启发,此即思想性。但儿童故事篇幅短小,无法容纳大块的材料,事实上儿童生活中也很少有重大题材。因此,要做到短而有内容、短而有思想,主题必须集中单一,一个故事一个主题,有较强的针对性。同时不能耳提面命或板起面孔生硬说教,必须靠故事情节和人物的思想感情来自然流露,让读者在不知不觉中接受教育。

儿童故事对儿童的影响在于艺术感染而反对说教;在于启示而反对命令;在于潜移默化而反对空讲道理。

3. 内容丰富多彩,知识性强

古今中外、天上地下、虚实事物、社会自然等事物和事理都能提取为儿童故事的材料,加工为引人入胜、情趣盎然的儿童故事。

儿童都有强烈的求知欲望,他们常常问"为什么",年龄越小的儿童这个特点越明显。面对这个他们近乎一无所知的世界,除了抓住所有机会问"为什么"之外别无他法。儿童尤其是低幼儿童的抽象思维处于萌芽之中的现实又使他们不可能直接理解抽象的知识。儿童故事针对这一特点,把社会生活中各种各样的知识融入形象化的故事中,将含有丰富知识的故事巧妙地撒播到儿童中间,让他们在津津有味地听故事的过程中学习各种生活技能和知识。例如王铨美的《好学的小鸵鸟》,讲小鸵鸟将脑袋埋在沙里学习辨析各种动物的声音,学习生存的本领,让儿童知道鸵鸟的生活习性,增长知识,并且明白认真学习、不自满的重要性。又如捷克作家彼齐什卡的《六个娃娃七个坑》,将点数知识寓于有趣的故事情节之中。再如丁曲的《明天有雨》,通过几个情节告诉儿童简单的天气预报知识。爸爸说:"小金鱼浮在水面上吐泡泡,明天恐怕要下雨。"妈妈说:"是要下雨,你瞧自来水管子湿漉漉的,返潮呢。"奶奶说:"我的腰疼得厉害,天是要变了。"小把戏说:"我看见墙角里好多蚂蚁在搬家,还有,天快黑了,小鸟儿还飞来飞去不肯进窝,明天肯定会下雨。"经过引导,儿童在生活中只要注意观察很快就能掌握这些知识,从而激发他们学习科学的兴趣,同时还能够培养其观察力。

4. 语言通俗浅显,趣味性强

语言生动是吸引儿童注意力的一种手段,通俗浅显则是故事作为口头文学的本质特征的表现。作为故事,儿童故事对趣味性的要求更高,因为故事的口头性不依赖趣味性无法吸引儿童的注意力。任大霖说:"儿童情趣,对于幼儿生活故事来说,是不可缺少的东西。""一个好的幼儿生活故事,不仅要有鲜明的主题,生动的人物和情节,还应当有浓郁的儿童情趣,让小朋友听了(或读了)以后,发出亲切的笑声,感到愉快。"[①]此话也是对所有儿童故事语言的基本要求。

儿童故事的神奇、惊险与游戏性是儿童故事具有趣味性的原因。尤其是描写儿童生活的故事可使儿童在听赏中产生熟悉、有趣的亲切感,这种由作品中所描绘的事物引起的阅读的亲切感,是儿童故事产生趣味性的重要因素之一。从美学的角度来看,趣味是一种重要的美学范畴,其中最使儿童感兴趣的是幽默和滑稽。

寻求快乐是孩子的天性,孩子听故事就是为了取乐,他们总是希望从故事中得到出人意料、妙趣横生的快乐。那些幽默、滑稽的故事情节以及与之相适应的语言表达也是儿童故事产生趣味性的重要因素之一。尤其是语言,作品有没有儿童情趣,和语言是否生动、风趣有很大关系。同样一个故事,用不同的语言写出来可以收到不同的效果,语言不生动,儿童听了就不会有反应,语言生动,他们听了会发出愉快的笑声。比如陆费逵的《我小时候的故事》中的故事《买什么好》:"我"积攒了七千多文钱想买天底下顶好的东西,想了几天都想不出,最后弟弟说:"我想天底下只有妈妈是顶好的,现在我们三个人只有一个妈妈,何妨再去买两个呢?"弟弟的话将"世上只有妈妈好"的主题用只有儿童才有的童趣表现出来,难免要"引得大家哈哈大笑",笑过之后又真心佩服作者的思维出人意料。

另外,各种艺术手法尤其是拟人、夸张手法的运用,可以大大加强故事的趣味性。如金逸铭的《字典公公家里的争吵》,把一群毫无生命的标点符号集中起来大吵一顿,本身就是一种奇思妙想,还让他们模拟人类来争抢功劳,更是好玩。

当然,儿童故事的趣味性还要考虑到儿童的理解能力和接受能力,生活中的幽默故事、滑稽故事、笑话故事有的对儿童不一定合适,儿童故事的趣味性必须服从于主题的需要,必须是健康的、有益的,而不是低级的、庸俗的。

---

① 任大霖.幼儿生活故事与儿童情趣[M]//张美妮,巢扬.中国新时期幼儿文学大系·理论卷.西安:未来出版社,1998:149.

二、儿童故事的分类

从不同的角度可将儿童故事分成多种类型。例如,从源头划分可分为民间故事和创作故事;从表现形式来看可分为文字故事和图画故事;从内容来看可分为生活故事、历史故事、人物故事、动物故事、知识故事等。以其他标准还可以分出童话故事、寓言故事、幽默故事、科学幻想故事、体育故事、益智故事等。常见的儿童故事类型有下面几种。

(一)儿童民间故事

儿童民间故事是指由传统民间故事中适合于儿童欣赏的部分改编而成的儿童故事。古今中外的民间故事种类繁多,数量巨大,虽然古代并没有专门为儿童创作的故事,但其中有一部分对儿童来说具有现实意义,经过改编后可以供儿童欣赏。中外传统民间故事具有一些共性:主题上较多地揭露统治阶级和剥削者的贪婪残暴、愚蠢自私,歌颂劳动者的勤劳善良、机智勇敢,具有鲜明的阶级性和人民性,如《阿凡提的故事》等;表述上一般没有确定的时间、地点,人物姓名是通称,具有较强的模糊性;结构单纯,情节完整、生动、有趣,语言简洁,多用对比描写人物,用反复手法安排情节,通常一个线索只讲一个小故事,很受孩子喜爱。

(二)儿童历史故事

儿童历史故事是指根据真实的历史事件编写的适合儿童欣赏的故事。这类故事一般比较真实,以历史事件发生的时间、地点和人物为依据来组织故事情节,可以历史事件为主构思情节,也可以某个历史人物在某个特定历史时期的活动、生活为线索来编织故事,其共同特征是准确无误、生动有趣、浅显易懂,可以引导儿童认识浅显的历史知识及历史现象,接受初步的历史教育。

(三)儿童人物故事

儿童人物故事是以介绍人物为主的儿童故事。这类故事的主角常常是古今中外名人,大多讲述他们出名前后(包括儿童时期)在生活、学习、工作中的逸闻趣事,表现其非凡的聪明才智、高尚的思想品德和执着的奋斗精神等。这类故事内容真实,篇幅短小,内容浅近,往往只反映人物的某一个生活片段或者某一件事,主要通过行动和语言来表现主题。儿童的模仿性强,特别喜欢模仿自己喜欢的人物的言行,古今中外优秀人物的故事可以为他们提供无数效仿的榜样,只要改编得法,迎合儿童的趣味,能很好地引导他们健康成长。

(四)儿童知识故事

儿童知识故事是以简单的科学知识为内容的儿童故事。向儿童传授知识是儿童文学的共同特征,儿童对他们所面对的未知世界有一种本能的探求渴望。儿童知识故事以生动活泼、平易风趣的形式向儿童传授知识,深受孩子欢迎。它一般把简单的科学知识、生活常识寓于生动有趣、引人入胜的故事情节之中,让儿童在欣赏故事的同时学习各种简单的科学知识,在潜移默化中接受科学知识的熏陶。科学知识穿上"故事"这件灵动多彩的外衣,同时具有准确性和故事性两个特征,儿童知识故事是科学与文学的完美结合。

科学要求准确无误,文学具有形象生动的特点,因此,儿童知识故事不但能够增长儿童的知识、启迪儿童的智慧,还能培养他们学习科学的兴趣。

(五)儿童生活故事

儿童生活故事是以现实的儿童为主要人物,以他们的日常生活为题材创作的文学故事。儿童文学作品中塑造的很多人物形象,不管是动物还是植物,其实际都是生活中的儿童形象,所以,无论从数量还是从创作目的、手段、表现方法来看,儿童生活故事都是儿童故事的主体,而且具有极强的代表性。儿童生活故事取材于儿童真实的生活环境,其中的形象一般就是现实生活中的儿童,其思想、感情切实地贴近儿童,充满浓郁的生活气息,儿童在听故事时会很快地融入故事,参与故事的演绎。

(六)儿童图画故事

儿童图画故事虽是"故事"的一种,但因其形态和内容的特殊性,后面将专列一节"图画故事创作"进行阐述。

三、儿童故事的创作

创作理论中一般把构思看作介于素材积累与文字传达之间的一个运思构想的中介阶段,即作者依据对客观世界的思考、体验、感受,全面设想文章内容和形式的预构过程。具体说来,就是对文章内容和形式的设想过程。对于儿童故事来讲,构思过程大概包括以下几个方面。

(一)收集素材,做创作的前期准备

素材是指从生活中积累起来的还没有进行艺术加工的原始材料。素材又分为直接素材和间接素材两种。直接素材是指作者亲身经历、体验或见到过的人和事,是创作儿童故事的主要来源。因为它直接发生在作者生活中,所以是作者感受最深的东西。间接素材是指作者听到的或在书本上读到的人和事,也可以是民间流传的故事片段,经过整理加工改造成为创作的素材。通常生活素材有以下几种情况。

其一,素材比较完整,有一定的情节基础,已经具备故事创作的基本要求,只要改编得当,提炼出一个明确的主题,安排好结构,就能成为一个完整的故事。比如尹正茂的《吃冻梨》,讲了一个如何吃冻梨的常识,故事就是按照生活的原态讲述出来的:春节,乡下的小舅带一篓梨来看"我"。"我"拿起来就吃,小舅拦住"我"说:"先别动,你会吃梨吗?"(制造一个悬念)"我"当然觉得这个问题好笑,拿起来就啃,结果啃不动。然后"我"就把冻梨放热水杯里解冻。"过了一会儿,我把梨捞出来擦干,就是一口——啊!牙咬痛了。"这时小舅来正确处理:将梨泡在凉水里("我站在一边看,心想:瞧你那神气劲儿,其实也不会吃梨。用凉水泡梨,越泡越凉,不泡成冰疙瘩才怪呢。"此处又制造一个悬念),一会儿捞出来把冰磕掉,梨变得软乎乎、甜滋滋的,这时"我"心想:"吃梨还真有学问呢!"这个故事除了在两个关键处设置了悬念外,从情节本身来看就是生活的真实反映。这样的素材在实际创作中是不多的,大量的素材都属于以下这两种情况。

其二,有的素材粗看起来故事性不强,有的甚至只有一句话、一个动作,但有时就是

这一句话、一个动作引起了作者丰富的联想和想象,调动其生活积累,写出较好的作品来,因为这一句话、一个动作其中包含着非常丰富、非常强烈的故事性。比如,幼儿园里儿童喜欢的一位老师的脸因为牙痛肿了,不知实情的儿童会如何办?儿童想了很久,猜了很久,觉得老师是因为生气脸才肿的。那老师为何生气?生谁的气?气老师的小朋友怎么处理?结果如何?这些都可以是故事写作的素材,因为其有发展的余地,包含一些矛盾和故事情节,如果按照儿童思维去联想很可以生发出一些情节来。朱庆坪抓住这个素材精心构思成一篇充满儿童情趣的故事——《张老师的脸肿了》,表现了儿童对老师特别的关爱。

其三,素材本身有故事性,但由于当下缺乏处理技巧或者别的原因一时不能构成故事,但从长远来看,它可以成为故事的情节或者一个细节。这种素材可以及时记录下来作为资料存档,以便在今后的创作中发挥作用。

初学写作必须注意收集素材,大量的素材积累会使创作思路更宽。素材就在身边,但必须做个有心人,在生活中多认识一些小朋友,多听一些新闻,多观察一些事物,对生活保持好奇心和新鲜感,对任何事物都抱有刨根问底的精神。素材越多,创作的余地就越大,写出的故事也就越丰富、越精彩。著名儿童文学作家金波就是一个童心永驻的人,他常将自己生活中看到、听到的事以儿童的心态来细加推敲,结合自己对生活的感悟,创作出许多优美的作品。他在公园里捡来几根被修剪下来的爬壁虎栽在自家墙角,几年后爬壁虎爬满墙壁,他再联想平时在公园里看到夏天的抽水房被爬壁虎完全覆盖的情景,创作了《绿房子》这篇优美的童话。金波说他的很多作品都是他在公园里散步时构思出来的,其实就是生活积累的厚积薄发。

(二)选择材料,提炼鲜明深刻的主题

素材收集得越多越好,运用时却要认真严格地选择。如何选择儿童故事的素材呢?

1. 素材的选择不能脱离儿童思想、感情、愿望和兴趣

在素材中发现和提炼出能被广大儿童读者理解和接受的思想内容,这点对儿童故事的创作显得尤其重要。忽视了这一点,即使素材再好,也很难写成一篇优秀的儿童故事。

2. 素材的选择不能离开题材的特征

素材的收集、选择只是创作的前期工作。往往完全符合要求的素材很少,一般有思想性的素材偏偏缺少故事性和趣味性,而有故事性和趣味性的素材又缺乏思想性,汇聚在主题方向上的材料并不一定符合主题表现的需要或文体形式的特点,有待于进一步筛选、改造。随着材料的聚集和对材料的分析、品鉴的深入,主题愈加趋于明朗,作者对于材料与主题是否契合,能否充分凝练地阐发和表现思想感情、实现写作意图等问题也有了比较自觉的、确定的认识。这样,作者便可以根据主题的需求对材料进行选择,并予以适当的加工,使素材成为题材。题材是文章中用来说明或表现主题的材料,是文章内容的主要成分,在文学作品中表现为人物、时间、场景等。生活素材变成题材的过程是围绕表现主题的中心环节展开的。要使素材变成题材,就要从中找出"结构核"来。所谓"结构核",也有人称为"结构点",就是最初使作者产生创作欲望的具有深刻思想意义的事件。

比如关于如何教育儿童的问题,金波认为过分地严格要求会使儿童产生惧怕心理,当儿童对某种学习对象产生逆反心理或者惧怕心理时往往学不好,这是他从生活中总结出来的理念。后来一个偶然事件促使他根据这一理念创作出作品《自己的声音》。那是他根据自己在公园里散步时听到雪地里自己咯吱咯吱的脚步声生发联想创作的。有一个大雪天,他到公园散步,一个人走在雪地里,发出咯吱咯吱的声音。他当时想,这个公园里没有人,我非常放松,如果我唱歌也没有人管我,好听不好听也没人在意,反正公园里没有人。于是他把自己比喻为一个很放松的孩子,甚至具体为一只小耗子。"一只很放松的小耗子在无人的公园里放声唱歌"成为作品的"结构核",光有这个"结构核",原封不动地照搬这个事件显然构不成故事,于是作者对"结构核"事件加以改造,发挥想象,让故事人物生动起来:森林里有一个合唱团,他们在练唱一首"咯吱吱,咯吱吱……小耗子,啃木头……"的歌曲,这让参加合唱的小耗子很不高兴,他不爱唱,就老唱不好,遭到黑猩猩指挥的训斥,把小耗子赶出了合唱团。委屈的小耗子独自走到外面雪地里去,他发现他踩在雪地里咯吱咯吱的声音节奏感非常强,于是和着那个节奏在雪地里独自唱起歌来。他很放松地大声唱,因为没有人训斥他,所以唱得很好,连黑猩猩指挥听到后都夸奖这歌唱得好。这个形象的故事说明的道理显而易见,但组织材料的方式却是独特的:抓住关键性情节,以此为据建构故事的框架。独自唱得好的小耗子之前为何唱不好?原因为何?由此作者的创作理念得到形象的表现。

3. 建构故事框架的过程也是对素材进行加工和改造的过程

生活中常常有这样的事情:你将真人真事创作出来讲给儿童听,他们反而觉得不真实,你以为很感人的生活素材他们听后却不为所动。这是为何呢?问题在于没有按照创作规律对生活素材进行加工和改造。给儿童编写故事时不能太"老实",素材是怎样的就老老实实地把其照搬进作品中,这样的故事儿童不会感兴趣。故事的特征之一就是生动传奇,能口耳相传。因此,在对素材进行加工、改造时,一定要充分发挥作者的虚构和想象能力,在不违反艺术真实的基础上通过虚构、想象甚至夸张,对素材进行大幅度的加工和改造,以使读者感到新奇。金波把一个理念和一件自己散步的小事结合而成一个奇妙的小耗子的故事,就是对素材进行加工改造的结果。正如鲁迅所言:"所写的事迹,大抵有一点见过或听到过的缘由,但决不全用这事实,只是采取一端,加以改造,或生发开去,到足以几乎完全发表我的意思为止。"①加工素材要做到三点:①移植,以一个素材为主,把其他素材嫁接上去,注意提炼和加入新的内容。②糅合,从几个素材中找出它们的共同点,拼成一个完整的故事。③联想,以一个精彩的故事情节为核心,想象、扩展开去。这三点经验值得我们学写故事时借鉴。

虽然题材的生成过程应当以主题表现为中心,但并不是说主题就是一切,文学的主题需要审美地再现。不能为了图解主题而设计人物,生编硬造,拼凑故事。对于故事这种文体来讲,如果选材时只考虑读者的思想感情和主题思想,而忽视作品的情节特征,很难写出好的故事来。当然,如果故事性差,情节太平淡,缺乏吸引力,再好的主题也不能

---

① 鲁迅.鲁迅全集(第四卷)[M].北京:人民文学出版社,1982:394.

成为一篇好故事。

4. 选材应贴近儿童的自然生活形态

在构思中,要避免对题材做过度的"净化"和"提纯",那种把一切与主题不直接相关的东西删削干净的"直奔题材"的处理,不仅会使作品丧失艺术的回旋与蕴藉之美,更有害的是破坏了生活现象原有的生动性、丰富性,把题材变成了毫无生气的思想的图解。因此,题材选择、加工应当充分考虑到生活场景的有机构成,使作品呈现自然生活形态。儿童生活故事难写好,因为它不像童话故事和知识故事那样,允许有很多的自由去引进各种未知世界的题材内容,也很少运用幻想、夸张等艺术手法,这并不是说生活故事的创作不需要幻想和夸张,换句话说,它的题材来源和表现手法都受到一定限制。儿童的现实生活尽管丰富多彩,但毕竟范围狭窄,如何从中发现丰富多样的题材内容,如何化平淡为神奇,使儿童易于接受和乐于接受,并不是易事。

还要注意一点:由于儿童故事比较强调教育的针对性,有的作者因此就从教育儿童的某种需要出发来选材立意,往往根据儿童的年龄特征,制定出一些常规性的教育内容,如尊敬师长、团结同学、诚实谦虚、文明礼貌、讲究卫生等,把这些教育内容作为创作故事尤其是生活故事的先验主题,然后再到生活中去寻找题材。这是不正确的做法。从教育的某种具体需要出发来选材立意,容易产生弊端,但也不是说选材立意就必须完全排除考虑教育的需要,否则,儿童故事的教育性如何体现? 事实上,任何文学创作都不能不考虑所选的题材和主题是否对读者有教育意义,关键是不能把教育的需要作为文学创作先验的、固定不变的主题。

(三)巧妙设计结构,建构故事框架

结构是文章的构造形式,即文章内容的组织和排列形式,它是作者思路的具体体现。为文章找到合适的结构形式,使思想观点、人物形象、生活风貌得到最恰当、最有力的表现,是构思活动中一项复杂而困难的工作,其复杂性在于:构思是把思维信息转化为物质信息的中介环节,受到文字表达和体裁样式的诸多限制,它必须使已有的想法变得易于表达,并形成故事这种文体特有的格局。

从构思的内容来看,构思过程中的具体活动始终以题材为对象,表现为对题材的文体化建构。作者根据主题或者形象展开的需要,确定叙述角度和情节线索,经过对未来作品总体轮廓的设计和局部单元的安排,在头脑中形成相对明确、具体的故事格局。在这个过程中,确定叙述角度和贯穿线索是两个关键环节,这两个环节在相当程度上决定了作品总体的构成方式,又为局部的安排提供了重要的基础。

所以,选择恰当的叙述角度、理出流畅的贯穿线索成为建构故事框架的主要内容。

1. 叙述角度

叙述角度又称为"视点",故事涉及由谁来讲述、由谁的"眼光"来"看"的问题,选择不同的叙述者就会形成不同的叙述角度。叙述角度与作品总体结构的关系极大,不同的选择会带来作品重心、题材取舍、情节场面的组织方式、虚实详略等的不同。在设计和安排故事的结构时,作者应该从能否充分表现作品的思想内容、是否有利于编织生动曲折的故事情节、是否便于刻画人物等方面出发,选择合适的叙述者,以取得组织材料、关照生活的"最佳角度",创造出与内容和谐统一的结构形式。

2. 贯穿线索

线索指文章或作品中把全部材料贯穿成一个有机整体的脉络,是作者组织材料的思路在文章里的反映。它的作用不仅体现在推动整个情节发展,把有关的场面连缀成情节整体,而且还贯穿着文章的非情节因素,起着结构全文的作用。它是主题或与主题思想有关的某一核心事件的逻辑发展轨迹。理清贯穿的线索是设计故事结构的重要一环。

第一,贯穿线索连接作品始终,其确定了作品结构纵向上的起始;同时又标明了故事的发展方向、到达终点的具体线路,从而对故事横向上的扩展范围也有所规定。它可以使作品结构在总体规模上呈现出比较清晰、完整的轮廓,将作品题材固定在一个比较具体的时空框架之中。

第二,贯穿线索作为思想、事物发展的轨迹,具有循序渐进、逐步深入的特点。对于儿童故事相对比较单一的结构形式来讲,无论是按照矛盾冲突发生、发展所设计的时空情节线索,还是按照人物性格发展变化所设计的行为性格线索,一般都表现为富有层次感的演进序列。所以,理清贯穿线索实际就是明确作品主要题材的组合原则和秩序关系,为局部的有序化提供基础,其对于作品的整体框架和内部的层次构成具有较强的规划作用。作者可以根据线索提供的逻辑结构对众多的材料进行分解、调整、组合。

对于一般总是单线发展的儿童故事来说,线索的首要作用就是结构故事,比如俄罗斯作家伏隆柯娃的儿童故事《慌慌张张的玛莎》就是以玛莎起床后慌慌张张找衣服穿为线索,我们只要记住玛莎从脚到头找穿戴的东西就能理清全文脉络:玛莎最先找不着袜子,好不容易找着之后,又找不到其他东西,一轮一轮地找下去,终于出门,到学校时已经迟到了。理清这条线索,读者很容易就能联想到它所贯穿的各个情节的片段。

第三,线索还具有帮助读者记忆的作用。儿童以无意记忆为主,听故事时常常异想天开,漫无边际地联想,需要有一条线索时时提醒他们回到故事主体上来,所以线索必须鲜明突出,便于讲述和口头流传。

如何选择线索呢?要善于从素材中找出可以充当线索的对象。在将素材提炼为题材的过程中作者会发现素材中或隐或显、或明或暗地存在着可以充当线索的事物,只要善于分析不难找到故事的线索。可以充当线索的素材有以下几种。

一是以主要人物作为贯穿故事的线索。以人物为线索在儿童故事中广泛存在。以人为线索可以事随人走,使故事结构完整、脉络清晰,便于很快展开故事情节。比如《阿凡提的故事》《包公的故事》《木兰从军》《武松打虎》《曹冲称象》,以及其他许多勇敢机智的人物、能工巧匠的故事等,都是围绕着人物来展开情节的。

二是以主要事件作为贯穿故事的线索。"故事"与"事"总是分不开的,以事件为线索组织结构在故事中运用得最广泛。在儿童故事中,作为线索的事件一定要单一、完整、清晰,便于记忆和讲述。比如孙惟亮的《花瓶打碎以后》便是以京京家里的花瓶到底是谁打碎的为线索来组织故事的。开头,京京从幼儿园回家,刚进门就看见妈妈中午才买的花瓶被打碎在地上,京京一边打扫一边纳闷:"谁打碎了花瓶?"这时妈妈回来了,认定是京京打碎的。中间,妈妈想方设法让京京承认自己没有做的事情,用买冲锋枪等方法来诱导京京,但京京都不承认,妈妈生气了,甚至伸手要打京京。关键时刻,爸爸回来了,他赶快声明是自己不小心打碎的,来不及收拾。结尾,妈妈搂着京京说:"是我不对……"但京京的话语更具有点睛作用:"上午老师讲完列宁诚实的故事还说,不管做了什么事,都要说实话。是自己做的就承认,不是自己做的也不要乱承认,那才叫诚实呢。"故事紧紧围绕着打碎花瓶这件事来讲,从头到尾,脉络清晰,简单的故事中不乏悬念,读来趣味无穷,而且极具启发性。

三是以某一物件作为贯穿故事的线索。如果作品的题材中有一件道具或者一个物件反复出现,并且占有较为突出的位置,可以把这个物件作为线索来组织故事。比如望安的《红屋顶》就是以一块可以做屋顶的红积木为线索来展开故事的:平平把学校的一块红积木装在口袋里想带回家玩,大家发现红积木丢了之后到处找,在老师的微笑鼓励下,平平将红积木悄悄搭在了小木屋上。"红屋顶"在故事中反复出现,起到了组织故事的作用。又如冰子的《小手印》、林玲的《新雨衣》、方轶群的《小碗》等都是以物件为线索组织故事的作品。用物件作为线索,从结构上看比前两种方法更便捷,一般情况下,物件和人、事件虽有密切关系,但又有相对的独立性,在整个情节中显得很突出,以之为线索鲜明而形象,同时又与整体和谐。

儿童故事线索的选择有一条特殊标准,就是要考虑儿童听故事时最关心的是什么。要选择儿童最感兴趣的话题讲下去,才能吸引他们的注意力。同时,不同年龄段的儿童,他们的兴趣点有很大差异,讲故事之前对读者、听众要充分了解。故事的线索设置得恰如其分,写作时才能有的放矢,作品也才能对读者产生引人入胜的艺术魅力。

故事线索根据不同的题材和主题可以有多种不同的组合方式,比如单线式、多线式、复合式等。儿童故事一般都是单线式结构。对于初学写作的人来讲,运用这种结构时要注意以下两点。

第一,线索要贯穿始终,不能贯头不贯尾,也不能贯尾不贯头,更不能中断,否则线索就起不到纽带作用,将导致作品结构松散。

第二,一旦确定了线索,应根据线索对题材进行剪裁,把无关的或可有可无的情节删去,以使作品显得更集中、紧凑。同时使主线格外鲜明突出。

(四)设置曲折生动的情节

情节是故事的关键要素。作为以情节见长的故事,人物形象的塑造、主题的体现,都是通过情节的发展来完成的,因而在构思时要把情节设置作为重点。尤其是创作儿童生活故事,必须十分重视故事的情节结构。一般来说,儿童故事在情节结构上有以下要求:一是开门见山,交代清楚。开头要尽力避免对人物做一般性的介绍,避免大段的环境描写,避免对即将叙述的故事进行评价,要尽快把读者和听众带入故事的情节。为了不让读者、听众摸不着头脑,在进入情节之前,一般有一个吸引注意力的开端:或是任务、场景、时间的交代,或是事件发生的一个镜头。二是结构完整,有头有尾。儿童故事虽然篇幅短小,但一般都有开端、发展、高潮和结局,有头无尾或者有尾无头都不适合儿童特殊的欣赏心理。当然,真正吸引儿童并扣人心弦的还是情节本身,情节要有悬念、有波折:有悬念才能牵住人心;有波折才能引人入胜。如何才能做到呢?

1. 造悬念

所谓悬念,是指在故事开头或中间摆出读者最为关心的问题或者矛盾,设置疑团,以引起读者的关注,让读者的念头"悬"在那里,吸引他往下看。随着情节的深入才解开悬念,揭示谜底,给人以恍然大悟之感。通俗地说,悬念就是作品中吊人胃口的内容。但它不是故弄玄虚,而是认识和研究事物的过程中合乎逻辑的客观现象。生活中本来就充满各式各样的期待,各种各样的人有各种各样的期待。故事没有悬念,就不能吸引人。悬念是故事的生命线,促使读者产生一种强烈的期待,把故事读完。

儿童生活经验不丰富,好奇心重,所以儿童故事的悬念容易形成。但是,由于儿童的记忆和注意不能持久,因此,儿童故事中的悬念不能搁置太久才解开,要始终维系在情节的贯穿线索上,而且需要不时出现以提醒注意,所以,悬念的反复出现也是儿童故事的一个特点。比如任霞苓的《一明一暗的灯》,写几个小朋友因胆小怕黑而引出的一桩趣事。开端是小晴一人在家等待爸爸妈妈回来,天黑了,她心里害怕,想跑到门口去等,却发现小阁楼里的灯一明一暗,这是怎么回事? 这一悬念的设置提供了展开情节的契机,也引发读者继续听下去的兴趣,很想知道那神秘的阁楼上到底有什么。小晴刚想去看看,又听见"悉悉沙沙——扑通"的声音,觉得有怪东西向她扑过来,她吓坏了。情节进一步紧张起来,究竟是什么呢? 小晴喊来兰兰,两人被吓跑,又找来男孩小虎,小虎也感到害怕,情节一步步紧张,渐到高潮。这时读者的紧张情绪也到了高潮,好奇心也越来越重。气氛渲染够之后,应该解决矛盾了:终于,三个小朋友"并排,手拉着手",嘴里数着数,一步一步登上楼梯,这时谜底揭开:原来是一只小猫在玩小晴家的电灯线:"它咬住电灯的拉线开关,'扑通',跳了一下,灯暗了;'扑通',再跳一下,灯又亮了。"大家咯咯地笑了起来。这似乎已经给了故事一个结局,然而作者由小晴骂小花猫"差点儿把我们吓死"续出一个别有深意的结尾:"小花猫好像在说:'谁叫你们胆子小!'"巧妙地点明故事的主题。整个故事完整清晰,脉络分明,且一波三折,充满吸引力,这些艺术魅力完全得益于悬念技巧的运用。

儿童故事一般短小,通常是一个故事一个悬念,悬念揭开,故事也就结束,《一明一暗的灯》就是如此。也有几个悬念串联在一起构成故事的,即一个悬念解除,另一个悬念又生,故事波澜起伏。这时,故事的起伏和悬念的波折是同频的,而且互为因果。一个波折往往由一个悬念构成,几个波折连续在一起就产生跌宕起伏的效果,一旦最后一个悬念解开往往柳暗花明,使人恍然大悟。比如刘阿莲的《有趣的作业》,写一群小朋友完成老师布置的作业。老师要检查上个星期布置的一项作业"找春天",小朋友把象征春天的东西带到了教室,小朋友的课桌上,有用小水碗盛的紫丁香,有放在铅笔盒里的杨花,有插在墨水瓶里的柳枝,有装在塑料袋里的青草……可是小丽带来的却是一幅画。"小朋友都奇怪了:画能象征春天吗?"是呀,画能象征春天吗? 这是第一个悬念。小丽解释说:"昨天,我在公园里,看到玉兰花开了,刚想摘一朵,我看见了'爱护花木'的牌子,就回家画了这朵玉兰花。"老师表扬了小丽。转身又问小龙的作业。"在这儿。"小龙出示后却遭到大家的嬉笑:"啊,这算什么作业?"这是第二个悬念。小龙的作业到底是什么呢? 原来是一只关在盒子里还在嗡嗡扇动翅膀的蜜蜂。蜜蜂如何象征春天这是显而易见的,但作者在此并没有问这个问题,而是借老师的口问小龙:"你捉活的蜜蜂不怕叮吗?"这是第三个悬念,宕开一笔,似乎闲笔,其实正是切合主题线索的悬念。小龙的回答与小丽的答案互为呼应:"我是用网罩罩的。我想,等老师检查完作业,可以放掉它,让它再去采蜜。""'啊!是这样!'小朋友明白了。"所有的读者都明白了。"因为,大家不但找到了春天,还懂得怎样爱护春天呢。"三个悬念,三个波折,环环相扣,曲折生动,饶有趣味。

总体上看,设置悬念应注意三个方面。

(1)要有新奇性。

不能让人观其头而凭经验就能知其尾。

(2)要有暗示性。

要悬而不玄,不可故弄玄虚,让人摸不着头脑。

(3)要有诱惑性。

讲述过程中不断暗示读者,诱导其神经中枢进入最佳兴奋状态。当然,悬念切不可悬得太久,如果神经中枢由兴奋转入抑制,读者已经丧失了兴趣再来解开,悬念也就失去了价值。

2.设埋伏

设埋伏就是将故事中一时不需要让读者知道的人物、事件等埋伏下来,而它们都是故事赖以存在和发展的必要组成部分,以此来展开矛盾冲突,推动情节向前发展,最后在关键场合将早已埋伏下的人物、事件等披露在读者面前,事情至此才真相大白。此法在破案、惊险、传奇性故事中运用得最为普遍,它往往用在开头,一下子抓住读者的眼球,达到让人想一口气听完或者读完故事的目的。对于儿童故事来说,设埋伏实际就是针对儿童好奇爱问的特点,设下一个大问号,儿童要知道问题的答案就得顺着作者早已布置好的情节一步步看下去、听下去,直到最后解开这个问号。这种方法在各种形式的儿童故事中都比较普遍,尤其是传统的民间故事、历史故事、人物故事中常用,它本身就是传统编故事技法中的一种,在传统文学创作中运用得很普遍,即通常所谓伏笔。

伏笔是在文章的前面提到一个人、一件事、一种东西或一个问题,可又不详说,只做一个交代。在后文适当的地方对前边交代的内容进行详述或予以点明,这叫照应。这样一伏一应,内容完整,结构谨严,针线绵密。当然,儿童故事与成人作品的伏笔照应有区别,不同之处在于儿童故事的照应与伏笔不能搁置太久才揭开,成人故事可以"按下不表",可以"花开两朵,单表一枝",儿童故事却必须很快对伏笔进行照应,这样才与其短小的篇幅相吻合。不过伏笔要设置得巧妙,要在看似闲笔的描述中暗藏机关,否则,读者看头就知尾或者已经觉察它是埋伏,就没有趣味了。正如林纾所说:"伏笔苟使人知,亦不称妙。无意阅过,当是闲笔,后经点明,才知是有用者。"[①]

设埋伏会产生两种明显的艺术效果。第一,引人入胜。故事一开始就呈现尖锐的矛盾,或者出现异乎寻常的生活现象,这就势必引起读者的强烈兴趣,引读者置身于迂回曲折的情境中,一步步直到了解故事设伏的全部内容时才从故事中走出来。第二,结果难

---

① 转引自庄涛,胡敦骅,梁冠群.写作大辞典[Z].上海:汉语大词典出版社,1992:185.

料。在作者未挑明结尾时,读者难以猜测,直到故事结尾时才发现设伏的奥秘,又马上觉得故事内容新鲜可信。比如,英国作家伊尼德的《彼得的新自行车》就设了一个很巧妙的埋伏:彼得发现妈妈并没在意他已经做了四个星期的好孩子而给他买自行车时,非常失望。他决定让人讨厌,看谁还不注意他。他板着脸穿过村子,见到他平时很尊敬,也很喜欢他的老奶奶时,故意转过身子,假装在看警察局的告示。告示上写着有户人家的东西被偷了,还写着偷走的是些什么东西。彼得当时只是想"我要是能找出来就带劲了"。这个情节一般读者不会仔细注意,感觉就是"不得意的彼得"的胡思乱想。其实,这个情节就是作者精心设下的伏笔,后来彼得帮邻居小女孩找布娃娃时无意中发现了这些东西。后面的照应一开始让人有些出乎意料,但细究一下也是合情合理的,平时热心助人的彼得在洞里找到失窃物是很自然的事情。

3. 误会法

除了以上两种常用的情节结构手法外,儿童故事还经常运用三段法和误会法等,我们具体说一下误会法。误会法是经常被作者采用的一种艺术手法。生活中经常发生误会,因此它一定会被反映到文学作品中来。误会法大约有两种。

一种是作者制造误会。作者为作品中的人物编造了一个特定的误会场面和情节,读者并不知道,而误会早已埋设下了。作者巧妙安排,让矛盾双方或者一方出于某种原因而产生不可避免的误会,误会一旦澄清或者解除,故事就宣告结束。如包蕾的《小兔子"我知道"》一开头就埋下误会:"有这么一只小兔子,他总觉得自己很聪明,什么都懂。不管人家讲什么,他都在边上嚷嚷:'这个我知道……我知道……'"由此引出了一系列误会,它把山羊公公、小松鼠当成了狼,而对真正的狼却毫不警惕,危险也接踵而至,最后是老兔奶奶挺身而出解救了这只什么都"知道"的小兔子。小兔子认为自己什么都知道就是一个误会,作者预先埋伏好这个悬念。因为不可能有谁不学习就知道所有的事情,直到最后这个悬念被解开,小兔子明白了道理,故事就此结束。

另一种是作品中人物自己制造出种种误会,它们是根据情节、人物性格的需要而产生的。这类误会读者是清楚的,但作品中误会的一方并未察觉。误会能推动情节向纵深发展,又能吸引读者的注意,造成扣人心弦的艺术效果。"两兄弟型"民间故事就常运用这种误会法,哥哥骗弟弟或者弟弟骗哥哥的把戏读者是一清二楚的,而且被骗的一方实际也知道,但却总以为对方会有悔改之心,因而受其蒙蔽再次上当受骗。在对比型民间故事中此法也运用得相当普遍,好人和坏人在斗智斗勇过程中,起初好人总是受坏人的欺侮,他们或者被骗去钱财和劳动成果,或者上当受骗之后无能为力,这时出现一个智勇双全者与不义分子斗智斗勇,其中所用之计有些是读者一目了然的,或者作者干脆挑明,只有那个愚蠢贪婪的坏人不知道,这样读者与好人一起一步步惩罚坏人,别有一种痛快在心头。

儿童故事与民间故事的表现手法是一脉相承的,除考虑儿童的接受能力而将一些表现手法改得更适合儿童之外,二者并无本质上的不同。误会法的运用也是如此。比如常瑞的《会飞的热水袋》:天冷了,妈妈灌了一个热水袋放进奶奶的被窝;奶奶怕非非冷,就放进了非非的被窝;非非又想奶奶腿不好,悄悄放进了奶奶的被窝,在自己的被窝里塞了一个小枕头。一会儿妈妈要给热水袋挪地方,奶奶说在非非被窝里。奶奶要给非非被窝里的热水袋挪地方,非非不让。妈妈要把热水袋拿到奶奶床上,非非假装压着热水袋不让拿……最后奶奶一上床被热水袋烫得大叫!这个误会读者一直就知道,只有故事里的奶奶和妈妈不知道。通过这个饶有趣味的误会,描绘了一家人相亲相爱、互相关心的和谐美景,赞美了非非孝敬老人的美德。

误会法可以产生较好的艺术效果。一是可以造成急转直下的故事结尾,在有些题材和内容中,误会法能使故事的情节更生动,出乎意料,形成一波未平一波又起的艺术效果。二是可以产生许多戏剧性的效果,使平淡的情节爆发出戏剧的火花,增加故事的可读性、可讲性、可听性和可传性。

(五)刻画鲜明的人物形象

儿童故事虽然十分注重结构,但并不是说只要有引人入胜的故事情节就行了,它也必须塑造人物,刻画人物性格。尤其是儿童生活故事,不刻画人物,没有人物的语言、行动,也就没有情节,不能反映人物的思想感情,也就无法与儿童的心灵沟通。

一篇故事,无论场面如何热闹、情节如何曲折,如果忽视了人物刻画,就称不上优秀的作品。人物刻画成功的标准应该是读者读过故事之后,能够具体地、形象地把握故事里人物的性格、思想感情,主人公就像站在读者面前一样清晰、真实。

故事刻画人物的方法通常是在情节发展中展示人物性格,在矛盾冲突中表现人物形象,在细节描写中刻画人物思想。

1. 在情节发展中展示人物性格

情节可以看作是一个完整或不完整的小故事,它由一连串的行动组成。故事最注重情节的真实、生动、曲折和引人入胜。随着情节的逐步展开,人物的性格才能充分展示在读者面前。比如梅子涵的《东东西西打电话》就是将人物性格放到情节发展中去展示的:东东和西西同时从家里跑出来惊喜地告诉对方自己家装电话了,然后俩人都回家去给对方打电话,却都忘记问对方的电话号码,又奔出来互相问电话号码;东东一路念叨着西西的号码,回去按电话键,只听见"嘟—嘟—嘟"的声音,而西西同样如此,也只听见"嘟—嘟—嘟"的声音。经过思考,俩人同时明白这是忙音。"于是,他们又都聪明起来,谁也不先打了,东东想:让西西先打过来吧。西西想:让东东先打过来吧。他们就这样趴在桌上等着……"通过对两个孩子心理和行动不谋而合的同步安排,制造出一连串喜剧效果,东东和西西好奇、好动、机灵的性格特征表现得淋漓尽致。

需要说明的是,有了情节,甚至有了比较生动曲折的情节,并不等于就把人物刻画了出来。在设计故事情节时,一定要围绕人物来构思。心中一定要有人物,情节必须围绕人物来展开。

2. 在矛盾冲突中表现人物形象

矛盾冲突是指斗争发展最激烈的故事情节。情节越紧张,矛盾越激化,越能表现主人公的性格。这是就矛盾冲突的一般情况而言的。在儿童故事中矛盾冲突不可能激化、紧张到尖锐的程度,但是仍然要把人物放到适合儿童理解的矛盾冲突中去表现人物的性格,否则,人物形象就丰满不起来,会成为主题思想的传声筒。比如,前文列举的英国作家伊尼德的《彼得的新自行车》就是在矛盾冲突中来表现彼得的性格,塑造其乐于助人的"好孩子"形象的。主人公彼得乐于助人而又天真可爱的性格在一次次的矛盾冲突中表现得特别丰满。

3. 在细节描写中刻画人物思想

写活人物,自然要靠细节。儿童故事篇幅短小,写人物只要能抓住性格中最突出的特点就行,因而细节不需多,但要有极强的表现力,能够准确、生动且逼真地表现人物的性格特征。奥谢耶娃的《蓝色的树叶》里有两个人物:卡佳和莲娜。莲娜想借卡佳的绿色铅笔画树叶,卡佳不愿意借又不明说,先推口说要问妈妈,又说要问哥哥,后来又说怕莲娜把铅笔弄断了,最后终于拗不过情面把铅笔借给了莲娜。

卡佳说:"小心些,不要削,不要太用劲儿使,不要放到嘴里去,不要用得太多啊!"

莲娜说:"我只要把那图画纸上的树叶,画成绿颜色的就够了。"

"这可多啦!"卡佳说着,紧紧地皱着眉头,一脸不乐意。

莲娜看了看她走开了,没有拿铅笔。

卡佳奇怪了,跑着去追她:"喂,你怎么了?拿去用吧!"

莲娜说:"不要啦!"

从二人充满稚气的语言描写中可以看出各自不同的、复杂的性格特点。卡佳知道不借给同学铅笔是不对的,但实在舍不得,一再找借口推托,她一连用了四个"不要",实际是其内心不想借的生动表现。当看见莲娜不拿铅笔后又产生矛盾心理,追上去说:"喂,你怎么了?拿去用吧!"自得又勉强的语气掺杂着负疚的心理,让人可以看出她的吝啬、小气伴随着复杂的内心活动。莲娜在向卡佳借铅笔的过程中,因为有求于人而一再忍让,自尊心受到极大伤害,后来即使卡佳追上来要把铅笔借给她,她宁愿将树叶画成蓝色也不用卡佳的铅笔,内向的性格跃然纸上。

因此,要塑造出有血有肉的儿童形象,要特别重视抓住那些富有儿童情趣的细节。儿童的思想感情比较纯真,常在充满稚拙的语言、行为中表现出来,描写时要善于抓住这些特征性细节来表现人物形象。比如德国作家莫柯奥夫的《一件好事》讲"我和姐姐克拉拉"为了做好事,将家里的衣服包括爸爸的新鞋也送掉了。当爸爸问他们:"你们怎么会把我的新鞋子送掉呢?"克拉拉问:"为什么穷人就该老是穿旧的东西呢?""'对呀,'我说,'那样他们看上去就更穷了。'"从姐弟俩稚拙的问话中我们可以看出儿童独有的思维方式,尤其是那句"那样他们看上去就更穷了"特别富有儿童情趣而又充满哲理。这是很多成人没有思考过或者不愿思考的问题。这个细节使整篇故事光彩闪亮,两个小主人公因此光彩照人。细节可以是语言,可以是动作,也可以是一个道具,甚至是一个眼神。

(六)用故事的语言"讲"故事

故事是用来讲述的,所以它在语言上最突出的特点就是口头性,即通俗、明快、质朴、句式较短;没有生僻的词语,表现力强;儿童生活气息浓厚。故事的语言首先必须与儿童所具备的听取语言的能力相适应,在词汇、句法、节奏等方面既大大相异于书面文学语言,又必须合乎儿童的语言表达习惯,其是根据儿童的心理特点和理解能力,对语言进行选择、提炼而形成的艺术化的口头语。

儿化韵较多是儿童故事口语化的一个特点。含有儿化韵的语言符合儿童尤其幼儿的欣赏习惯，听来感到亲切与温暖。比如《狼来了》这个故事中有个情节："大伙跑到小孩跟前一看，羊在乖乖吃草。'狼在哪呀？'大伙问小孩，小孩哈哈大笑起来。"孙敬修讲这个故事时只是加了儿化韵，就大大增强了其感染力。"大伙儿跑到小孩儿跟前一看，羊在乖乖儿吃草。'狼在哪儿啊？'大伙儿问小孩儿，小孩儿哈哈大笑起来。"讲起来顺口，听起来顺耳，并且讲故事人和听故事人之间的感情距离也因此被缩短，二者产生亲切之感。

反复也是儿童故事口语化的常用表现手法，它可以加深儿童对所叙故事的印象，也能表达讲述者的感情，有时似自言自语，个中却意味深长。如托尔斯泰的《大萝卜》的开头就通过反复来强化人物的愿望，引导孩子的情感倾向和注意方向。

一个老头儿种下了萝卜，对它说："长大呀，长大呀，萝卜啊，长得甜啊！长大呀，长大呀，萝卜啊，长得结实啊！"

"长大呀"这样一反复，使故事听起来有一种诗意的美、回环的美、音乐的美、抒情的美，而且显得特别亲切，好像那萝卜有生命，能听懂似的，这就缩短了儿童和大人之间的心理距离，而且"老头儿"盼望萝卜快长的急切心情也得到了强调，儿童的注意力会因此集中到"大萝卜"的"大"这个方向上来，为后面拔萝卜时的热闹场面烘托了气氛。"大萝卜"成了作者预设的一个道具，是形成阅读期待的线索。

探究·讨论·实践

1. 儿童故事有哪些特点？传统民间故事有哪些特点？
2. 儿童故事与民间故事在哪些方面保持了同一性？
3. 儿童故事的故事性体现在哪些方面？营造曲折生动的情节所采用的手段通常有哪些？
4. 创作儿童故事应注意哪些环节？"讲"故事的"讲"字，突出了故事的什么特点？
5. 深入儿童生活，以儿童现实生活中的某一趣事为题材创作一个儿童故事。
6. 请你阅读相关书籍，了解十岁左右儿童的心理发展状况，创作一个满足他们审美需要的儿童故事。

第五节　童话创作

一、童话的概念

童话是什么呢？陈伯吹说："童话，这两个美丽的字眼，标志着一个具有诱人的魅力的世界。长期以来，它为读者所喜爱和向往。"[1]一些儿童文学理论给童话下了如下的定义。

---

[1] 陈伯吹.儿童文学简论[M].武汉:长江文艺出版社,1982:56.

(1)童话是一种带有浓厚幻想色彩的虚构故事。①

(2)"童话是以奇异的幻想、极度的夸张、多彩的象征色调构成的一种独特审美价值的虚幻故事。"②

(3)童话是一种儿童乐于接受的带有浓厚的幻想和夸张色彩的虚构故事。③

(4)童话是"一种以幻想、夸张、拟人为表现特征的儿童文学样式"④。

(5)"所谓童话,是将现实生活逻辑中绝对不可能有的事情,依照'幻想逻辑',用散文形式写成的故事。……由于童话这一词汇同时也是作为儿童文学的同义词使用,为了避免混乱,也可将这种儿童文学形式称作'幻想故事'。"⑤

以上关于童话的定义虽然不尽相同,但有一点是共同的,那就是童话借助于幻想将现实生活编织成一幅奇异的图景,这奇异的图景超越某种限制而显得亦虚亦实、似幻犹真。不同的界定虽各有侧重,但在某种程度上说明了童话与其他文学样式的本质区别就是幻想。各式各样的文学体裁里,只有童话才是儿童文学所独有的,它是儿童文学花园中的奇葩。

童话作为一种文学样式,从其初具雏形到发展成熟经历了一段漫长的历史时期。童话起源于民间,最初与神话、传说几乎处于同生共体的状态。民间童话是童话早期发展阶段的表现形式。童话这一名称在我国使用是近代的事情。20世纪初从西方译介而来的童话成为我国童话的催生剂,其标志是1909年商务印书馆出版的由孙毓修主编的《童话》丛书。但当时童话所涵盖的范围十分庞杂,几乎包括所有的儿童文学作品。

叶圣陶在1921年冬至1922年夏相继创作《小白船》《一粒种子》《稻草人》等23篇作品,标志着我国童话创作已经开辟了自己的道路。他在1923年出版的童话集《稻草人》是我国第一部童话集,为我国现代童话的创作奠定了基础。

二、童话的特征

(一)童话的本质特征

童话的本质特征是幻想。任何文学样式都存在着想象,甚至幻想的成分。但在童话中,幻想是主体,是核心,没有幻想就没有童话,童话是幻想的产物。安徒生曾将自己的童话作品解释为"富于幻想色彩的故事",确实,童话借助幻想把许许多多平凡可见的人物、事物、现象错综地编织成一幅幅异乎寻常的图景,在读者面前展开一个个奇妙的超乎现实的世界。正如陈伯吹所说:"从古至今的童话,每一篇都展开了一个'幻想世界',人和物在这个似真非真、似梦非梦的、洋溢着浪漫气氛的'奇境'中自由自在地活动,正像卡

---

① 浦漫汀.儿童文学教程[M].济南:山东文艺出版社,1991:48.
② 蒋风.儿童文学教程[M].太原:希望出版社,1993:38.
③ 陈子典.儿童文学大全[M].南宁:广西人民出版社,1988:34.
④ 洪汛涛.童话艺术思考[M].太原:希望出版社,1988:11.
⑤ 上笙一郎.儿童文学引论[M].郎樱,徐效民,译.成都:四川少年儿童出版社,1983:30.

洛尔笔下的阿丽思,漫游地洞、闯入镜中世界那样。"①

我们可以把这种超自然的力量和超现实的存在称为"异常"的艺术要素,只要"在环境背景、人物形象、故事情节中任何一个方面,或者两个方面,或者三个方面存在着这种异常性,就会构成童话"②。这句话从童话的内容和构成两个方面回答了童话的特质。

1. 幻想是童话的本质特征

我们可以追溯童话与神话、民间传说的继承发展关系来加深对童话本质的认识。

幻想是人类早期认识世界的方式。早在人类的童年时期,由于人类的感觉器官还不够完善,其意识是以自我为中心的,以为自己知道的别人也知道,并将主观情绪投射到客观物体身上,主客体不分,或将客体人格化,把幻想和现实、认识与情感相混合。这种思维方式投射到文学上,使早期文学带有浓厚的幻想色彩。《女娲补天》《精卫填海》《夸父追日》等都是以非现实的想象和幻想来完成对自然力的征服和支配的神话作品。人类在不断进取中揭示新的奥秘,所以不断有新的神话产生。

最早的童话是在民间传说中慢慢滋生的,它脱胎于神话和传说。神话和传说中适合于儿童的那部分被会讲故事的长辈们提炼出来反复讲给孩子们听,如《鲤鱼跳龙门》《田螺姑娘》,欧洲童话如格林兄弟的童话、安徒生的部分童话就是对民间故事的加工。从现在流传的世界经典童话中可以发现童话与神话、民间传说极深的渊源关系,也可以看出神话和民间传说是一片肥沃的土地,滋养了无数的童话作家,使其笔下开出绚丽的童话花朵。

"儿童对面前的这个世界,是用他们许多奇特的想法去理解的。……一个两岁的孩子走路,摔了一跤,她姥姥把她扶起来,用脚在地板上跺了几下,哄着说:'地板不好,地板坏。'(当然这教育方法不好,摔跤怎么怪地板呢!)可是这一哄,孩子不哭了。这姥姥把地板拟人化了。两岁的孩子很乐意接受。你注意一下,我们日常生活中,时时都在产生'童话'呢!"③"当一个孩子看见床底下的两只鞋子一顺一倒地并排放着,他要去把另一只也放顺来,'好让它们并着头聊聊天'。他看见三四只杯子远离茶壶,他也要把杯子一只又一只地移过来,紧靠着茶壶,'好让妈妈照管它们,给它们吃点奶'。"④

世界上很多优美的童话就是在抓住幼稚心灵最初闪光的基础上产生的。这种思想火花如果得到悉心引导,就会在若干年后形成创造力的因子。当用幻想的丝线交织而成的闪闪发光的、美丽的迷幻色彩,涂抹在平凡的事物上,立刻平凡的事物就变得新鲜、奇异,具有活力和审美意义。在幻想世界中,什么样的事情都可能发生,不可思议的事也能当作真实的体验,无限的想象可以创造出一个完全不同于现实世界的奇幻世界。"从古到今的童话都是借助于'幻想',把许许多多平凡的、习见的人、物、现象错综编织成一幅不平常的图景,在读者面前展开一个'幻想世界',那些假想的人物就在这个超越时间和

---

① 陈伯吹.儿童文学简论[M].武汉:长江文艺出版社,1982:163.
② 金燕玉.儿童文学初探[M].广州:花城出版社,1985:97.
③ 洪汛涛.儿童·文学·作家[M].郑州:河南人民出版社,1982:98.
④ 陈伯吹.儿童文学简论[M].武汉:长江文艺出版社,1982:164.

空间的限制,亦虚亦实、似真犹幻的奇境中自由自在地活动。"①

爱幻想,是儿童的权利,也是他们的特点。同时,幻想又是任何一门学科的起点。由此,我们可以说童话是在儿童生活中产生的。儿童需要童话,儿童也创造童话,童话是儿童独有的。

2. 荒诞是童话的表现形式

儿童以无意想象为主,他们很少像成人和少年那样被更多的经验和知识束缚住思维和想象力,他们天马行空的想象方式使他们能接受很多神奇变化。因此,童话的幻想可以绮丽、神奇,表现出不同寻常的"荒诞"来。

这里的"荒诞"是美学意义上的荒诞感、荒诞性,概念较为宽泛,与现实生活中所指的荒诞一词有所区别。它涵盖幻想、奇异、怪异、稀奇、善变、荒诞可笑、无稽之谈、难以置信等多种含义。正是这种宽泛意义上的荒诞,使童话产生趣味盎然的美学效果。其实,荒诞的实质是透过表面的荒诞来体现本质的合情合理,使人们在形象的奇异中,看到和感觉到的是和谐统一。荒诞是创造童话的重要手段,它的表现形式多种多样,但常常离不开强烈的夸张、离奇的幻想、扭曲变形和机智的反讽,其中夸张和想象是最重要的。《大林和小林》所表现的就是一个极其荒诞的世界。张天翼为了突出旧社会的荒诞性,极尽夸张之能,将人物扭曲、变形,将行为丑化,以极其荒谬的故事来揭示出剥削阶级不劳而获、贪得无厌的阶级本性。

由于儿童幻想的特殊性,童话的荒诞是一种出色的荒诞、特别的荒诞。什么样的荒诞才是出色的荒诞、特别的荒诞?它应该荒诞得离奇、荒诞得新鲜、荒诞得美妙、荒诞得机智幽默。

《孙子兵法》中有一计"出奇制胜",说的就是策略上的变化多端,以"奇"胜。同样,童话的荒诞也必须出奇,如果奇得超出了常人的想象,使想象和生活的真实形成一种强烈的反差,如此,荒诞的最佳效果就产生了。比如《吹牛大王历险记》中的四十六则故事就是以离奇的幻想、大胆的夸张而让人感到趣味无穷的。在一次攻城战役中,敏豪生这位奇想天才竟然想出了一个骑炮弹潜入敌人要塞的办法。但正当他骑着炮弹飞在半路时,突然想到自己匆忙间竟忘了换制服,这样肯定会被敌人识破的。于是他当机立断,又从自己的炮弹上纵身一跃,跳到敌人打来的炮弹上,安然无恙地返回了自己的阵地。如此出奇的想象在故事中举不胜举,如"半匹马上建奇功""用猪油当子弹,意外地打得一串野鸭子"等都是其中著名的荒诞故事。正由于这些故事的创造者敢于突破常人的思维定式,敢于创造荒诞,才给人们留下深刻的记忆,也使得它们的艺术魅力永存。

当然,要体现荒诞中的滑稽、谐趣,作家必须具有幽默的天性和机智的构思。作品整体性的构思是指环境、人物与故事情节的设置相互协调,这样才能使怪诞和滑稽体现出更为丰富的内涵。比如《豆蔻镇的居民和强盗》中的"豆蔻镇"这一特殊环境的设置,以及三个怪诞而滑稽的又懒又笨的强盗、严厉而又好心的"管家婆"——苏菲姑姑等童话人物的创造和一系列故事的编排,本身充满了怪诞和谐趣的意味,因此才特别耐人寻味。

---

① 蒋风.儿童文学概论[M].长沙:湖南少年儿童出版社,1982:62.

(二)童话的文本特征

透过荒诞的表象,我们可以看出童话的文本特征。

1. 特殊的艺术环境

童话离奇、荒诞的想象有其展开的特殊艺术环境。童话的艺术环境大致可以分为三类。

(1)超现实的幻想环境。

童话一般有一个超现实的环境,一看就知道是一种假定的场景,作者在作品中对生活进行远距离的关照,背景虚化、人物泛指、动物拟人、梦境显现等是其常用手法。比如脱胎于传统神话、传说和民间故事的童话《灰姑娘》《小红帽》《大灰狼》等作品,其中时间和空间往往是模糊的,常用"从前""很久很久以前""古时候"等词语;空间也是虚拟的,如"一个小山村里""乡下""古老的镇子里""森林里"或者"王宫里",故事可以发生在任何一个地方。这样童话人物也就可以泛指与环境相称的所有人和物,如心肠很坏的巫婆、贪心不足的恶人、美丽善良的小女孩,甚至是一个木偶、一棵树、一块石头。童话人物没有了一般文学形象所具有的时代特征,成为类型化的代表和表达某种意旨的载体。比如"灰姑娘"成了一个共名,一个现成的譬喻:那些处境凄凉,但品德高尚,经过重重磨难,终于守得云开见日出,从暗淡走向光明,摆脱厄运的人都可说成是"灰姑娘",同时,灰姑娘的舞鞋也成了美好的象征。童话作者不是按生活的本来样式来反映现实本质的,而是将现实的本质加以高度集中概括,抽出它的基本思想后,体现在一个神奇的幻想世界之中,把许多不平凡的、奇异的图景,展现在读者面前。

(2)梦幻似的奇境。

有的童话即使表面上发生在现实环境中,但故事情节会在非现实的梦境中展开,现实中的主人公只起穿针引线的作用,或者只是借用了他的身体来演绎故事,他并非真正梦幻中的那个主人公。如《爱丽丝漫游奇境记》中醒着的爱丽丝和梦中漫游奇境的爱丽丝并非一人。英国特莱维丝的童话《随风而来的玛丽·波平斯阿姨》是成人为孩子拟想的童真之梦,这个童话的结构基本上就是对儿童梦幻的模仿,梦没有不松散的,它的场景转换根本不受形式逻辑的规约,却又是可读的。最吸引人的是作品中的事物都充满生机,一切都超现实、超常态、超自然,而这一切之间又由生命信息相沟通。

(3)亦虚亦实的幻想环境。

任何艺术作品都要介入生活,童话也是生活的反映。如果童话只有单一的超现实的幻想,很难满足儿童身心发展的需要。由于科技的发展和对儿童早期智力开发的重视,当今儿童读者的阅读需要有了明显的变化,他们已不满足于传统童话的单一模式,对现实生活的积极参与和提前介入使得当今儿童更关注现实生活,于是现代童话从完全的幻想环境中挣脱出来,与生活紧密结合,形成具有强烈现实感的主题和审美意识的新型幻想风格。与传统童话完全幻想的环境不一样的是,创作现代新童话时,很多作家进行了有益的尝试,不仅让情节在超现实的环境中展开,而且还在幻想的环境之外设置了一个现实的环境,二者或者平行或者交融,产生一种亦真亦幻、真假难辨的艺术效果。

这种创作方法很少借用精灵、宝物的魔力,也不太依靠编制离奇的情节和极度的夸张来吸引读者,它完全靠儿童的幻想来营造童话氛围。儿童本身就生活在幻想的童话世界里,现实和幻想被他们神奇地融合在一起,其比任何艺术家的加工来得更自然、更美妙,因此反映儿童生活的童话也不可能不是幻想和现实两个世界的交叉、重叠、融合,而儿童生活本身就具有的丰富多彩和诗意盎然也被融入童话里。现实和幻想的有机融合是现代童话的一个特点。中川李枝子的《不不园》可以说是这方面的代表之作。

2.结构手法富于儿童情趣

童话有与儿童审美情趣相适应的结构手法。童话通常运用夸张、象征、拟人、变形等手法来表现。儿童注意以无意注意为主。为使关键情节、主题思想得到强化,童话常常使用三段法、循环法、对比法等来安排结构,以便有力地吸引儿童注意,使他们在欣赏童话时满足其审美期待。

(1)三段法。

三段法,又叫三段式或者反复法,通常是指同一场景三次反复或者同一情节三次递进或者三个人物依次描写,以此产生回环曲折的艺术魅力。童话中,"三段"雷同情节的重复,"三回"故事的波折,"三次"相对力量的较量,"三人"经历的比较,会给人留下深刻的印象。有些情节虽然没有重复"三次",或者不止三次,其效果和用意都是一样的,即务必使故事引人入胜,又能清楚地被记住。比如黄衣青的《小老鼠打电话》写一只叫冰冰的小老鼠对打电话感兴趣,趁主人不在家打电话玩。第一次打到洗衣店,一个小姑娘听不懂它在说什么,只对它说:"你的声音好像老鼠一样,只是吱、吱、吱!"第二次打到杂货店,对面声音粗大的男人对它说:"怪了!这电话可怪了,电话里的声音,简直像是老鼠的叫声,只是吱、吱、吱!"小老鼠很难过,决定最后试一次,一个小孩接到电话,双方根本无法交流。童话中这样的反复,并不是完全重复,第二次与第一次比总有一点儿变化,第三次比第二次的变化又多一些,一层层推进直到情节发展到高潮,一模一样的重复是不可能推进情节和矛盾发展的。小老鼠冰冰第一次打电话时对方小姑娘说的话只是让它好奇:"那么,也好,让我再试一次看。"第二次杂货店男人的回答内容虽然一样,但语气有变化,显得很粗暴,这次冰冰很难过地说:"他说话时一点儿礼貌也没有,我想我得再试一次。"第三次与一个小孩通话,双方问答了四个回合仍无法交流,最后小老鼠冰冰无不失望地叹息道:"我的爪永不再碰电话筒了。原来这世界上,没有一个人能够值得和我通电话的。"儿童渴望与人交流,满怀激情地主动介入他们未知的世界,却常常无人能理解他们的苦恼,这些苦恼通过这只小老鼠活灵活现地表现出来。多次反复,重复中有变化,变化中有重复,这是三段法的特点。

(2)循环法。

循环法的模式是甲连着乙,乙连着丙,丙连着丁,丁又连着甲,如此循环来表现主题,童话运用得较多。如方轶群的《萝卜回来了》写小白兔将挖到的大萝卜送去给小猴,小猴又送给小鹿,小鹿又送给小熊,小熊又送给小白兔,大萝卜循环了一圈,又回到小白兔家里。又如周锐的《涂果酱的小房子》中熊哥哥去给熊弟弟送一桶蜂蜜,路过一座涂满果酱的红房子,他太爱吃果酱,忍不住把果酱舔干净了。他感觉不好意思就把自己提的蜂蜜涂了上去,将小房子变成了金色。第二天熊弟弟带果酱来看熊哥哥,路过涂满蜂蜜的小房子,太爱吃蜂蜜的他将小房子上的蜂蜜舔干净后涂上了果酱,红色的小房子又恢复了原样。

（3）对比法。

对比法能使事物的本质特征更加明显,使好的更好、坏的更坏,适合儿童把是非直接评判成"好"和"坏"的天性。比如,灰姑娘与其姐妹的对比、后母与亲生母亲的对比等。一般都是一个心肠好、一个心肠坏,心肠好的做了许多好事,心肠坏的做了许多坏事,最后,好心肠的人得到好报,坏心肠的人得到恶报,好和坏形成鲜明的对比,好人和坏人截然分明。如张天翼的童话《大林和小林》就是将勤劳善良的小林和好吃懒做的大林进行鲜明的对比,最后二人完全不同的命运结局对儿童的触动应该是很大的。

除了以上几种手法外,童话也经常使用烘托法,即用另外一件极端的事来进行烘托,使这件事更加突出。如朱家栋的《珍珍的童话》写一个女孩因为挑食而瘦弱,作者用了蚂蚁可以抬起她来表现其体重之轻,用蚊子和她比赛唱歌来表现其声音之弱,用她钓鱼却被鱼钓走来表现其力气之小,这样女孩的瘦弱就很形象了。推进法而要写某个人的特征,就把这个特征更推进一步,如民间童话里的懒女人懒得转圈咬饼子而被饿死的情节。拟境法,即把某一类事凑在一个虚构的地方进行描绘,如说谎岛、幸福城、假话国等,罗大里的《假话国历险记》、郑渊洁的《脏话收购站》就采用了这种手法。另外还有用梦境来表现梦幻的"梦境法",造个误会来制造情节的"误会法",以一个偶然巧合来发展故事的"巧合法",以现成故事衍生出新故事的"引申法"等,这些手法在童话中运用得也比较普遍,运用时应注意个性与共性的结合,从而具有独创性。

3.人物形象类型化

童话的人物形象一般是切合儿童思维特点的类型化形象。一般而言,文学创作最忌讳形象设计的类型化,作家都为创作出"唯一"的文学形象而呕心沥血。但儿童文学在构思方法上却有些例外,这是因为儿童的思维特点使其在观察人时更多地从表面的直观形象来判断人的好坏。所以童话里的人物形象一般以类型化的方式出现,主要表现在以外部特征来彰显个性。由于儿童具有泛灵心理,世界在他们眼中都是充满生命和灵性的,为适应这种特殊的心理,童话中拟人体童话占了大多数。儿童一般比较喜欢那些既反映他们的生活内容,又以拟人化的动物、玩具、器械为主人公的童话。

三、童话的分类

童话与神话、民间故事、寓言等文学体裁有着难分难解的关系,因此,童话的界限有时较为模糊。用不同的标准对童话进行分类,就有不同的结果。

如果用儿童文学的标准,按具体作品来做具体分析的话,可以把童话分为以下几类。第一类是古典童话,包括我国历代文学作品中具有童话特征的、适合儿童阅读的作品,其中,有一些虽被称作神话、传奇、小说、寓言、笔记、掌故等,但这些作品也可称作童话。第二类是民间童话,包括在我国各地广泛流传的、有童话特征的、适合儿童阅读的作品,其中,有一部分记录整理成文字,有一部分还在民间口头传诵,尚未整理成文字。第三类是创作童话,包括近年来众多作家为儿童创作的各种形式、各种风格的童话作品,其中,也包括那些以神话、民间传说作为材料创作而成的新童话,或者仿神话、民间传说写成的新作品。

如果按童话中是否传授科学知识的标准来划分,童话又可以分为文学童话和科学童话,其中,科学童话是以童话形式,向儿童传授浅显的科学知识的童话,它把科学知识融入深受儿童喜爱的童话形式中,是向儿童普及科学知识的重要途径,又称"知识童话"。

如果按形象来划分,童话可以分为三类。第一类是拟人体童话,即把物人格化了的童话。第二类是超人体童话,主人公有魔法或持有魔物的童话。第三类是常人体童话,即主人公是普通人,但用了夸张手法的童话。

童话还有热闹体、抒情体等的划分。热闹体大致指那种快节奏的、闹剧型的、讽刺性的童话。抒情体大致指那种慢节奏的、正剧型的、歌颂性的童话。[①]

仔细研究以上分类方法可以看出其各有优劣。我们在创作童话时,既要遵循规律,又不能被束缚,应以作品的体裁、主题、表现手段达到最佳组合为准,不要为分类方法所局限。

四、童话的创作原则和方法

(一)童话的创作原则

童话的幻想无论如何奇妙,就其本质来讲,都是植根于现实的。幻想,即使是童话的幻想,在其荒诞不经的表面形式下,始终有一根现实的红线在贯穿全文。童话中那些怪异离奇的形象与情节,都可以在现实的物质世界中找到依据。

幻想只是童话反映生活的一种艺术手段。童话运用幻想,将所爱者的优点放大开来,将所憎者的缺点聚焦于一处,能使原来不大清晰的印象越发清晰起来,从而能够深入浅出地表现事物的本质。《格林童话》中的《灰姑娘》把灰姑娘的美丽、善良和水晶舞鞋组合起来,创造出一个勤劳善良的理想形象。那些衣着无论多么神奇,毕竟是现实生活中的衣着的一种变形,并未完全脱离现实。正如德·纳吉什金所说:"虚构和生活生动地结合起来,就能使我们在习以为常的平凡生活中看到周围世界的不平常的'奇异'的实质,这就是童话能够有力地影响读者的原因所在。"[②]童话跟其他文学样式一样,不能离开社会生活。但以幻想为本质特征的童话与现实生活究竟是什么关系,它怎样反映现实生活呢?

1. 童话创作必须遵守童话逻辑

幻想与生活结合的规律就是童话逻辑。童话创造的神奇境界虽然超自然,但儿童看了却信以为真,奥妙就在于童话并不像一般作品那样"类似生活"或"近似生活",它要营造的是"远离生活"的"似幻犹真""似梦非梦"的境界。这就需要用到幻想与生活水乳交融的艺术处理手法。

---

① 洪汛涛.童话学讲稿[M].合肥:安徽少年儿童出版社,1986:32.
② 转引自杨实诚.儿童文学美学[M].太原:山西教育出版社,1994:171.

洪汛涛在《童话艺术思考》一书中给童话的创作规律总结了一个公式：真→假→真。他解释："前面那个'真'字，那就是从真实的生活出发。这可说是任何一个童话的基础。凡童话，必得来之于生活，它是以真实生活为基础的。……当中那个'假'字，是说童话是一种幻想的艺术，幻想是假的，必须是假的。这个'假'字是童话唯一的独有的艺术处理手段。其他文学样式，都不用也没有这一手段。一个作品是不是童话，成功与否，关键就在这个'假'字上。'假'字是童话与非童话的试金石。童话必须是'假'的，不'假'就不是童话。一个好童话，它就是要'假'得好。所以童话艺术处理手段，一定要这个'假'字。不信，你去检验任何一个童话，它的幻想必是不可能实现的，现在不可能实现，以后不可能实现，永远不可能实现，是'假'的。可以实现的，那不是童话，而是小说或其他了。作了科学解释的，那是科幻故事了。……'假'就是童话艺术的特征。童话，必须童话处理，就是幻想处理，就是假处理。所以，我们可以把童话称之为'假'的艺术。但是，这'假'绝不是可以随心所欲的假。要知道，这'假'字前后还有两个'真'字，'假'字是夹在两个'真'字的中间。这'假'是受'真'的制约的。……后面那个'真'字，便是目的了。动机、手段，最后还得从是不是达到目的来检验。一个童话作品，它必须在'真'的真实生活基础上，通过'假'的童话幻想的艺术处理，最终反映'真'的真实的生活，它的艺术创作过程，才算真正完成。……它所反映的生活，在表面上，似乎并不像真实的生活，而它的内在却揭示了真实生活最本质的深层。它应该使真实的生活得到更大限度的升华。"①

这样看来，童话的幻想在超越自然的同时又被自然约束。它像一只美丽的风筝，在其自由浪漫、神奇玄妙的形式下，实质有一根生活的隐线在轻轻地拽着它，让它既可以轻盈地高飞，自由自在，又不至于迷失方向，这根线就是童话逻辑。童话逻辑就是指挥中心的遥控器，它是对童话幻想来源于生活又超越生活的艺术处理手段的无形制约。童话创作，一方面要遵守童话逻辑，反映生活和现实的本质规律，另一方面要跳出童话逻辑，创造新颖独特的童话世界。

2. 童话来源于现实生活

现实生活永远是童话唯一的灵感源泉。作为观念形态的文学是一定社会生活在人类头脑中反映的产物，社会生活是一切文学艺术取之不尽、用之不竭的源泉。童话创作亦如此。儿童生活在"童话"之中，他们时刻在生产童话：母猪带着一群小猪在野地里觅食，这种成人看来再普遍不过的现象，儿童则满怀爱心，激动地惊呼："猪妈妈带着那么多猪宝宝！""那么多小朋友在一起玩多开心呀！"产生这种儿童思维的生活就是童话的重要题材。童话的幻想来源于现实生活，具体体现在三个方面。

第一，即使是超人等在现实社会中所没有的形象，仍然无一不是从人类社会土壤中萌生的奇花异草，无一不反映着人们对周围事物的美学评价。忠贞的海螺、热心的稻草人、凶残的四四格等，在现实生活中是不存在的，可本质上相似的人又是可以找得到的。

第二，优秀的童话所表现的思想或者哲理，必定符合人类社会生活的逻辑，反映人类社会生活的本质和规律，不可能与现实脱离。例如，童话中骄傲者必定失败、勤劳善良者

---

① 洪汛涛.童话艺术思考[M].太原：希望出版社，1988：30-32.

必然获得幸福、凶残险恶者必定落得可耻的下场等主题与结局的安排,显然都是人类现实生活的哲理反射到童话中的光芒。

第三,任何童话作品所设计、描绘、刻画的环境,即所谓童话环境,不论其如何新奇巧妙,也都无一不是以人类自身生活的自然环境、社会环境及某些动植物的生活环境为基础来加工、构思的。例如我国童话中的天庭、龙宫是古代封建帝王皇宫的仿制品,玉皇大帝、龙王的衣着也是帝王衣着的翻版;西欧童话中的精灵、巫婆的衣着也有着典型欧洲人的衣着的风格,其童话中特有的薄纱裙、水晶制品、尖顶房屋都是当时欧洲现实生活的反映。

确实,童话"它植根于现实生活。在现实生活这一基础上,通过幻想,用假想的或象征性的形象来表现事物和现象的'超自然'力量;在艺术手法上,一般通过'拟人的'——也就是让动植矿物等等披上人类的外衣,并且赋予了人类的思想和意识,像人类一般的生活着"①。这就是幻想与现实生活密切联系的明证。

著名儿童文学作家包蕾的童话《猪八戒吃西瓜》在国内外曾产生广泛的影响,其创作灵感的来源非常有趣地说明了童话来自生活。瑞典的拉格洛芙创作《尼尔斯骑鹅旅行记》时,最先是想写一部辅助性的地理读物,可是后来她把其写成了一部童话名著,这在童话艺术空间的开拓上有着重大的启示意义。童话对自然做了真实的描绘,却又不拘泥于真实的自然,给真实的环境笼罩了奇幻、扑朔迷离的彩雾,使大雁和尼尔斯活动的地方成了一个个若虚若实、似有似无、如幻犹真、缥缥缈缈的童话世界,为人物活动提供了可信的环境。例如巨人的儿子们在劳动竞赛中犁出来的竟然是带有湖泊的美丽山谷和林深树茂的山坡。此处作者运用神话的方式,形象地概括了人类改造大自然的艰难历程。这种创作思路为后来真幻结合的童话创作路子提供了重要的经验。

以上事例说明,童话反映时代和现实越深刻、越典型,它的生命力就越强大;童话中的幻想无论如何神奇,都必须深深扎根于现实的土壤。只有现实的土壤才会哺育出枝繁叶茂的童话大树,结出幻想的奇丽之果。凭才气闭门造车是不可能虚构出优秀童话的。

3. 童话必须超越现实生活

虽然童话来源于生活,但本真的生活状态不是童话要反映的全部内容,而且儿童对本真生活不感兴趣。因此,童话还应该超越现实生活,站在艺术的高度提升儿童的审美情趣,启发其对理想的追求。艺术幻想,是作家不满足于模仿现实固有的形态,而按自己新的需要从而虚构形象的创作方式。童话作家正是利用幻想这种方式去反映生活,使自己所描绘的对象更活跃、更富色彩,并且实现升华的。

优秀的童话作品应该具有鲜明的社会性和时代性,即使是描写诚实、勇敢、勤劳、友谊等具有普遍意义的思想品质,也能让读者感受到这些道德规范在不同时代所具有的不同表现和内涵。比如安徒生的童话,相当巧妙地反映了他所生活的时代的现实生活,即使是以民间传说为题材改写的童话,也都具有现实意义。那个在冰天雪地里赤着脚,只

---

① 陈伯吹.儿童文学简论[M].武汉:长江文艺出版社,1982:157.

求过路人买她几根火柴的穷苦女孩,那只心地善良、到处受排挤、嘲笑的小鸭子,以及世界童话文学宝库里很多光辉耀眼的同类形象,都表现了阶级社会一个突出的主题:人们多势利,好人受欺侮。但仅具有当代性是不够的,否则作品就会过时。安徒生的童话形象自产生以来一直影响着不同年龄的读者,比如丑小鸭已成为激励成千上万人不断努力追求目标的经典形象。作者善于把深刻复杂的人生哲理通过丑小鸭之类的生动形象传达给读者,具有超越时空的现实意义。

所以,童话的幻想又不能仅仅跟在生活后面亦步亦趋,还必须超越现实生活,它是生活的高度提炼。童话不仅思想内容应具有普遍性,超越时空,就是在幻想具体的生活现象时,也应使其在美学意义和价值上具有永恒性,有的甚至在科学发展史上具有前瞻性。这是因为童话运用幻想来折射现实生活,可以开阔思维空间,站在生活的高处来展望未来,所以具有神奇的预见性。像"飞毯""千里眼""顺风耳"等最早在童话中出现的神奇幻想今天都一一变成了现实,"飞机""电视""电话"成了人们生活中的常用词。从这一角度来讲,童话是一架真正的"望远镜"、一双智慧的"千里眼",儿童通过神奇的幻想可以更好地展望未来并昂首阔步地挺进未来。

总之,童话在现实基础上产生幻想,再通过幻想的情景反映现实,现实与幻想结合形成如诗如画的艺术境界。幻想和现实的结合必须自然而不生硬,丰富而不简单,深刻而不浮于表面。

(二)童话的创作方法

瑞士的麦克斯·吕蒂在《童话的魅力》中说:"童话的创作技巧别具一格:它清晰的线条、流畅的文字和丰富的想象。童话叙述的是一个单独的故事和一个独立的母题。正因为如此,童话可以毫不费力地将一切的一切联系起来。童话的人物形象,也就是主人公形象是从它的整体风格中产生出来的。它赋予这个形象一种自信心,这种自信心同时也感染每一个现实地思考问题的听众。"[①]童话的创作遵循此规律,但又有其独到之处,应从以下几个方面入手。

1. 大胆幻想,创造新颖而独特的童话世界

童话是一门幻想的艺术,它是儿童幻想和创造的产物,又反过来启迪和开发儿童的幻想力。因此,创作童话,应大胆幻想,创造新颖而独特的童话世界,满足儿童的需要。童话的幻想主要是通过拟人、夸张和象征等艺术手法来实现的,这些艺术手法运用在童话创作中应注意三点:

(1)拟人化须物性、人性兼顾——获得艺术的真实性。

所谓拟人化,即把非人类的东西加以人格化,赋予它们人类的思想感情、行动和语言能力。童话的拟人化是童话进行幻想常用的艺术手法。拟人体童话自不必说,就是常人体、超人体童话中拟人化手法也比比皆是:无论是天上的日月星辰、风云雷电,地上的山川草木、鸟兽虫鱼,还是人的精神品质、道德意志,都可以通过拟人变成童话中的人物。

---

① 吕蒂.童话的魅力[M].张田英,译.北京:社会科学文献出版社,1995:99.

严文井在《春夏秋冬》中将冬天拟作冷酷而易于发怒的老人，将夏天拟作脾气很坏、郁闷的青年人，将春秋比作姑娘，使童话变得情节离奇、富于幻想色彩，儿童觉得可亲可近、具体可感。

正如陈伯吹所言："为了把幻想故事的主要物质材料（自然物），通过幻想和联想，转化成为作品形象。以特殊的形式来反映社会生活，就得把它们'人格化'起来，于是拟人法就成为童话创作手法的宠儿了。"[①] 一是因为童话抓住儿童的泛灵心理，运用拟人手法，将所要描写的对象与童话形象联系起来，创造出绚丽多彩、浪漫神奇的童话世界来吸引儿童的注意。二是因为拟人手法有助于童话概括生活、表现生活。童话采用拟人手法固然是为了展现奇妙的童话世界，但也是为了表现现实生活，因为儿童的理解力达不到对错综复杂的社会矛盾和现实生活的把握，所以只能将纷繁复杂的社会生活浓缩成生动明快、易于儿童理解又乐于接受的形式。《丑小鸭》所描写的就是安徒生时代丹麦的缩影，丑小鸭艰难的奋斗历程无疑是安徒生生活历程的写照。在这个缩影里，儿童可以把生活全貌看得更加清楚，而且真理、正义的旗帜也更加鲜明，暴露、讽刺、鞭挞也更加有力。三是因为从教育的角度看，拟人手法所产生的屏蔽效应使儿童乐于接受童话所提出的教义。自己之外的某人某物犯了错误得到某种教训比直接教训在孩子身上有效得多，其潜移默化的作用及寓教于乐的方式是教育工作者和儿童都乐于接受的。但是，拟人化既涉及物，又与人有密切的关系，因此必须处理好物性与人性的关系，使二者融为一体，天衣无缝。在创作中如何兼顾人性和物性呢？

首先，写动物要了解动物的习性和生活状态，一般情况下，牛勤劳、羊温驯、猪懒惰、猴聪明、熊笨拙、狮暴躁、虎凶残、狼阴险，这些虽然在童话中并非一成不变，可以任意虚构，但必须要在物性与人性允许的范围内虚构，要考虑被拟事物本身的自然性，即必须拟得合情合理，符合或者接近于自然规律，不能任凭作者的意志随意比拟，而搞得不伦不类。例如，可以把羊、牛虚构成凶残的虎狼似的形象，但必须给出一个令人信服的理由，这就是童话的逻辑。石头可以被比作奔驰不疲的白马，大树可以被比作身强力壮的卫士，燕子可以被比作身手敏捷的通讯员，但如果描写麻雀在田野上神气活现地踱来踱去就不妥当了，因为麻雀脚掌的构造使得它只能跳着走路，如果顺着这个特性让它蹦蹦跳跳地去森林里赴宴比较形象，不仅不会损害将其拟作人的形象，同时也符合物的具体情况。这样幻想和现实才会很和谐地结合起来，没有生硬和牵强的感觉。

其次，拟人手法还要受社会性的制约，即必须符合社会关系和社会生活实际。初学写作童话，切忌将人物故事换成或者变成动物故事，以为这就是拟人化了。将惯常的人名换成动物名的做法是不会创造出真正受儿童欢迎的童话作品的。物性没有得到充分利用和发挥，就会失去独特的感染力，不能吸引小读者。儿童对现实常态的人的生活没有多大兴趣，动物、植物披着人的外衣说人话、做人事会令他们对童话的期待落空，失去兴趣。拟人就还不是人，物还没有完全摆脱原来的物性，应处于亦人亦物的巧妙融合之中。比如，有人形象地将螃蟹拟人化为理发师，把螃蟹的两只大钳子写成两把推剪，把它

---

① 陈伯吹.儿童文学简论[M].武汉：长江文艺出版社，1982：206.

的四条腿想象成梳子,嘴上不断吐出的泡沫是洗头的肥皂沫,这真是太形象了。它的物性与人性在此得到巧妙结合,而且其物性得到充分发挥。

拟人手法里人性与物性的统一是无法分出彼此的水乳交融,切忌将某物突然之间变成某人,没有了原来的物性,或者反过来,直接将人变成某物。人变物虽然不失为童话的一种创作手段,但其变化手段和拟人化有本质的不同,它着重体现的是人性,叫"变人化"或者"变物化",突出变之迅速、彻底,而拟人化则必须既是物又是人,完全融于一体。我们来看两篇童话里对稻草人的描绘。第一篇是叶圣陶的《稻草人》,主人公稻草人是一个拟人化形象,它有思维,能看见东西,能听见声音,富有同情心。但是作者塑造这个形象时却并未让他像人一样能自由活动,比如去捉虫,去搭救寻死的女子,因为稻草人是物,虽然拟人化了却还有物性约束着他,不容他乱说乱动。作者这样刻画他:"他的骨架子是竹园里的细竹枝,他的肌肉、皮肤是隔年的黄稻草。破竹篮子、残荷叶都可以做他的帽子;帽子下面的脸平板板的,分不清哪里是鼻子,哪里是眼睛。他的手没有手指,却拿着一柄破扇子——其实也不能算拿,不过用线拴住扇柄,挂在手上罢了。他的骨架子长得很,脚底下还有一段,农人把这一段插在田地中间的泥土里,他就整夜站在那里了。""他不吃饭,也不睡觉,就是坐下歇一歇也不肯,总是直挺挺地站在那里。""扇子摇得更勤了。扇子常常碰在身体上,发出啪啪的声音。他不会叫喊,尽管这是唯一的警告主人的法子了。""他的身体本来是瘦弱的,现在怀着愁闷,更显得憔悴了,连站直的劲儿也不再有了,只是斜着肩,弯着腰,俨然成了个病人的样子。"这个稻草人从外形到内心,从表情到思想,都是十足的稻草人加人的完美结合,不仅完全符合物性,而且充分突出了物性的艺术特征,发挥了物性的作用,使童话的感染力大大加强。稻草人越是不能动越着急,读者也就越感动。

美国作家莱曼·弗兰克·鲍姆的童话《绿野仙踪》里也有一个稻草人。"他的头是一口小布袋,塞满了稻草,上面画着眼睛、鼻子和嘴巴,装成了一个脸儿。""一根竹竿戳入他的背部,这家伙就被高高吊起在稻田上面了。"这个稻草人会说话、行动,他甚至会要求小女孩多萝茜:"因为竹竿插在我的背里。如果你替我抽掉它,我将万分感谢你。"多萝茜"把他举起来离开了竹竿",稻草人"靠着自己的力量在旁边走动",伸展着他的肢体,并且打了几个哈欠,表面看来他似乎"变"成人了。当多萝茜问他问题时他却一无所知,他说:"我什么也不知道,你知道,我是用稻草填塞的,所以我没有大脑。""我不在乎我的一双腿、一双手,以及手臂和身体,它们都是用稻草填塞的,因此我不会受伤。不论谁践踏我的脚趾,或者拿针刺我的身体,那也不打紧,因为我不会觉得痛的。"他说:"在这个世界上只有一样东西使我害怕……是一根燃着的火柴。"

这是与叶圣陶的稻草人截然不同的另一个稻草人,他虽然会走路,看起来神奇,却仍然是个稻草人:没有知觉,不怕痛,用稻草做的脑袋不会思考问题,很怕火烧他。这些特点符合稻草的物性,作家利用这种物性并发挥它塑造了一个生动形象、活灵活现的稻草人。

所以,在童话创作中运用拟人手法,不仅要考虑物性的要求,还要考虑如何更好地运用和发挥物性来丰满人物性格,刻画典型形象。

(2)夸张要夸而有节,张而有度——符合幻想与生活的张力。

一般文学作品的夸张是作家为强调和突出事物的某些特点,借助艺术想象对之进行放大或缩小描写,以合情合理、不失其真为原则,目的是让人相信其物其事在生活中有真实存在的可能,是局部的夸张。童话的夸张却是从内容到形式的全面夸张,是"夸张的夸张"。它要达到的目的恰恰是让人相信生活中不可能存在所描绘的人、物、事、景,它们只可能存在于幻想之中。童话从环境描写、人物塑造到故事情节发展,以至语言运用都采用夸张的手法,这是表现幻想的重要手段。

童话中的人物通常稀奇古怪,是经过夸张而形成的漫画式形象;即使是平常人只要在童话中出现也会变得异乎寻常,一会儿可以是大得不可仰视的巨人,有时又是小得如拇指般大的拇指姑娘;即使是常态的人物生活在常人的环境里,也会有不可思议的境遇。所以,童话里的夸张是全面、强烈、极度的夸张。《豌豆公主》里的公主,睡在二十张床垫和二十床鸭绒被上还感到不舒服,因为下面有一颗豌豆硌到了她,极度夸张公主的娇嫩无比。

人物是活动在特定的环境中的,夸张的人物在夸张的环境中行动,就必须要有与之相适应的夸张的情节和夸张的细节,才能突出其性格。因此还需要组织夸张的情节和细节,而且这些体现幻想因素的夸张,必须照顾到儿童的心理特点。比如《爱丽丝漫游奇境记》里有许多俏皮话和双关语,如:"我会不会掉到地球的那一边去?"写矮胖子咧嘴大笑时,爱丽丝想的是:"我真怕它的两个嘴角在脑袋后面相遇"。极度的夸张、高雅的幽默、诙谐的情趣,显然体现了作家的匠心,更体现了一种特有的儿童情趣。

当然,夸张是为主题服务的,不能为了夸张而夸张,而将夸张变成哗众取宠。即使是童话的夸张也要遵循一个原则,即夸而有节、张而又度,弹跳于幻想与生活的张力之间。因为艺术形象通过现象表现本质,以形传神,基础是现象。展示合情合理、能够激发欣赏者真实情感的生活现实,是一切文学样式也是童话获得艺术真实的首要条件。童话追求艺术的真实,它与生活的真实隔着幻想这层五彩斑斓的玻璃纸。比如《皇帝的新装》中那个赤着身却以为自己穿着华丽新装在街上游行的皇帝,他原本想隐藏自己的愚蠢,却将自己的愚蠢夸张到极点展示给了大家。作者借由皇帝的形象对那些愚蠢又专横的统治者的揭露和抨击。作者运用了极度夸张的手法,这种夸张是对生活的概括,更能使读者认识到作品反映的生活本质,这是夸张中透露出的生活真实。

童话通过夸张表现超自然的生活现象,有的是为了突出事物的本质,有的是为了吸引儿童的注意力,引起儿童听故事的兴趣。它们的真实感往往表现在环境和形貌的主要特点上,另外就是事物的动态、人物的举止符合生活中某些方面的运动规律。如果这两个方面都不具备,就要符合人的内心感受,符合人在特定的情绪、心境、感情支配下对事物的感知,这也是真实感的体现。

童话的夸张要张而有度,表现在对环境、人物、细节的要求上。童话在细枝末节上的夸张看起来奇妙,其实也并未脱离真实生活的影响,仍然会显现出一种生活之真。安徒生的《拇指姑娘》中描写了一个神奇的温暖国度:"那儿太阳比在我们这里照得光耀多了,天空看起来也是加倍地高。田沟里、篱笆上都长满了最美丽的绿色和蓝色的葡萄,树林里到处挂着柠檬和橙子。空气里飘着桃金娘和麝香草的香气……"太阳的光耀,天空的高远,绿色和蓝色的葡萄,桃金娘和麝香草的香味,都是符合事物主要特点的,尽管用了夸张的手法,但符合人们从寒冷地方来到温暖国度时那种强烈对比的感受和心理,这样的描写给人一种很准确的质感,仿佛读者也置身于这样温暖的环境中,一起享受到阳光、香草的美妙,舒服极了。《卖火柴的小女孩》里人物的形貌、动作、生活细节近似于现实生活,但小女孩冻缩在墙角,擦亮火柴,竟然看到了暖和的火炉、喷香的烤鸭、美丽的圣诞树,还能和奶奶一起享受新年的快乐。虚构的情景符合人在特定环境中可能产生的精神活动,符合感情逻辑和思维逻辑。

可见,夸张手法在童话中运用到环境和艺术形象的形貌、举止、行动、细节的描写等方面,还需忠实于其在生活中的主要特点和运动规律,才能获得艺术的真实,给人以真切的感觉。

所以,童话的夸张应夸而有节、张而又度,在生活的真实与艺术的真实允许的弹性空间内发挥作用。表现幻想的手法中夸张是最活跃的,但无论它如何灵动,都必须在生活的真实与艺术的真实允许的范围内应用。

(3)象征应似是而非——追求童话形象的神奇性。

所谓象征,就是借助某一具体事物的形象,来表现某种抽象的概念、思想或者感情,其特点是利用象征物和被象征物之间的某种相似之处,使被象征物的某一方面内容得到含蓄而形象的表现。童话里的象征一般是指童话所描绘的幻想画面与生活的某些场景有相似之处,或者童话形象与现实人物之间有某种相似之处。相似会引起人们的联想,人们可以进行比较、对照,从而体会童话的思想内容,更好地认识生活、领悟生活。

童话形象自身具有的象征性是童话区别于其他文学艺术形式的特点。《拔萝卜》中的小耗子是一个举足轻重的人物,那么多比小耗子有力量的动物加在一起也没有拔起萝卜来,加上小耗子,大萝卜就被拔起来了。小耗子是微弱力量的象征,由此而阐发的主题"不要小看微弱的力量"是很有象征性的。比如弱小动物在童话中联合起来,凭借聪明才智可以抵御猛兽的进攻,战胜强大的敌人,象征着弱者的联合可以壮大力量,战胜强者的这一生活哲理。

童话的象征是由人物的全部活动所构成的故事整体来表现的,是生活中某些人与事的艺术的折光和譬喻,而不是简单的类化。童话中的象征应取其"神似"而不应该纠缠于"形似",也不能在童话和现实中对号入座。如罗大里的《洋葱头历险记》展现的世界很像阶级社会,洋葱头很像劳动人民的代表,柠檬王和番茄王很像剥削阶级,洋葱头团结大家打倒了柠檬王和番茄王,这对小读者很有意义。但如果硬要在童话中去对号入座分析谁是地主,谁是资本家,谁是农民,谁是工人,那就很滑稽、好笑了。所以童话的象征只是总体上象征某一事物或者某一种思想感情。艺术的真实贵在以形现神,形神兼备。"形"是个别的、特殊的,"神"是一般的、普遍的,外形的相似只是表面而非本质。童话虽运用了拟人、夸张等多种艺术手法,但奇异变形的外貌下反映的是生活最本质的内容。当然,在创作中,要将现象和本质有机地统一起来,将本质渗透到现象的各个方面,以何种"形"来传何种"神"并无定规,要看作者对描写对象的熟悉程度、认识深度和作者自身的艺术才能。

所以,童话的幻想必须植根于现实生活,并不是一匹脱缰的野马,其是在现实生活中成长发展起来的。现实和幻想的巧妙结合是童话创作成功的关键。总之,要恰如其分、灵活地运用适当的题材和巧妙的艺术手法,表达出现实意义,又暗含着虚构的假象,这是童话创作中最重要的一点,也是最困难的一点。

2. 构思具有时代特征的童话内容

儿童不是生活在真空中,反映其生活、成长及教育状况的儿童文学与现实生活是紧密联系的。所以创作童话时,应更多地考虑当代儿童的生活、成长状况,以及他们对家庭、学校、社会生活的要求与态度等内容,用具有时代特点的美感追求去丰富、引领儿童的精神生活,为其一生的精神追求打下美丽的底色。如今,儿童文学的审美特征得到张扬,更注重对美学价值的开掘,因此,创作儿童文学作品(包括童话)时,顺应时代的要求,从情感、美感、智力、情操等多重需要出发,构思具有时代性的童话内容,应该是作家首先要考虑的问题。就教育意义来说,要从当今所倡导的美的教育、爱的教育等角度入手,引导儿童更多地关注现实、关注生命和情感。同时,构思具体的童话时,必须有丰富的想象,想象也应具有时代性。不同时代的儿童,其想象力发展水平和想象的内容是不一样的,所以,童话的想象也应随时代的发展、变化而有所不同。比如,生活中虽然有一些道德规范是永恒的,但在不同时代应有不同的表现形式。因此,从现实生活生发出的想象也应具有时代性,与时俱进的童话才能引起儿童的兴趣。例如,针对谦让、友爱等美德可以加入新质内容,或者重新去诠释,从而发现符合时代的新内容。比方慈琪的童话作品《外婆变成了麻猫》针对我国阿尔茨海默病患者逐年增加的实际情况深入思考:如果家人变成了不讲理的猫、固执的牛、疑神疑鬼的兔子或者喋喋不休的鹦鹉,你会继续爱他们吗?你会和他们一起面对困难,还是祈祷他们变成不会惹麻烦的木偶?你会害怕吗?你会烦恼吗?你有勇气进入一种艰难的新生活吗?为此,作者在幻想中将"我"的患有阿尔茨海默病的外婆变成了不讲理的猫,其他几个孩子的爷爷和奶奶分别化身成固执的牛、疑神疑鬼的兔子和喋喋不休的鹦鹉,他们沉浸在往事中,不再认识现在身边的亲人。一群身患共同的疾病、化身成各种动物的老人,离家出走后玩起了"绑架""现在的外孙女"做人质去交换"过去的外孙女"的"游戏"。"抱着娃娃找娃娃"的故事就此展开。慈琪是一个爱猫人士,她对猫的观察细致入微,用了很多精彩的细节将外婆变成的麻猫那蛮不讲理的劲头刻画得惟妙惟肖,其他人物形象也塑造得非常传神。读完这个童话之后,一点儿也没有"抱着娃娃找娃娃"的轻松感,而是不由自主地顺着"我"的心理活动进行思考:真要为了避免麻烦,将至爱的亲人变成一个个乖乖的木偶吗?这是他们愿意的生活吗?进而跟随作者的提示对生命的价值和意义进行思考。读者一开始会被外婆变成麻猫这个"奇思妙想"吸引,进而跟随故事情节深入"唤醒亲人"的历险中,也会慢慢思考:外婆为什么不认识现在的"我","我"对生病后的外婆表现出厌恶和不耐烦,是不是外婆不认识我的根本原因?由此引发思考:你有勇气进入一种艰难的新生活吗?如何对待糊涂的亲人以及其他失忆或者失智的病人。这是值得全社会关注的问题。慈琪敏锐地抓住了这些现实问题,以奇妙的幻想举重若轻地来表现。该作品是童话关注现实的一个典范,也是主题的时代性在童话中的表现。

另外,随着科学技术的飞速发展,科技元素与童话幻想的结合越来越频繁。童话的时代性越来越多地体现在对新科技发明的幻想上。比如越来越普及的计算机、网络激发了不少作家的创作灵感,郑渊洁的童话里计算机甚至可以结婚生孩子。可以说,日新月异的科学技术给童话作家提供了更多发挥想象的舞台。裴慎勤的《克隆自己》,周锐的《拯救伶仃草》《黑底红字》,刘逸非的《到底谁厉害》,都散发着现代科技的新鲜魅力。儿童接受新鲜事物很快,新颖的作品很容易唤起他们一拍即合的亲近感。童话的一个重要任务就是促进孩子想象力的发展。充满科技元素的童话想象对于促进孩子对科学的热爱、激发他们的科学热情和想象力有着积极的作用。

事实证明,童话的生命力来源于光怪陆离的幻想,它们使童话永葆青春。然而,幻想的内容虽然奇妙,其源头却是生活。生活是在不断变化的,想象也要与时俱进,具有强烈的时代性。

3. 塑造丰富多样的童话形象,刻画丰满鲜明的人物性格

童话创作的核心之一就是塑造童话人物。童话中的人物形象,不管是"超人",还是"常人",实质上都是各具个性的儿童。当这些人物出现在童话中,一方面,要能唤起儿童记忆中已有表象的再现,带来在期待视野中与熟知景象不期然而遇的快感;另一方面,则要能通过人物的语言、行动、情节的相互纠葛,把儿童带到更广阔的天地中去接触新的世界,获得新的经验,满足儿童与生俱来的强烈好奇心和求知欲,获得新奇、刺激的快感。童话里的人物形象如果满足这两点要求,无论是有生命的事物,还是无生命的事物,作为人物形象,其在童话中都会独具光彩。

写神仙鬼怪是写人,写动物、植物也是写人,但是,绝不是人披着神仙鬼怪和动物、植物的外衣,它既是人,又是神仙鬼怪、动物、植物。孙幼军的《小狗的小房子》塑造了两个活泼的儿童形象:"小狗"就像一个憨厚老实的男孩儿,"小猫"分明就是一个有点儿娇气、任性、心眼挺好的女孩儿。

小猫、小狗在童话里特别多,于是一提到童话创作,很多人自然就联想到小猫、小狗。小猫、小狗作为儿童喜爱的小动物,不是不可以作为童话形象来刻画,关键是如何把它们化成"唯一"的"这个小猫""那个小狗"。比如叶永烈的《小猫刮胡子》中那个淘气而爱模仿的小花猫,看主人刮了胡子后精神又年轻的样子很羡慕,便学着主人的样子"咯吱,咯吱……把自己的胡子剃光了",晚上捕鼠时被撞得鼻青脸肿。这个童话除了向儿童介绍了猫胡子有特殊功用的知识外,作者刻画的小花猫也是一个丰满而生动的形象。"小花猫跳到桌子上,对着镜子一瞧:'喵,喵——哎呀,我的胡子比主人刚才那邋遢胡子长得多,难看死了!'"小花猫爱美而又稚气十足的心理一下子凸现出来。"放下剃刀,擦掉肥皂沫,小花猫对着镜子左照右照,觉得自己漂亮多了。"动作描写生动传神,活灵活现地把小花猫得意的神态和爱漂亮的心理烘托出来。我们看到这个独特而又有代表性的小花猫形象时,眼前总会浮现出天真活泼的儿童爱穿军装将自己扮成"小警察""小解放军"时那故作严肃的稚拙之态,或者小女孩爱穿妈妈的高跟鞋和长裙子一瘸一拐走路时的滑稽样,儿童特殊的心理、神态在这只小花猫身上表露无遗,这是一只塑造成功的猫。

要创作出高水平的童话作品,首先要对已有的童话创作有深入的了解,对已有的童话形象比较熟悉,然后根据自身的气质、爱好、知识结构来形成自己的童话创作风格和形象设计的路数,既借鉴前人的经验,又独辟蹊径,创设出与众不同的新形象。

现代童话创作有意革新,在很多方面打破传统,人物塑造可以借鉴小说刻画人物的手法,以人物为中心展开故事,注重人物性格多面性的刻画,突出童话人物的新奇性和个性化。所以,现代童话创作成功的关键是丰满的人物形象。

4. 虚构妙趣横生的童话情节

童话人物在童话创作中起关键作用。设计出好的童话人物,等于为童话创作打下了良好的基础,接下来根据人物特点和个性来展开矛盾冲突,设置情节与细节,使人物与故事融于一体。如果生拼硬凑,不能使人物与故事弥合得天衣无缝,那么再好的人物设计也是枉然。所以,创造新奇而富于个性的童话形象固然重要,但也决不能忽视对故事情节的精心构思,不然人物没有了活动的舞台和空间,或故事情节不能凸现人物性格,那人物便成了"纸人",将失去生命力。

贺宜曾说:"孩子年龄越小,就越缺乏耐心。枯燥乏味,冗长臃肿的开头,对儿童是一种折磨。如果你诚心诚意要他们听你的故事,最好能够开门见山、单刀直入地把故事的本体展现在他们眼前——当然,要他们听完你的故事,这还得看你整个故事是不是跟那个好的开头同样吸引他们。"①这段话形象地说明了儿童文学作品情节的趣味性对于吸引儿童的注意力有多么重要。听赏儿童文学作品是儿童游戏的方式之一,如果游戏无趣儿童就不会坚持下去。所以,创作儿童文学作品要做的第一件事就是动脑筋思考如何能吸引好动的儿童,让他们不为外界的新奇事所分心,专心听故事。童话首先要考虑虚构巧妙生动而又富有戏剧性的情节来吸引住他们。游戏具有趣味性,因此为儿童准备的童话也要像游戏一样充满趣味性。童话的趣味性很大程度上体现在情节的巧妙动人上。情节一波三折才符合儿童的审美期待,他们不喜欢平直的生活化故事,所以,虚构妙趣横生、充满戏剧化的情节是童话创作的重要内容。

朱庆坪的《小甲虫的大喇叭》是一篇五百字左右的童话,短小精悍,情节一波三折,妙趣横生。一个掉到草丛里要用放大镜才找得到的小甲虫,竟然想借喇叭的声音来使自己成为树林里的大王,这个简洁的开头一下子就抓住了读者的兴趣。它如何办?请来大象爷爷、小猴子帮忙把喇叭安好,小甲虫的美梦就要成真了。如果情节顺此发展下去岂不成了笑话?小甲虫当上树林里的大王并不符合童话的逻辑,所以作者巧妙设计,情节急转直下,充满了戏剧性:小甲虫被喇叭的声音吓昏了,"从高高的梯子上摔了下来,扑通!一头掉进了草丛里。大象爷爷戴上老花眼镜,寻了半天也没找到它"。这个出人意料的结局,以及曲折、简洁、生动的情节和寓言式的主题联系在一起妙趣横生,再加上作者对小甲虫独特形象的刻画——"吭哧!吭哧!从早晨爬到中午,才爬到了喇叭上面。小甲虫高兴得跳起了虫虫舞。……小甲虫晃着脑袋,使足

---

① 贺宜.幼儿文学随笔[M]//中国出版工作者协会幼儿读物研究会.幼儿文学探索.上海:少年儿童出版社,1987:26.

了劲,对准喇叭大叫一声:'哇——'",一个妄自尊大、得意忘形的小甲虫形象与戏剧化的结尾结合起来使该童话独具魅力。

5. 用童话语言创作童话

捷克的约瑟夫·恰佩克说,他与卡雷尔·恰佩克合作写《达欣卡,或一只小狗的童话》时顾虑最多的是语言,他发现四五岁的孩子特别爱用新词汇:"所以我想,给孩子看的书要用最丰富、最精美的语言来写。要是孩童时期掌握的词汇少,那么他一生就将所得甚微。我给孩子写作品,就必须得好好解决这个问题。儿童文学作品要尽可能多地给孩子新的词汇和知识,最大限度地发展他们表现思想和情感的能力——要记住,词汇就是思想,是全部的精神财富。"① 文学词汇就是对事物的本质的描绘。

童话的机智、幽默是充分运用语言艺术形成的风趣诙谐,其魅力大小很大一部分取决于童话语言质量。童话有自己特殊的话语系统,具体体现在以下四点。

首先,童话语言精美,具有韵律感,这是童话语言的本质性特征。方轶群说:"我们为儿童写作,要考虑怎样写才能说得最简练、最明确、最优美、最浅显、最适宜给儿童阅读,恰到好处。……每句最好五六字,至多不要超过10字,个别长句可达15字左右。"② 他长期研究儿童语言,注意在作品中用规范化的儿童文学语言影响和提高儿童。他在《月亮婆婆》中描写兔弟弟快速跑动起来像"一条宽宽的白带子在飞",而且这条"带子上面有一条细细的红线"装饰着,不仅动态地展示了兔弟弟奔跑的速度之快,而且从视觉上突出了一种纯净的美感;池子的水面上盛开的睡莲,以及花瓣尖上停留的萤火虫使花瓣"像装了无数的小电灯"的场景则仿佛仙境,生动的语言描绘使得这篇童话意境深远优美,诗意盎然。

语言的精美和韵律感使童话具有散文与诗的外形,而环境的优美、意境的深远和内容的诗意更使得童话韵味无穷,典型的例子是小巴掌童话。小巴掌童话是张秋生独创的特色文体,其语言浅显天然,充满诗的韵律,风格清新,叙述轻松活泼,形式自由,散而有致,意境优美,内涵隽永,读后令人回味无穷。它将诗歌的韵律与意境美、散文的韵味与形态美、童话的幻想与稚趣美交融在一起,形成了特有的童话语言风格,是童话中的精品。

其次,童话的吸引力还表现在禽言兽语上。禽言兽语对于好奇心和求知欲旺盛的儿童来说具有无穷的吸引力,他们总是希望听到更多美好的语言。儿童以为小动物跟自己一样,需要理解和关怀,总是情不自禁地跟它们说话,表现在童话中,所有的动植物也应该是会说话的。正如列宁所言:"儿童的本性是爱听美妙的童话的。……如果你给孩子们所讲的童话,其中公鸡和猫不是说人的话,那么他就不会对它发生兴趣。"③

禽言兽语实际是童话与其他文体在语言上的一个重要区别。其他文体虽然也会描

---

① 转引自韦苇. 世界童话史[M]. 南京:江苏少年儿童出版社,1991:301.
② 方轶群. 怎样写得浅[M]//中国出版工作者协会幼儿读物研究会. 中国幼儿文学集成·理论编. 重庆:重庆出版社,1991:27-29.
③ 陈伯吹. 儿童文学简论[M]. 武汉:长江文艺出版社,1982:165.

写动植物,但不会像童话这样将它们的语言作为刻画形象的重要方式和手段。那些禽言兽语不是随意编排给某些动植物的,得根据形象的特性和物性来量体裁衣。因为童话中使用禽言兽语是借物喻人,借禽兽的语言(实质是思想)、行动来反映现实生活中形形色色的人的世界观,借此发挥童话的认识和审美作用。比如森海的《悄悄话》就是一篇禽言兽语的大荟萃,文中各具特色的动物语言朗朗上口、惟妙惟肖,小羊的咩咩咩,小鸡的叽叽叽,小青蛙的呱呱呱,模拟得活灵活现,而其各自鲜明的性格特征也在这场语言的大荟萃中表现得淋漓尽致,尤其是小青蛙热心助人而又聪明机智的性格特点与小黑熊的笨拙且稍显懒惰对比鲜明。它们就是一群可爱的孩子形象,却又比现实生活中的孩子更吸引儿童的注意力,因为它们是小羊、小鸡、小青蛙和小黑熊在说话,涂上了童话的神奇色彩。

再次,童话的魅力产生于魔法和咒语。要是没有幻想的因素,没有一定成分的魔法,就没有童话了。魔法是童话的一个组成因素,魔法多种多样,念咒语是其中轻而易举又较为普遍的一种。我国民间童话《渔童》中,渔童一唱"渔盆渔盆摇摇,清水清水漂漂",空盆里立刻漂起了汪汪的清水;一唱"清水清水流流,金鱼金鱼游游",清水立刻泛起波纹,金鱼傍着渔盆游个欢;一唱"金鱼金鱼跳跳,清水清水冒冒",金鱼立刻跳起一尺来高。念咒语的魔力多么迷人啊!《阿里巴巴与七十大盗》中的"芝麻,芝麻,开门!",《七色花》中的"飞哟,飞哟,小花瓣儿哟,飞到西来飞到东,飞到北来飞到南,绕一个圈儿哟,打转来。等我刚刚儿挨着地——盼咐盼咐如我意……",都灵验非凡。哪个孩子幼小时没有幻想过自己能有一件神奇的宝物和一段神秘的咒语呢?童话中有一句咒语在关键时刻反复出现,对于儿童的期待心理是很大的一种满足。所以,为神奇的童话人物设计符合其身份而又有特色的魔法和咒语是童话语言创作的一个要点。

最后,符合人物身份和性格的个性语言。童话把世间万物都写得生机盎然,甚至时间、真理等抽象名词都可以凭借幻想化身为时间老人、真理仙子等,具有人的性格意识、思想感情,他们说着人说的话,怀着人的理想,又有着人的一切欲望,成为活生生的人物形象,反映着人类社会的现实生活。《丑小鸭》里绘声绘色描写的不就是作者的奋斗史吗?拟人与幻想总是紧紧相连,但语言却是现实土壤里生长出的花朵,每一个人物不管它是仙人还是木偶,只要它一说话,就必须符合它的身份、性格,尤其要符合儿童特有的思维方式和语言习惯,使语言成为"这个"童话人物特有的"这种语言",而不是人云亦云的鹦鹉学舌。米尔恩的《小熊温尼·普》在遣词造句上表现出上乘的功夫,他的童话语言弥漫着天真和稚拙,却没有故作姿态。小熊为老驴找到了尾巴,老驴蹦来蹦去,开心地摇着他的尾巴,小熊因此而感到欣慰和自豪。他当时即兴编了一首歌:

是谁找到了尾巴?
"本人。"这是我的回答。
"两点差一刻的时候
(其实是差一刻十一点),
本人找到了尾巴!"

这种情绪源自他性格里的热心待人。儿童听了这个童话后,无须大人指点、暗示就会窃笑书中许多故事与自己的行为暗合。语言风趣、有个性也是《小熊温尼·普》的重要特点。猫头鹰家门上贴的两张告示,其中一张贴在门环上方:

请拉铃
如果你想
有人回答

另一张贴在门环下方:

敲门吧
如果你不想
得到回答

这样两张告示体现了儿童思维和语言特有的风格,具有典型的童话神采,可谓幽默得令人绝倒。

总之,童话能逗人喜爱,产生巨大的魅力,固然是因为其运用了多种艺术技巧,但是,主要还是因为基于作者思想的深度和生活的广度得来的美好内容蕴含着美好的思想主题,而不是单纯的艺术手法的运用。当然,好花还得绿叶配,美好的内容也必须借助艺术的渲染、烘托才能相得益彰,显得更有力量,更深入人心。

探究·讨论·实践

1. 为什么说童话是儿童文学独有的文学体裁?
2. 童话的特点体现在哪些方面?其本质特征是什么?
3. 创作童话要注意遵守什么原则?掌握哪些方法?
4. 童话的语言美表现在哪些方面?试举例加以说明。
5. 童话的诗意美体现在哪些方面?试举例加以说明。
6. 请将张秋生的童诗《蝴蝶花》改写成一则五百字左右的童话。

第六节 儿童寓言的创作

一、寓言的概念和特点

(一)寓言的概念

"寓言"之"寓"是"寄托"的意思,"寓言"是有所寄托的语言。《庄子·寓言》里明确地说:"寓言十九……藉外论之。""藉外论之"指作者直接出面发表意见,不如假托一个人物来说更有说服力。《释文》解释说:"寄之他人,则十言而九见信。"假托他人之言,如此十句有九句会被相信。

莱辛在《论语言》中说:"把一句普通的道德格言引回到一件特殊的事件上,把真实性赋予这个特殊事件,用这个事件写一个故事。在这个故事里大家可以形象地认识出这个普通的道德格言：那么，这个虚构的故事便是一则寓言。"①

寓言是把某种深刻的哲理和教训寄托在简短而形象的故事里，带有讽刺或劝诫性质的文体。寄托使寓言有了一种别致的表达技巧：不直接把意思说出来，而是借用相关的具体事件巧妙地进行影射。寓言因此具有独特的品格：借此喻彼，借远喻近，借古喻今，借物喻人，使深奥的道理、抽象的观念、深刻的教训等借具体直观的故事显现出来。

寓言有三大发祥地：古希腊、印度和中国。作为寓言的三大发祥地之一，我国很早就出现了寓言，春秋战国时代寓言已经盛行。先秦诸子散文经常采用寓言来阐明道理，如《攘鸡》《揠苗助长》《自相矛盾》《郑人买履》《守株待兔》《刻舟求剑》《画蛇添足》等，其中《庄子》与《韩非子》收录最多。从《庄子》及当时诸子散文中所使用的寓言情况来看，寓言指的是寄寓事理和哲理的小故事，并非一种文体。虽然那时寓言还未取得独立的地位，只是散文的一种表达方式或者写作技巧，但在艺术上已经相当成熟，创造了我国寓言的黄金时代，成为文学的一份宝贵遗产。汉魏以后，人们常常运用寓言讽刺现实，比如唐代柳宗元就利用寓言形式进行散文创作，他在《三戒》中以麋、驴、鼠三种动物的故事，讽刺那些恃宠而骄、盲目自大、得意忘形之徒，寓意深刻。

寓言作为一种独立文体的称谓是在晚清，1902年林纾和严璩合译出版了新本《伊索寓言》，1917年茅盾对秦汉文学做了辨识、钩辑与整理之后编出《中国寓言（初编）》，之后我国学术界对寓言文体的称谓才得到统一，人们对寓言的认识终于实现了从言论、技法到文体的转变，把具有寓言特点的文体称为"寓言"。

我国民间寓言极为丰富，除汉族寓言外，还有各少数民族寓言。各族人民创作的寓言多以动物为主人公，利用它们的活动及相互关系传达一种教训或喻义，达到讽喻的目的。寓言是中华优秀传统文化和民族智慧的重要组成部分，它不仅具有文学的价值，还具有丰厚的思想内容，中国人的许多卓越见识往往蕴藏在寓言之中，可以说不了解中国寓言，就不能完整地认识中国文学，也不能完整地认识中国人的思想精华，它反映着劳动人民健康、朴实的思想，闪耀着无穷的智慧和高尚的道德光芒。每一个寓言故事都向人们打开了一扇窗户，从这里能够看到一个新鲜的天地，不仅趣味无穷，还可以领悟无数的世理。

古希腊在公元前6世纪出现了《伊索寓言》，开创了西方寓言的先河，标志着寓言文学的繁荣与成熟。印度寓言是世界上最古老的寓言之一，主要由民间寓言和佛经寓言构成，代表作有《五卷书》《百喻经》等，对世界寓言文学的贡献很突出。此外，法国的拉·封丹、德国的莱辛、俄国的克雷洛夫等重要寓言作家也取得了突出成就。

由于文化背景、思维方式及表达习惯等的不同，中西方寓言有一些不同之处。首先在取材上，中国寓言往往以现实中的人物为主人公，所讲的故事常常是历史故事和社会故事，以实事来揭示真理；西方寓言的主人公常常是动物，以比喻的方式来宣讲道理，达到讽喻和劝诫目的。其次在体式上，中国寓言以散文为主，这跟中国诗歌以抒情为主有

---

① 莱辛.论寓言[M]//古典文艺理论译丛编辑委员会.古典文艺理论译丛·第七册.北京：人民文学出版社，1964：153.

很大的关系;而欧洲寓言多采用诗歌体,形成了寓言诗这一文体,像拉·封丹、克雷洛夫的寓言都是诗体寓言。中西方寓言虽然在题材和体裁上有细微差别,但就其"寄意于言"这一本质特点来说是基本一致的。

(二)寓言的特点

寓言作为一种文学形式,有自己独特的文学品格,由此而产生的讽喻效果也成为寓言的本质特征。

故事和哲理是构成寓言不可缺少的要素,正如法国寓言大师拉·封丹的比喻:"一个寓言,可以分作身体与灵魂两部分,所述说的故事好比身体,所给予人的教训好比灵魂。"故事和哲理相互依存,故事为揭示哲理服务,哲理统率着故事。只有生动的故事而缺乏哲理,故事纵然写得再生动形象也只能喧宾夺主,不能算是成功的寓言;反之,虽有哲理、教义而没有故事,寓意无所寄托,只是苍白地说教,必成干巴巴的训词,也不能算是好寓言。

故事和寓意紧密结合决定了寓言的文体特征,"寄意于言"的表达方式决定寓言的特点。

1. 假托故事,哲理性强

寓言常把讽喻的意义蕴藏在故事之中,往往借动植物或其他无生命的形象去扮演人类社会中的种种角色,反映人的思想、行为、情感和社会生活,并加以评价,由此阐述某些是非标准和道德观念。寓意的表达方式大体有三种。

一是先讲述故事,后说理点题。《克雷洛夫寓言全集》里的《猪》讲一头猪钻进贵族老爷的院子,在马厩和厨房周围转来转去,拱粪堆、刨垃圾,还在污水里胡滚一气,把自己弄得又脏又臭,满身污泥。有人问他在贵族老爷家看到了什么东西,据传那里珠宝遍地,珍奇无数,这条猪说:"这全是胡言乱语。我在里面没有看见任何财宝,只找到了粪堆和垃圾。"作者在结尾这样点明寓意:"我不愿用这个比喻把任何人侮辱,但怎么能不把某些评论家称作猪?他们无论评价什么,只善于看别人的短处。"

二是在开头先说出寓意,然后才叙述故事。比如《鹰和田鼠》(出自《克雷洛夫寓言全集》)开头点出:"不要轻视任何人的建议,首先要考虑它是否合理。"然后才引出鹰和田鼠的一段故事:百鸟之王——鹰要筑巢在一棵高大的橡树顶端生儿育女,田鼠鼓足勇气建议其别在上面筑巢,因为这棵树的根已全部腐烂。但鹰不屑于采纳从洞穴里出来的田鼠的建议,最后大树倾倒,鹰的妻儿丧命。

三是只讲故事,不明讲教训,让读者自己去体会。如我国古代寓言故事《刻舟求剑》《守株待兔》等。

2. 篇幅短小,概括性强

寓言通常是具有象征意义的虚幻故事,其跨越时代和地域的限制,抽象出来的哲理给人以永恒的启迪和教益。

优秀的寓言往往通过故事来揭示事物的内在联系及发展变化的必然规律,透过现象深入本质,具有高度的概括性和普遍性。这样的表达方式决定了寓言篇幅只能短小,因为故事过长会喧宾夺主,教训过长有饶舌之嫌,容易让人反感。短小的篇幅要求情节必须集中,语言必须精练、概括性强。

虽然寓言也像童话一样,有不少拟人化的动植物在其间活动,但并不像童话那样要遵循童话逻辑,使人性、物性得到高度的统一。寓言里拟人化的动植物是为寓意的表述服务的。所以,寓言故事涉及的人、事、物、景都是具有典型性和代表性的局部,有时一个动物在这个寓言里是正义的象征,而在另一个寓言里却成了坏人。虽然在借物寓理时,作者要考虑作为喻体的事物本身的特点以及它在特定文化语境里的文化含义,照顾某一特定的物所具有的文化承载作用,以及它与寓意之间的和谐共生关系,但是,寓言更多是考虑某一哲理在特定故事中的巧妙阐发,更注意的是被拟事物在这个寓言里的概括性,而不太注意它与其他寓言的相关性。

比如狐狸是寓言里的主角之一,在不同的寓言里它的身份常常不一样,有时狡猾,有时聪明,有时愚蠢,其象征意义也是不一样的。在《豹王与小狮子》(出自《伊索寓言》)中它是智慧的化身:一只小狮子出现在草原上,立即引起动物们的恐慌。统治这块领地的豹王对这只小狮子却不以为意,还为这只小狮子辩解,认为这只小狮子现在只是个可怜的孤儿,他只要能把小命保住就得感谢命运女神的恩宠了。"狐狸可不是一个人云亦云的动物,他机智灵活又阅历丰富。"他不听豹王为小狮子辩解的话,一面摇头一面把自己的想法和盘托出:小狮子现在当然不会威胁豹王,但长大后的力量不可小觑,应该趁现在它没有能力伤害大家时将其赶出领地或者消灭他。但豹王未把这话放在心上,等小狮子长大以后,又不听信狐狸的建议先动手消灭他。结果就如狐狸所料,最后豹王在决战中输给了狮子,让出了自己的领地。而在《狮子、熊和好运的狐狸》(出自《伊索寓言》)中,狐狸成了狡猾的代表:狮子和熊齐心协力抓住一只小鹿,却因为都想多得鹿肉而自相残杀,狡猾的狐狸趁他们精疲力竭之时,轻松地把猎物拿走了。在《狐狸和葡萄》(出自《伊索寓言》)中,狐狸看见高高在上无法得到的葡萄时说的那句名言——"这葡萄没有熟,一定是酸的"已经成了嫉妒和自我安慰的代名词,狐狸的"酸葡萄心理"使狐狸成为"能力小,做不成事,就借口时机未成熟"的好笑角色。

3. 诙谐幽默,比喻性强

比喻性强是寓言的本质特征。说理是寓言的目的,很多寓言干脆在开头或者结尾处直接点明教义,这与其他文学体裁有本质的区别。

寓言虽然不忌讳说教,却不是板着脸孔训人,而是在诙谐幽默的比喻中巧妙地揭示哲理。细心考察,可以发现每则寓言都是作者精心设置的比喻,是把整个故事作为喻体、把寓意作为本体来结构布局的。当然,寓言的比喻不同于一般文章里使用的比喻修辞,一般文体只将比喻用在局部或个别事物的描写上,是为了达到优美生动的目的而采取的局部表现技巧。比喻修辞没有情节,只是对某事物所做的一种形象化的想象而已。寓言的比喻则是把整个故事当作一个喻体来暗示某类人或者某种现象,从而达到借此喻彼、借物喻人、惩恶扬善、教人明智的目的。

于是,寓言与自然、社会有了某种奇特的联系,虚幻世界、禽言兽语等成了喻体,寓言因此诙谐幽默。《伊索寓言》中的《熊和狐狸》就是一篇幽默风趣、寓意深刻的寓言。这则寓言通过对狐狸的"善良仁慈"所进行的无情揭露,对欺世盗名者予以直接的辛辣讽刺。

4. 批判犀利，讽刺性强

毫不隐讳地表达作者的观点、对丑恶现象进行直接的讽刺也是寓言在艺术风格上的一个突出特点。寓言常常通过对反面形象进行无情的揭露来达到宣扬教义的目的。《毛驴》(出自《克雷洛夫寓言全集》)中的毛驴不满意宙斯把自己造得像松鼠那么小，很想摆摆架子。为了能有一个高大的身躯，毛驴向宙斯诉苦并每天纠缠宙斯，被缠得腻烦的宙斯终于满足了毛驴的请求，把毛驴变成了一头大牲口，嗓子又怪又粗，使得所有的动物都在议论这个庞然大物。可是没有多久，它就原形毕露，"以其著名的愚蠢而进入谚语"。作者在结尾总结说："高贵的门第和官衔固然好，但如果心灵卑微，这又有何用？"讽刺的锋芒直指出身高贵和身居高位的愚蠢者，教义明确。这与柳宗元的《黔之驴》有着异曲同工之妙。

与描绘反面角色相对，有一些寓言从描写正面形象的经验和实践入手，肯定某种做法，对谬误进行指正，或者通过正反对比来彰显寓意，以达到总结人生经验和教训并有效传达的目的。《两只鸽子》(出自《克雷洛夫寓言全集》)就是这样的寓言：两只鸽子亲如兄弟，形影不离。可是有一天，其中一只突然想去周游世界，不管另一只鸽子如何劝阻和挽留，它毅然上路。一路上历经磨难，最后"带着破头、瘸腿和受伤的翅膀，凑合着平安回到家里。它得到了照顾、治疗和慰藉，所受的一切灾难和痛苦很快便被忘记。那些急切地想周游世界的人！请你们把这篇寓言读读，切莫脑子一热贸然上路。无论你想象得多么美好，请相信，任何地方也比不上居住着你心爱的人或朋友的故土"。

还有一些寓言作品虽然没有直接点明批判的对象，但作者在叙述故事时通过夸张等手法已经将批判情绪表露无遗。《群兽进贡》中动物们选派的五个代表向严酷的亚历山大王进贡，路上遇见同去进贡的狮子要求与他们同行，被逼无奈他们只好答应了。后面的路程中狮子大吃大喝，挥霍他们好不容易凑来的钱财，到目的地时还把他们的钱财抢走了。动物们无法，只好向亚历山大王控告狮子。可亚历山大王表面答应惩治狮子，最后却不了了之。作者没有对此做通常的教义归纳，却很幽默地说："就像俗话说的：'当海盗面对海盗，他们互相攻打后，双方必然是两手空空。'新君王才不会那么傻呢！"作者的立场鲜明，情感倾向明显，讽刺意味也很浓厚。

"意"必须巧妙地"寓"于生动的"言"，方成"寓言"之实。寓言的形式多种多样，内容也多种多样，无论"意"与"言"二者如何组合，都必须协调统一，互为贯通，使读者在不知不觉中悟出其中的道理或者教训。

二、儿童寓言的概念和特点

(一)儿童寓言的概念

儿童寓言是为儿童创作和改编，寄寓着儿童能理解的经验或者道理的短小故事。它一般简短朴素，内容单纯，主题明确，具有幽默感，往往从矛盾的产生、发展到矛盾的解决本身就是一个笑料。适合儿童欣赏的寓言就是儿童寓言。作为以表达教义为目的的文体，寓言的表现形式和表现手法有一些是儿童尤其是幼儿的认知水平所理解不了的，诸如其中人和物所具有的象征意义、故事本身所具有的比喻意义、抽象概括时从具体到一般的归纳手法的使用等,但是,寓言的故事部分,却因为有众多拟人化形象而深受儿童的喜爱,这部分往往被儿童当成童话类的"异想天开"来欣赏。如果儿童寓言和其他文学样式一样,以儿童的审美能力和接受能力为原则来创作或者改编,传达不同年龄段儿童能理解的人生经验和哲理,也未为不可。以幼儿为例,他们欣赏寓言是没有问题的,虽然因为年龄的关系,幼儿领会其中的寓意可能有一定难度,但他们却爱读故事,尤其是将动植物拟人化后写成的故事对幼儿具有很强的吸引力,事实上有很多浅显的寓言一直在被幼儿听赏着。

随着儿童年龄的增长,各种能力得到普遍提高后,寓言的说理方式渐渐被他们接纳,小学阶段的语文教材里就引入了不少的儿童寓言,其成为儿童广为熟悉的一种文体。所以,可以针对儿童的年龄特征分别处理:让低龄幼儿欣赏寓言的故事部分,哲理部分暂时搁置,待其在成长过程中慢慢领悟;对于年龄稍大的儿童,则可以将一些简单的人生经验和哲理传达给他们。

(二)儿童寓言的特点

儿童寓言具有自己的审美特点。

1. 故事生动,幻想奇特

寓言奇幻的故事是吸引儿童的重要因素。一般文学作品的虚构性比较隐蔽,往往给人"如临其境,如见其人"的真实感和亲切感,即使是以幻想为本质特征的童话,也要受童话逻辑的制约。寓言的目的是用"虚构的故事来解释普遍真理"(莱辛语),其故事情节只是作者虚构出来以证实某个哲理的材料,只要让儿童听了之后能形象地认识并相信某个哲理就足够了。所以故事情节是否真实或者合乎逻辑无关紧要,世间万物可以无拘无束地在寓言里任意行动,人、物、事、景可以随作者的心意任意组合,造成一种特有的神幻效果。寓言幻想的奇特性有时可以与童话幻想媲美。

成人阅读寓言可能会更在意寓意的深浅,哲理的光芒常常遮蔽故事的美丽。儿童则不然,他们"任意结合"的思维方式与寓言组织故事时随意取材的方式暗合,那些披着"羊皮""狼皮""狮皮""虎皮""狐皮"甚至"树皮"自由活动的动植物是吸引儿童的法宝,儿童寓言故事所特有的幻想色彩使其深受儿童欢迎。

儿童寓言用来寄托寓意的躯壳通常有以下几种。

第一,以动植物为躯壳。比如《狼和看家狗》《好战的兔子》《唱歌的夜莺》《蔷薇和鸡冠花》《小树林和火》《松树和荆棘》等。单是这些寓言作品的题目就能反映出它们各自以何为躯壳。

第二,以自然现象为躯壳。比如《北风和太阳》,这则寓言借刮风和出太阳这两种自然现象让北风和太阳相互争执谁的威力大,借此构成寓言的躯壳,提供了一件合适的"外衣"后,再把对生活的认识——人各有长处——这个内涵表达出来。

第三,以人们熟悉的物件为躯壳。生活中有很多物件因为自身的工具性或者在制作、材料等方面的特殊性而与众不同,也经常被拟人化用作寓言的躯壳来阐发寓意。《克雷洛夫寓言全集》里的《木桶》《口袋》《风筝》《梳子》《两只桶》《剃刀》《宝刀》《牛奶罐》等都是这样的寓言。将这些寓言的语言适当地修改一下，都可以讲给儿童欣赏。

作为寓言躯壳的故事，必须要符合儿童的认知水平，生动、具体、有趣，让儿童听得懂。如《村里流行驴打滚儿》(窦晶)讲一头小毛驴背地里打滚缓解瘙痒，小猪看见了也学着滚来滚去；公鸡看见了也趴在沙堆里扑棱羽毛；小马也急忙趴在地上学着打滚；小猫也学着他们的样子滚来滚去，把自己弄得脏兮兮的，舔都舔不干净，被猫妈妈一桶水淋成了落汤猫，小猫记住了这个教训——流行的不一定适合自己。

这个寓言故事里面的人物都是儿童熟悉的，而且妙用了"驴打滚"的本意串联起几个盲目追赶时髦的有趣故事，故事的寓意浅显生动、幽默风趣。

2.寓意明确，针对性强

儿童寓言常常借一个短小、虚构的故事来说明一个浅显的道理，面向儿童身心发展和道德成长的某个方面，针对性极强。通常，一则儿童寓言中引出的教训或者道理只有一个，而且对哲理或者教训进行的归纳、阐释具有明确指向，不会产生模糊性。比如《龟兔赛跑》寓意明确而集中：无论天资如何优越，如果骄傲自满、疏忽大意就注定要失败。无论读者如何联想也不可能会生发出"乌龟聪明""兔子可怜"或者其他的主题。如少军的科学寓言故事《寂寞的小铁娃》讲小铁娃生病躺在草丛里，孤单难受求陪伴，最后水珠来陪他，时间一长小铁娃发现自己的身体膨胀了，已经被水珠侵蚀出铁锈，再也硬气不起来了。这则寓言既普及了一个铁被水珠氧化锈蚀的科学知识，也告诉了儿童一个道理：选择朋友一定要慎重，特别是在寂寞的时候。寓意浅显、生动、明确。

三、儿童寓言与其他文体的区别

(一)儿童寓言与童话的区别

儿童寓言与童话有很多相同之处，比如都采用拟人化的表现手法，常以动植物为主角，情节都是虚构的等，但二者毕竟是两种不同的文学体裁，有着各自的美学特征，区别也是显而易见的。

寓言和童话都是古代劳动人民的口头文学，是人民的集体创作，普遍地流传在民间，已经流传了两千多年的历史，日复一日，年复一年，处于被删改的变动和发展中。所以，一个主题可能演变成好多部作品，这些作品诉说了人民的思想、感情和愿望，描绘了他们的苦难生活和幻想的幸福生活，以及为了改善生活所做的英勇斗争。

1.儿童寓言和童话的相似之处

寓言和童话都富于幻想，常采用拟人手法，把人类以外的动植物和其他一切无生命的东西人格化，赋予生物和非生物与人一样的思想感情，在它们的特性上注入人的性格，指示它们发言、行事，通过它们的活动影射人类社会的各种现象，反映人类的社会现实。艺术表现上的这一共同点使得寓言和童话很容易被混淆。

2.儿童寓言和童话的不同之处

第一，主题的表达方式不同。儿童寓言的教育针对性更强，它侧重于向儿童灌输一些基本的道理，作者也不避讳自己的创作意图，往往以格言式的语句将道理或者教训提炼出来置于显要的地位加以突出,因此,儿童寓言的理性色彩较浓厚。童话却是通过对幻想的描绘来满足儿童情感发展的需要,作者对儿童成长所寄予的希望和道理大多隐含在浪漫的幻想之中,创作意图含蓄,娱乐性和趣味性较为浓厚、突出,更耐人寻味。"打个比方来讲,作家是把幼儿童话当作苹果,把幼儿寓言当成维生素片送给幼儿的。"①

第二,篇幅的长短、情节的繁简有别。儿童寓言的篇幅比较短小,情节单纯,结构简单,语言朴素、谨严,而且以叙述性的语言为主。童话的篇幅较长,结构也更曲折、复杂,能细致地刻画人物、描绘景物,具体生动地塑造形象、传达感情,以描写性的语言为主。

第三,幻想的本质不一样。寓言和童话都有幻想的内容,但童话的幻想是童话的灵魂,追求离奇、夸张、荒诞的艺术效果,表达手段丰富多彩,常通过对人物、环境、情节等的极度夸张来塑造形象、表达情感并感染儿童,达到陶冶儿童情操、丰富儿童心灵的目的;童话在创作上要求幻想植根于生活,真幻虚实的结合力求自然和谐,尊重情节发展的逻辑性。寓言以表达道理为目的,常使用影射、比喻的手段,因而多着眼于幻想事物与现实事物之间的相通之处,故事仅仅为表达寓意而存在,情节的叙述是为了证实生活中的某种道理,焕发出来的是令人信服的智慧光芒。因而它不太在意幻想的逻辑性是否与现实逻辑吻合,幻想并不是儿童寓言的灵魂。幻想的不同是二者最大、最本质的区别:儿童寓言的幻想体现的是一种哲理的美,童话的幻想体现的是一种奇幻的美。

儿童寓言和童话在理论上虽然这么区分,但有时界限模糊,有的作品既可以说是童话,也可以说是寓言,界限并不是很明确,要根据具体情况而定。如《伊索寓言》中的《蚊子和狮子》《狐狸和乌鸦》《狼和小羊》等可以说是寓言,也可以说是童话。我国的《猴子捞月》中幼稚的猴子由于无知和认识不足,错误地以为月亮掉进水里了,而其他猴子不加调查也盲从地以为月亮真的掉进了井里而去捞月亮的笑话,形象生动,寓意精警,可以说它是寓言,也可以说它是童话。

(二)儿童寓言与童话之外其他文体的区别

儿童寓言与儿童故事也有一些相似之处,就表现内容来看,寓言和故事——尤其是动物故事和植物故事很相似,但其区别也是明显的:动物故事和植物故事主要在于描述某种动物和植物在性格、状貌、生活、习惯、体态上的特异之处,以及它们和人的关系,是一种知识性的读物,思想性没有寓言那么强;动物故事和植物故事中的动植物是作品主要表现的对象,而寓言中的动植物只是寓意表现的载体,是为寓意服务的配角。

从体式来看,寓言与格言、谚语和座右铭等也有相似之处,它们都有很强的教育性,但区别也是显而易见的,格言、谚语和座右铭等没有寓言这么具体、生动、完整的故事,它们是单刀直入地表明教义。

四、儿童寓言的创作方法

寓言与其他文学作品的主要区别就在于它的教训意味很浓,而这种教训意味又与故

---

① 蒋风.幼儿文学教程[M].南京:东南大学出版社,1999:169.

事紧紧相连,因此,讲好儿童感兴趣的故事,同时挖掘出儿童能理解的寓意,是创作儿童寓言的重要前提。

(一)讲好故事

寓言的寓意如果仅是深刻的哲理,没有儿童喜欢的故事,即使道理说得再好,儿童难于接受,也算不得好寓言。一般情况而言,寓言的故事情节应该简明扼要,单刀直入地为传达寓意服务。但是,儿童寓言吸引儿童的首先是故事,所以,创作儿童寓言可以打破常规,先讲好故事,因为故事本身也是具有思想价值和意义的。比如华东师范大学出版社出版的《伊索寓言故事》(韦苇译),有意识地对原本简略的寓言故事进行了细节加工,变成了一个个生动有趣的故事,人物形象比较鲜明。比如《乌鸦喝水》中的乌鸦,多次试探终于想到使瓶中水位升高的办法。后面虽然没有直接揭示寓意的文字,但是儿童看完生动的故事情节后,凭直觉就可以明白遇事要多动脑筋想办法的道理了。

(二)挖掘寓意

寓意是寓言的灵魂,也是欣赏寓言的重头戏,挖掘适合儿童的寓意,让儿童寓言文质兼美,是创作的核心。故事只是寄托寓意的形式,如果故事性过强,淹没了寓意的光芒,就破坏了寓言的美学原则,会分散儿童对寓意的注意和认识,将这样的寓言讲述给儿童听,将不宜于形成儿童对寓言的审美期待。

因此,作为成人,在创作儿童寓言时,要仔细思考寓意是否适合儿童的理解水平,不能以成人的眼光来衡量作品的好坏,儿童的欣赏水平是创作儿童寓言的重要标准。

(三)叙议结合

儿童寓言揭示寓意的方式通常有两种。

1. 先讲述故事,后说理点题

这种结构的寓言在儿童寓言中占了很大的比例,它先讲一个简短的故事,然后说明一个道理。《狗和海螺》中一对老夫妇养了一百多只鸡,鸡下的蛋常常被偷走。他们借了一条狗来看守鸡,一开始这条狗很尽责。主人为感谢它时常给它几个鸡蛋吃,可这是一条贪得无厌的狗,渐渐它就偷主人的鸡蛋吃,上瘾后天天偷。有一天终于被发现,被赶出家门后在海边流浪。当它看见一只圆形的海螺时,以为是鸡蛋就吞了下去,肚子疼痛起来它才后悔,但已经没有办法了。作品在结尾这样明确地揭示寓意:"这个故事告诉我们,要忠于自己的职责,不能为满足自己而损害别人。"

还有一部分儿童寓言在结尾处揭示寓意时,并不直接说明这个故事讲述了什么道理,而是很巧妙地将寓意变成人物的对话或者作品的自然结尾来表现。比如,《男孩和花生》(丁开慧译写):

有个叫高利的小男孩,他把手伸进罐里,抓了满满一大把花生,想拿出来。可是手却怎么也出不来。他急得大哭起来。

一位过路的老爷爷对他说:"孩子,把手中的花生丢去一半,你的手不就可以出来了吗?"

好孩子,一次不要贪求太多。

在故事结尾直接点明寓意的方式符合儿童的认知特点:先听故事获得感性认识,之后再认识故事所包含的道理,这是一个比较自然的过程。由故事提炼出来的真知灼见,会因为儿童对故事本身所特有的兴趣而强化在记忆中,同时也会加深他们对寓意的理解。

2.只讲故事,不说道理

这种方式是只讲故事,不直接点明寓意,通过故事的结局引导儿童感悟、理解寓意,这与儿童爱听故事的天性十分吻合。作者虽未将故事所蕴含的道理、教训和盘托出,但故事的因果关系通常很明确,是非善恶分明,结局是显而易见的,儿童可以直接从故事中的人物或者事情的结局去感受是非曲直,同时也为家长、教师提供了启发、引导儿童思考的余地。

探究·讨论·实践

1.中国是寓言发祥地之一,中国古代寓言有什么特征?
2.寓言的故事部分和寓意在寓言中各起什么作用?
3.儿童寓言有什么特点?与成人寓言有何不同?
4.儿童寓言的寓意必须符合儿童的年龄特征,创作时需要注意哪些问题?
5.注意观察生活中的动植物并发现它们特有的属性,挖掘其与众不同之处提炼成寓意,尝试写两个儿童寓言故事。

第七节　图画故事创作

一、图画故事的概念以及图画与文字的关系

(一)图画故事的概念

图画故事是以儿童为主要对象的一种特殊的儿童文学样式,是绘画和语言相结合的艺术形式。它通过语言与美术两种符号系统的参与,将原来纯粹的语言文学的构思用视觉形象的方式表现出来,以利于儿童理解、接受。它是既可由父母、教师讲授,又能让儿童独自阅读的、符合儿童年龄特点的重要的艺术形式。

图画故事是用图画来讲故事,它与带插图的故事书是不同的,图画故事中的图画具有叙述的功能,本身承担着叙事抒情、表情达意的任务。儿童阅读图画故事实际上是通过阅读这种特殊的绘画语言,大致把握故事情节,了解人物言行,明白故事思想。如果辅之以大人的讲解,就能把看到的无声语言和听到的有声语言联系在一起,在头脑中变成连贯、有声有色的故事。所以,尽管图画故事的外部形态主要是图画,但它的基础仍然是文学。

图画故事与儿童图画读物不是同一概念,儿童图画读物是一个很宽泛的概念,它涵盖了所有图画性质的、适合儿童阅读的作品,包括文学性的和非文学性的。图画故事属于文学图画书,是包含于儿童图画读物中的一种文学形式或者文本形式。

人们在表述时常常将图画故事与儿童图画故事书等同,二者的区别在哪里呢？图画故事作为一种文本形式,与图画故事书适用的场合不同。图画故事作为一种文学样式,与图画故事书并不相同,前者是文学上的概念,后者是文本上的概念。为了叙述方便,本书所说的图画故事兼指二者。

现在流行的绘本,其外延、内涵与图画读物重合,大多数绘本是图画故事,有些绘本其实是儿童读物的图解本,与用图画讲故事的图画故事还是有一些区别的。

(二)图画与文字的关系

今天人们越来越清楚地认识到:阅读图画书是儿童通向流畅的、独立的阅读之路的一个不可逾越的阶段。它是儿童生活中非常重要的伙伴,图画书阅读是儿童早期阅读的重要形式,对儿童的身心发展有着巨大的促进作用,具有独特的价值。一本图画书是用图画讲故事的书,还是带插图的故事书,或者是图画与文字共同讲故事的书,关键在于图文的关系,即图画和文字的艺术关系的处理方式。不同的图文关系,构成了不同的图画书类型。

黄云生在《儿童文学概论》"图画文学"一节中指出:"图画文学在儿童文学中具有特殊的地位,尤其是在幼儿文学中举足轻重,身份也极为特殊。它不仅仅是文学,同时又是以图画为主体的读物形式。图画文学最早是从插图的文学读物演变而来的,但它已经不再是插图意义上的文学读物了。插图文学读物中的文学在图画进入读物之前就已存在,它本来就是完整的和独立的语言艺术,而插图只是一种使文学更形象更闪光的辅助手段。然而,图画文学中的图画是具有和语言艺术功能相当的主体手段,它本身就承担着作品主体性的表情达意的责任。在儿童文学中,图画文学是用图画来抒情叙事的体裁形式。……在图画文学中,有一个图画和文字艺术的关系问题。这种关系,不是单纯的一方说明另一方,而是互相融汇,互相协调,图文并茂地共同表现一个主题,共同创造一个世界。"①

在图画书中图和文的关系绝不是单纯的一方说明一方,而是二者互相融汇,互相协调,图文共同创造一个世界。如季颖所说:"在图画书中,绘画绝不是插图性质,仅只是文字的说明和补充,也不是画展中的展示品,只要单幅画画技高超就可以了,它本身也是语言,是绘画语言,具有表达性,能抒情能叙事。在图画书中,画要有表达性,要能讲故事,要有动态感,要注重页与页之间的接续,犹如电影中的蒙太奇。图画书,实际上是图画的演剧。在图画书中,画本身就是语言。"②

佩里·诺德曼在其所著的 *Words about Pictures: The Narrative Art of Children's Picture Books*(《图画的语言:儿童图画书中的艺术》)③一书中用一章的篇幅从文字对图

---

① 黄云生.儿童文学概论[M].上海:上海文艺出版社,2001:114-115.
② 季颖.图画书——作为一种艺术[M]//张美妮,巢扬.中国新时期幼儿文学大系·理论卷.西安:未来出版社,1998:55.
③ NODELMAN P. Words about Pictures: The Narrative Art of Children's Picture Books[M]. Athens: University of Georgia Press,1990.

画的作用、图画对文字的作用、图画与文字的结合三个维度详细阐述了文字与图画的关系,具体情况如下。

1. 文字对图画的作用

(1)文字限制图画。文字限制了对图画解释的范围,起到先入为主的作用。

(2)文字提供了理解图画的线索。

2. 图画对文字的作用

(1)图画限制文字,将故事的内容置于特定的情景,以直观的形象讲述故事。

(2)图画能证实文字的信息,提供句子的对应物。

(3)图画能更好地传递描述性信息。

(4)图画既呈现事物的普遍性,又呈现事物的个性,这一特点使图画书独具魅力。

3. 图画与文字高层次的完美统一

(1)图画和文字应为互补关系,两者都只是片段,对故事的效果和意思起着不同的作用。图画和文字各自告诉了读者一些对方不能告诉或说起来有困难的事情。

(2)文字和图画可以不同的方式描述同一件事情,读者必须把两种关于同一件事情的信息综合起来,才能得到完整的理解。

(3)没有配图的文字是含糊、不完整的,无法表达重要的视觉信息;没有配文字的图画同样是含糊、不完整的,缺乏重点。

佩里·诺德曼对文字与图画关系的阐述给图画故事的创作和欣赏指明了方向:理清图画与文字的关系是创作图画故事的关键。日本图画故事出版家松居直在《日本图画书的历程》一文中用两个简单的公式深刻地道出了图画书中图文关系的精髓[①]:

$$文 + 画 = 有插图的书$$
$$文 \times 画 = 图画书$$

综上所述,理想的图文关系是图画和文字充分发挥自己的表达优势,共同讲述一个故事。英国图画故事作家基平谈创作时的一段话是对图文关系的最好的注解:"例如画一条狗,我把狗涂成黑色。这样就没有必要再写上'这是黑色的狗'。这时在旁边写上什么呢?我只写'狗臭'。"

图文关系的实质就是图文结合共同讲述一个故事。在不同类型的图画书中图文所发挥的作用是不同的,图文结合的程度、类型也是不同的,不同的图文结合(关系)直接影响到图画书的故事表达效果,影响到图画书的品质,并影响到儿童对图画书的反应及理解。

二、图画故事的特点

图画故事的图画应具有美妙的语言内质,富于情节性,而文字应具有画面感、视觉美,二者融合具有以下特点。

---

① 转引自人民教育出版社中学语文室.幼儿文学[M].北京:人民教育出版社,2001:208.

(一)图画的故事性和故事的形象性

图画故事的外部形态特征就是以图画为主来表现故事内容。图画是故事的外在主体,它本身是一种以线条和色彩表情达意的绘画语言、一种特殊的象形文字,图画故事依靠它来表达故事内容。图画作为一种绘画艺术,讲究创意构思、意境烘托和情境造型,注重线条色彩、技法风格等艺术表现方式,有自己的审美标准。图画故事的图画首先要精美,这是从艺术水平来衡量的,即图画故事中的图画表现力强,耐看、耐读,能吸引儿童反复欣赏,并能不断提供新鲜感。其次要保证儿童能够理解和接受。为适应儿童的审美情趣,图画故事一般少有纯艺术性的静态画面,总是动静结合,具有明显的节奏感和动态的故事性,被定格的瞬间画面实际上都是包孕性的结构,里面含有丰富的故事情节因素,该画面之前的情节和后面的信息一定有提示或暗示,或者是儿童的想象力可以补充出来的。这些因素的合理考虑和恰当表现,使得图画具有很强的整体性和故事性。如果角色造型新颖独特、活泼稚拙,与儿童喜好吻合,与文字内容协调,那么,无论是图画中的细节描绘,还是渲染气氛的涂抹,对儿童都有一种亲和力。

专门以文字来表述的儿童故事虽然也具有形象性,但没有图画故事那么形象、直观。图画故事的画面所展现的人物、动作及环境都非常具体、形象,不管写实,还是夸张,都能让儿童感到逼真传神、生动有趣。

(二)构图的新奇性和连续性

图画故事要吸引儿童,应该具有"新""奇"的特点,在符合他们接受能力的前提下,做到新鲜、新颖、新奇,有变化、有趣味。同时还留有足够的空白,不管是画面,还是故事本身,都应该有足够的空间让儿童充分发挥想象力。但是,这种空白的跳跃性又不能过大,由于故事所表现的时间、空间、人物变化等很大程度上都依赖画面来实现,所以,图画故事要发挥讲故事的作用,就必须注意图画与图画之间的衔接,使之具有连续性。衔接起着推动故事情节发展的作用,可以让儿童看图就能明白故事。连续性是儿童图画故事区别于儿童插图的重要特征,图画的故事性就是依赖连续的图画来依次形成的,如果缺乏连续性和节奏感,图画故事必然会失去其潜在的文学特质而变成纯美术性质的作品。

(三)故事富于动态感和趣味性

图画故事还应遵循儿童文学的整体特点:具有强烈的动态感。整体性的结构、动静变化的节奏,都是动态感应具有的要素。甚至具体到每幅画都要生动,画面有力度,有细节;人物描绘有表情,动作感强烈。图画故事的这种动态感还必须具有浓郁的儿童情趣,这是图画故事的灵魂,没有儿童情趣的图画故事不是真正的图画文学。不论出于什么目的创作图画文学,都必须首先让儿童得到快乐,满足他们的好奇心,儿童在开心、振奋甚至震惊中形成深刻的印象。图画故事的情趣具体体现在以下几个方面。

首先,故事的取材可以是儿童熟悉的事情,但是往往要安排一些异于常态、常理、常情的变化,使儿童感觉熟悉而奇特、新颖而有趣。

其次,故事的主题须合乎儿童的概念水平和生活经验。主题是故事的核心基础,是故事的动机和目的。主题通过故事中的人物、情景和情节而得到呈现,它是使故事形成整体的部分,但不需要在结尾明显地说出来。在《小怪物》中,浑身是刺的小刺猬出人意料地将自己的刺全都烫成了卷,在这看似好笑的故事情节中,其实蕴含着"角色定位"这一重大的人生命题,巧妙地向儿童传达了"我的特征即我"的观念。如果儿童从小就能认识我自己,喜欢我自己,那么他们成年后就很少会有厌弃自我、疯狂地在偶像崇拜中迷失自我或者过度地以自我为中心等心理问题。《红鞋子》《袋鼠的袋袋里住了一窝鸟》和《小灰兔找朋友》这几则图画故事带给儿童的则是久违的亲切与温暖、柔和与纯净,相信在友谊浓郁的芬芳中,儿童会慢慢明白,正是因为有了朋友间的牵挂与倾慕,我们的生命才更加丰盈,正是因为有了朋友间的分享与关怀,我们的世界才更加完满。

最后,图画故事的情趣还表现在幽默、夸张、变形、隐喻、象征等表现手法的运用上,如此即便故事的取材是平常的事情,故事也会因此显示出异彩来。

三、图画故事的分类

(一)根据故事形式分

1. 无文图画故事

无文图画故事没有文字,完全凭图画传达故事内容。它将用语言文字表达的文学艺术彻底转化为用图画表达的绘画艺术。这种故事形式经常出现在婴幼儿画刊中,特别适合给毫无文字阅读能力的孩子欣赏,他们仅仅通过有内在联系的一幅幅连续的图画,就可以大致理解故事要表达的内容。著名画家张乐平的系列图画故事《三毛从军记》和《三毛流浪记》就是这类无文图画故事。

2. 有文图画故事

有文图画故事是既有图画又有文字,图文互相融合、互相辉映的图画故事。它是图画故事中最常见的形式,图画用线条、色彩、形状描绘有形世界,文字用语义表达图画不便显现的思想和时空变化,从而共同表现故事的主题。这类故事包括两种:一种以图为主,另有少量文字,文字相当于故事梗概,一般有跳跃性,这样的图画故事适合婴幼儿阅读;另一种图文并茂,文字比较丰满,是一篇完整的文学作品,这样的图画故事适应有一定阅读经验的儿童欣赏。

(二)根据画面多少分

1. 单幅图画故事

单幅图画故事只有一幅图,往往只展现某个故事场景。虽然只有一幅图、一个场景,但可以推想出故事的前因后果、来龙去脉,并由此把握故事的思想。它一般只有图题,图画中没有文字,常常作为幼儿园看图讲故事的材料,被称为"主题画"。即便有文字,也附在画外,作为教师讲故事的参考。这种单幅图画故事可以培养幼儿观察、思维、想象及口语能力,教育意义比较明显。小学低年级培养学生的口语和观察能力时也常常用这样的图画故事。

2. 多幅图画故事

多幅图画故事由连续的图组成,讲述同一个故事,表达同一个主题,一般少则几幅图,多则十几幅图,直至二三十幅图不等。不管图多少,图与图之间都有联系,把它们连起来就是一个完整的图画故事。它可以图文并茂,也可以只有少量文字,甚至完全没有文字,但必定有文学构思,有情节的开端、发展和结局,有儿童容易明白的主题。这种图画故事的绘画性、传达性、趣味性都很突出,它比单幅图画故事更容易让儿童把握故事情节,也更容易引起儿童的兴趣。儿童喜欢并大量阅读的就是这种图画故事。

在多幅图画故事中有一种连载图画故事。有些图画故事容量大,画幅特别多,情节特别长,常常在儿童期刊中分期刊出,这就形成了连载图画故事。这种故事由一个个小故事组成,小故事之间有连续性,并由主要角色贯穿始终,因而有悬念,能吊儿童的胃口,比较受儿童欢迎。

3. 系列图画故事

系列图画故事也经常在儿童期刊中看见。它和连载图画故事有相同之处,即有一个贯穿始终的主人公,不同的是各个小故事相对独立,情节没有多大联系。在系列图画故事里,主人公可以不受整个故事情节的影响和限制,行动比较自由,便于作者从方方面面展示他的思想,因而涉及的生活层面比较广泛。由于是系列故事,文字可以出自一人之手,也可以出自多人之手;又因为是图画故事,绘图则不宜多人参与制作,以免主人公的外形、色彩乃至整个风格的走样。由于这种图画故事角色活、经历多、趣味浓,儿童能从多个角度、多个侧面受到主人公的吸引,所以赢得了不少儿童读者的青睐,如张乐平的三毛系列故事等。

(三)根据画面颜色分

1. 单色图画故事

单色图画故事指画面只用一种颜色的图画故事,加上作为底色的白色,实际是两种颜色。这种图画故事多为黑色图画,常用夸张、幽默的画法,主要靠简洁的线条、有趣的造型来表现内容,加上主体物突出,又少有环境陪衬,很容易引起儿童的兴趣,令他们发笑。《三毛流浪记》即这样的图画故事。

2. 彩色图画故事

彩色图画故事指画面使用多种颜色的图画故事,大多数图画故事都属于这一种。客观世界原本就是多彩的,作为反映社会生活的文学也应该是多彩的。图画故事更应该五彩缤纷,才能艺术地表现现实世界。儿童喜欢鲜亮的颜色,多彩的画面使他们感到熟悉、亲切、赏心悦目。绘制彩色图画时,画家一般选用儿童熟悉和感兴趣的色彩来绘图,让他们产生亲切感和亲近感。

随着科学技术的发展,近年来还出现了立体的图画故事书,这种书随着书页的打开能将画面立体地呈现出来,人物、房屋、山脉活灵活现;有些还装有语言装置,可以配上人物对话或者音乐,有的还能飘出食物、鲜花、水果的香味,这样的图画故事书比传统的平面书具有更大的吸引力。

四、图画故事的创作方法

图画故事的创作是文字与图画的共同创作,二者的融合与相互补充,使得文字构思与图画绘制既不是纯粹的文学创作,也不是纯粹的美术创造,而是"文字＋图画＝文字×图画"的扩容效果,因此,文字和绘画都有特别的要求。

(一)文字要求

这里所说的文字包含两种含义:一种是有文图画故事中的文字,另一种是无文图画故事中的构思。二者总的要求是符合儿童的兴趣、爱好和接受水平,符合儿童文学语言的要求。

文字通常是绘画的依据,整个故事是否线索明晰、结构完整、富于情节性,多半是由文字决定的,即使是无文图画故事书,作者构思时头脑中也有很完整的情节发展线索,因此,有文图画故事中的文字要富有动感,具有可视感,即文字在图画中易于表现。例如,"突然,大灰狼从树后面跳了出来"用绘画比较容易表现,因为"跳"显得形象具体。"日子过得真快呀!"绘画就不易表现了。比利时的艾米莉·贾德撰文、绘图的《小猪的爱情》堪称文图巧妙结合的典范之作,开篇第一页上的文字是:"今天早上,奇奇一起床,就满脸洋溢着爱的喜悦。"这段文字表达的内容不容易用图画来表示,所以作者放弃画这个场面,只用文字表达,因为孩子都有早上起床的生活经验,不用绘制一连串起床的画面来扰乱其思绪,而且"满脸洋溢着爱的喜悦"是抽象的,不好画。但黑色的底色上一只同手同脚奔跑的粉色小猪特别鲜明突出,文字与画面相得益彰,特别有趣。图画故事对文字的具体要求如下。

1. 充满动感

图画故事的动感体现在故事的情节、人物形象及场景的不断变化和有序展开上。具体说来就是要以可视的东西和行动作为构成画面的要素和环节,以此承前启后地展开故事情节。

构思时要考虑情节、场景、人物应有的变化。图画故事以连续的图画来表现故事,单一的场景、人物和平淡的情节会使画面雷同。如何才能使图画故事具有动态的艺术效果呢?

首先,故事要有头有尾,情节完整紧凑,有悬念,有矛盾,前后事件联系紧密,动作性强。最好采用单线发展的写法,尽量避免"话分两头"的双线或多线形式,尽量不用倒叙或插叙的写法。图画故事的情节是事件发生的顺序,描述必须简单而清楚、新颖而奇特;要刻画生动、有趣、能塑造人物的行为,能为儿童的幻想和想象提供直接和间接的表象依据,丰富儿童的想象力。其次,故事的角色要形象鲜明、有特色。故事中的人物不管是人、动物,还是拟人体的植物、事物,都要有真实的情感、生动的动作和口语,让儿童易于识别。再次,故事的场景也要有一定的变化。故事的场景即故事发生的时间、地点,也包括故事中人物的生活方式等。故事的情境要适当考虑文化、时间或空间方面的因素,不能千篇一律、毫无变化,否则不能激起儿童的阅读兴趣。如《逃家小兔》里小兔子的逃跑线路就是故事发展的脉络,图画按此顺序展开,有条不紊。小兔子有各种"变化",场景和形象并不雷同,很吸引人。最后,每幅画所配的文字应有动感。图画故事的文字在大多数情况下是绘画的补充,它不可能太长,一般要求浅近、具体、形象,句子单纯、短小、口语化,多使用名词、动词、形容词等。

2. 富于视觉美

富于视觉美即文字能用绘画表现。故事的视觉美具体体现在色彩、构图等方面。图画故事的色彩描写是一种重要的写意手段。要营造故事的视觉美，就要恰当地运用色彩的特指，如白兔、花猪、红狐狸、灰鼠、绿草、金色的阳光等，都能起到表意和激起视觉美感的作用。比如《金色的房子》中的"红的墙，绿的窗，金色的房子亮堂堂"，画面明丽，对比鲜明，简洁优美，朗朗上口。

故事的视觉效果可以通过对景物的描写间接地呈现出来，如草地绿、太阳红等。所以在创作图画故事时要适当考虑故事文本的用词，以达到营造视觉美的效果。

3. 富有节奏感

富有节奏感是对儿童文学语言的普遍要求。图画书要求语言比其他体裁更精练，语言的功能只是强调图画无法表现的内容，但这种精练绝不是干巴巴地呈现内容梗概，而应当是生动、优美、富于节奏感的语言。如《爱心树》开头是这样的："有一棵树，她好喜欢一个小男孩，小男孩也好喜欢她，小男孩每天都会跑来找她玩，收集她的叶子做成花环戴在头上，会爬上树干偷吃她的果子，会抓着树枝荡秋千，会和她一起玩捉迷藏，小男孩累了就会靠着树干休息。"这些句子读起来朗朗上口，优美动听，画面感很强。故事以小男孩"很久不来了，然后又来了"组织情节，大树奉献了自己的果子、树枝和树干，最后变成了一个老树根，每次奉献大树都很快乐。于是，"树很快乐"形成了《爱心树》的张力和鲜明的节奏感。

(二)绘画要求

图画是视觉艺术，人对图画的欣赏是在想象和思维的指导下进行的一种有目的、有计划的观察活动。儿童观察图画有自己的特点，他们一般只能说出图画中的一些物体，罗列个别现象，处于认识对象的"空间联系"或"因果联系"阶段，还不能控制对象的总体和全部关系。画家要在总体上把握儿童图画认识能力的水平，同时还要注意研究他们观察图画的形象、画面、色彩等方面时的具体特点。

1. 掌握儿童欣赏图画的特点

为儿童绘制图画，先要研究、掌握儿童欣赏图画的特点。

在形象方面，儿童更喜欢人物（也包括动物，准确说应该是作品中的主人公），所以人物形象应是画面的主要部分。儿童很注意人物的面部表情，喜欢面部表情活泼的人物，喜欢用夸张手法所表现的高兴、生气、着急、哭泣等情绪。

在画面方面，儿童视觉具有目的性特点，就是先看大的轮廓，后看细节。因此作品需要把主要内容放在视觉中心点上，还要画得有吸引力。儿童的空间知觉限于以自身为中心的有限空间，对画面上具有抽象性的空间透视关系不能完全掌握，给他们看的画面背景要简单，细节要少。五六岁以上的儿童逐渐懂得近大远小，开始有深度视觉，但他们认知重叠着的物体形象的能力仍比较差，因而画面互相遮盖的现象不要多。

在色彩方面，彩色有对比感，可以帮助儿童更精细地把握画面上的各种事物，所以他们常常借助色彩确认对象。画家为儿童画画时，既要照顾到他们对鲜艳色彩的偏爱，也要注意不同年龄儿童辨色能力的发展特点。幼儿一般只能区分几种基色，先能区分红、黄,然后才能分辨蓝、绿、橙等,对混合色不能很好地区分。因此,给年龄较小的幼儿绘画,色彩要求简单、鲜艳,红、黄色要用得多一些,对比强烈一些。随着年龄的增长,儿童的辨色能力逐步提高,画面就可以色彩缤纷了。

2. 掌握图画的绘制要求

图画的形象、色彩、比例、构图等有以下要求。

(1)要富于儿童情趣。

富于儿童情趣的图画能触动儿童感情,引起共鸣。要做到这一点,图画需要具有儿童生活气息,或是他们凭借生活经验能够想象出来和理解。这样的图画能唤起儿童的记忆,引发他们对这些事件的态度,情感就会油然而生。比如一个城市孩子偶然到乡下农村看见在野地里自由觅食的小猪非常惊奇,激动得紧紧抓住爸爸的手高声大叫:快看啊,四条腿的猪八戒啊!四条腿啊!孩子从电视剧《西游记》中获得的"猪八戒"的表象被移植到真实场景中,产生一种猝不及防的新奇感——四条腿的猪八戒。这是一个典型的依瓢画葫芦的反例,但是正好说明童趣的产生真的是发自儿童内心的一种发现,看起来是巧合,却又是生活的积累。

夸张和拟人是使图画显得有趣和新奇的重要手法。如果动物画得像标本一样,就不会吸引孩子了。比如画动物的整体时,要画出老虎、狮子威风凛凛的气概和猴子的机敏、兔子的胆小警觉等;画局部时,要夸大特征,如画河马的头部特写,可画出它锋利的牙齿,怒目圆睁,就会有如闻其吼声的感觉;画动态时,可从各个角度进行特写刻画,如画捕猎动作,可多种多样,或俯伏,或迂回,或曲背弓腰,或张牙舞爪,神态生动、有情感,也就具有了一定的人格化的意味。

总之,图画构图新奇,人物造型稚拙、夸张,色彩鲜艳等,都能产生儿童情趣,但这种情趣不应是附加的,而是生活情趣、艺术情趣的融合,《逃家小兔》堪称这方面的经典之作。美国图画书界的先驱性人物玛格丽特·怀兹·布朗和克雷门·赫德合作的《逃家小兔》是出版于1942年的图画书,美国《学校图书馆》杂志把它评为"1966—1978年'好中之好'童书",还附上了一段推荐词:"兔子妈妈和小兔子之间富于韵味的奇妙对话,构成了一个诗意盎然的小故事,今后这本小书可能会成为不朽的幼儿读物的经典。"确实,《逃家小兔》已经成为儿童书中的经典,它讲述了一个小兔子和妈妈玩语言捉迷藏的简单故事。

克雷门·赫德把一大一小两只兔子画得既写实又浪漫,画面的衔接也处理得很有创意。小兔子说:"如果你来追我,我就要变成溪里的小鳟鱼,游得远远的。"妈妈说:"如果你变成溪里的小鳟鱼,我就变成捕鱼的人去抓你。"小兔子和妈妈的话分别配有黑白钢笔画,紧随其后的两页则合二为一,是一张全景似的横的彩色跨页,没有对白,只有一幅色彩浓烈的想象的画面——小兔子变成了河里的一条鱼,妈妈穿着黑色的长靴,一只手拿着一个鱼篓,另一只手用力把渔竿甩了出去,逗人发笑的是鱼钩上拴的竟是一根鲜红的胡萝卜。小兔子声称自己要变成小鸟飞走时,画面上飞翔的小兔子身上多了一对翅膀,而小兔子妈妈变成的苍翠的大树竟然是兔子的外形,对着小兔子张开怀抱。独到的儿童情趣使这个故事具有无穷的魅力。这样的穿插不仅一次又一次把故事推向高潮,而且拓展了想象空间。

(2)图画要适合儿童的理解水平。

儿童受思维水平的局限对图画的理解与成人有很大的不同。如他们的深度视觉尚未形成,还没掌握三维空间的概念,很难理解画面的透视关系。他们知道房子正面、侧面都有窗子,那么就应把它们展现在平面的图画上。了解儿童这一特点的画家,在为儿童画图时,往往采用水平垂直式样,即采用只有二度空间的构图方式。如画排队的人一般画成横向而不画成纵向;画群山也画成横向或让后面的山重重叠叠竖起来,以便画面容易为儿童接受。另外,图画中所要反映的内容都要见诸画面,使儿童能直接看到。

(3)画面要有细节。

儿童形象性的思维特征使得他们很善于"读画",他们有时候甚至比成人更能发现画面中的细节。有经验的画家常在不影响故事主线的前提下,配上丰富的细节,给儿童以更多发现的喜悦。这些细节与主要内容相结合能使整个画面更富于韵味。如瑞士画家费里克斯·霍夫曼画的《格林童话》之《睡美人》中,几幅画面中添加了一只原文未提及的猫。当巫婆诅咒王后的婴儿将死去时,猫吓得把头钻进王后的衣服下摆,用这一细节来增添不安与紧张的氛围。

(4)图画要有动感和节奏感。

为了能够以连续的图画来讲故事,每幅图画都要富于动感。

由奥地利的汉斯·雅尼什撰文、赫尔嘎·班石绘的《嚓—嘭》写一只叫西蒙的鸟儿不小心从巢里掉出来摔伤了头部,从此他再也没法和别的鸟儿一样唱动听的歌了,他只能叫着唯一的声音:"嚓—嘭!听上去仿佛一扇门被关上了。"西蒙就这样一天天长大,直到有一天一只叫卡尔的老兔子愿意帮助西蒙走出阴影。一场森林聚会开始了,那是专门为西蒙的飞行表演安排的,西蒙在空中一会儿升腾,一会儿旋转,一会儿从高空向下冲刺,他向客人展示着自己的全部本领。他的精彩表演让所有的动物都很羡慕。森林里的动物对他有了重新认识。当西蒙终于领悟到,没有什么比一只鸟能在空中自由飞舞更加快乐时,他的"嚓—嘭"声变得不再哀伤,那扇门终于被打开了。

这是一个有点儿忧伤的故事,故事传达的哲理值得我们在认识自己时仔细咀嚼。西蒙从树上掉下来摔伤头部时,画家用了四幅色彩各异的图画从不同高度表现西蒙无助地往下坠落的情景,鲜明地突出了西蒙头晕目眩的下坠感受,依次处于画面顶端、中部、下部和底部的西蒙以不同的姿态坠落着,急速而下的动感通过四幅并列却不同的画面表现了出来。尤其西蒙撞击地面时,头部延长出来的几根白色射线,让我们能感同身受到这只小鸟头部受到的巨大冲击,仿佛那声"嚓—嘭"就轰响在我们耳边。

(5)充分利用翻页来设置悬念。

翻页是图画故事的一大特点。将故事划分为一幅幅图画时,要细心设计画面的结构和连续关系,可以利用翻页的结构方式来造成悬念以吸引读者。欣赏图画故事时读者抱有期待,希望能在下一幅画面中找到满意的情节,其有时是合乎情理的情节发展,有时则是意料不到的情节突转。由英国的比阿特丽克斯·波特撰文和绘图的《比得兔的世界》中利用画面的翻页来造成悬念、留下空白的巧妙构思比比皆是。比如《小兔本杰明的故事》中小本杰明去看自己的表兄比得,在麦克格莱高先生的菜园里拿了些洋葱包在头巾里大摇大摆地回家。"他们走到了放花盆、木架和木桶的地方。比得听到了一个极其可怕的声音,这是他从未听到过的,他吓得眼睛瞪得像棒棒糖那么大,在他表兄前面一两步的地方,比得停住了。"两只兔子一前一后走着,到底是什么声音呢?翻开下页,一只硕大的猫躺在画面的最前端眯着眼睛睡觉,而两只兔子在画面后方躲在一栋矮房子的墙角偷看这只猫,画面下方的文字含蓄地写着:"瞧,这就是那两只兔子在拐角处看到的情景。"小本杰明看了一眼,就立刻把自己和比得,还有洋葱藏在了一个大筐底下。哪知这只猫却跑到筐上睡了五个小时的觉。画面上只画了这只猫趴在倒扣的筐上睡觉的情形,其实这时儿童可能更关心那两只兔子,作者却无比幽默地写道:"我无法为你们画一张比得和本杰明在筐里的样子,因为里面实在太暗了,洋葱味也太刺鼻了,把本杰明熏得直流眼泪。"这是有意识地提醒儿童凭借自己的想象来补充画面。后来老本杰明来找孩子,他把猫赶进了菜园里的温室并锁上了门,才救出这两只兔子。

探究·讨论·实践

1. 简述图画故事中"图"与"文"的关系。
2. 简述图画故事的特点。
3. 创作图画故事时,对文字和绘画分别有什么要求?如何让文图巧妙结合?
4. 仔细阅读二维码里面的《幼儿园绘本阅读教学方法探析》,试着阐述欣赏图画故事时如何巧妙利用图文结合的空白来培养儿童的各种能力。

第八节　儿童小说创作

一、儿童小说的概念和特点

(一)儿童小说的概念

小说是以人物、情节、环境三要素有机融合的生动、具体、逼真、自然的艺术形式来反映社会人生,表现作家的生命体验与美学评价的散文体叙事文学样式。在儿童文学中,小说同样有着广阔的艺术版图,是与童话并驾齐驱的主创文体。[①] 人们通常把儿童文学中的小说称为"少年儿童小说",或简称"少儿小说"。少年儿童小说是一种以少年儿童为主体接受对象,以他们的现实生活世界和精神生命成长为主体审美内容的特殊的儿童文学文体。

小说重在描写现实世界,用多种艺术创作手法(如写实、魔幻、意识流、哲理化、寓言体、象征等)来展示广阔而复杂的社会生活,刻画人与人之间错综复杂的社会关系和人物内心世界,通过生动、传神的艺术形象来感染读者,引发读者的审美阅读体验。因此,阅读小说需要读者具备一定的审美经验,同时还要具备丰富的生活经验,这样才能深入理

---

① 王泉根.少年小说的当代思考[J].湖南科技学院学报,2006(9):36-40.

解小说所反映的生活内涵和时代精神,获得思想上的启发和艺术上的陶冶。少年儿童对社会、生活的认识和把握,尤其是对丰富驳杂的现实人生,以及人与人之间错综复杂的关系和种种情感纠葛的了解和认知还相当肤浅,年龄愈小,这种局限性也就愈大。

一般来说,小学生尤其是识字不多的儿童,对小说的兴趣明显不足,他们喜欢阅读童话、科幻、寓言等幻想性作品。"正是从这个意义上,我们可以这样说:儿童文学中的小说,主要是指适合具有一定文学鉴赏能力和一定社会生活认知能力的少年读者阅读的作品,读者的年龄段大致在十一二岁至十七八岁之间,也即小学五六年级与初高中阶段。基于这样的理解,少年儿童小说可以分为两类:第一类是少年小说。这是少年儿童小说的主体。第二类是儿童小说。儿童小说较之少年小说,更注重作品的故事性、惊险性和可读性。"①因此,从整体上说,阅读儿童小说的群体主要集中在中学阶段的少年读者。

(二)儿童小说的特点

儿童小说的中心词是小说,因此它首先必须遵循小说的一般规律,即在人物形象的塑造、情节结构的构造、环境描写方面有别于其他艺术形式。其次它必须是儿童的小说,符合儿童的审美情趣和阅读心理,通过人物形象、情节结构、环境描写等要素表现出来的思想感情能给儿童以认识、审美和道德方面的正确引导和感召。

儿童小说是小说,更是儿童的小说,因此具有自己的个性特征。

1. 主题明朗,正面积极

衡量一篇小说的美学价值,重要的并不是看其题材本身,而是看作者对题材所开掘的思想的深度,即主题提炼的程度。所谓开掘,就是要深入发掘生活素材所蕴含的本质意义。作者对生活素材的本质意义开掘得越深入,主题思想就越深刻,作品的教育作用也就越大,美学价值也就越高。如马克·吐温的《王子与贫儿》借古喻今,构思巧妙,有着鲜明的主题和意义。

儿童处于成长之中,其三观正在形成和构建,小说作为一种最近似于现实生活的艺术作品,其间人物所展示出来的行为和思想特别容易被儿童学习,因此,儿童小说的主题思想一定要正面积极,歌颂什么、批评什么要旗帜鲜明。

儿童小说的主题主要集中在以下几个方面。

一是对亲情的呼唤和歌颂。亲情是儿童成长必需的温床,也是儿童最早接触的情感之一。对于大部分儿童来说,家是他们心中最温暖的地方,那里有至爱的亲人、有包容的亲情、有供自己成长的无限源泉。儿童小说包括对浓厚的母子(母女)情、父子(父女)情、祖孙情的细腻描写,有的表现亲情,赋予儿童向上的力量,有的讲述爱的缺失,这些都从侧面表现出亲情之于儿童的重要性,以引起家长和社会的重视。儿童希望父母不要以提供优越的物质条件为借口去主导他们的人生,他们从心底里排斥以分数来判定自己的价值,并且渴望在亲情面前坚守自己人格的独立性。儿童小说抓住儿童的这些心理特征,

---

① 王泉根.少年小说的当代思考[J].湖南科技学院学报,2006(9):36-40.

对亲情的描写向着多元化发展,如黄蓓佳的长篇小说《亲亲我的妈妈》为记者舒一眉与儿子赵安迪"在一起"设置了很多障碍,在表现母爱的主题下掺杂了痛苦的体验式回忆,使小说表现的母爱层次感十足,并且还强调了赵安迪对母亲敞开心扉的作用,使儿童在阅读过程中深入自省:自己在日常生活中为母亲和亲人做过什么?这种由亲情引发的对自身责任感的反思,拓展了儿童小说的深度和广度。再如黄春华的《只有爱不能分开》阐述了亲情和恩情的双重命题,表现出了儿童丰富的情感世界,也从细节描写中折射出儿童的亲情观,让读者在不断发现"母亲的秘密"的过程中感受亲情的真谛:真实、平淡、不计回报。

二是歌颂纯真的友情和师生情谊。童年时代建立起来的友情通常象征着纯洁与美好。因此,在儿童小说中少不了对友情进行浓墨重彩的描写,这其中不仅包含志趣相投的玩耍,也有惺惺相惜的陪伴。如彭学军的小说《腰门》描绘了情感的得到与失去,将"我"童年时的情感体验浓缩在那一扇腰门里:"我从腰门里出出进进,我的时光就在它每一次开启和闭合之间一点点流走。"

描写真诚的师生感情也是儿童小说的一个主题。在儿童成长的过程中,教师与儿童的关系十分密切。可以这样说,在中小学阶段,儿童与教师相处的时间超过了与亲人相处的时间。教师是儿童成长过程中的精神引领者,教师对儿童的影响既是潜移默化的,更是显而易见的。因此,描写师生关系也是儿童小说一个常见的主题。如林彦的短篇小说《校园三钱》描写了一位用生命谱写正直和敬业的教师;王巨成的长篇小说《震动》描写了地震中为营救学生顾不上家人,最后为搜救学生献出生命的教师的感人故事。

三是对萌动的爱情的大胆描写。关于如何对待儿童的"早恋"是一个敏感的话题。进入21世纪以来,人们意识到随着年龄的增加,儿童的生理和心理都会有"爱情的萌动",成人不能将其视为洪水猛兽,应该给予正确的引导。安徒生曾说过:"爱与同情是每一个人都应具有的最为重要的情感。"[1]朱自强说:"帮助儿童成长的儿童文学是不能也不应该向少年们灌输早恋是不纯洁的、不应该的这些否定人生的思想,这些思想最有可能导致早恋中的少年对自己的品质发生怀疑,从而导致对自我的否定。对于正在寻找自我、建立人格的少年来说,这是很可怕的。"[2]因此,在儿童文学中对儿童的"爱的萌动"进行回避是不合时宜的,因为文学就是人学,儿童小说反映的是儿童的现实生活。如今的儿童心智成熟得比较早,他们有涉足"爱情"的渴望,那么儿童小说就不能回避这个主题。可喜的是,大多数作家对少年儿童的青春期以及对异性之情进行探秘的心理采取了客观公正的态度,积极探索如何引导儿童正确处理这种"早到的感情"。如谢倩霓的《喜欢不是罪》写女孩朱若葵对父辈的情感经历充满好奇,就在她一步步揭开那个巨大秘密的同时,自己却在无意识中感受着情感上的喜悦与打击。小说表层的情感核心是"暗恋",实则更多是关注儿童的心理和情感状态。

---

[1] 转引自穆拉维约娃.寻找神灯——安徒生传[M].何茂正,梁爱菊,张能高,译.长沙:湖南文艺出版社,1993:337.

[2] 朱自强.儿童文学的本质[M].上海::少年儿童出版社,1997:201.

四是书写成长的烦恼与苦闷。不断成长是儿童的使命和任务,成长中遇到的各式各样的问题,使他们有了不同的烦恼和苦闷,表现其成长轨迹成为 21 世纪以来儿童文学的重要主题之一。"如果我们视'儿童状态'是动态成长的生命形式,儿童内心世界充满了渴望成长的强烈欲求的话,那么,以儿童为本位的儿童文学就应该是鼓励儿童向前发展,帮助儿童向上成长,与儿童一起直面成长道路上的各种各样困难的文学。"①"儿童文学是立于儿童的生命空间的成长文学……几乎可以说,儿童小说中的优秀作品,绝大部分都是在书写'成长'。"②聚焦成长命题是儿童文学尤其是儿童小说的天职所在。成长小说在 20 世纪 80 年代前期表现为作家对"早恋"题材的关注,并出现了一批反映中学生"早恋"的儿童小说,直接引发了 80 年代中期作家们对青春期少男少女进行心理探幽的兴趣。陈丹燕的《黑发》、秦文君的《少女罗薇》和程玮的《今年流行黄裙子》就属于这方面的佳作。

"成长小说的出现激活了当代儿童小说创作的局面,给儿童小说的未来发展提供了极大的可能性。人们发现,儿童小说创作的生命力,正是由一批又一批年轻胆大的新人对当代少年儿童的现实生活和内心世界的大胆探索和叩问才得以更加强劲的。"③

2. 线索单纯,情节紧凑

"文似看山不喜平",儿童不喜欢平铺直叙的故事情节,因此,儿童小说一般都会在结构上下功夫,在单纯的故事中将情节设计得波澜起伏、曲折生动。

"情节性强的儿童文学作品在吸引孩子方面仍然占有绝大优势。"④儿童小说的故事发展脉络大多将重点放在对主人公成长的过程的表现上,其具体有以下特点。

(1)结构明了。

因为主题鲜明,人物关系也相对简单、明确,所以儿童小说的结构明了。虽然有些作家借鉴西方现代小说的一些手法,将儿童小说写得立体而深厚,但大多数儿童小说还是从我国传统小说中汲取营养,善于讲故事,将曲折的情节与人物的性格缠绕在一起,吸引儿童一点一点地深入作品。比如为突出儿童艰难成长的过程,往往设置以"寻亲"为重点的故事情节,此情节的推进大概分为三个阶段:第一个阶段是儿童主人公发现亲人走失或失踪;第二个阶段是儿童踏上寻亲的道路;第三个阶段是儿童在寻亲的过程中获得成长。如王勇英的《花一样的衣裳》,以亲人年迈、意识模糊而离家出走,儿童开启寻找亲人的过程为主要线索,表现了儿童在寻亲过程中的收获、感受与成长。

(2)情节集中、紧凑。

儿童小说善于设置各种秘密,让情节发展环环相扣,充满隐秘的悬念,吸引儿童读者不断探微索幽。如《汤姆·索亚历险记》《哈利·波特》等,它们共同的特点是主人公为了一个显见或隐藏的目的或者秘密而不断探索,场景不断变化,随着探险行动的展开,人物

---

① 朱自强.“三十”自述·儿童文学的本质[M].南昌:二十一世纪出版社,2015:289.
② 朱自强.“成长”书写:儿童小说艺术发展的“命脉”[N].文艺报,2021-09-27(5).
③ 谭旭东.当代儿童小说的主要创作倾向与基本主题[J].当代文坛,2002(4):77-79.
④ 王晓玉.儿童文学引论[M].北京:高等教育出版社,1997:139.

的经历在不断变化;读者则围绕着作家设计的无数个"悬念"不断探索下去。"主人公接下来会去什么地方、经历什么样的事情、结局会怎么样"是这类小说常用的叙事手段。如王勇英的《和风说话的青苔》中,青苔隐瞒自己不能下楼的原因;彭学军的《腰门》中,青榴的秘密引起了不小的风波;宋庆莲的《风来跳支舞》中,米米偷藏起音音的手机,一个秘密在心底埋藏了好几天。在小说所营造的这种秘密场域里,儿童是秘密的所有者,拥有秘密的知情权,因此特别具有吸引力。

儿童在阅读时最关注的是人物命运的发展和变化,因此,儿童小说的故事内容曲折精彩才具有足够的吸引力,为此作家会精心地把小说的结构处理得一波三折、摇曳生姿。

3. 形象鲜明,个性突出

小说最吸引人的就是它可以多方面地、细致地刻画人物形象。晚清小说理论家黄摩西在《小说小话》中说:"小说之描写人物,当如镜中取影,妍媸好丑令观者自知。"[①]儿童小说也以刻画、塑造人物为中心,其社会作用要通过作品塑造出来的一个或几个鲜活的人物形象来最终实现。

优秀的儿童小说一般都有真实而个性鲜明的儿童形象,他们个性鲜明,特征突出,常常充满浪漫色彩。中外优秀的儿童小说无不以性格鲜明的人物形象感染着一代又一代的儿童,发挥着巨大的精神感召作用。张天翼笔下的大林和小林、萨尔腾笔下的小鹿斑比、林格伦笔下的埃米尔等,都是个性鲜明而深受儿童喜爱的文学形象。

二、儿童小说与其他相近文体的区别

与儿童小说相近的文体有童话和儿童故事,但它们之间也有明显的区别。

(一)儿童小说与童话的区别

童话是借助于幻想将现实生活编织成一幅奇异的图景,它超越时空的限制,是幻想的假与生活的真结合形成的假中求真的童话世界。童话的逻辑是"真→假→真",追求的是一种从内至外的极致幻想,表现得越假、越虚幻,越吸引儿童。小说则不同,小说是披着虚构的外衣真实地反映生活,它的精髓是近似生活、酷似生活但又高于生活。儿童小说的人物形象要比童话更饱满、多面;儿童小说的故事情节也比童话更为曲折复杂;儿童小说的环境背景更为明确,大部分童话会虚化环境背景。

(二)儿童小说与儿童故事的区别

儿童故事是以故事为核心去描写事件的发生、发展和结局的叙事性文学,以事为主,人随事走;故事是用来讲的,因此注意语言的口语性和通俗易懂,讲究一波三折、跌宕起伏等特有的故事讲述手法。

小说以塑造人物为中心,创作的核心是塑造丰满、独特的人物形象,因此小说三要素中的故事情节和环境描写都是为了突出人物形象而存在的,事随人走,为了塑造形象,表现人物立体的性格,小说一般运用"小说笔法"陈述故事。

---

① 转引自彭斯远.五四时期的我国儿童小说[J].重庆广播电视大学学报,2002(4):35-37.

故事中的人物不是主要的,只作为构成故事的元素,强调的是事件的发展过程。所以儿童故事也有人物,但是重心是传达故事;儿童小说也具有故事性,但是核心是为塑造人物服务的。例如,《女生贾梅》《男生贾里》等,从题目上就可以看出是以人物刻画为主要任务的。

三、儿童小说的分类

从不同的角度可以把儿童小说划分为不同的种类。

(一)按篇幅长短划分

儿童小说可以分为长篇儿童小说、中篇儿童小说、短篇儿童小说。

1. 长篇儿童小说

长篇儿童小说篇幅长,容量大,一般在十万字以上,所表现的内容较为丰富,所展示的生活背景也更为广阔,一般侧重对一组人物形象进行塑造,人物性格的刻画也更细致立体。例如,黄谷柳的《虾球传》、林海音的《城南旧事》、沈石溪的《一只猎雕的遭遇》、罗兰·英格斯·怀德的《大草原上的小木屋》、埃克多·马洛的《苦儿流浪记》、林格伦的《淘气包埃米尔》等。

2. 中篇儿童小说

中篇儿童小说在篇幅上介于长篇和短篇儿童小说之间,一般为三万到十万字。在内容上能够表现相对复杂的儿童生活,人物形象的塑造往往集中于少量人物的刻画,相较于短篇儿童小说只刻画儿童的某一个侧面或者聚焦于一点,其人物形象更丰满、细腻,故事情节也更丰富、更曲折。例如,德国的埃里希·凯斯特纳的《埃米尔擒贼记》、英国的尼尔·盖曼的《鬼妈妈》、我国的铁凝的《没有纽扣的红衬衫》等。

3. 短篇儿童小说

短篇儿童小说篇幅较短,容量较小,与长篇、中篇儿童小说相比,它往往抓住生活的某一个侧面展开故事,极少铺陈,集中写好一个人物或者两三个人物是其特点。例如,谢倩霓的短篇小说《并非青梅竹马》《喜欢不是罪》、契诃夫的《凡卡》、都德的《最后一课》、秦文君的《表哥驾到》、梅子涵的《曹迪民先生的故事》等。

(二)按题材内容划分

儿童小说主要分为生活小说、惊险小说、动物小说、武侠小说、校园小说、成长小说等。

1. 生活小说

生活小说指以儿童的现实生活为题材,反映儿童在学校、家庭及社会生活中的面貌,体现儿童的思想及精神状态的儿童小说。这类小说因其贴近儿童的生活而被很多读者接受。如狄扬的《校舍上的车轮》、张玉清的《地下室里的猫》和海嫫的《听风村的孩子们》等,表现了城市和农村各式各样的儿童及其童年。

2. 惊险小说

惊险小说是以破案、探险等为内容的很受儿童欢迎的小说类型。它以惊险为噱头,以曲折的情节扣人心弦、引人入胜,能够最大限度地满足儿童的好奇心和探求欲。例如,林格伦的《大侦探小卡莱》、史蒂文森的《宝岛》、埃里希·凯斯特纳的《埃米尔擒贼记》等。

3. 动物小说

动物小说指以动物为主人公,展示动物生存状态及生活世界的儿童小说,其特点是依照丛林法则塑造动物(人物)形象,遵循小说创作的规律来发展故事情节,通过对富有个性特征的动物形象的刻画和对动物世界的探求,折射现实社会多方面的生活内容,具有很强的社会性。例如,特罗耶波利斯基的《白比姆黑耳朵》、杰克·伦敦的《荒野的呼唤》(又译作《野性的呼唤》)、沈石溪的《红奶羊》《狼王梦》等。

4. 武侠小说

武侠小说指以侠客、义士的故事作为描写对象的儿童小说,着重表现义士的侠义精神和勇敢行为,如葛冰的《试剑》《冰碗小店》等。

5. 校园小说

"校园小说主要是表现少年校园生活,反映少年儿童在学校中的所思、所想、所言、所行的小说。"[①]校园空间浓缩了儿童的生命形态,能够集中地表现儿童的生活现状、情感困惑与生存真实。如班马的《六年级大逃亡》表达了少年要冲出校园生活的束缚,殷健灵的《野芒坡》建构了生活在孤儿院里的少年对校园生活的想象,葛竞的作品《魔法学校》利用魔法元素在幻想的世界中搭建了奇特的校园景象,以此来突破校园的束缚等,这些儿童校园小说表现的都是"走出校园"的渴望。

6. 成长小说

成长小说是表现少年在成长阶段的种种经验及身心变化,引导少年正确对待成长中的种种问题,从而有利于少年顺利成长的小说。这类小说倾向于表现儿童的心灵急速成长,描写其自我意识的觉醒和确立。21世纪以来,众多儿童小说涉及少年成长的主题,常新港的《有这样一个村庄》《独船》《青春的荒草地》《荒火的辉煌》等作品写出了少年的成长困惑,表现了少年的真实成长过程。秦文君的作品表现了20世纪八九十年代少年的生存状态与价值观的树立,展现了少年的家庭或校园生活的方方面面。董宏猷的代表作《一百个中国孩子的梦》更是以梦幻体的形式摹写了一百个孩子的梦境,饱含作家对少年的现实状况和精神渴求的理解。

(三)按文体样式划分

儿童小说可以分为传记体儿童小说、日记体儿童小说、寓言体儿童小说、书信体儿童小说、系列儿童小说等。

1. 传记体儿童小说

传记体儿童小说是指以小说的体式叙写历史人物或真实人物的童年往事,以突出这些人物的成长历程为主要目的的儿童小说。其中,有为他人作传的儿童小说,如叶君健的《鞋匠的儿子》;有写自己经历的,如高尔基的《童年》《在人间》;还有黑柳彻子的《窗边

---

① 王泉根.少年小说的当代思考[J].湖南科技学院学报,2006(9):36-40.

的小豆豆》等。

2. 日记体儿童小说

日记体儿童小说是指由小说中人物的日记来构成情节、刻画人物与表现主题的儿童小说样式,如万巴的《淘气包日记》等。

3. 寓言体儿童小说

寓言体儿童小说是具有某种寓意性的小说,它以生活中某种事物的客观意义为基础,再借题发挥,使之与作者的寓意融为一体,借对典型人物性格的刻画来揭示生活中的矛盾。《聊斋志异》中的《黄英》《狼》等都是寓言体儿童小说,冯骥才的《神鞭》则是一篇当代寓言体儿童小说。

4. 书信体儿童小说

书信体儿童小说是指由小说中人物的一封信或几封信,或者两个人物互相往来的一组书信构成情节来刻画人物与表现主题的儿童小说样式。张天翼的《罗文应的故事》、马烽的《韩梅梅》等就属于这种类别。

5. 系列儿童小说

系列儿童小说是通过一系列相对独立的短篇集塑造一两个或一组人物形象的儿童小说样式,各篇内容是独立的,故事情节没有必然的联系,但人物则是贯穿始终的,如勒内·戈西尼的《小淘气尼古拉的故事》、笛米特·伊求的《拉拉与我》、涅斯玲格的弗朗兹系列、梅子涵的《戴小桥和他的哥们儿》等。

四、儿童小说的创作方法

人物形象、故事情节和环境背景这三个小说的主要构成要素之间是互相影响的,正如亨利·詹姆斯在《小说的艺术》一文中所问的:"如果人物不是事件发生的决定者,那他会是什么呢?如果事件不能展现出人物来,那事件又是什么呢?"[①]小说中的人物、情节要是没有环境背景的环绕,它们就会变成飘浮在空中的无根的人和空洞的情节;小说的背景可能是真实的,也有可能是虚构的,但至少小说中的背景放在现实中是可以成立的。小说的环境描写为读者进入故事提供了一条路径,顺着这条路径才可以看到路边的枝繁叶茂。故事情节与人物形象是相辅相成的,故事情节的铺陈势必会使得人物形象变得丰满。

儿童小说需要遵循小说创作的一般艺术规律,但是因为儿童小说有着自己特殊的读者对象,所以它同时又是一种特殊的小说,创作时还要符合不断生长着的儿童的阅读乐趣。

(一)确立鲜明的主题,精心选择材料

主题是作品的灵魂和统帅,确立主题是所有文学创作首先要考虑的问题。

---

① 转引自韦勒克,沃伦. 文学理论[M]. 刘象愚,邢培明,陈圣生,译. 南京:江苏教育出版社,2005:253.

1. 确立鲜明的主题

"作家对于主题的选择首先是一种美学决定,这种选择决定着结构的模式、题材的提炼和题材的表现。"①由此可见主题对于小说写作的重要性。伊丽莎白·鲍温在《小说家的技巧》中说:"几乎在所有的情况下,作家心中首先想到的总是小说的主题,或者说思想内容。他构思小说的情节是为了表达这一主题,创造人物也是围绕着这一主题。……主题必须有两个属性。第一是道德因素,因为小说家总是通过主题对事物作出评价并让读者看到他所感到的真理的某一新的方面。其次,主题还必须探蕴在故事中间。如果主题或思想过于显露,小说就沦为阐述某种概念的论文了。……主题是某种强烈打动小说家而读者也会感到其影响的东西,但它却埋藏得很深,你可能需要对故事进行一番分析才能发现它真正是什么。"②所以,明朗、积极的主题不等于概念化的说教,而是艺术化的表现。儿童同样生活在复杂的社会中,社会的阴暗面、生活中的一些消极现象和各种矛盾诉诸他们的感官,引起他们的思考并产生喜怒哀乐的情感。为了引导儿童正确地认识生活、对待生活,应该选择表现那些光明、快乐的内容,但也不应该回避和掩饰生活中的丑恶。有时,作家故意将主题藏起来以突出一种幽默的情趣,让儿童在欢笑中慢慢体悟。比如《埃米尔擒贼记》中的埃米尔是一个有点儿淘气和顽皮的孩子,他和妈妈相依为命。假期他准备去柏林的外婆家度假,给外婆带一些钱。在去往外婆家的火车上,埃米尔的钱被小偷偷走了。为了抓住小偷,埃米尔和一百多名柏林小朋友一起经过跟踪、侦察,终于追捕到小偷。通过这个激动人心的侦破故事,孩子们总结出了一条经验:钱,最好不要带在身上,可以通过邮局汇寄。

小说的魅力很大程度上得益于作者塑造出的生动真实的人物形象,通过人物自身的经历来表现正面积极的主题。儿童小说创作的生命力,正是由于一批又一批胆大的作家对当代少年儿童的现实生活和内心世界的大胆探索和叩问才得以更加强劲。

2. 精心选择材料

社会生活的多样性和丰富性决定了儿童小说的题材也是丰富多彩的。但是,进入儿童小说的题材必须与其主题的鲜明、正面、积极保持一致,这就涉及如何选材的问题。作者必须审慎地选择材料,不能因为强调自己的意念、观点和感受,而忽视对儿童小说题材的鉴别分析、整理加工。事实上,因为少年儿童对是非、善恶和美丑的判断表面化,辨析力较弱,易于被复杂现象迷惑,所以,题材应尽量规避暴力、阴暗的斗争等,如凶残、恐怖的题材就不适宜进入儿童小说。精心选择儿童小说题材,并不意味着要把现实生活反复"过滤"到纯而又纯的程度才能写给儿童看。

对于儿童小说的题材不必限制太严,因为不同的题材经过作者的艺术处理后可以成功地把儿童读者带入艺术的情景中,让儿童读者与作品中的人物同甘共苦、同欢共乐,在艺术欣赏中提升他们的人格、品位。

情感是一切文学的本源。爱是教育的基础。儿童因爱来到人世,从第一次接触世界

---

① 乐黛云.比较文学与比较文化十讲[M].上海:复旦大学出版社,2004:69.
② 转引自刘安海.小说技巧新编[M].武汉:华中工学院出版社,1986:311-312.

再到慢慢地了解世界,无一不是靠情感的指引和帮助。爱是幼儿蹒跚学步时的动力,是初到学校时渴望获得的关注。每个儿童都渴望获得他人的爱,随着年龄的增长,这种渴望更会内化为个人自信和能力发展的源泉。梅子涵、张之路、秦文君等作家的小说,无不包含了众多令人感动的爱的细节。他们的作品在让孩子获得审美体验的同时,更是从温暖和包容的角度为儿童奉上了爱的课程,作品中有益于成长的正能量也借助爱的传播影响着儿童对世界的认知和对自身的完善。21世纪以来,儿童小说践行这一爱的准则,细腻地表现了儿童在亲情、友情和师生情等方面的情感现状,并且将笔触深入儿童的精神世界,在人物塑造和情节推进方面显现出真诚、平等的创作态度。黄蓓佳、黄春华、薛涛、张洁、谢倩霓等人的作品从多个方面探究了当前儿童的情感世界,满足了儿童的情感诉求。

(二)设计巧妙的情节和典型的细节

情节是环绕着人物性格以及人物之间的相互关系所展开的一系列的生活事件,它可以展示人物性格,表现人物与人物、人物与环境之间的相互关系,其本质是相互关联的事件按照一定的逻辑关系组合在一起的动态过程,即通常按照"起因—经过—结果"组合起来的系列事件。情节决定了人物的性格及事件的发展方向。

小说因为故事情节生动而更具可读性,更加打动人。生活中发生的一切有趣的、枯燥的、平淡的、惊奇的故事经过艺术加工都可以变成小说情节,它们要么成为作品的主线,要么成为副线,为人物形象的塑造提供依据。

儿童小说是写实性的叙事性文体,要求高度"模仿"生活原态,但只是"似是"而已,小说最终的审美趣味在于"似是而非"的"非"——超越生活的那一部分,正是它们表达了人们的理想和追求。因此,以虚构立名的小说,其故事和情节可以虚构,细节却必须真实可信,而且还要具有典型性。

细节是文艺作品用来表现本质特征而进行的细微描写,是刻画人物、展开情节、构成环境、揭示主题的最基本的单位。没有细节,就没有形象的鲜明性、情节的生动性、环境的典型性和主题的深刻性。细节往往通过描绘衣着、表情、言语、动作等细微之处来勾勒出人物的个性特征及其情感、心理与思维的细微变化。如鲁迅的《故乡》对少年闰土和中年闰土的外貌和动作进行了对比刻画。

(三)刻画性格鲜明的儿童形象

刻画人物是小说创作的中心和重点,儿童小说也以描写人物为中心。因此努力塑造性格鲜明的少年儿童形象是儿童小说创作的重要任务。

1.刻画鲜明的性格

性格是一个人的全部心理特征的综合体现,它通过一个人的言行举止以及他与外部世界的复杂关系表现出来。虽然儿童的性格正在形成之中,具有很大的可塑性和不确定性,但是,当他们出现在小说中时,其某一时刻的年龄特征所限制的性格特点一定会外显出来,而其自身成长的环境带给他们的烙印也会显露在其待人接物的细节中,表现为特有群体的"共性"和个体的"特性",进而折射出儿童群体的人性光辉。

2. 关注儿童的喜好

儿童有自己的价值取向，但他们不能分辨出更深层的善与恶、好与坏。能欣赏儿童小说的孩子已经具备了一定的阅读经验，他们的阅读经验为其提供了一套"好人"和"坏人"的标准，使他们有自己的审美期待和审美标准。他们眼中的"好"和"坏"都很表面化，主要看人物的行动和结果。童话中被儿童喜欢的人物形象也具有这些特点，如爱丽丝、长袜子皮皮、彼得·潘、皮诺曹等，他们既具备强势人物呼风唤雨的特点，又有弱势人物幼稚可笑的特点，这种放大了的冲突构成了人物的性格特征，也制造出滑稽、夸张的故事效果，孩子们非常喜欢。如马克·吐温的《汤姆·索亚历险记》充分表现了儿童所特有的、追求刺激的特点，对儿童天真、活泼、自由的性格做了非常细致的描写，其语言生动，惟妙惟肖，没有刻意进行道德说教，主题单纯，娱乐性强于思想性。它最成功的地方在于真实而生动地刻画了主人公汤姆：汤姆生性活泼，聪明可爱，他喜欢追求新奇的事物，总是异想天开，爱搞恶作剧。另外，这部小说从头到尾几乎全是叙事，一个故事接着一个故事，读来令人捧腹；故事之间几乎没有什么联系，没有贯穿整部小说的情节，主要由主人公来串联，这种结构比较适合儿童的阅读习惯。马克·吐温的另一部儿童小说《哈克贝利·芬历险记》在人物刻画上也十分成功。哈克与汤姆完全不同：汤姆是传统意义上天真、活泼、顽皮但可爱的孩子；哈克却是一个全新的形象，身上总是脏兮兮的，不受文明社会的束缚，说话直来直去，但做事精明、注重实际。如果说汤姆是一个不切实际的浪漫主义者，哈克就是一个精明的现实主义者，这两个人物形象丰富了早期世界儿童小说的人物形象类型。

3. 注意塑造多种类型的形象

首先，应努力塑造富于幻想、积极进取、爱憎分明的少年儿童形象。这样符合少年儿童渴望介入现实生活、敬佩同龄优秀人物和楷模的心理，可以让他们从先进人物身上汲取精神营养，健康成长。其次，要将眼光落到普通儿童的身上，从平凡中见真诚，普通少年儿童的日常生活、思想状况及其喜怒哀乐，都应是作者关注的焦点。普通而鲜活的少年儿童形象才更真实，更具有吸引力。最后，对生活中形形色色具有代表性和典型性的人物进行描写。先进者有榜样作用，后进者则有警示意义，带给读者无尽的思考和感悟。

（四）设计典型的环境

环境描写指小说中环绕人物并促使人物行动的整个外部世界，包括自然环境和社会环境。人总是在一定的环境中生活，一定的环境又往往同人的心境相契合，它不仅为人物的活动营造氛围，还能烘托人物的内心情感，甚至构成人物行动的契机，对故事情节的发展有直接影响。

典型人物要在典型环境中活动，其行动和命运才更有说服力。首先，描写自然景物要符合情节本身的妙处和趣味，同时还要逼真、形象地捕捉到自然环境和社会环境的独特风貌，有独特的发现和表现角度。比如，沈石溪的长篇小说《狼王梦》，以尕玛尔草原为背景，叙说了母狼紫岚在丈夫死后，倾尽一生要将自己的狼崽们培养成新一代狼王以实现丈夫的遗愿，最终却未能如愿。沈石溪在描写环境时，呈现了尕玛尔草原四季更替下的美景："秋天像个流浪汉，穿过日曲卡雪山岔口，来到尕玛尔草原游荡。寒风吹来，草尖开始泛黄,枯落的树叶在天空飘来飞去。"寒风、草尖、树叶,初秋的尕玛尔草原已逐渐显露出萧索的味道。"深秋的尕玛尔草原,早晚降有清霜,中午被太阳一晒,乍寒还暖。金黄色的枯草间,绽开着一朵朵洁白的车矢菊。"黄中掺杂着一点点的白,薄薄的太阳光撒下来,便有了深秋的迷人色彩。一眨眼到冬天。"一场接一场大雪,使日曲卡雪山沿着弯弯曲曲的山麓形成的雪线迅速降低着高度,终于,白皑皑的积雪像一床巨大而厚实的棉被,把辽阔的尕玛尔草原铺盖得严严实实。偶尔有几棵被凛冽的北风剪光了叶子的树,裸露在雪野上。阳光已经失去了穿透力。"仅仅是秋冬的变换,尕玛尔草原便展现出了自然独有的魅力,其余对于清晨、黄昏和春夏的描写更是有着草原特别的味道,这些为《狼王梦》涂抹上了迷人的色彩。

其次,描写社会环境,要凸显一定历史时期人与社会、人与人、人与环境之间的关系,为人物的性格形成和命运走向提供现实依据。所以,小说里面除了具体的环境描写为具体的人物形象提供活动背景外,特定的地域环境也会为小说提供特有的人文风貌背景。比如云南,无论是气候、地理条件,还是文化风俗,都与众不同,云南一直以其多彩的自然风光和独特的少数民族风俗闻名于世。得益于这些得天独厚的条件,云南儿童小说以独特的自然环境、社会环境和人文环境形成了独特的文化背景和明显的"云南风格"。比如动物小说的环境描写通常展现的是充满传奇色彩的丛林世界,这正是云南的特色。沈石溪的动物小说以云南为背景的自然环境描写比比皆是,也凸显了特有的地域色彩。多彩的自然风光是云南儿童小说创作的重要宝藏,少数民族风俗形成了云南儿童小说独具的韵味。

探究·讨论·实践

1. 儿童小说和儿童故事有哪些区别?它们都讲故事,但故事性一样吗?
2. 儿童小说和童话都对人物形象进行刻画,二者的表现方法和目的一样吗?
3. 儿童小说的人物塑造有什么特点?刻画儿童形象应该注意哪些问题?
4. 阅读沈石溪的《狼王梦》,分析动物小说的特点。
5. 阅读马克·吐温的《汤姆·索亚历险记》,分析汤姆的性格特征。

第九节 儿童科学文艺创作

一、儿童科学文艺的概念

科学文艺是科学与文学互相渗透、互相结合而产生的一个新的学科门类。科学文艺是用文学的手法生动形象地表现科学知识、普及科学常识的文学作品的总称。为适应儿童的阅读需要而创作的科学文艺,便是儿童科学文艺。儿童科学文艺运用文学手法来表现科学常识和内容,目的是丰富儿童的科学知识,吸引他们从小学科学、用科学,激发其科学幻想和热爱之情。

中国科幻文学发源于儿童文学。叶永烈对科学文艺的读者曾做出这样的规定:就科学文艺作品的阅读对象来说,有成年人,也有少年儿童,其中主要是少年儿童。有少数科学文艺作品是专供成年人阅读的,但大多数科学文艺作品是供少年儿童阅读的,属儿童文学范畴。[①]

科学文艺与儿童文学紧密联系在一起,甚至作为儿童文学的子系统存在了很长一段时间。

科幻作家郑文光、叶永烈、童恩正等最初都是以儿童文学作家的身份跻身于文坛。考量他们的作品——叶永烈的《石油蛋白》《世界最高峰上的奇迹》《小灵通漫游未来》、王国忠的《未来燃料》、肖建亨的《密林虎踪》、童恩正的《珊瑚岛上的死光》、郑文光的《鲨鱼侦察兵》等,就不难发现它们有两个共同的特征。一是文体模式。如《小灵通漫游未来》《鲨鱼侦察兵》之类属于标准的儿童文学,无论是人物设置、情节铺排,还是构思立意,都顾及了少年儿童的年龄特点和接受能力,从诞生之初就一直被定义成"一种特别生动的对少年儿童灌输科学知识的形式"[②]。二是具有科普教育功能。科幻小说中的一切文学创作都是为了传播准确的科学知识、鼓舞少年读者去开拓未来而服务的。

儿童科学文艺不仅要向儿童传播科学道理,培养他们对科学的兴趣,还要使他们认识到科学对人类生活所起的巨大促进作用,认识到人类征服自然、掌握科学的艰难过程和伟大力量,激发他们学科学、用科学的热情,为今后叩开科学的大门、走进科学的殿堂做准备。

现在,中国科幻文学创作努力向着世界科幻潮流迈进,有一批作家选择继续驻守在儿童文学阵地,继承并革新着少儿科幻作品的文学样态。随着刘慈欣的《三体》斩获"雨果奖"最佳长篇小说奖、郝景芳的《北京折叠》获得"雨果奖"最佳中短篇小说奖,国内掀起了科幻创作热潮,相信会有更多更好的儿童科学文艺问世。

二、儿童科学文艺的特点

儿童科学文艺不是一种体裁,而是各类文学体裁与科学融汇生成的多种文学体裁的总称,实际上,所有的文学种类都可以与科学杂交,进而产生某种科学文艺的子体裁,但各种文学体裁都有自己的特征和创作要求,呈现出来的风格也不一样,例如,科学诗必须具有诗歌的特点,科学童话必须具有童话的特质,科学小品文兼具科学性和散文特质等。但是,不管是什么体裁的作品,毕竟都是用文学的形式艺术地表现科学内容,以给儿童带来启迪和教育。因此,科学性、文学性、幻想性和趣味性的有机结合是其共同的特征。

(一)严谨的科学性

儿童科学文艺承担了向儿童介绍各类科学知识、普及各种科学道理的任务,因此,它所涉及的科学知识必须准确无误。严谨的科学性成为儿童科学文艺最显著的特点,这是儿童科学文艺存在的前提。叶永烈强调科学文艺要注意所依据的科学资料的可靠性,遵

---

① 叶永烈.论科学文艺[M].北京:科学普及出版社,1980.
② 蔡景峰.多给孩子们写些好的科学故事——兼评一些科学幻想作品[M]//黄伊.论科学幻想小说.北京:科学普及出版社,1981:84.

从科学界对所描写内容的认识,确保科学数据准确。文学手法中的夸张和想象的前提是服从科学内容的严谨,而且科学文艺作品的先决任务是普及具体的科学知识。[①]

科学的求真与文学幻想的虚假在科学文艺领域碰撞后,首先要保证的是科学的真实性,幻想只能顺着科学发展的轨迹延伸,进行可能的、合乎科学的逻辑推导,而不是像纯粹的幻想小说那样天马行空、无所顾忌地"遐想"。科学文艺将科学放在名称的首位,就规定了它的所有文体,即便是科学幻想小说,也要求以科学性为前提或者最起码以写作当时的科学水平为基础去虚构故事和人物,涉及的科学原理不允许作假或者不真实,其形式可以活泼生动,表现方式可以灵动多样,但表现的内容不能违反生活的常识和事物发展的原理。所以,科学幻想要以科学为前提,符合科学发展规律,不悖常理。严谨的科学性是科学文艺的灵魂。

(二)丰富多彩的文学性

儿童科学文艺既然是文艺作品,归入文学殿堂,其外在形式和内在结构就都要具有文学艺术的特征,必须用生动的形象来描写故事情节、刻画人物、抒发感情。所以,不管是诗歌、散文、小说、童话,还是故事,甚至影视剧,都要遵循各自体裁的边界;各种文学体裁在科学园地里尽情绽放,形成了科学文艺丰富多彩的文体特色。

科学文艺的文学性还表现在表达方式的丰富多彩上,叙述、描写、说明、议论都可以用,比喻、排比、拟人等修辞手法也可以用。科学知识讲究逻辑关系,一般情况下,科普文章难免枯燥,儿童科学文艺则将抽象的概念变成了具体的形象,将枯燥的事理说得生动有趣,将深奥难懂的道理说得浅显明白,让儿童在生动、丰富的文学样式中获得各种科学知识,将科学本身的奇妙和动人之处展示在儿童面前,激发其探求世界奥秘的兴致。比如,享有世界盛誉的法国科学文艺作家法布尔,他的《昆虫记》用满蕴诗意的笔触,生动风趣地向读者展现了一个绚丽多姿、奥妙无穷的昆虫世界,他因此被誉为"昆虫界的荷马",他还专门为少年儿童撰写了《化学奇谈》《科学的故事》《家常化学谈》等。英国伟大的化学家和物理学家迈克尔·法拉第的《蜡烛的故事》可以说是专为少年儿童写的一部优秀的科学文艺作品,其内容新颖、故事生动,既讲清了科学道理,又富于形象性、趣味性,一直流传至今,始终为少年儿童所喜爱。

向儿童普及科学知识、生活常识是儿童教育的一大任务,科学文艺形象生动、丰富多彩的表达形式,适应了不断生长和变化着的各个年龄段儿童的阅读需要。科学穿上文学的外衣,用文学的迷彩服包装后,更吸引人,尤其适合儿童的认知心理和阅读习惯,这也是为什么科学文艺被归类到儿童文学里面,而且一直以儿童文学子类的身份行走江湖。

(三)超凡脱俗的幻想性

科学文艺的幻想性是指在科学文艺作品中,对科学知识的普及和介绍具有超前和幻想的成分,在合乎逻辑推理的基础上具有前瞻性和虚拟性。实际上,建立在人类科学精神之上的合理想象与幻想,是发明创造的摇篮、先导和动力。这种以科学精神为前提的

---

① 叶永烈.论科学文艺[M].北京:科学普及出版社,1980.

想象与幻想,在儿童科学文艺中普遍存在。现代科幻小说的奠基人、法国的儒勒·凡尔纳所创作的科幻小说就是对此最好的证明。

凡尔纳一生写了近百部科幻小说,总计有七八百万字。他的"海洋三部曲"——《格兰特船长的儿女》《海底两万里》和《神秘岛》,对科学幻想小说的发展做出了重大贡献。他凭借渊博的知识,发挥丰富的想象力,将超凡脱俗的幻想升华为远见与卓识。如今,凡尔纳小说中出现的潜艇、电梯和电话等,后来都变成了日常生活用品;他预想的穿越非洲变得轻而易举,到海底和地壳深处,甚至登上月球,等等,都已经变成了现实。凡尔纳笔下的众多科幻小说足以说明,科学文艺表现的内容既立足于科学发展的现实,又超越这种现实而具有幻想性。

美国发明家西蒙·莱克就受到《海底两万里》中"鹦鹉螺号"的影响,发明了第一艘在公海上航行的潜艇"亚古尔英雄号"。

科学文艺的科学性要求其内容严谨、准确,尊重科学事实,客观地描绘科学知识,但塑造文学形象,却并不排斥幻想,而且科学文艺的很大魅力就来源于它超凡脱俗的幻想性。正是那些引领科学先声的幻想,给了读者一种独特的对未来的期盼和希望。

(四)妥帖、恰当的趣味性

儿童科学文艺是专门为儿童创作的科普作品。除了具备以上三种特征外,还必须同时具有适应儿童年龄特征的趣味性。趣味性是所有儿童文学作品都要重点突出的品性。儿童科学文艺要吸引儿童注意,必须具备与儿童的年龄相适应的趣味性。不同年龄段的儿童,他们的关注点和理解力不一样,因此儿童科学文艺内部还可以分为幼儿科学文艺、儿童科学文艺、少年科学文艺,反映的就是儿童的年龄分化带来的审美趣味的不同,因而科学内容的呈现方式、手段都会有所区别。比如,幼儿科学文艺表现的是幼儿理解能力之内的生活常识或者动植物知识;幼儿喜欢图画,图文结合就成为最好的宣传科学知识的手段,科学漫画、科学绘本等也就应运而生。如张乐平的著名漫画作品《三毛爱科学》在20世纪80年代一些儿童杂志上连载,很受儿童欢迎,寥寥几幅画面就传达出一个简单的科学道理,儿童一看就懂。

儿童领域的科学常识有一部分只是生活常识,儿童在接受这些科学知识和生活常识时,具有不可逆的向前性,也就是说小时候掌握的基本常识会内化为自身的知识结构,长大了就不会再有兴趣,其在成长过程中不断需要新的科学知识来充实;传递给儿童的科学知识也要同时具有不断发展的趣味性,才能吸引不断长大的孩子。

科学文艺要紧贴儿童的年龄特点,设置符合儿童年龄特征的趣味点。

三、儿童科学文艺的分类

科学与文艺杂交而形成的科学文艺,是根据内容划出的一种范畴,具有种类繁多的体裁形式,主要有儿童科学诗、儿童科学散文、科学童话、儿童科学幻想小说、儿童科学相声、儿童科学故事、儿童科学寓言、儿童科学谜语、儿童科教片等。下面分别加以简要介绍。

(一)儿童科学诗

儿童科学诗是把儿童能够接受的科学知识内容与诗的表达形式有机结合起来,以期激发儿童对科学的兴趣的诗歌,其特点是把科学知识和诗歌结合起来,用优美、凝练的诗句来表现科学知识,如程宏明的《雪地里的小画家》、望安的《雪花》、高士其的《我们的土壤妈妈》都是优秀的儿童科学诗。优秀的儿童科学诗不仅可供阅读,而且可以朗诵,其情理并茂,富有美感,可以陶冶情操、增进审美意识,如《蜗牛》等。儿童科学诗以准确地介绍某种科学知识为基本任务,所涉及的科学知识、科学原理应正确无误,具有高度的科学性。

(二)儿童科学散文

儿童科学散文又叫儿童科学小品、儿童知识小品、儿童自然小品,即简捷明快地介绍科学知识、传播科学思想和科学方法的小文章。儿童科学小品是数量最多、最为常见的儿童科学文艺作品,它以科学知识的某一个方面或科学发展的某一个侧面为表现内容,剪裁精当、结构自由、篇幅短小。

这类作品言简意赅,能够迅速、及时地反映科学领域的新事物、新思想、新动态,被称作科学文艺的轻骑兵。例如,高士其的《细菌是怎样被发现的》,全文 1 200 字,生动地讲述了荷兰一个看门老工人发现细菌的故事。

(三)科学童话

科学童话又称知识童话,是一种以童话形式来介绍科学知识的体裁。科学童话的主要阅读对象是学龄前期和学龄初期的儿童。因此,它的知识内容比较浅显,情节结构也较为单纯、明了。例如,比安基的著名作品《尾巴》,写苍蝇想要条尾巴,先后向鱼、虾、啄木鸟、鹿和狐狸去要,都没有得到,后又和牛纠缠,被牛尾巴一下抽死了。这篇科学童话通过故事,向读者介绍了各种动物尾巴的功能。

科学要求严谨,而童话极具幻想和夸张,二者的组合并不矛盾,科学童话借用的是童话的表现手法,主要借用童话拟人化的方法设计形象,如《企鹅寄冰》讲述了水的固态与液态转化,这样的知识向孩子直接讲解未免枯燥,作者设计了狮子向企鹅索要冰块降温,企鹅从南极寄冰到非洲,狮子收到的却是水,气得狮子寄回去质问企鹅,可是企鹅打开一看,糊涂了,它寄出去的确实是冰。狮子和企鹅是作者幻想的、两个拟人化的人物,借它们各自所具有的地域性来巧妙地提出一个问题:为什么冰在来回途中"自由变形"?

科学童话的科学性对童话的幻想性是有规定的,科学童话不能像一般文学童话那样天马行空、无所顾忌。在讲故事的过程中,一步步将科学知识融入进去,通过各种拟人化的童话形象解释科学常识。如《小黑狗去洗澡》(少军)通过小黑狗去小河里洗澡祛暑遇到各种动物的故事,将动物各自散热的方法简单、明了地描绘了出来。各种动物散热的科学知识通过小黑狗的视觉巧妙地呈现出来,通俗易懂且毫不违和。

(四)儿童科学幻想小说

儿童科学幻想小说,顾名思义,就是运用幻想这一浪漫主义艺术手法描绘未来科学发展的远景和人类探索大自然奥秘的小说。与科学密切相关的幻想构思是儿童科学幻想小说的核心,也是这种体裁最明显的特点。这种科学幻想构思,或从已知的科学原理去推测已消逝的时代曾发生过的事,或立足于当今的科学事实去探索未知领域,更多的是根据现代科学的发展趋势,预想未来科学的新发现。总之,儿童科学幻想小说所展现的种种景象是现实世界中并不存在的,但绝非毫无根据的想入非非,也不同于一般小说的无根据幻想。例如,英国女作家玛丽·雪莱所著的《弗兰肯斯坦》应用科学知识表现了人类对知识的追求和渴望,被认为是世界第一部科学幻想小说。

(五)儿童科学相声

相声是我国传统的一种曲艺形式,它是扎根于民间,源于生活,深受群众欢迎的曲艺表演形式。它以说、学、逗、唱为表演手段,说指的是说故事,包括谜语、酒令及绕口令等,学指的是模拟声音,包括人声、鸟叫及兽叫等,逗指的是插科打诨及逗趣等,唱是指唱太平歌词及民间小调等。

相声的主要道具有折扇、手绢、醒木,其表演形式有单口相声、对口相声、群口相声等,由单人、两人、多人表演,其中对口相声比较普遍,一般为两个人表演,一个人叫逗哏,另一个人叫捧哏,逗哏讲述故事的发生及发展,捧哏则不断地提出疑问,营造一种喜剧的效果。在这个过程中,相声特有的"包袱"被巧妙地"缝制"进去,最后出人意料地"甩出"包袱,引起观众的会心大笑。这是相声最吸引人的地方,也是它受到大众喜爱的原因。

相声与科学相结合便产生了科学相声,它寓科学内容于幽默、诙谐之中,使人在笑声中领悟科学道理,学到科学知识。科学相声的作者不仅应熟悉科学内容,还要掌握相声的艺术特点和创作规律。儿童科学相声把科学技术寓于幽默、诙谐之中,使儿童在欢笑声中愉快地获得科学知识,用相声术语来说,就是用甩"包袱"的手法,抖落"科学内容"。儿童科学相声的主要特征是充分发掘科学知识的内蕴,采用一逗一捧的特殊方式予以巧妙地揭示和夸张,使知识性与愉悦性和谐统一。

科学相声遵循相声的结构特点:开头一段垫话好比是先铺好一块包袱布,科学知识是内容,通过各种逗趣将知识点一件件装进"包袱"里,再把它系上,最后出其不意地把藏进去的东西全都甩出来,之前被藏起来的那些意料之内的"哏"会以一种意料之外的方式被抖开,逗得听众哄堂大笑。1979 年,少年儿童出版社曾出版过一本儿童科学相声集《找"亲戚"》,里面收录了 14 篇儿童科学相声作品,虽然距今 40 多年,但是其内容在今天看来依然很有价值,比如宣传环保的《碧水蓝天》(王沂、王琴兰)今天看来也不过时;《蘑菇的学问》(景宽)幽默风趣地介绍了蘑菇的营养价值以及如何识别有毒的蘑菇。科学相声除了普及已知的科学常识之外,还有对未来的幻想。比如在《在二十一世纪》(胡荣华)这个相声中,当时人们对 21 世纪的幻想,如今大部分已经成真了,有些正在实现的路上。

甲:在二十一世纪,海底建成了现代化的城市,天空建成了科学试验站,住着我们的同志。

乙:海底和天空的科学家怎么来?

甲:简单得很,天空的乘船来,海底的乘飞机来。

乙:又错啦,天空怎么乘船呀?

甲:宇宙飞船。

……

甲:上海到北京,只要(伸一只手指)。

乙:一个月。

甲:摇头。

乙:一天。

甲:不对,一个小时!

乙:好快啊!二十一世纪,交通方便,一天可以走遍全国。

……

甲:在二十一世纪,塑料汽车全是电子操纵,汽车上有安全装置,碰到障碍物就自动倒车,碰到人就伸出一双柔软而富有弹性的塑料手臂,把人稳稳地托住。我感到挺舒服,汽车摇呀摇,我就睡着啦!

乙:(激动)啊!我多么希望二十一世纪早日到来啊!

甲:那你一定要创造一个条件。

乙:什么条件?

甲:从小学好数、理、化。

乙:对。

合:从小学好数、理、化,长大实现祖国的四个现代化!

40多年前的人所幻想的21世纪,正在我们的面前现实地展开,是不是很好玩?

儿童科学相声既可供儿童阅读,也可供他们表演。通过表演,作品进一步形象化,具有更强的感染力。

(六)儿童科学故事

儿童科学故事是最常见的儿童科学文艺样式之一。爱听故事是儿童的天性,儿童科学故事用故事的形式讲述科学技术方面的种种知识,把科学知识描写得情节曲折,娓娓动听,趣味盎然。儿童科学故事的内容多种多样,包括科学技术上的新发现、新发明和新发展,以及常见的自然现象蕴含的科学道理、动植物的生活习性、科学史等。儿童科学故事可繁可简,可长可短,形式很活泼。例如,萧建亨的《影子的故事》讲述影子怎样帮助人类确定时间、判断历史、测量月球、制造现代化的精巧零件,以及为儿童演影子戏等,新颖动人。

(七)儿童科学寓言

科学寓言指运用寓言的形式,概括地、生动地表现科学知识,并由此表达一定教诲、训诫意义的作品,也称作知识寓言。它的特征是严谨的科学性、生动的形象性与深邃的哲理性的高度统一。例如叶永烈的《钟表店里的争吵》,既形象地介绍了新式的电子表的优点,又告诉了读者不能用旧框框衡量新事物。又如少军的《骗术与本领》,形象地描绘了响尾蛇为了诱捕食物而发出哗哗的水声;竹节虫为了躲避追杀伪装成竹节的样子趴在竹枝上隐藏起来。对于这两种骗术,作者进行了是非和善恶的分别:"响尾蛇的骗术是为了引诱捕杀小动物。而竹节虫却是为了生存。若骗术是为了求生,便是一种高强的本领。"儿童通过比较和分辨,应该能明白是否为骗术应看行骗的目的而定。

(八)儿童科学谜语

科学谜语＝科学＋谜语。谜语是我国古代劳动人民集体智慧的结晶,是人民创造的优秀的历史文化产物,其历经数千年的演变和发展,形成了优秀的谜语文化传统。它由谜面、谜目和谜底构成。谜面是暗射事物或文字等供人猜测的隐语,也可引申为蕴含奥秘的事物。儿童谜语的谜面多源于生活,使用通俗的语言描绘。谜目是给谜底限定的范围,是联系谜面和谜底的"桥梁"。它的作用有点儿像路标,给人指明猜测的方向。谜目附在谜面的后边,比如"打一字","打"是"猜"的意思,"打一字"就是"猜一字"。又如"猜字一",就是限定谜底只能是一个字,不能是别的东西,也不能多于一个字。一般谜目规定的谜底都是一个,也有的是两个或者几个。比如,客满(打二字)。谜目规定了谜底有两个,用会意法来猜,谜底就是"促""侈"。客满,表示人已经足够了,"人""足"合成"促";也可以表示人已经非常多了,"人""多"合成"侈"。标谜目时,应特别注意其范围。标的范围过大,猜起来就难;标的范围太小,猜起来就容易。谜底是谜面所提出问题的答案。谜底字数一般很少,有的是一个字、一个词、一个词组,有的是一种事物的名称或者一个动作,最多也不过是一两句诗词。谜底既要符合谜面的内在含义,又必须符合谜目所限定的范围,使人一见谜底就有恍然大悟之感。科学谜语的主要特征就是外形符合谜语的特点,谜面是由相关比喻和比拟构成的联想,谜底指向某一科学知识或者常识。儿童科学谜语的谜底一般属于科学知识范围内的某一科学现象、科学器械或者科研成果。

儿童科学谜语这种体裁,其知识性与形象性、逻辑性与启发性同时存在。通过猜谜,儿童可以对某种自然常理、科学现象或者某一项科研成果的作用有更多的了解,从多个方面掌握科学知识,积累自然和生活常理,并锻炼他们判断事物的能力,引起他们学科学的兴趣。

(九)儿童科教片

儿童科教影视是科学文艺中"有声有色"的立体的综合艺术形式。电影以银幕为放映载体,早期根据成像原理利用胶片投影,发展至今,通过数字技术在银幕上放映。运用电影手段来传播科学技术知识的影片称为科学教育影片(简称为科教片)。在某些国家,称为科学片,对于其中适于学校和社会教育的影片,又称为教育片。在我国,过去称之为教育片,1953年开始称其为科教片。

电影特有的表现形式能直观地展示科学知识,其特有的表现技巧可以细致入微地表现常态下难以观察到的情景,深受儿童的欢迎。早期我国儿童科教片中最有影响的是根据《十万个为什么》改编的《知识老人》。杨程成的《再见土拨鼠》荣获了第35届中国电影金鸡奖最佳儿童片奖。这部电影里不仅有科学教育,更有人情、温暖。国外影片如《旅行到宇宙边缘》《行星旅行指南》《地球脉动》等也都是有名的科教片。

电视剧则以荧屏为主要播放媒介。电影和电视剧的原始传播媒介不同,制作成本不同,因此在内容上也有所区别。电影的总时长相对较短,一般为100分钟左右,电视剧则按照剧集划分,长度取决于剧情需要、制作成本、播放平台等。一部电视剧总长度在几集至几十集不等,单集时长一般为45分钟左右。儿童科教电视剧每集的时间较短,剧情更为简练,节奏更快。

从人物形象与故事情节等方面来看,电影和电视也有许多共同之处,尤其是数字技术发展至今,二者的区分度更小了。电视剧具有连续播放的特点可以将一系列科学知识贯穿起来,陆续播放。如大型动画片《海尔兄弟》讲述了一对由智慧老人所创造的海尔兄弟和他们的朋友环游世界,从太平洋穿越北美、南美、南极、澳洲、非洲、欧洲、亚洲,最后回到他们的诞生地太平洋的神奇历险故事,他们环游世界的目的是解决人类面临的灾难并解开无尽的自然之谜。这个连续剧一方面开阔了孩子的视野,另一方面解开了很多科学之谜,普及了很多科学常识。再如《蓝猫淘气三千问》等也是深受儿童喜爱的儿童科教片。

四、儿童科学文艺的创作方法

儿童科学文艺的创作方法只能参照某种文体的创作方法。科学与文艺杂交,是对科学文艺的一种大致描述,具体到每一种文体的写作过程都是有边界和藩篱的。人们常说青年适合写诗歌,中年适合写小说,而老年适合写散文,这不一定是规律,但至少说明诗歌、小说和散文创作所需要的激情、心境及表现手法是不一样的。

儿童科学文艺以准确、严谨的科学知识为基础,经过作家对词组、句子匠心独运的文学表达后,成就了儿童科学文艺感性的语言特色,营造出虚幻而又具体可感的艺术世界,带给读者精彩纷呈的美感体验。因此,无论哪一种体裁的科学文艺作品,在语言的运用上都力求浅显易懂、简洁明快、生动活泼,无论叙述的语言,还是人物的语言,应力戒成人化、概念化。段落划分宜细不宜粗,宜短不宜长,才符合儿童阅读的心理特点。比如刘枫的《风与桥》用浅显、易懂的方式将儿童比较陌生的"涡振"现象表述了出来:高耸威武、钢筋铁骨铸成的大桥竟然被温柔的风吹动了,进而吓得瑟瑟发抖,最后狂妄自大的大桥被温柔的风上了一堂"温柔的课",不再出声了。该文用形象生动的语言描绘了大桥不可一世的形象:它"感觉自己气势雄浑,姿态威武,简直可以算是这一方天地中的主宰了";它"自言自语道:'真是太爽了!这世上,没有谁能撼动我崇高的地位!'";"大桥轻蔑地反驳:'开什么玩笑!我可是钢筋铁骨铸成的,那温柔的风岂能奈我何?'"。

几句话将大桥狂妄自大的性格凸显了出来,同时也给儿童读者留下了一个悬念:微风真的能吹动大桥吗?当然能!"涡振"现象就这样被巧妙提出并做了科学的解释。这篇科学小品文题材新颖、语言通俗易懂,而且生动形象,适合儿童的审美趣味。

因此,儿童科学文艺的创作在保证主题鲜明和内容的科学性的同时,最为重要的是主题揭示、结构安排和表达方式应符合各自文体的要求,语体风格也要符合相应文体的要求。我们以儿童科学诗、科学童话、儿童科学幻想小说、儿童科学散文为例讲述儿童科学文艺的创作方法,具体分析如下。

(一)儿童科学诗的创作

儿童科学诗必须遵循儿童诗歌创作的一般规律,表象上具有浓郁的诗情、优美的意境、精练的语言,并且讲求节奏和韵律,读来感到有诗味。它不仅应当形象地讲述科学,还要把儿童引入诗一样瑰丽的科学世界和美好的意境,培养儿童热爱科学、志在科学的情操。高士其是我国儿童科学诗发展历程中功绩卓著的开拓者。他擅长运用形象思维,使作品富有感染力,其代表作品《我们的土壤妈妈》就是一首优秀的儿童科学诗。

(二)科学童话的创作

科学童话应该遵守童话的创作原则。科学童话是童话中的一个特殊品种,它与一般文学童话的最大区别是具有科学性。科学童话的写作目的是传播科学知识,一般童话则是以思想教育和情操陶冶为主,从整体上讲不具备科学性。

1.科学童话的特征

科学童话的第一个特征是科学性,其科学性与科幻小说的科学性并不完全相同。科学童话一般介绍已知的、确切的科学常识和科学原理,特别强调科学知识的准确无误,它与科学知识的发展相比,具有滞后性;科幻小说中的科学知识则包含较多的幻想成分,它不拘泥于已知的科学知识,允许有大胆的假设,它与科学知识的发展相比,具有一定的超前性。

科学童话的第二个特征是文学性,这是其与一般科普读物的重要区别。科学童话与其他文学作品一样,有故事情节,有人物形象,有生动的细节和场面,有精巧的艺术构思。作为童话,它比一般文学作品更富有幻想和夸张的色彩。所有这些构成了科学童话的文学性。一般科普读物,如教科书、说明文、知识小品等不具备这个特征。

科学童话的第三个特征是趣味性,这是由读者对象决定的。童话主要是写给儿童看的,如果缺乏趣味性,儿童怎么会乐意看呢?因此科学童话必须富有儿童情趣,才能使儿童喜闻乐见。如此作者既要善于挖掘科学知识本身的趣味性,又要在故事情节的安排上、细节的处理上及语言的运用上,强化趣味性,增强可读性。

科学童话的实质是用童话作为载体来表现科学内容,以达到普及科学知识的目的。在这里,童话故事只是一种载体,犹如一枚"运载火箭",它以其独特的艺术魅力,把科学知识的"卫星",发射到儿童的心灵空间。

2.科学童话的类别

科学童话的类别可以从内容和形式两个方面去划分。从内容上划分,可以分为自然科学童话和社会科学童话两个大类;从形式上划分,可以分为短篇科学童话、中篇科学童话和长篇科学童话。

3.科学童话的创作

创作科学童话,关键在于总体构思。有了总体构思,具体的情节和场面的安排也就有了依据,其根本任务是把系统的或者某一方面的科学知识与童话的故事情节巧妙地融合在一起。一方面故事本身应该是完整的、连贯的、曲折的、有趣的,另一方面故事应该非常适合用来传播某方面的科学知识,这也就是人们常说的形式要为内容服务。只有符合这两个条件,才是好的构思。

总之,科学童话创作的特殊性在于其把科学内涵与童话构思结合起来,即把科学的理性概念化作幻想的感性形象,把对知识的解释与虚构的故事糅合在一起。丰富的幻想、拟人化的手法、科学知识的普及这三个要素是科学童话必备的。

另外,创作科学童话时还要注意科学性与物性的统一问题。拟人化手法为天文地理、鸟兽虫鱼、生活规范、伦理道德等方面的知识传播提供了儿童喜闻乐见的方式。在幼儿园的语言教材中,帮助儿童学习各种知识的童话比比皆是,举不胜举。生活中被儿童大量听赏的童话很多也具有明显的知识教育作用。比如《圆圆和方方》是几何形体方面的知识,《9和0》是关于数字知识的,《小马过河》包含着具体问题具体分析、实践出真知的浅显哲理,《小蝌蚪找妈妈》既有动物知识,也包含"只缘执一体,再三认错娘"的哲学道理,等等。

知识教育是科学童话的一个重要任务,但其最根本的目的是初步培养儿童的科学眼光,激发其学习知识的愿望和热情。因此,不能将知识夹进故事中做成"故事+科学"或者"知识+故事"的"夹心面包",而应将科学知识与童话水乳交融,体匿味存。孙幼忱的《"小伞兵"和"小刺猬"》写蒲公英和苍耳传递种子的方式;蔡景峰的《借耳朵》写小公鸡眼睛不好想配眼镜却没有耳朵壳可以挂,到处借耳朵壳的故事,小公鸡像比安基的《借尾巴》中的小苍蝇一样到处碰壁,它借了一圈下来之后,终于明白所有动物的耳朵壳都有各自的功能,关于耳朵壳功用的知识被形象生动、充满趣味地介绍给了儿童;杨谋的《小草鱼的新邻居》通过描写小草鱼的上层邻居小鲢鱼爱吃小红虫,下层邻居小青鱼爱吃螺蛳,告诉儿童不同鱼类有不同的生活习惯;嵇鸿的《小灰鸽送信》中,小灰鸽给黑熊、蝙蝠、乌龟、刺猬等动物送信,他们都在睡觉,小灰鸽以为他们全病了,请来啄木鸟为他们医治,才知道他们都在冬眠,开春才能醒过来。

科学童话中的形象,除了要具备浓厚的幻想色彩外,还要遵循事物本身的物性,就是一方面不能违反它们的生活习性,另一方面要与科学性统一起来。比如比安基的《尾巴》就做到了物性与科学性的完美统一。这个童话向读者介绍了各种动物尾巴的功用:鱼的尾巴是舵,虾的尾巴当桨,啄木鸟靠尾巴当支架凿树干寻虫吃……故事生动有趣而忠于科学,正确地给读者介绍了知识,毫不违背各种动物的物性。

科学童话中的形象绝不是作者可以随意支使的傀儡和木偶,它们有自己的物性,必须得到充分尊重,否则会不伦不类。郭沫若曾批评一些旧有的儿童故事或寓言由于空想而缺乏科学性,他举例说,有一篇题为《蜜蜂与蝴蝶》的寓言,大意是蜜蜂朴素,在夏天劳动,所以冬天有粮食;蝴蝶只讲好看,在夏天只是玩耍,所以到秋天便饿死了。郭沫若认为这违背了最基本的科学常识,蝴蝶在夏天并不只是玩耍,最后也不是饿死的。由此看来,如果作品缺乏最基本的科学常识,那就难以收到所企图的应有的教育意义。[①] 如果郭沫若批评的是童话写作不讲究科学性而乱编造,那是对的;如果针对的是寓言文体的话,郭沫若的观点有待商榷,因为就寓言的写作目的和手法来看,将蝴蝶比喻成华而不实的

---

① 转引自彭放.郭沫若谈创作[M].哈尔滨:黑龙江人民出版社,1982:239-240.

对象与蜜蜂对比是没有问题的,寓言强调的是寓意,常常不管故事主角本身的物性,只要道理讲得通就行了。这是各种文体不同的创作方法,需要注意。

(三)儿童科学幻想小说的创作

儿童科学幻想小说要遵循小说创作的规律,即借助艺术构思,组织安排生动的情节,刻画典型环境里的典型人物形象。例如,童恩正的《珊瑚岛上的死光》是一部描写激光威力的作品,曾在读者中引起强烈的反响。儿童喜欢这部作品并不全在于它的科学幻想,重要原因之一还在于它描写了一系列激烈而惊险的场面——赵教授被暗杀、"晨星号"飞机失事、无名岛上青年科学家陈天虹与马太博士的奇遇、马太博士之死、死光复仇等,情节跌宕起伏,紧扣人心。作品中人物刻画也有一定深度:赵教授宁可毁掉原子电池资料,牺牲自己,也不让歹徒抢走资料;马太博士为了研究激光,忍受着孤独,在无名岛上战斗了10年,最后又不顾个人生命危险,倾注全部力量按动电钮击毁了敌人的军舰,给人留下很深的印象。

创作儿童科学幻想小说,既要进行科学幻想的构思,也要进行小说的构思。文学构思指情节、人物的设计和典型形象的刻画等。一篇好的儿童科学幻想小说,要求新颖、严密的科学幻想构思与巧妙、诱人的文学构思紧密结合、水乳交融,成为一个和谐的统一体。

科学幻想小说常常是未来科学的预告书。如凡尔纳写《海底两万里》时,世界上还没有潜水艇,而读者当时已经随着他的作品乘着潜水艇漫游绮丽的海底世界了。他的《从地球到月球》描绘了宇宙飞行的种种奇迹,包括宇宙飞行中人体失重的现象,事实上那时世界上还没有任何人离开过地球。现在,那些非凡的幻想都已成为现实。

今天科学上的许多新发现和新成就是前人所不曾想象的,而明天科学上的突破和将要达到的高度,也会大大超过今天最大胆的幻想。因此,只要不违背人类已知的科学原理,作者完全可以超越过去、现在和未来的界限,使自己的幻想自由大胆地驰骋。

儿童科学幻想小说的功能主要在于提出富有启发性的科学预想,启迪智慧,促进科学思维,传播科学的人生观和宇宙观,鼓舞儿童对未来世界进行科学探索,它还具有思想性和社会性,对于启发读者思考社会和人生问题具有明显作用。

(四)儿童科学散文的创作

儿童科学散文在遵守科学性的前提下,必须具有散文的文体特征。

1. 题材广泛

散文取材广泛的特征也表现在儿童科学散文里:自然科学、社会科学的各种内容都可以不同程度地得到表现;它还适于表现科学的思维方法等。如《圆圆的彩虹》(窦晶)用优美抒情的文笔对彩虹这一充满梦幻色彩的自然现象进行了全新的视觉矫正。"弯弯"是从地面仰视彩虹时所见的通常外形,可是,大雁从空中却看见它"圆圆"的全貌。这不仅颠覆了人们平常的认知,也告诉大家,任何事物都有多面性,"圆圆的彩虹"不仅存在,而且"像世界上最美的梦"。这篇儿童科学散文告诉孩子们要辩证地看待自身的局限,承认彩虹是圆圆的也是一件美好的事情,更是一种科学思维和觉悟。

2. 立意新颖

儿童科学散文一般没有幻想或虚构的成分,没有曲折动人的情节,也不刻画人物形象,其独到之处就在于题旨的新颖和构思的巧妙。题目一般都别开生面,既标新立异,又切合主题;内容也是新颖独特、生动有趣的非常之事、非常之理,比如《炸弹种种》其实是介绍捕鱼和种树的炸弹的,全文200来字,生动有趣地说明了捕鱼时只炸昏鱼并不会杀死鱼、种树时帮助人们挖坑和丢树苗的新奇炸弹。

3. 文辞精美

散文是语言的艺术,精美的语言是进入散文的第一道牌楼。儿童科学散文以小见大、以一当十的语言风格表现得尤其充分。如高士其在《灰尘的旅行》中,抓住灰尘在大气中的运行及其与人类的关系来描写,给人以新奇的感受。

至于儿童科学故事、儿童科学相声、儿童科教片等文体,也要根据各自体裁的不同创作原则和要求来创作,求得适应各种文体的外在形式。旧瓶装新酒,瓶子外形的规定性决定了酒的外形,但是酒装在什么样的瓶中终究还是酒。科学知识装在诗歌、散文、童话、故事等各种不同的"瓶"中,变化的是知识的外形,内里的科学性是不应该随意发挥的,这是创作儿童科学文艺作品要遵守的最为重要的原则。

探究·讨论·实践

1. 以《企鹅寄冰》为例,分析儿童科学文艺的科学性。

2. 科学性与文学性的和谐统一是科学文艺存在的基础,但各种体裁的文学性是不一样的,请选择你喜欢的文体,尝试创作儿童科学诗、儿童科学散文、科学童话、儿童科学寓言等作品。

3. 儿童科学文艺的科学性、文学性和思想性是有机结合、水乳交融的整体,不能孤立地去理解它们。试对《我们的土壤妈妈》的科学性、文学性和思想性进行分析。

4. 认真阅读《小蝌蚪找妈妈》的原文,再观赏电影《小蝌蚪找妈妈》(1961年上海美术电影制片厂制作的水墨动画片),然后分析同题材的文学作品与电影各有哪些优点。

5. 小学教材里有一篇叫《琥珀》的科学小品文,请仔细阅读后分析它的特色。

第三编
儿童剧的创编和表演原理

第八章 儿童戏剧的创作

第一节 戏剧和儿童戏剧的概念和特点

一、戏剧的概念和特点

(一)戏剧的概念

戏剧和剧本是两个密切关联而又有区别的概念。戏剧是以表演为中心,融合了文学、音乐、美术、舞蹈等多种艺术要素的综合性舞台艺术。剧本是供演员演出时参考的文学脚本,它是戏剧的基础,是一剧之本,没有剧本,戏剧就失去了依附,剧本对戏剧有很强的规范作用。因此,剧本在戏剧中占有举足轻重的地位,剧本的特点与戏剧的舞台性有着密切的关系。

(二)戏剧的特点

戏剧在希腊文中的原意是动作,即指它是通过演员在表演过程中的一系列动作来诉诸观众的。动作是指向某一对象或者追求某一目标的运动过程,由外部动作和内心动作两方面构成。这就决定了戏剧文学既不同于侧重对外界做客观描写来反映生活的叙事类文学,又不同于侧重于通过对主体的内心世界的剖析来反映生活的抒情文学,它"是史诗的客观原则和抒情诗的主体性原则这二者的结合"[①],是这两种要素在更高水平上的结合。一方面,戏剧文学必须通过实在的、特定情境中的人物自身的动作来反映生活。对于戏剧文学来说,动作是第一要义的。在戏剧文学中,人物的内心活动不可能像抒情文学和叙事文学中的心理描写一样,只停留在单纯的感受和情绪的状态上,而必须发展成为一种行动的动机,通过意志努力,使它转化为外部动作,展现在观众面前的是一个动作从开始到结束的过程,要是没有经过这种转化,没有产生可以呈现于舞台上的戏剧动作,就无法成为演员表演的脚本。所以在描写行动这一点上,戏剧文学与叙事类文学是一致的。另一方面,戏剧文学中的动作又不同于一般叙事类文学中人物的行为。因为在叙事类文学中,人物的行为并不都是自觉、有明确目的的,其更多是在环境的制约和推动下自然发生的。在戏剧文学中,人物的动作总是起源于发出动作的人物的内心生活,以及他的目的和愿望,也就是说,都是人物在特定环境中为了实现自己的目的所进行的一种自觉的意志行为。如在曹禺的《雷雨》中,繁漪就是在这"会闷死人的"周公馆,为了挣扎活下去,力图想与周萍保持原先的关系,周萍则竭力为了摆脱这种关系而去寻找他的新生

---

① 黑格尔.美学·第三卷(下册)[M].朱光潜,译.北京:商务印书馆,1981:241.

活,二者都是以各自的目的来展开各自的行动的。同样,在郭沫若的《屈原》中,屈原为了实现联齐抗秦、保国安民的政治主张来展开动作,以南后为代表的贵族反动势力则为了达到与秦国勾结、卖国求荣的政治目的来展开动作。正因为戏剧的动作都是一种意志动作,具有十分明显的目的性,因此,在戏剧中,不是事件支配人,往往是人支配事件,人不是消极地接受环境的支配,而是力图积极地支配环境。这就是为什么不是任何小说都可以被改编成戏剧而搬上舞台。

戏剧人物动作的目的性决定了戏剧文学在情节发展上一般具有以下特点。

(1)有尖锐的戏剧冲突。冲突是戏剧之所以具有戏剧性的原因所在,没有冲突也就没有戏剧。

(2)由于人物的动作都具有明确的目的,都是为指向一定目的所做的努力,所以情节相对而言总是比较单纯、集中,以致许多戏剧冲突都紧紧围绕着某一核心事件展开,很少节外生枝、旁骛他涉。

(3)由于戏剧动作都是一种向着一定目的进行的意志行为,动作的自觉程度比较高,因而它的情节节奏一般比叙事类文学要快。

(4)由于戏剧冲突非常集中、进展非常迅速,所以戏剧一般都有比较明确的情节发展阶段,起、承、转、合分明。

既然戏剧文学不可能像叙事类文学那样由作家来进行大段叙述,它的情节就只能通过人物的对话和独白来体现,所以在戏剧文学中,除了舞台提示(戏剧文学里的文字说明,用来交代戏剧所发生的时间、地点、环境、氛围,介绍人物肖像和性格特征,以及提示表情、动作等)之外,人物语言几乎承担了塑造人物、开展情节、交代人物关系以及对人物、事件进行思想评价等所有任务。

在小说、散文等叙事文体里,作者始终和作品的人物站在一起,会暗示读者怎样去了解作品的人物,而且借自己的笔墨向读者解释所描写的人物的隐秘思想和隐藏的行为动机,借自然与环境的描绘来衬托人物的心情,自由、巧妙却又任意地掌握人物的动作、语言、行为和相互关系,把人物塑造成鲜明、形象的艺术典型,小心翼翼地把读者引向自己的目标。剧本则不容许作者如此随便地干涉,在剧本里,作者不能对观众提示什么。剧中人物被创造出来仅仅依靠他们的台词(即纯粹的口语,而不是叙述性的语言),人物形象的塑造依靠的是剧中人的一言一行。这就要求戏剧文学中的人物语言除了具备口语化、个性化等叙事类文学中人物语言的共同特点外,还特别需要富有动作性,亦即人物语言必须是人物在特定情境中,基于对环境的积极感受才说出来的,在语言的背后不仅要有人物活跃的思想活动和明确的目的指向,而且还要通过人物语言,力图使这种思想形之于外,成为积极实现自己目的的一种动作,这样才能直接或者间接地起到推动戏剧冲突不断朝前发展的作用。

因此,戏剧语言原则上不允许是静态的、说明性的、叙述性的,而应该是人物为了达到自己的目的,向特定对象采取某种行动所必需说的话。无论是对话,还是独白,都必须如此。一般说来,由于对话是通过人物之间交谈的方式进行的,它需要双方互相维持才能继续下去,所以双方所说的话都不是随意的话语,即任何一方都是在积极感知对方的话之后,根据特定情境然后做出反应。戏剧文学在满足上述要求的同时还必须在不随意中求得一种随意,力求通过意志努力来达到自己的目的。《雷雨》中有一段繁漪与鲁四凤的对白,双方的目的都非常明确,繁漪竭力想从鲁四凤口中得知周萍近日的行踪,以及他与鲁四凤的关系,有些问话表面上虽然不动声色,但实际上一言一语都在进行积极的试探;鲁四凤则竭力想在繁漪面前掩饰她与周萍的关系,尽管由于恐惧和紧张,也时有出语不慎而露出马脚被繁漪抓住的地方,但她总是千方百计地试图掩饰过去。在平静的对话中,无时无刻不反映出她们各自为制约对方、达到自己的目的所进行的紧张心理活动。这样的台词极具张力,有时也反映在人物的独白之中。正如黑格尔所说:"在独白里,剧中人物在动作情节的特殊情况之下把自己的内心活动对自己表白出来。所以独白特别在下述情况中获得真正的戏剧地位:人物在内心里回顾此前已发生的那些事情,反躬自省,衡量自己和其他人物的差异和冲突,或是自己的内心斗争,或是深思熟虑地决策,或是立即做出决定,采取下一个步骤。"[①]莎士比亚的《哈姆雷特》中哈姆雷特关于"生存还是毁灭,忍受还是反抗?"的那段著名的独白,就是典型的例子。要是排除这种紧张的内心活动,独白也就失去了它的动作性而成为单纯的内心表白,与叙事类文学中的人物独白也就没有差别了。

二、儿童戏剧的概念和特点

(一)儿童戏剧的概念

儿童戏剧是以儿童为对象,适合儿童接受能力和欣赏趣味的戏剧。它是经过组织训练和艺术加工后的高级游戏,除了具备戏剧的一般特点外,还要适合儿童观赏,符合儿童的审美趣味。由于儿童戏剧本身是一种综合性艺术,在形象、色彩和声音上显示出自己独特的艺术魅力,最容易满足儿童直观性和娱乐性的审美要求,因此深受儿童喜爱。儿童戏剧剧本是为成人导演儿童戏剧提供的脚本,不与儿童直接接触。

我国古代没有专供儿童欣赏的戏剧,但是古代的傀儡戏(木偶戏)长期在民间演出,弥补了儿童戏剧的缺失,虽然所演内容主要是配合统治者或者主流意识教育儿童的,但是所用木偶却是极受儿童欢迎的。20世纪初儿童戏剧才作为我国学校开展课外活动的重要内容得到提倡。黎锦晖创作的儿童歌舞剧《麻雀与小孩》成为开我国儿童戏剧的先河之作,他的《葡萄仙子》《三蝴蝶》等优秀的儿童歌舞剧作品,以题旨高尚、词句清新、曲调流畅、载歌载舞、趣味性强,成为当时主要的小学音乐和唱游教材,影响很大。中华人民共和国成立后儿童戏剧事业得到迅速发展,出现了不少适合儿童观赏的优秀戏剧作品。例如:包蕾的儿童童话剧《小熊请客》和美术电影剧本《猪八戒吃西瓜》《三个和尚》;张天翼的童话剧《大灰狼》;乔羽的童话歌舞剧《果园姐妹》;老舍的《宝船》等。后来柯岩、孙毅、方园等也以自己的剧作丰富了儿童戏剧这块园地。

除了少数作家的创作外,有一些幼教工作者也积极参与创作儿童戏剧,但总体来看,

---

① 黑格尔.美学·第三卷(下册)[M].朱光潜,译.北京:商务印书馆,1981:259.

其繁荣程度比不上儿童诗歌、童话、儿童故事等体裁。

(二)儿童戏剧的特点

儿童戏剧是专门给儿童看的戏剧,虽然首先要遵循戏剧艺术的基本规律,诸如时间、空间、人物的相对集中,故事情节的冲突,语言的性格化、动作化等。但是,由于儿童的观赏心理和表演方式的特殊性,儿童戏剧又具有一些与众不同的特点。

1.浓厚的游戏性

游戏性是儿童戏剧最明显的特点。游戏是儿童主要的生活内容和娱乐、学习的方式。模仿成人生活是儿童游戏的重要内容,儿童正是通过这种模仿来认识社会和学习的。儿童戏剧适应这一特点,不仅在内容上反映儿童游戏,而且在艺术形式上也十分接近儿童游戏。但是,生活中的儿童游戏毕竟是粗糙、随意、散漫的,只有对儿童游戏加以丰富、改造和提纯,并予以明确的教育意义,才能成为儿童戏剧。儿童戏剧的演出(不管是大人演的,还是儿童自己演的),实际上都是一种经过组织的、具有戏剧艺术特征的高级儿童游戏,它使儿童欣赏或者表演起来感到非常亲切,并且兴趣盎然,得到极大的娱乐满足。比如柯岩的儿童戏剧《照镜子》《小熊拔牙》《红灯绿灯和警察叔叔》等都具有明显的游戏性。《红灯绿灯和警察叔叔》中红灯、绿灯、警察叔叔以及各种车辆都由孩子们扮演,除了警察叔叔以外的形象都是拟人化了的。"我们一起来游戏……我们一起来唱歌。多做游戏长得快,歌儿越唱越快活",该剧就是一场模仿成人生活中的交通管理的游戏。

此外,儿童戏剧采用对话、动作及情节反复的形式,也十分接近儿童游戏的特征。比如《拔萝卜》中老公公、老奶奶、小姐姐、小弟弟、小花猫一个拉着一个地拔萝卜,构成生动有趣而热烈的场面;《回声》《照镜子》《小熊拔牙》等戏剧中的情节都有与儿童游戏相吻合的特点。如果戏剧中的游戏能让儿童一起参与,有互动交流的话,游戏性会更强,气氛会更加活跃。孙毅的《一只小黑猫》里,老爷爷不断叫小观众替他看着鱼篓,别让猫来偷吃鱼,这样作为观众的小朋友自然地融入剧情中,成为表演的一分子。可以断定,这样的演出现场气氛会非常热烈。

  老爷爷 哈……小朋友,你们好!(小朋友:"老爷爷好!")今天一大早啊,我抓到了几条大鱼,这些鱼啊,是送给幼儿园小朋友的。(鱼篓里的鱼在跳动着)哎,我再给你们看一条大鱼,(老爷爷放好鱼篓,从中抓出一条大鱼)你呀,出来吧!嗨哟哟哟,你呀进去吧!哎哟,光顾了说话,还没吃早饭呐,我得吃早饭去了!(欲走又回)唷,这鱼篓怎么办?(看看小朋友)哎,小朋友,这鱼篓就请你们帮我看着啊!可别让那猫给偷吃了,要是猫来了,你们就赶快叫我好吗?(小朋友说:"好!")好,谢谢你们,哈……(走下)

  小朋友 (喊)猫来了!猫来了!

  [老爷爷闻声从幕后跑上。]

  老爷爷 啊,猫来了,哎哟!(欲抓猫)

  [小黑猫从鱼篓中探出脑袋,发现了老爷爷,连忙逃跑了。]

  老爷爷 (扑了个空)嗨,这只馋猫真淘气,(查看鱼篓)唔,还好,只抓掉了几片鱼鳞。要不是你们小朋友喊得快,准让那猫偷吃了!哎,小朋友,要是猫再来,可怎么办呢?唔,有了,我呀,假装在这儿睡觉,(想)要是我真的睡着了,怎么办呐?小朋友,那就请你们喊醒我好吗?

小朋友　好!

老爷爷　哎,哈……我睡啦!(跑到舞台角落睡下,不一会儿便鼾声大作)

〔小黑猫悄悄地爬到老爷爷头旁边看了看,见老爷爷睡着了,便钻进了鱼篓。〕

小朋友　(喊)猫来了!猫来了!

……

剧情发展过程中一直有小朋友的积极参与,台上、台下互相呼应,演出真正变成了一场人人参与的大型集体游戏。

2.单纯的戏剧结构

儿童戏剧的结构要求线索单纯,中间没有旁枝,一线贯穿到底,而且,全部剧情都要搬到幕前来演,不能靠人物对话来交代,否则,戏剧的可见性就不强,会给儿童理解造成困难。儿童戏剧不必分场,它的开端就接近高潮,几乎没有发展的过程。这样入戏快,能自始至终紧紧抓住观众的注意力。如丁曲的《狐狸下蛋》,开头介绍完在河边玩耍的小鸭和小鸡后,直接切入高潮。

狐狸　肚子饿,到处跑,来到小木桥。找一找,瞧一瞧,哈!我的运气好。一只鸡,一只鸭,正好给我吃个饱。

小鸡　见狐狸,我害怕,狐狸要吃我们了。

小鸭　别害怕,手拉手,我们快快跑回家。

剧情一下进入尖锐的矛盾冲突:小鸡、小鸭与狐狸的遭遇是你死我活的斗争,到底狐狸吃没吃着小鸡、小鸭呢?人物刚一亮相就引起儿童莫大的兴趣,然后单刀直入地推向高潮,狐狸使计让小鸡和小鸭来看自己下蛋,老实的小鸡要上当,而聪明的小鸭识破诡计,将计就计把狐狸骗到桥上,拽着狐狸一齐跳到了河里。一开幕就进入高潮,然后简洁明快地解决矛盾。这也是儿童戏剧结构的一条基本原则。

3.充满儿童情趣的戏剧冲突

儿童戏剧的游戏性带来了浓郁的儿童情趣。儿童戏剧反映的生活、塑造的人物、表现的主题,都应该是儿童能理解、感兴趣的。比如,扮演医生、护士,或者教师,是儿童能够胜任的,只要戴上口罩和听诊器,或者在黑板面前一站学着教小朋友读书写字就行。如果要让他们扮演主任医生、护士长或者教授、讲师就不行,儿童对这些称谓太陌生,不了解其专业性及水平的差异。因此,写作剧本时在题材选择上要充分照顾到这一点,把儿童生活中自然发生的模仿游戏引向更积极的方面,使之深入发展,使儿童戏剧充满儿童情趣。同时,主题上也应根据儿童的年龄特点以情趣取胜。儿童想象力丰富,动作具有强烈的模仿性,因此,好的儿童戏剧应该既能愉悦小观众的心灵,陶冶他们的性情,发展他们的有意想象,又能寄寓思想认识和道德教育的内容,使认识和教育作用产生于耳濡目染的艺术享受之中。针对儿童的特殊情况,儿童戏剧的题材在总体上具有童话色彩,往往以童话歌舞剧的形式出现。即使是直接反映现实生活,也以儿童比较熟悉、能够模仿的内容为宜。这样儿童戏剧的主题也就不必强求深刻的社会意义、产生强烈的效果,只需要对儿童的身心健康成长有益就行。坪内逍遥的儿童独幕剧《回声》写大郎和回声的故事：大郎发现山对面有个声音和自己说一样的话，就好奇地问对方是谁，对方也同样问，一问一答间误会产生了，两个大郎吵了起来。俩人闹得不可开交时，妈妈从窗户探出头来告诉大郎："你好好跟他说说试试，他也就跟你好好说啦。可别像刚才那样粗声粗气的啦！"于是大郎又向着大山说："别生气啦！刚才我不对啦！""咱俩做朋友吧。""你来这儿玩吧。"大山也如此客气地邀请大郎，这使大郎明白了一个道理："妈妈，刚才我照你说的那样，和和气气地跟他说话，那孩子就跟我好啦。"这出戏并没有多么深刻的主题，只是表现了大郎的稚气，但对儿童的成长很有益，他和回声的对话，小观众觉得既熟悉又有趣，同时待人接物的礼貌教育不动声色地浇铸到了他们的心里：要想别人尊重你，必须先尊重别人。

　　一般情况下，儿童戏剧没有尖锐的矛盾冲突，即使有戏剧冲突也往往不像成人戏剧那样尖锐复杂，而儿童情趣却必不可少，单纯的戏剧情节中总是充满奇妙的幻想和盎然的情趣。因为生活中儿童不可能直接发生尖锐的矛盾冲突，相反，他们生活中的许多内容就其自然形态来看，可能常常是雷同的。因此，反映现实生活的儿童戏剧的冲突往往表现为儿童幼稚的心理与现实的不和谐的矛盾冲突，很多日常生活现象需要儿童慢慢地去认知，第一次接触时难免惊讶和迷茫，甚至产生误会，这就构成了具有儿童情趣的特有的矛盾冲突。因此，儿童戏剧主要靠儿童情趣出戏。上面列举的《回声》就是描写孩子对回声的误会而导致的戏剧冲突，这和柯岩的《照镜子》有异曲同工之妙，表现的都是儿童对一些自然现象不理解而产生的心理错位，以为有一个模仿自己的孩子在跟自己捣乱。《照镜子》设计了一个小姑娘和她的影子（即镜子里的小姑娘）来表演，两个一模一样的小姑娘出现在镜子的里外，这对于小观众来说，既熟悉又有趣。平日里他们也往往把镜子里的影子当成另一个自我来交流。作者正是抓住这一充满儿童情趣的内容来组织戏剧矛盾的。小姑娘爱漂亮，却不讲卫生，镜子照出了她脸上的污渍，她十分生气，于是对着镜子瞪眼、扭身、吐舌头、戳镜子、打巴掌、掉泪、扭身不照，连续做了七个动作，她的神情姿态、心理活动被刻画得栩栩如生。当这一连串的戏剧行为一模一样地同时出现在镜子里外时，其戏剧效果就可想而知了。这种充满儿童情趣的细节来自儿童生活，但又经过了加工提炼，因而更优美。

　　那些不是反映现实生活的戏剧大都以具有普遍意义的真假、善恶、美丑之间的矛盾对立为戏剧冲突，结局也总是真、善、美战胜假、恶、丑，给儿童戏剧带来无尽的诗意和浪漫。这也是儿童戏剧的一个明显特征。

　　4. 歌舞并重的表演形式

　　声音和动作是吸引儿童注意力的两个重要因素。儿童戏剧要将无法集中注意力并且好动的儿童集合在一起安静地欣赏，不交头接耳，不跑来跑去，就必须有特别的形式深深吸引住他们，让他们对舞台上发生的事情有兴趣。那种使小观众喜、怒、哀、乐，使他们振奋的力量，固然首先来自富有悬念的剧情发展、动人心弦的人物命运和新颖别致的戏剧结构，但是，对于儿童来说，没有载歌载舞的形式也是很乏味的。所以，儿童戏剧的表演形式一般都是歌舞并重，即使是歌舞剧之外的其他儿童戏剧也很重视突出歌舞并重的表演成分。它可以使儿童戏剧始终在音乐声和手舞足蹈中进行，符合儿童的欣赏习惯，同时可以提供更多的台上、台下互动的机会,将戏内、戏外融为一体,更好地达到儿童戏剧的娱乐和教育目的。所以,有经验的剧作家总是采用歌舞的形式,尽可能多地让小观众随机参与演出,使全场气氛活跃,儿童戏剧的娱乐性、游戏性也由此得到体现。

5.动作化和韵文化的儿童戏剧语言

由于戏剧演出的舞台和观众的座位之间有一定距离,演员细腻的面部表情和动作观众不易看清楚,特别是后排观众,因此剧作家只好更多地依靠对白来表现人物,把行动化为语言,由语言来展示动作性、戏剧性。因此,戏剧主要是通过台词——角色的对白和独白——来塑造人物形象、推动剧情发展和表达主题思想的。戏剧语言要求简练、明确、口语化、性格化和富于动作化。儿童戏剧虽然也具有这些特点,但不可能有大段的对白和独白,因此它的语言更具形象化和动作化,甚至常常用大幅度的、夸张的动作去表现人物的思想、情绪和性格,让儿童一听、一看就明白,留下鲜明而深刻的印象。这一点很像影视剧本,影视剧本里的人物刻画注重动作,忌讳过多的对白,因为冗长的对白会引起观众的反感。

仔细阅读童话剧《兔兄弟》(沙叶新、江嘉华)中的对话,可以发现该剧的对白有以下几个特点。

(1)韵文化,简短精练,易于上口。

歌舞并重的形式使儿童戏剧活泼热闹,极大地增强了儿童戏剧的观赏性。为了便于"歌",台词往往韵文化,如上面列举的《狐狸下蛋》中狐狸的台词每句话末尾都押韵:"跑""桥""瞧""好""饱"等押 ao 韵,一韵到底。《兔兄弟》里兄弟俩说的话从句型到风格都差不多,词语稍有细微区别,明显押韵,先后押了"份、分、人、任"和"好、挑、少、要、咬、小、道、劳"两组韵脚,听起来朗朗上口,流畅悦耳。

(2)动作性强,台词强烈地表现了人物意志和愿望,具有动态感。

为了便于表演,台词必须为人物的连贯动作表演提供可能性,不能太抽象。兄弟俩争抢饼子时的台词就是一连串动作注脚,具体、生动。再如《照镜子》中的人物形象塑造和主题传达是靠唱词配合舞蹈动作来实现的。"咦,东一扭,哎,东边脏。哎,西一扭,西边脏。扭来扭去没法躲,镜子一点不隐藏。"几乎每一句台词都可以做一个动作。反之,如果语言过于抽象,就无法转化为舞台动作。

(3)性格化。

言为心声,语言是戏剧刻画人物性格的重要手段,内心冲突、人物意志、个性特征都要通过语言来显示,所以,语言必须是性格化的语言,具有区别身份和人物的作用。剧中人物说出的话必须是非他说不可,而且只能由他来说的个性化语言。《兔兄弟》的语言突出了三个人物各自的性格,成功地勾勒了小黑兔和小白兔各不相让的个性,以及老鼠表面乐于助人实际却狡猾无比的性格,活灵活现。

第二节 儿童戏剧的分类

根据表演形式的不同,儿童戏剧通常分为儿童歌舞剧、儿童话剧、木偶剧、皮影戏等。

一、儿童歌舞剧

儿童歌舞剧是综合音乐、诗歌、舞蹈等艺术,以歌唱和舞蹈为主要表现手段的小型歌舞剧。它主要以演员的唱词、舞蹈动作、音乐曲调来表现剧情、反映生活,舞蹈、音乐达到高度的和谐,具有强烈的感染力。

儿童歌舞剧一般是以儿童演唱为主的独幕剧,其创作关键是解决音乐语言和舞蹈语汇的儿童化问题。一般来说,比起成人看的歌舞剧,它要更优美、抒情、明朗、流畅,才便于儿童接受。独唱、独舞的段落都不宜太长,整体上要求突出音乐性和动作性,具有童话般的浪漫色彩。故事情节结构要清晰而有层次,从每一个画面、每一个舞蹈语汇、每一个音符入手,着力刻画人物,表现情节。在舞蹈编排上,讲究动作的优美、人物个性的鲜明。在歌曲谱写上,讲究旋律的明朗优美、抒情流畅,音乐语言能够体现儿童的心灵和性格,要便于儿童接受。这种戏剧形式由于载歌载舞,气氛欢快热烈,所以深受儿童欢迎。黎锦晖的名作《麻雀与小孩》《三只蝴蝶》《小小画家》,乔羽的《果园姐妹》,金近的《兔妈妈种萝卜》,柯岩的《照镜子》等,都是儿童歌舞剧的代表作。

二、儿童话剧

话剧是以人物的对话、表情和动作为主要表演形式的一种外来戏剧样式。儿童话剧是以对话、表情和动作为主要表现手段的儿童戏剧,其结构短小,内容浅显,以台词为主。儿童话剧的台词是用儿童容易理解且规范、生动、准确和通俗的语言进行创作的,具有真实感和形象性。儿童话剧的创作难度大,一般要求直接从儿童的现实生活中取材,以生活的本来面貌出现在舞台上,剧情单纯中有妙趣、明快中有曲折,如坪内逍遥的《回声》、凌纾的"小祖宗"和"小宝贝"》。也有直接由童话改编而来的儿童话剧,如熊塞声的《骄傲的小燕子》、方园的《"妙乎"回春》、柯岩的《小熊拔牙》等都是其中的代表作。

三、木偶剧

木偶剧是由专用木偶来表演故事的一种艺术形式。木偶剧具有独特的情趣,可以表现人在舞台上做不到或难以做到的动作,又因模仿真人的动作达不到惟妙惟肖而产生滑稽、夸张的木偶效果,使得善于幻想和物我不分的儿童特别喜欢。由于演出不受限制,对演出条件要求不太高,不需要动用很多的人力、物力,只需少数会操作木偶的人和木偶道具就能演出,可以使儿童得到思想品德、语言、知识和艺术美的熏陶,因此,木偶剧在幼儿园艺术教育中得到广泛的运用。

木偶剧剧本需要对木偶的造型、操纵方式、配乐等做专门说明。木偶剧一般短而精,人物对白简单明了,线索清晰,剧情紧张明快。演出时,演员在幕后一边操纵木偶,一边说白,并配以音乐。木偶剧最适合表现童话剧。孙毅的《五彩小小鸡》、沈慕垠的《老公公种红薯》等都是为儿童创作的木偶剧。

由于木偶的制作和操纵方式不同,因此有掌中木偶(掌中操纵)、提线木偶(操纵者在上方)、杖头木偶(操纵者在低处),以及这三者的综合运用。儿童木偶剧多采用掌中木偶和杖头木偶,其便于制作,也便于儿童学会操纵。还有一种木偶剧表现形式,是人偶结合或者人偶同台演出,如《一只小黑猫》中的老爷爷由人扮演,或由人戴老爷爷的面具表演,小黑猫和老鼠则由人操作木偶表演。

四、皮影戏

皮影戏是我国特有的一种戏剧艺术,也是一种图案艺术,它是用纸、羊皮、牛皮、铁皮等材料,经过绘画、剪制和雕刻制作成各具形象特征的皮影人物,利用灯光把这些人物的造型照在纱幔(屏幕)上,映出影子,再给它配上音乐与对白,表演出各种戏剧情节的艺术。它的最大特色是其侧面影像有影无形,像雾里看花,似有似无,具有一种朦胧美。

第三节 儿童戏剧的创作和改编

一、儿童戏剧的创作

(一)确立积极明朗的主题

儿童很容易"染于苍则苍,染于黄则黄"。儿童可以从戏剧艺术有声有色、富于变化的表演中直观地感受一切,并且乐于模仿其中的人物。因此,儿童戏剧要具有积极明朗、健康向上的主题,便于儿童学习,利于儿童成长。

儿童戏剧的主题要求明朗、浅显、单纯。浅显不等于浅薄、浅白,创作儿童戏剧时必须深化主题,实现浅中见深、以小见大。众所周知的儿童故事《狼和小羊》《小马过河》《小溪流之歌》《小鲤鱼跳龙门》都含有深刻的寓意,甚至被哲学家引用来说明深奥的哲理。因此,儿童剧作家面对一个题材时,不能满足于表面上一眼就能看出其思想意义,在儿童能理解的前提下,必须透过这些表象,深思熟虑地去挖掘一般人未能发现的、内在的、能体现时代精神的含义。

(二)题材要符合儿童的接受能力

儿童戏剧的题材很广泛,它可以反映现实生活,也可以取材于历史;可以写美丽的神话传说和故事,也可以展现未来的科学幻想;可以描绘儿童的活动,也可以写成年人的生活。当然,儿童对表现他们自己生活的剧目和具有神奇色彩的故事更有兴趣。儿童戏剧的题材表现出"两多":一是反映儿童日常生活的题材多。这类题材的剧作可以反映儿童日常生活中的小事,教儿童做人的道理,也可以旧瓶装新酒,将古代儿童的故事和传奇作为题材来塑造形象,培养儿童正确的道德观。二是拟人体和超人体的题材多。儿童理性思维差,缺乏分析能力,所以儿童戏剧要利用类比思维来间接、曲折地反映现实生活,往往通过比喻、拟人的手法,借用动物、植物,甚至日、月、星、云、风等自然现象来比喻现实生活中的人与事。这也是童话剧、神话剧、寓言剧、科幻剧等在儿童戏剧中占很大比例的缘故。

儿童戏剧无论写哪种题材,一是要注意儿童特有的审美心理特征,二是在内容的表达和情节安排上,要注意适应儿童的生活经验和感受能力。比如,复杂的人事纠葛的具体情节,阴暗、残酷的犯罪行为等不宜在儿童戏剧中过分渲染,恐怖、污秽的场面也不能出现在儿童戏剧中。优秀童话剧《马兰花》有表现爱情的主题,但作者把这种感情体现得纯真而美好:皓月当空,银光满地,随着歌声笑声,飘来了马郎迎亲的彩船,在幽静的小河边,小兰和马郎以及动物们一起愉快地跳舞,形成欢乐的高潮。剧中把儿童费解的婚姻、爱情问题,变成了一个欢乐的场面,带给他们一种热烈欢快的感觉。这显然是符合儿童的认识水平的。

除了注意年龄的特点外,选材还要注意时代的特点。剧作家要研究当今社会的物质生活和精神面貌的变化对儿童产生的影响,要研究儿童的心理活动、精神状态,以及爱好、兴趣、智力等,以此来选择材料,这样创作出的剧本才能对儿童的心灵起到陶冶作用。创作儿童戏剧,应针对当代儿童,了解他们想什么、需要什么,立足于他们的要求以及有益于他们的健康成长来确立主题和题材。例如,环保意识的培养是具有时代特征的创作题材;今天电子媒介和自媒体渗透到生活的各个领域和千家万户,智能手机的普及对儿童的生活及审美意识、审美趣味的形成等产生了巨大影响,这些都使儿童戏剧的创作面临着巨大的挑战。同时又要看到儿童毕竟还是儿童,为他们创作的戏剧就不能大龄化或者成人化。所以,要真正掌握儿童与时代的关系,必须深入儿童中间去,了解、熟悉他们,用能反映当代儿童心理特征的语言、行为和思维方式,向他们传递生活真理。

(三)设置游戏化的冲突

冲突是戏剧表现生活的基本手段,是戏剧艺术的生命。没有冲突就没有戏剧。儿童戏剧的冲突表现出明显的游戏化,不像成人戏剧那样尖锐、强烈,要在他们的生活经验范畴和审美期待视野中去展开。如童话剧《"妙乎"回春》通过小猫妙乎先后几次误诊,把妙乎不懂装懂的特点鲜明生动地表现了出来。剧情虽然简单,但戏味浓郁,既有小猫和其他小动物之间的矛盾冲突,更有小猫妙乎不肯老老实实学本领,又自以为聪明的自身性格冲突。这些戏剧冲突从儿童日常行为和心理特点出发设计构思,符合儿童的审美心理,效果极好。

(四)塑造好的、扁平化的人物形象

戏剧冲突常常表现为一定情节中人物性格的冲突,所以戏剧总是致力于创造典型环境中的典型人物,通过戏剧的矛盾冲突来展现人物形象。但儿童戏剧在这一点上与成人戏剧构成极大的反差,成人戏剧的主人公内心活动细腻而复杂,需从多个侧面反映,如莎士比亚的哈姆雷特、奥赛罗,曹禺笔下的周朴园、繁漪等,都有强烈的内心冲突。儿童对事物本质特征的认识水平低,识别能力差,这决定了儿童戏剧中的人物必须是扁平化的,只表现人物性格的某个侧面,其他方面则被忽略掉。例如老鼠的贪婪、狐狸的狡猾、狼的凶残、熊的迟钝、小猴的机灵、大象的无私、乌龟的憨厚,都只是突出其性格的一面,倘若再去揭示这些动物本质属性的其他方面,恐怕孩子们就难以理解和接受了。写现实中的人物也是如此。例如,《照镜子》中的小姑娘爱漂亮但不爱清洁,《回声》中的大郎希望得到友情却不懂得礼貌待人,他们性格的某个侧面都十分鲜明、突出,而其他方面的特点则较为模糊,这样才容易让儿童理解和接受。

由于儿童思维具有直观性的特点,为了塑造好儿童戏剧中的艺术形象,可以更多地运用形态、声音、色彩等艺术手段来增强艺术形象的鲜明性、生动性,取得更好的直观效果。这就需要从儿童的世界出发,对生活进行提炼和升华,使所要表达的思想和生活哲理,都寓于简练、明快、形象的直观艺术形象之中,切忌把思想倾向性特别指出,或直接描写思想冲突,因为赤裸裸的说教对儿童是毫无效果的。

儿童戏剧的童话色彩很浓厚,常常是真人与动植物浑然一体地进行着非现实的交流,无法用生活的真实来衡量其真假,儿童也不在意生活中是不是真有其事,所以人物形象通常就是三类——儿童、成人和拟人化的动植物形象。

儿童看戏剧时非常注意戏剧中的儿童形象,常在与自己年龄相仿的戏剧人物身上寻找自己和小伙伴的影子,从而明确自己应该学习和警惕的优缺点。爱模仿是儿童的特点,编剧时要注意塑造"好"的儿童形象,提供儿童学习的典型。同时,要了解角色的年龄和兴趣爱好,刻画出人物的性格特征,表现出人物之间的性格差异来,以便儿童区分人物的好与坏,总体来说,儿童戏剧中的好人形象占绝对明显的优势。

儿童戏剧中的成人形象,不仅要符合他自身的生活逻辑、性格和语言特征,还要符合儿童的心理和欣赏角度,使儿童感到真实、亲切、可信。比如《回声》中的妈妈、《老公公种红薯》中的老公公、《五彩小小鸡》中的母鸡,都是较成功的成人形象。作者在创作包含这些成人形象的戏剧时,设法表现出他们的童心,因为成人童心的流露往往会呈现出某种情趣,拉近成人与儿童观众的距离。

儿童戏剧中的动植物形象的塑造,既要注意其性格的刻画,又要注意其特性以及它们之间的关系的生活依据,进而设计它们在规定的戏剧环境中的语言和行为,即要兼顾动植物的物性与人性,将其塑造成性格鲜明、独特的形象。如《小熊拔牙》开头的几句话一下就将一个活泼可爱的小熊形象展现在观众面前。

妈妈　我是狗熊妈妈。
小熊　我是小熊娃娃。
妈妈　我长得又胖又大。
小熊　我就像我妈妈。

人物亮相时讲的话像传统戏曲中的自报家门,清楚地交代了彼此的身份与关系,又非常风趣地介绍了狗熊的外形特征。小熊那句"我就像我妈妈"虽无舞台提示,但我们可以想象小熊憨态可掬地模仿妈妈的滑稽样。

(五)巧妙设计戏剧结构和情节

儿童戏剧在结构上要求单纯,各个环节的衔接要紧凑,层次要清楚,不能像成人戏剧那样有主线、副线、明线、暗线。当然,结构单纯并不是说单调、单薄,相反,要求情节曲折起伏,引人入胜。要达到此效果,必须精心创造故事性。儿童看戏剧时,首先是引人入胜的故事吸引他们,然后他们才在欣赏的过程中逐渐去认识一个个人物,领悟剧情所揭示的主题。因此,儿童戏剧更需要情节的丰富性和传奇性,在儿童的理解力和接受力可能达到的水平上设置引人入胜的戏剧冲突。那种缺乏情节、专门注重刻画人物细腻的内心活动的戏剧,并不适合儿童欣赏。

1. 富于儿童情趣的情节和细节

戏剧的主题思想是通过人物活动的情节及细节显示给小观众的。要使戏剧深深吸引住他们,达到寓教于乐的目的,就要注意安排富有儿童情趣的情节和细节。《"妙乎"回春》就是这方面的成功之作。首先,作者巧妙利用儿童没有完全掌握动物生理特性的特点,设计了一系列小猫妙乎误诊的情节。小猫搞不清楚兔子眼睛是红的、牛要反刍、小鹅头上有肉瘤的生理特点,认为这都是遗传病所致,结果采取了错误的医疗方法。小鹅以其人之道还治其人之身,按照小猫的荒唐逻辑进行了同样的推理:小猫的胡子是未老先衰症,必须拔掉胡子。这时小猫才真正受到触动,认识到了自己的错误。这种具有儿童情趣的戏剧情节,曲折生动而又自然合理,收到了良好的戏剧效果。其次,剧中利用猫叫的谐音,以及"乎"与"手"字形相似,常常令粗心儿童读错的现象,让小猫在剧中念了几回白字,刻画了小猫马虎、粗心和不懂装懂的性格特征。剧情结束时,小鹅送给小猫一面写着"妙手回春"的锦旗,让小猫明白了做医生要有真本领,起到了深化主题的作用。

当然,儿童戏剧的故事情节同样要符合人物的性格逻辑。同时,情节不宜复杂,头绪不能繁多,脉络要清晰,矛盾要交代清楚。儿童不但爱听故事,也爱讲故事。如果儿童看完了一部儿童戏剧,能够津津有味、头头是道地向其他小朋友讲述其中的故事,就证明该戏剧在儿童心中留下了很深的印象。

2. 调动多种艺术手法,创造浓郁的儿童情趣

戏剧的趣味性并非游离于作品的附属物,也不是加在作品中的调料,它是由儿童的年龄、心理特征决定的,不能理解为单纯逗笑的插科打诨。有些剧作把做鬼脸、擦鼻涕等动作作为表现儿童情趣的典型手法加以使用,其实会令小观众反感。儿童情趣是儿童的情、儿童的趣,剧中人的喜、怒、哀、乐都应该是儿童的。家庭的经济条件、父母的知识水平和为人处世的态度以及儿童的年龄差别,都影响着儿童对人生、社会、世界的认识态度,影响着儿童兴趣爱好的倾向和表达感情的方式。因此,每个孩子都有其各自不同的表情方式和表意方法,儿童情趣落到每个孩子身上,都有其自己的特色。要创造生动、活泼、独特的儿童情趣,就要靠作家深入儿童生活去体验,并诉之于笔端,将它融入戏剧创作的整个过程,体现在剧作的内容与形式之中。

创造戏剧的儿童情趣应该注意:首先,儿童戏剧的情趣必须体现作品的主题思想,它是揭示主题思想的一种手段。戏剧的主题思想是通过人物的语言动作和戏剧情节演给小观众看的,因此必须把儿童情趣贯穿于作品的始终,才能把小观众深深地吸引住。其次,儿童情趣还必须为刻画人物性格服务。比如《小熊拔牙》写小熊独自在家,他"先唱个小熊歌""再跳个小熊舞",玩得十分开心。想起妈妈离家时的嘱咐,便"先洗洗小熊眼,再擦擦熊嘴巴;熊鼻子抹一抹,熊耳朵拉两拉;熊头发梳三下,嗯,就不爱刷牙"。这一套歌词押韵有趣,动作性强,"洗""擦""抹""拉"等动词将憨厚、天真、活泼又有些小聪明的小熊活灵活现地呈现在观众面前,为下文小熊牙齿疼做好了铺垫。小熊答应过妈妈不吃饼干和糖球,虽然想吃但忍住了,妈妈没有说不能吃蜂蜜和果子酱,小熊便"一匙,一盘,一

大碗"地吃起来,吃完还"挨个儿舔三舔"。结果,牙疼得小熊直打转、直叫唤。小兔医生、小狗、小猫、小松鼠和小鸟一起来帮忙拔牙才医治好他。作者运用极度夸张的手法,把小熊贪吃甜食以致牙被拔掉的过程写得惟妙惟肖。故事在热闹的氛围中收场,表明不讲口腔卫生的饮食习惯一定得改正,不然会"把牙齿全拔光"。小熊特有的儿童情趣使得主题思想突出,人物个性鲜明。

儿童戏剧是否具有趣味性取决于题材是新还是旧,情节是曲还是直,人物是活生生的还是概念化的,语言是干巴巴的还是充满个性的。另外还可以利用形式的创新及道具、场景的设计来创造浓厚的童趣。

(六)锤炼动作化和性格化的台词

语言是写作剧本的基本材料。情节与结构可以表明人物的舞台总体行动,但是如果没有性格化的、富有感情色彩的、充满内心活动的语言来说明或者规范人物的行动目的,也就无法显示人物具体的、个别的追求和倾向,行动将流于概念化,也就失去了舞台艺术魅力。戏剧语言具有介绍戏剧情境、推动情节发展、阐明主题等多种用途,其中最主要的是揭示人物性格。因此,要努力追求语言的个体性、真实性和动作性,切忌空洞和概念化。

儿童戏剧语言特别讲究动作性。因为儿童的逻辑思维能力差,他们欣赏戏剧,是在语言符号和动作符号两个层次上来理解戏剧本身的,不是单靠人物的对话、解说或者内心独白来理解形象和主题的。这就使儿童戏剧对语言动作性的要求比一般戏剧高,同时,台词要朗朗上口,应让表演的人说起来顺口、看的人易记。

1. 台词要有动作性

为儿童设计动作性的语言要注意以下几点。

(1)看得懂。

戏剧的主线要清晰、简明,让小观众明白每一个动作的含义。

(2)幅度大。

细微的表情动作往往不能引起儿童的注意。《五彩小小鸡》中有一段大幅度的动作刻画使得老鼠偷蛋的形象十分生动:"灰鼠向红蛋一扑,抱住蛋,向后一仰,四脚朝天地抱住蛋,棕鼠拖着灰鼠尾巴就跑。"

(3)有变化。

单调的动作、缓慢的节奏会使儿童感到厌倦,而连续的快节奏动作又会使儿童过于兴奋而疲劳,所以儿童戏剧的动作设计要多变而富有节奏感。如《五彩小小鸡》中在一系列追回鸡蛋、赶走老鼠的动作之后,是随着音乐起舞且节奏缓慢的孵小鸡的动作,接着又是老鹰捉小鸡的紧张追逐。这种有张有弛、有快有慢的节奏变化适合儿童欣赏。

2. 台词要性格化

人物形象是否鲜活要看性格刻画是否独特鲜明,而人物性格总是通过语言和动作来表现的。人物的台词必须是非说不可的,而且还必须非这个人物说不可,即要使用突出人物个性特征的语言。《狐狸下蛋》中小鸡和小鸭的性格特征就是通过语言表现出来的:小鸭聪明勇敢,小鸡轻信娇憨,当狐狸大声嚷嚷"下个大蛋赛西瓜"时,小鸭坚决地说:"小鸡别理他,我们快走吧!"小鸡却将信将疑地问:"狐狸下蛋啦,是真还是假?"小鸡完全不知是狐狸的阴谋,后来竟然相信了狐狸的话向桥的另一边走去,小鸭为了保护它而拦着它,它却硬要去看:"小鸭小鸭别阻拦,狐狸下蛋我要看。"小鸭无奈只好挺身而出自己抢先过去,小鸡却说:"小鸭子,你别跑,为啥你要先去瞧?"至此,小鸭、小鸡各自的性格被鲜明地刻画了出来。

3. 舞台提示要简练、准确

舞台提示是剧本中的叙述性文字,它标明时间、地点、场景,以及人物服饰、道具和表演的要求,必须简练、准确,具有很强的操作性,不能模棱两可。

二、儿童戏剧的改编

儿童天生爱看戏,为了给他们提供更多、更好的剧本,也为了因地制宜,使各地区、各民族的儿童都能看到好的儿童戏剧,教师应该因地制宜把现有的儿童文学作品改编成儿童戏剧,以满足各地儿童的不同需求。改编作品可以从以下几个方面入手。

(一)选择适宜的原作

慎重选择原作是改编成功的前提。不是所有的儿童文学作品都能被改编成儿童戏剧。最好选择那些情节完整连贯、人物形象鲜明、矛盾冲突较为紧张、结构线索清楚、场景变化相对集中、一读就使人深受感染的作品进行改编。尤其要注意原作应有一定的矛盾,否则没有矛盾就不好改编出戏剧冲突来。

可以改编成剧本的作品一般有以下几种。

(1)童话故事。

比如《龟兔赛跑》《老虎拔牙》《大象救兔子》《小蝌蚪找妈妈》《小红帽》《白雪公主》等。

(2)叙事性诗歌。

比如《爸爸的老师》《帽子的秘密》等。

(3)儿童生活故事。

比如《彼得的新自行车》等。

(4)人物故事。

比如《孔融让梨》《司马光砸缸》等。

(5)儿童寓言。

比如《小马过河》《小熊架桥》等。

(6)神话故事。

中外丰富的神话传说是改编儿童戏剧的不竭资源。

(7)故事性强的绘本。

比如《猜猜我有多爱你》《小蓝和小黄》《你千万别上当啊》等。

(二)掌握剧本写作的特点和改编的规律

首先,既要尊重原作的主题、人物、情节,又要根据舞台演出的要求做必要的改动,强化原作的矛盾冲突来构成戏剧冲突。特别是最能表现人物思想性格特征及矛盾冲突的部分,可加以突出,用浓墨重彩加以渲染。比如由童话故事改编的木偶剧《大象救兔子》,为突出正义战胜邪恶的主题,表现大象主持正义的胆识与才智,可以在大象救兔子这个"救"的过程,特别是在河边大象智斗老虎的一场戏中添加台词和动作,以增强戏剧的紧张气氛和趣味性。

其次,尽量将原作的叙述性内容转化为人物的台词、动作及舞台提示。例如鲁兵的童话诗《雪狮子》,开篇是一段叙述。

小朋友,小朋友,雪地里,滚雪球。雪球堆只大狮子,狮子开大口。少条尾巴怎么办?有了,插上一把破扫帚。

毛柏生把它改编成剧本时先用舞台提示做了交代。

时间:冬天。

地点:老爷爷家院内。

人物:小朋友四人、小猫、小狗、雪狮子、老爷爷。

(幕启,在音乐声中小朋友、小猫、小狗在雪地上玩耍。)

然后,剧本用人物对话渲染场景(其间插入舞台提示)。

小朋友甲(唱) 北风呼呼叫,大雪飘呀飘。

(白) 哎,堆个雪狮子好不好?

众(唱) 堆个雪狮子,好,好,好。(雪狮子站起)

小朋友甲 真像,真像。哎,怎么没有尾巴?

小狗(提一把扫帚) 汪汪,尾巴在这。

(众把尾巴插好)

戏剧中人物形象的刻画和剧情的推进都依靠人物的台词,因此,设计、提炼个性化、动作化的人物语言至关重要。在歌舞结合的剧本中,还要在唱词上下功夫。

最后,根据角色的年龄特点设计典型化的戏剧动作,穿插必要的游戏、舞蹈。在充分掌握原作的情节、人物和主题后,应着重考虑用戏剧行动而不只是对话(对唱)来表现人物的思想性格。为此需要设计出足够新颖而又别致,出奇制胜而又入情入理的细节。动人的情节、成功的形象、深刻的主题,必须靠富有特征性的细节来体现,否则会流于平庸。在这一点上,改编剧本和创作剧本的要求是一样的,既要使台词富于动作性,又要为人物精心设计典型化的戏剧动作,使人物形象成为"这一个"的典型。儿童戏剧最忌讳模模糊糊写一大群孩子。要塑造个性化的儿童戏剧形象,必须在生活中观察不同孩子表达情意的不同动作和方法,在戏剧中用富有特征性的动作来表现。

由于儿童戏剧具有很强的游戏性,因此改编时应尽量将原作中的静态描写变成动态的表演,必要时穿插进相应的游戏、舞蹈,以此激发演员和观众的欢快情绪,并在舞台提示中做出说明。比如,根据同名科学童话改编的童话歌舞剧《小蝌蚪找妈妈》就为青蛙、蝌蚪、鸭子、乌龟等角色设计了既符合它们的外形,又能表现它们性格特征的动作:青蛙呱、呱、呱地叫着蹦跳出来;鸭妈妈蹒跚笨拙地边走边唱,慈爱地呼唤着小鸭们;小蝌蚪是天真活泼的一群,摇头摆尾,快快活活地游呀游;乌龟慢慢吞吞,一副不急不愁的样子。这一系列对比鲜明的动作极富游戏性,深受孩子喜欢。

(三)掌握剧本的写法

剧本主要是供演出用的,遵循剧本的文体规范非常必要。剧本的一般写法如下。

1. 交代时间、地点、人物和布景

时间:有具体的×年×月×日,也有笼统的×年。

地点:一般都很具体。

人物:有两种介绍方法。一种是简介,只介绍年龄、身份;另一种较为详细,不仅有年龄、职业、身份,还有个性简介。儿童戏剧的剧本中人物介绍用简介的居多。

布景:有详略之分,不是很固定,可根据舞台特点有增有减,儿童戏剧尤其如此。

2. 要把提示语和台词明显地区分开

人物对话、动作要求、心理活动都要在剧本中明确地表现出来,不能有任何的省略,便于演员遵循。如有大的转折和人物活动,在说明时用中括弧"[ ]"标识;一般动作和心理活动用小括弧"( )"标识;灯光、换景等都要有具体说明。

3. 剧本结构分明

戏剧结构要在剧本中体现出来,要分清独幕剧和多幕剧的区别,多幕剧中又要分清场次。幼儿戏剧大多是独幕剧,儿童戏剧里多幕剧较为常见。

4. 剧本要为演员留出表演余地

剧本只是脚本,最终呈现出来的是演员的表演,因此编剧要给演员留有表演和创作的余地。尤其儿童戏剧的演出,除了少数专业的演员之外,演员大多是儿童,对于他们的艺术修养、表演水平等,编剧应有预见性的考虑,留出空间和余地。全剧结束要注明"剧终"或者"闭幕"字样。

综上所述,戏剧是一种高度成熟的艺术形式,它综合了文学、美术、音乐、舞蹈等多种艺术门类,同时还是演员的表演艺术和集体艺术;它与人类的诞生、成长、发展及个体的生活有着深刻的本质联系,是人类生命的一种仪式。人生如戏,戏如人生,都说明人离不开戏剧。成人从哲学的高度来思考戏剧与人生的关系,虽然大家都认同人生就像一个大舞台,每个人都在扮演着不同的角色,但这种扮演始终存在于背景之上,有形而上的抽象成分,除了少数专业从事戏剧表演艺术的人之外,并不见得每个人都会真实地在舞台上演出。儿童由于天生喜爱假扮和幻想,他们天生就是剧作家,天生就是导演,天生就是演员,他们的生活和游戏从本质上看都具有戏剧的因素。因此,创作儿童戏剧时不能把儿童看作受教育者、将戏剧当作教育儿童的工具,不能一味突出教育性而忽视了戏剧的审美功能,导致忽视了儿童作为戏剧欣赏者的主体创造性。没有哪个儿童是为了受教育才走进剧场的,吸引儿童的是儿童戏剧本身所具有的艺术魅力。同时,也不能为突出戏剧的审美特性而将儿童戏剧创造成纯粹的艺术品,脱离儿童的审美能力和欣赏趣味。儿童的戏剧欣赏能力和表演能力的提高,以及由此产生的人格的塑造和提升,是儿童戏剧创作的最终目的。

探究·讨论·实践

1. 儿童戏剧的独特性体现在哪些方面?

2.儿童戏剧的戏剧冲突有什么特点？如何构造儿童戏剧冲突？

3.将方轶群的《萝卜回来了》改编成儿童戏剧（或者话剧、歌舞剧，根据自己的爱好选择）。

4.根据儿童的年龄特征选择一个适合的剧本，挑选合适的儿童演员进行排练并表演，邀请儿童观赏。

5.根据第4题儿童表演和观赏的表现，结合相关的戏剧创作理论分析儿童戏剧对儿童的教育作用。

第九章　儿童戏剧的导演和表演

第一节　儿童戏剧的导演

儿童戏剧以舞台表演为中心,融汇了文学、美术、音乐、舞蹈等多门艺术的长处,是一门综合艺术。这也意味着它是一门由集体创作的艺术,无法靠单个人完成,必须由编、导、演、服、化、道等多个职能部门集合在一起,在导演的总体构思和制片人的宏观策划下共同完成。

一、创作团队的构成

制作人需要为项目寻找合适的剧本,若没有剧本,就需要找一位编剧,委托编剧创作一个剧本,编剧是剧本的作者。有剧本之后,制作人需要为此项目寻找一位导演。若演出中涉及音乐、舞蹈元素,则要找到一名音乐制作人和编舞为演出创作相应的音乐和舞蹈,这样就构成了创作团队(图9.1)。

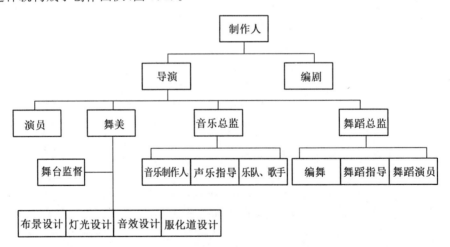

图 9.1　创作团队

组建创作团队之后,需要寻找各个部门的设计师,如舞美设计师、图画设计师、灯光设计师、音效设计师,以及多媒体设计师和高科技元素设计师。与此同时,剧组还需要引进制作经理,由他带领制作团队负责演出制作的预算和人员安排等工作。舞台监督参与一些设计元素的讨论。当剧组人员配备齐全后,大家围绕剧本,导演的艺术理念、构思与设想,编舞的舞台呈现构思,以导演为统领,进行儿童戏剧的编排。

一出戏的排练大体要经过粗排、细排、连排、合成四个阶段。

(1)粗排的任务是走位、搭架子,确定舞台形象的大致轮廓和基本格调。

(2)细排则须对每个演出部分精雕细刻,引导演员进入情境,化身为角色,掌握演出节奏,同时协调音响、舞美等各方面的关系。

(3)连排是把细排时的各个演出部分连接起来,还需加上部分布景、灯光、道具等,这时一出戏的舞台形象就初具雏形了。

(4)合成,又叫彩排,是在剧场里进行的,化妆、布景、灯光、音响一应俱全。

若彩排没有问题,便可以正式面向观众演出,当然,在演出过程中导演还需要注意观众的现场反馈并及时进行调整。

二、导演

起初导演由演员担任。此时一度创作和二度创作泾渭分明,剧目以剧作家为中心。随着创作者们对戏剧的不断探索,他们不再满足于故事再现,而是为剧目的表现方式寻找多样的可能,寻求新的艺术表达与舞台形式。创演格局也从以剧作家为中心逐渐转变为以导演为中心。

(一)导演的地位和作用

儿童戏剧导演是儿童戏剧艺术创作的领导人和舞台演出的总负责人,是集体创作的核心。导演作为儿童戏剧创作中各种艺术元素的统领者,需要组织和团结编剧、音乐总监、舞蹈总监等创作人员,以及舞台监督等技术人员,还有演员,分析剧本,统一创作意图,写出导演阐述,挑选表演场地,按照时间表领导儿童戏剧的粗排、细排、连排与合成。所以导演需要熟悉舞台,熟悉关于剧目的方方面面,熟悉演员,这样才能更好地组织人员进行儿童戏剧创作。

1. 导演与编剧

儿童文学用描述性的语言讲故事,剧作家用文字创作剧本,两者都是语言艺术。儿童戏剧用画面讲故事,导演则是演出形式和舞台形象的创作者,拥有演出的著作权,导演的创作指向应放在如何将编剧的意图更好地呈现在舞台上。作者在创作文章或剧本时属于一度创作,不管是文学改编剧本,还是原创剧本,导演都必须以剧本为基础,在舞台上进行艺术化、风格化的二度创作。同时,导演也必须意识到应依据剧本进行二次创造,不能脱离剧本或把剧本改得面目全非。导演在设计和展示舞台艺术作品时,需要精准把握剧本的核心内容,并且能够清晰地向演员和观众传递这些内容。

导演的二度创作也并非是简单的翻译或重述,导演要依据剧本进行二度创作,还要将演员、舞美、音乐、灯光等组合在一起,因此导演才是舞台演出的真正作者。舞台艺术作品不仅要有深刻的思想、富有文学气息的美感,同时也要有独特的艺术风格。这需要导演全面地利用多元化的艺术创新策略、表达技巧、展示方式及艺术词汇,把剧本变成直观的艺术活动和艺术语言。

2. 导演与演员

作为一度创作的延续,导演需要遵循作者在一度创作时的原则,即通过语言描绘角色性格。人物不仅仅是舞台上的角色,还是传达故事情节的媒介,它能够展示角色的个性、思维模式及心理状态。在规定的情境中,人物应该按照导演的意图展现出矛盾冲突,以达到传达导演的思想的目的。因此,在探究舞台表演时,导演必须根据人物的不同特点进行适当处理,以达到最佳效果。只有通过整理人物关系、展现戏剧冲突,才能够呈现出舞台演出的核心思想。这需要导演深度探索艺术语言使用的有效途径,包括关注舞台表演中演员的语言、行为,并结合剧本内容和角色形象,协助演员设计角色的行动、语言,通过直接的行动、语言展现角色的性格特质,从而实现语言性格化的目标。同时,导演必须重视角色的内心表达,也就是隐藏的对话和自述,将角色的内心表达作为主线。

3. 导演与制作团队

导演创作并不是完全自由的,虽然导演在剧目上有相当大的话语权,但导演会受到剧作家的一度创作也就是剧本的制约。除了剧本,儿童戏剧创作还必须在舞台艺术和技术条件所能达到的范围内进行。导演必须基于两个基本准则来掌控舞台。首先,要明确呈现给观众的主题,清晰地确定舞台的风格,适时解决冲突,并且有效地协调各个部门的工作。其次,要根据作品的内容、主题和表演的形态,对舞台的布景、造型和表演的台词进行创新设计,从而形成独特的舞台艺术风格。

4. 导演与观众

通过导演的精心构思和巧妙设计,完整的剧目才能够被呈现出来。导演在创作时必须仔细研究故事情节和人物关系,以便为舞台戏剧增添冲击力。同时需要将多个情节串联起来,让戏剧跌宕起伏、富有张力,并展示出完整的舞台叙事属性。导演需要在舞台有限的时空里展示作品的主题、剧本的结构和角色,所以导演并不会将所有的内容——呈现,而是有选择地展示,以保证节奏的紧张感,即人们常说的舞台节奏。导演必须掌控舞台的节奏,使戏剧舞台的情节内容变得更加引人入胜,进而引起观众的共鸣。这样才不会让故事叙述过于零碎与拖沓,才更容易激起受众群体内心的情感并让观众与角色产生共鸣。

(二)导演构思与导演阐述

导演的主要职责是把剧本搬到舞台上,使文学形象转化为可视、可听、可感的舞台形象,把原作中潜藏着的激动人心的内容挖掘出来,并运用各种艺术手段,将其生动地展现在观众面前。导演的创作程序一般分为准备和实施两个阶段:准备阶段主要是制订导演计划,包括选择与分析剧本、导演构思、确定演出结构、制订必要的技术方案、编制演出计划、选择合适的演职员组成剧组、日程安排等;实施阶段包括导演阐述(说戏),指导演员和剧组工作人员排练,从而把导演构思转化为具体可感的舞台形象。接下来我们详细分析导演构思与导演阐述。

1. 导演构思

导演构思是一个总体概念,包括确定演出的最高任务、贯穿的全局行动、人物的行动线索和舞台美术的整体风格等内容。所以导演的第一步工作就是阅读剧本,阅读几遍后描绘框架,带着自己的设想找到故事的主线和最高任务。如《西游记》的故事主线就是师徒几人历经磨难与艰险去西天取经,所有的故事情节都围绕这个事件展开,实现西天取经就是这个故事的最高任务。找到这根主线,导演就要开始为创作准备了。导演构思是全部演出计划的核心,也是整个导演工作的基础。

剧作的主题是作家从生活中得来的,而演出的最高任务则是导演提炼出来的,属于导演的创作成果。优秀的导演都很重视演出的现实意义,剧本跟现实是无法结合的,必须经过导演这个中介才能发生联系。导演阅读优秀的剧本时的感受激活了其自身的生活体验,从而产生最初的创作冲动和激情。阅读感受和生活体验通过联想的方式结合产生的创作冲动只是导演个体的内在体验,而要将剧本搬上舞台,还需要导演组织开展一系列工作才能实现。导演需要寻找贯穿全剧的行动,确定演出的最高任务,并将最高任务转化为舞台形象。舞台形象包括该剧的总体情调、布景设计、人物造型、上下场方式、节奏快慢、灯光音响的运用,以及重要的技术方案等。

2.导演阐述

将以上内容构思出来后,导演需要写一则导演阐述。导演阐述就是用文字把对剧目的所有构思写下来,方便导演与其他部门,以及各部门之间进行沟通、交流及任务分配。由于剧本的主题与内容不一样,每个导演的风格与表达习惯也不同,所以导演阐述没有固定的写作格式和表达方式,但力求表达准确、具体。

一般来说,导演阐述涉及以下内容:阐释剧本的主旨;阐释贯穿剧本的统一动作;对剧中主要人物形象进行分析;故事的时代背景、社会环境、地点的阐述;剧本的音乐、录音;舞台灯光的要求;剧本的节奏示意图等。

《姜饼人》的创作实例:儿童戏剧导演大卫·伍德应剧院邀请写一个剧本,大卫·伍德不愿意重复大众所熟知的版本,而是想写一个反类型化的姜饼人。他的创作流程如下。

(1)创设情境。

当定下以姜饼人为主题后,他开始思考故事的发生地在哪里会更有趣。饼干在厨房醒来,如果将厨房的操作台等比例放大设置为舞台背景应该会很有趣。于是他确定好故事发生的情境:一个大型的带操作台和隔板的橱柜。橱柜的操作台就是舞台的地面,多层隔板为演员的舞台行动提供了不同的高度。

(2)设置角色。

确定好故事发生的情境后,他开始观察朋友与亲戚的厨房、逛厨具店,为设置角色做准备。在厨房里盐和胡椒最常见,还有人会将茶包、茶壶、蜂蜜罐和草药罐放在橱柜最顶层。他还发现大多数厨房里有钟表,钟表里可以设置一只布谷鸟报时。故事还必须设置一些反派,对橱柜里的角色造成威胁。厨房里最让人厌恶的莫过于老鼠,当人发现有老鼠时,放老鼠药又会给厨房里的居民带来其他的威胁。当故事发生的世界及角色确定好之后,就可以为他们编制故事了。

(3)编制故事和理清脉络结构。

由于白天厨房里活动的人太多,所以将故事定在晚上会更合适。每当深夜来临,橱柜里的居民就会活跃起来,为了让剧情保持连贯性,他遵循了古典戏剧"三一律",让戏剧在一个晚上结束。万籁俱寂的午夜,布谷鸟出来啼叫报时,如果他突然发现嗓子痛,没有办法清楚地鸣叫十二声时,这就立刻产生了一个亟待解决的问题。如果它失声了,它的第一反应应该是向橱柜里的朋友们寻求帮助。盐和胡椒那儿可能是它的第一站,它不得不把它们叫醒。发现姜饼人是一个很重要的时刻。想必这会暂时转移观众对布谷鸟失声的关注。姜饼人作为主角应该有一个好的亮相。到底是什么让姜饼人活过来的呢？人们虽然把它烤熟了，却没完成全部工序。它还没有脸，而盐、胡椒和布谷鸟会给它装上。儿童观众可以建议什么东西适合做眼睛、鼻子和嘴巴。为了使它复活，胡椒刺激姜饼人打了一个喷嚏，于是姜饼人有了生命。

为了引出老茶包这个角色，需要一个理由让姜饼人上到橱柜顶层，布谷鸟失声需要某样东西来让嗓子好转，而蜂蜜罐正好在橱柜顶层。找蜂蜜的过程不能设计得太容易，仅仅是爬上橱柜顶层，就已经是一个视觉上很有趣的难题了。可以让橱柜里的其他居民用一根绳子和擀面杖做成一个绞盘，把绳子一头系在姜饼人身上，通过橱柜的挂钩，另一头缠在擀面杖上，这样就可以像水手那样滚动擀面杖，把姜饼人吊上去。行动转移到橱柜顶层，暗示戏剧氛围已彻底改变。那里险象丛生。姜饼人去偷蜂蜜，却被从茶壶里溜出来跟踪它的老茶包逮了个正着。老茶包嫌布谷鸟太吵，不想帮它，并对姜饼人擅自入侵并企图偷走自己的蜂蜜感到很愤怒，所以它充满了对抗性。在对话中老茶包炫耀它那些有益于健康的草药，一旦蜂蜜不起作用，此处就为医治布谷鸟的嗓子埋下了伏笔。

关于蜂蜜，还有另一个有用的构思。假如姜饼人刚把蜂蜜偷回来它就被毒药污染了，那布谷鸟吃了后就会病倒。这会是上半场戏一个非常有力的收尾。到这儿可以安排老鼠上场。它遇到了姜饼人，追赶着要吃掉它。这一系列情节会引发一个喧闹的高潮，当然，这个高潮会随着人类的到来而告终。他们发现了老鼠，撒了点儿毒药（毒药溅在蜂蜜上），然后回去睡觉了。布谷鸟随后出现，满怀对蜂蜜疗法的期待，开始吃观众已经知道有了毒的蜂蜜。

下半场还需要理顺几条线。首先布谷鸟吃下毒药后会虚脱。于是姜饼人想起老茶包用草药治疗疾病的本领，就去请它帮忙。它会遇到阻碍，因为老鼠出现在橱柜顶层后又开始追赶姜饼人。老茶包很害怕老鼠咬它的外包装。姜饼人勇敢地救了它，老茶包非常感激。营救过程需要其他人参与，得有人帮助老茶包逃到下面的操作台上。在那里它不得不面对其他橱柜居民，并最终和它们达成了和解。不仅如此，它还调配了一剂魔法草药帮助布谷鸟恢复了声音。

老鼠要如何处置呢？抓住它，然后迫使它回到橱柜的后面，再用个巨大的盘子把洞口封住。这一系列的行动能把所有观众都调动起来，他们可以从戏弄老鼠的过程中获得极大的乐趣。

老鼠的问题解决了，布谷鸟也康复了，老茶包也收获了友情，这多亏了姜饼人。当人类睡到早上八点钟下楼来吃早餐，看到布谷鸟从钟里出来，用清晰、完美的声音叫出八声"布谷"，一切就圆满了。

但是姜饼人呢？它被烤出来通常是要被吃掉的。解决办法是，人类想到放在操作台上的姜饼人可能被老鼠蹭到了，沾满了细菌，决定不吃姜饼人了。人类喜欢姜饼人的脸，觉得既然它这么漂亮，那就放在橱柜顶层做装饰品好了。

（4）设计个性化语言。

在戏剧里可以给角色设置不同的说话方式或者口音。盐是咆哮的航海风，胡椒是出人意料的直接,老鼠说的是混混语言,老茶包说话要富有个性,体现其暴躁、易怒的神秘感,其正好和姜饼人形成鲜明的对比。人类因为与故事中的角色相比太过巨大,所以声音可以设置得低沉洪亮。

(5)安排歌曲。

创作故事时,关于歌曲的构思有时会自然浮现出来。需要确保每一首歌都能推动剧情发展,而不仅仅是对情境的重复。如在《草药》这首歌中,老茶包讲解了草药的特性。它在其他人的协助下把草药从罐子里取了出来,放进了一个蛋杯里。歌曲结束时,这剂药水已经调制完成,可供布谷鸟饮用。

(6)确保逻辑清晰。

角色及其发展要合乎逻辑并能让观众得到戏剧性的满足感。

第二节 舞台美术设计

戏剧是一门综合艺术,所以一出戏剧一般由多个制作部门共同协作完成。其中舞台美术(简称舞美)对戏剧的整体布局、框架建构、角色塑造起到至关重要的作用。舞美是由布景、服装服饰、化妆造型、道具、灯光照明等组成的统一体。在戏剧演出中,对演员动作展开的一切围绕物的造型处理便称为舞美设计,舞美设计师的任务就是根据演出文本的情境需要创造特定的戏剧空间。

一、舞美设计的功能

舞美设计是戏剧创作中至关重要的一环。合理的舞台布景和美学设计可为剧目提供视觉冲击力,并帮助表达故事和情感。

1. 塑造人物形象

舞台演出只要有演员,就会涉及人物造型的问题。舞美设计师不仅要设置具体环境来烘托和刻画人物形象,还要为演员准备合适的服化道(即服装、化妆、道具)。

2. 创造和组织动作空间

创造和限定演员的表演空间并为舞台调度提供必要的表演区组合和支点。

3. 设置动作发生的环境和地点

戏剧动作大都发生在某个具体环境中,人物也不能离开环境而生存和活动。

4. 创造情调、气氛

创造相应的情调和气氛,以达到感染观众的目的。视觉形象一旦和观众的情绪、联想融会在一起,就会形成气氛。舞台上剧中人物的思想感情一旦和舞台气氛相契合,气氛就会成为演员与观众共同享有的精神因素和艺术信息的载体。

5. 揭示主题思想

通过塑造人物形象,创造和组织动作空间,设置环境、地点,创造情调、气氛等多种手段来揭示主题思想。

舞台布景首先需要研究剧本的氛围和主题,确定适合的舞台风格和装饰。其次与舞美设计师和导演进行讨论,共同决定舞台布景和灯光效果。最后还要深入了解舞台技术,如投影、悬挂装置等,以创造独特的舞台效果。

相较于成人戏剧,儿童戏剧的舞美设计有其特殊的要求。儿童戏剧的舞美设计应该依据不同年龄段儿童的审美心理,根据不同的题材,利用剧情的发展变化创造出新奇的舞台,力争从视觉形象上征服儿童。儿童戏剧的舞美设计要富有想象力与创造力,富有情趣性和互动性,设计应夸张,色彩丰富,富有活力与朝气。舞美设计师应围绕幻想来设计舞台布景和服装,用色彩和形状来诠释它们,还要确保这些舞台布景和服装实用且有效。有些戏剧需要不同的场景,设计师应避免换景的时间过长,影响观众观看的连贯性,还需要思考如何让换景惊奇有趣。

二、服化道

服化道统属于舞台美术,它们共同强化和揭示戏剧的时空及角色,使舞台形象更加鲜明。儿童不像成人能够接受一定的假定性。如果年轻的演员演绎一位老者,若是仅以肢体动作去模仿,没有设置特定的服化道,成年人大部分可以理解演员在扮演一位老者,但儿童不能理解,所以儿童戏剧中的服化道设计特别重要。

(一)服装

戏剧服装是服装设计师为剧中角色设置的符合故事时代背景与人物性格的服装。戏剧服装不仅能够帮助演员塑造出典型的人物形象,加强角色的个性表现,使演员更加具有代入感,从而成功演绎角色,还能为儿童观众提供故事中潜在的时代背景与情感信息,引导他们进入导演框定的特定情境中,帮助儿童理解儿童戏剧。戏剧中特定的时代、生活习俗和情境,以及角色的时代面貌、外部形象、身份、年龄、职业、经历及性格特点都需要借助服装来反映。好的戏剧服装设计能帮助提升剧目的艺术感和美感。戏剧服装的设计过程十分复杂,总体来说,儿童戏剧的服装设计遵循以下原则。

1. 适应儿童审美

首先,儿童通过色彩来表达内心的情趣和想法,因此,儿童戏剧的服装色彩一般来说更加鲜艳。在儿童的世界里,颜色能够象征性格。在儿童戏剧里,正面角色多穿亮色,反派多穿暗色。其次,儿童的审美趣味具有写实主义特征,所以服装设计应写实,细节要生动。

2. 符合故事背景

设计师必须认真研读剧本,深刻了解戏剧情节,感悟人物特点,并根据剧本的时代背景提炼出与服装设计相关的内容,从而制订设计方案。戏剧服装设计师需要全面了解戏剧历史、服装演变,考证历史上优秀戏剧的成功经验,挖掘戏剧服装的表现形式。

3. 突出角色特点

服装对于表现人物性格具有特殊作用。服装设计是对戏剧人物角色进行刻画的重要方式。戏剧服装设计绝不是让角色穿上衣服这么简单,它需要设计师呕心沥血为角色赋予灵魂,帮助演员找到塑造角色的外部手段。

(二)化妆

化妆是美化和改变演员舞台形象的重要手段之一。儿童戏剧化妆师的主要任务就是根据剧本的主题思想、情节冲突、演员形貌、舞台演出的总体造型要求和艺术风格,设计人物的化妆造型。在演出过程中,化妆师负责保持人物造型的连贯性,并随着人物性格、情绪、年龄等因素的发展变化,给予相应的、准确的描画,帮助儿童戏剧演员准确塑造生动、感人的角色。

作为儿童戏剧化妆师,首先要通读剧本,按照导演阐述,了解故事发生的背景、年代,主要人物的年龄、身份、相貌特征、性格特征,以及人物之间的关系等,尤其是剧中的矛盾冲突和人物丰富的内心活动。当化妆师基本把握了演出的整体风格,了解了演员的外部特征,并且和导演的创作意向达成一致时,就可以进行设计图的绘制了。绘制设计图是将设计的人物造型在平面图纸上展现出来,这是形象化的第一步。完整的设计图还需要将面料的颜色、材质,饰品的样式和材料,以及各部位的形态呈现出来,并附上设计构思和说明,无法购买的物品则需要化妆师自己制作。试妆是人物造型第一次立体地呈现。因为演员的面部是立体的,所以绘制的效果图在演员脸上会受到一定的限制。化妆师可以直接在演员脸上造型、定妆,也可以利用演员照片,在照片上勾画设计,然后进行试妆造型,最后定妆。但这并不是最终的呈现效果。舞台上有灯光,并且观众和演员的距离较远,所以还需要在彩排时进行妆容的调整。在演出时还可能遇到抢妆的问题,比如演员下场几分钟后要换一身行头再上场,这种情况下化妆师还需做好充足的准备。

在神话剧、童话剧、科幻剧等儿童戏剧作品中经常出现仙子、妖怪、动物和植物等,如《西游记》里的妖怪等。这些角色都需要通过化妆、造型将演员塑造得像故事里的角色,引起观众的想象和联想。这类化妆可以运用类似脸谱的形式来表现,也可以运用塑型化妆法和绘画化妆法来表现,还可以用饰物佩戴的形式来表现,比如穿兔子的玩偶服,但面部仍按人的面貌来化妆。它们是幻想世界中的人物形象,对化妆师来说是极大的考验,化妆师应充分发挥想象力进行创作。

(三)道具

舞台服装和化妆的主要任务是塑造戏剧中人物的外部造型,而舞台布景的主要任务是在舞台上创造故事发生的环境,呈现时代面貌、地区特点、时间特点等。舞台布景需要相应的道具做支撑。在戏剧演出中,道具是表演者直接运用的器具,除了布景之外,舞台上的一切陈设、用具及演员随身携带的物件等都属于道具的范畴。道具就其性质、用途和形式可分为装饰道具、打道具、小道具、随身道具和象征道具等。道具在舞美中是非常重要的部分,道具设计是戏剧得以从构想转变为现实的基础。比如古装戏和现代戏对城市建筑的要求有所不同,应分别设计。

1.道具的功能

道具为戏剧主旨服务,戏剧表演的场景或者要表现人物特征,都离不开与之匹配的道具的精妙设计。适宜的道具设计不仅可以交代故事背景、渲染情境、辅助表演、推动情节发展,对于介绍人物身份、刻画人物性格和情绪也有着重要作用。概括来说,道具是为剧情和演员表演服务的,具体作用如下。

(1)交代故事背景,渲染气氛。

故事中的人物必须在一个空间中存在,道具最基本的功能就是创造一个空间,再现戏剧所需要的时代氛围。这些大型道具不仅为剧情的需要提供了场地,更重要的是通过这些道具可以感受到那个特定时代背景下的人物和社会状态。道具使用得当,能起到很好的烘托气氛的效果。2023 年网络上兴起了一阵越剧风,中国传统非遗文化再次回到大众眼前,图 9.2 是越剧《新龙门客栈》的场景,属于陈设道具。图 9.2(a)中是一个室内的场景,屋顶、床幔都给人一种古色古香的感觉,上方蓝色的灯光模拟月光,观众能感知故事发生在古代的夜晚。图 9.2(b)中有很多红绳悬挂起来,配合昏暗的光线,给人一种恐惧之感,似乎会发生一些刀光剑影的故事。通过以上道具我们能了解到故事发生的时间、地点、环境等。

(a) （b)

图 9.2　越剧《新龙门客栈》的场景

(2)推动情节发展。

有些道具对于剧情有着重要的推动作用。故事《猪八戒吃西瓜》就是由一个西瓜引起的,西瓜作为线索道具,在故事中发挥了决定性作用,有西瓜才会有这个故事。在《哆啦 A 梦》里,哆啦 A 梦的口袋虽然只是一个小小的口袋道具,但是正由于它里头各种各样、千奇百怪的工具才有了情节发展,成就了这部超长的动画。

(3)刻画人物身份和性格。

小型道具的设计可以起到画龙点睛的作用。《黑猫警长》里黑猫警长的手枪道具充分体现出他作为警长的身份,也能烘托出他作为正义使者的正义感。道具与角色之间有着非常密切的联系,它们起到了强化角色的性格和形体特征的作用,展现了角色的身份、地位、情趣和爱好,有力地烘托了角色,增强了角色的感染力。

在塑造主角时,还需要注意"救猫咪"法则。"救猫咪"法则是指主角出场的时候要做些什么事情,让观众喜欢上他,希望他赢。《阿拉丁》里的阿拉丁原本是个混蛋,是一个被惯坏的懒鬼,更糟糕的是,他还是一个小偷。在故事里阿拉丁出场干的第一件事情就是偷食物,因为他肚子饿。拿着弯刀的守卫在市场里追他,阿拉丁最后甩掉了他们,安全躲进小巷里。他正要咬偷来的面包,结果却看到了两个饥肠辘辘的小孩子,于是阿拉丁把他的面包给了他们。所以,我们跟阿拉丁站在一边了。这里用面包这个道具塑造了阿拉丁善良的品质。

(4)象征、隐喻。

不管角色是处于工作环境、家庭环境,还是娱乐环境等任何环境中,道具都是理解人物形象的线索。《花木兰》这部作品讲述的是一个有担当的女孩如何冲破世俗的限制,勇敢面对自己的内心并最终成就一番作为的故事。所以在设计时,要把木兰的内心外化成具体的形象表现在舞台上。

《花木兰》的舞台布景(图9.3),导演设计了一个标志性的形象——冰裂纹花窗。在窗户的选择上,特地选择了"花"的形象,既可以作为环境的暗示,又可以看作木兰内心的象征。透过这扇窗,用不同颜色的光来隐喻不同的情绪:蓝色的光下,木兰在织布,心情有些烦闷和忧愁;在暖色的灯光下,木兰完成了内心最为艰难的自我确认之旅,迈出了替父出征的勇敢的一步如图9.3所示。

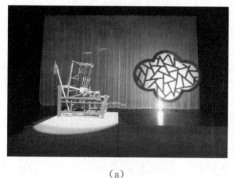

(a)   (b)

图9.3 《花木兰》的舞台布景

2.道具设计的方法

道具设计不能脱离作品本身,必须根据剧情的整体要求、角色所处的时代和角色的身份、个人爱好等来进行设计。

道具设计首先必须与作品的整体风格相符,不然会带给观众违和的感觉。其次道具的风格也应与角色造型(外在形象)保持和谐一致。再次道具设计也应与角色的性格相符。比如动画中正面人物使用的武器通常是散发正义之光的刀剑,而反派人物的武器则会融入一些消极和恐怖元素,例如骷髅头、蛇、虫等,通过这些道具进一步深化角色的性格和形象。最后随着故事情节的变化推移,道具也应该随之发生相应的变化。如孙悟空穿越到现代生活需要喝水,这时为其准备的道具就应该更具现代生活气息。

第三节 演员及其创作素质

一、演员的三位一体

演员在表演中既是创作者,又是创作的材料与工具,同时还是创作出来的成品角色,这便是我们常说的三位一体。在艺术创作的本体当中,演员是核心。可以用一句通俗的话来解释表演艺术:活人演活人给活人看的艺术。第一个活人指演员,音乐创作靠乐器,美术创作靠画笔、颜料等材料,而演员的创作材料是演员自身,包括本人的声音、语言、素质、敏感度、艺术感觉等,演员以自己为创作材料。第二个活人指艺术形象本身,演员在剧作家所创作出来的文学形象的基础上,创造出那些有血有肉、活生生的人物形象,舞台上有血有肉的人物形象依然是演员自己。第三个活人就是观众,演员是在假定的、艺术虚构的情境中去创作,这些特点必然要求演员在创作中具有一些特殊的能力,以适应创作的需要。因此,我们所说的创作素质,是指演员能够适应表演艺术创作需要的内部心理素质和外部形体条件,也就是斯坦尼斯拉夫斯基常说的演员创作的有机天性。

二、演员的创作素质——七力和四感

演员的创作素质是由演员的创作任务所决定的,也是由表演艺术的特性所决定的。演员的创作任务是要创造出具有审美价值的人物形象,要求演员最终化身为角色。我们把演员的创作素质简单归纳为七种能力和四种感觉,简称七力和四感。

(一)七力

以下七种能力是演员创作所需的重要素质,通过训练和发展可以提高演员的表演水平。

1. 敏锐而细致的观察力

敏锐而细致的观察力是指敏锐、细致入微地捕捉到人物的外部形象特征,洞悉人物心理特征的能力。生活是艺术的源泉,培养并发展观察生活的能力,是非常重要的基本功之一,因为演员所饰演的角色形象一定藏在生活当中。观察力跟人的性格一样是参差的,但是却是可以培养的。同样观察一个物件,有人会说这是一颗螺丝钉。观察力不同,观察到的事物也会有所差别。观察力的培养不仅能让儿童戏剧表演真实细腻,还可以让剧本更加饱满生动。生活是艺术创作的源泉,要想演好戏,要花大量的时间去观察周边的人,观察他们的生活方式及行为举止,以此汲取各种人物行动的素材。观察人物需要注意人物的穿衣戴帽、音容笑貌、行为举止等,也就是从人物的三个维度——生理维度、社会维度、心理维度进行观察,从而原汁原味地模仿到位,这样表演才会更加真实、生动。观察力是演员最基本的素质之一。演员需要长期不懈地去观察生活,慢慢形成自己的特点。

2. 积极而稳定的注意力

注意力是指演员能够忘我地投入假定情境中的能力。舞台、观众及一切假定性因素的存在无不干扰着演员,演员自己的私心杂念等也使演员不能像在日常生活中那样专注地在舞台上做事情。演员的注意力集中在创作中体现在能够持续地生活在规定的情境中,能够把注意力集中在行动上,以保证行动的真实,做到我们常说的能在假定的情境中真听、真看、真感受、真思考。要做到这一点,演员除了尽可能地克制自己思想上的私心杂念之外,最重要的是醉心于戏剧情境中的事物,善于为表演中的行动创造出诱人的目的。演员要把那些本身没有兴趣的对象变成使自己有兴趣的对象,把没有意思的东西变成有意思的东西。演员在培养与发展自身素质时,要从强制自己在创作环境中集中注意力开始,逐渐使之成为创作天性的一部分,形成下意识的创作直觉。

3. 丰富而活跃的想象力

演员要依靠想象力来丰富、发展剧作家提供的文本内容,把文字材料转化成舞台上生动的画面和鲜活立体的人物形象,从而进行二度创作。从初读剧本,与角色初次见面,到研究剧本、研究角色,再到在舞台上表现角色,演员的想象力无时无刻不参与到创作中来,并保持着鲜活的生命力。演员的想象是形象性的想象,包括对角色内、外部特征的想象,对剧本内、外生活的想象,以便在心中形成角色的形象。演员的想象还体现在对假定的情境的感受与营造上,演员要善于运用内心的视听觉感受想象的内容,形成内心视像,从而产生情绪的体验和行动欲求。演员的想象既可以是推理性逻辑的想象,也可以是联想式逻辑的想象。在表演过程中,演员可以运用神奇的假设来调动自己的想象力。演员的想象力并不是一种神秘的思维活动,它可以通过观察和经验得到滋养,可以通过培养发展起来。生活知识的广博与文化艺术修养的深厚是演员想象力活跃的基础。读万卷书,行万里路,就会为自己的想象提供必要的素材。

4. 敏锐而真切的感受力

人们受到外界事物的刺激时会产生某种感受,并引发相应的情绪上的变化,这种能力就是感受力。演员的感受力是一种能够在艺术的、虚构的情境中感受客观事物刺激的能力,包括对规定情境的感受,以及在交流中对于表演对手的一举一动、只言片语,甚至是一个眼神、一声叹息等所给予的刺激能够引发相应的情绪体验。

在表演艺术中,演员在创造人物形象时,很重要的一个方面就是要创造出人物的情绪体验,也就是舞台情感,感受力是创造出人物的情绪体验的最主要的保证。由于在表演创作中,演员所受到的并非是生活中真正的刺激,而是一种艺术的虚构,再加上创作环境中一些因素的干扰,有的演员往往感受不到客观环境所给予的刺激,无法创造出人物的情绪体验,就会在表演中无法真正动心、动情,或者用虚假的表演情绪、表演情感来代替。

表演虚假的主要原因是演员在创造人物时缺乏真实的内心体验。为什么有些演员不能做到真实的体验呢?除了创作方法上的原因,主要还是因为演员缺乏感受力。一方面,感受力的增强与演员的创作素质的全面发展有着密切的联系。创作中注意力的养成、想象力的发展、真实信念感的建立等,都会使演员的感受力得到增强与发展。感受力是演员创作的有机天性的一部分,或者说是演员创作活动链条中的一个环节,因此,演员需要在全面发展自己的创作素质的过程中去增强和发展感受力。另一方面,感受力的培养与演员的整体素质有着一定的联系。一般来说,生活中真诚热情、对生活充满热爱、有悲悯心和赤子之心、爱憎分明的人,在创作中的感受力就要强一些。因此,对演员的创作素质的要求既体现在创作上,也使得演员的人生变成了一场追求真善美的修行。

5. 形体和语言的鲜明表现力

演员创造人物形象时所追求的理想境界应该是既有真挚、深切、细腻的内心体验,又有准确、鲜明、生动的外部体现,做到形神兼备。艺术的目的就是要创造角色的精神生活,并通过美的形式把它表现出来。

演员在表演中用于表达内心体验的手段主要是他的形体和语言。因此,形体与语言或者说台词是表演艺术创作中的两大支柱。

当然,戏剧演员的表现力有它的独特性,主要体现在揭示角色外部性格特征的方法、手段上。对于演员的形体表现力来说,有三点很重要,一是眼神,二是手势,三是步态,这三点最能反映出人物的外部特征。演员运用自己的形体、语言的表现能力,通过创造获得角色的自我感觉,从而转化成角色的性格特征。舞台语言表现力的训练包括气、声、字、韵等基本功和语调、语气、重音、停顿等舞台语言技巧的训练。通过系统、专业的学习与训练,演员能够了解生活语言与舞台艺术语言的异同。训练有素的演员,他的舞台语言具有技巧性和审美性相统一的特点,观众既能够听得清,又能够听得明白,还觉得好听。现代派戏剧对于演员声音和形体的表现力更加重视,并有别样的要求。形体与语言的表现力不仅体现在刻画人物性格上,而且强调演员的身体和声音的生物机能的发展。

6.生动而灵活的适应力

在生活中,人们常说你有来言,我有去语,能随机应变,说的就是适应力。在表演中,同样存在适应力的问题,那就是演员时时刻刻都要去适应规定情境的变化,在交流中适应对手所给予的刺激,并且细腻地展现人物的思想和情感。

表演艺术是舞台行动的艺术,行动的三要素包括做什么、为什么做、怎么做。其中怎么做就是指舞台适应,演员通过做的不同方式来揭示人物性格。拥有生动而灵活的适应力的演员,在表演创作中总能创造出情理之中、意料之外的舞台适应,从而体现出人物鲜明的性格特征。舞台适应总是带有一定的即兴性,这提醒演员永远不要把戏演死。这种适应建立在对规定情境的理解和对人物关系的准确把握的基础上。适应力的强弱不仅和演员的生活积累、思想水平、文化艺术修养有关,同时还与演员的想象力、注意力、感受力、判断力、表现力等创作素质有关。可以说,演员的舞台适应力体现着演员的综合实力,是演员在表演创作中获得了角色的自我感觉以后形成的一种创作直觉。这种适应力可以在学习中加以训练、提高,最主要的是演员应在生活中养成职业习惯,日积月累,有意识提高自己的专业素养。

7.真实而准确的判断力

人们在生活中自然而然能够做到思考、判断,而在表演创作的假定情境中能做到真思考、真判断就变成了演员创作的心理技术和一种专业素质。在表演创作中,情境是一种艺术的虚构,最终的情节演员都是预知的,不像真实的生活中一切都是未知的,需要人们经过思考和判断才能做出决定。因此有的演员在表演中就会不加思考地直奔结果,使人物的心理活动失去应有的变化过程,这样就使行动不能真实、有机地发展,演员也很难产生并创造出真实的内心独白,为自己提供心理暗示,从而激发舞台情感,建立起人物真实的内心生活。演员在创作中要形成人物的行动线、思想线和情感线,才能够更好地创造角色的精神生活。真思考、真判断不仅是一种心理技术,同时也应该成为演员创作的有机天性的一部分。演员在创作中做到真思考,会获得创作上的自由感,戏就演活了,尤其是在创造一些思想复杂、精神负荷比较重的人物形象时这一点显得更为重要。

(二)四感

演员创作素质中的四种感觉,包括信念感、形象感、节奏感和幽默感,具体分析如下。

1.信念感

信念感是指演员对于表演创作的假定性特点,具有一种能够以假当真、信以为真、假戏真做的能力。信念感是指相信所体验的情感的真实和进行着的动作的真实,也就是演员在舞台上必须具有内心的真实,以及对这种真实的纯真的信念。这种真实,首先是人物形象的真实,其核心是情感的真实,其创作路径应该是行动的真实,即演员心灵中所产生的,由现实中并不存在的舞台虚构所激起的真实而正确的体验。作为演员,在舞台上必须具有这种内心的真实和对这种真实的纯真的信念。

真实的信念感是进行舞台表演的根基,是演员必须打下的扎实基础。在现实世界中,人的信念感是在不知不觉中自然产生的,并不需要刻意培养和建立,因为生活本身就是真实存在的。但同样的事情搬上舞台就不是那么回事了,它是艺术虚构。演员需要把艺术的虚构创造成为令人信服的艺术真实,需要依靠直接或间接的积累开展想象,唤起自己相类似的生活记忆,激起敏锐的感觉,激发内心感受与情感体验。同时,掌握行动的逻辑顺序,在艺术虚构中产生信念感。

2. 形象感

形象感是指演员善于捕捉人物的性格特征,获得角色内、外部自我感觉的能力。形象感的形成一般建立在演员对生活和人的观察的基础上,与演员敏锐的观察力和模仿力是分不开的。演员要想演什么像什么,生活中就得眼中有人、心中有人,这样才能创造出有形象感的人物,才能在创作中迅速而正确地获得角色的形体的自我感觉、语言的自我感觉,最后创造出完整的人物形象。一般来说,如果角色的性格与演员的个性相近,演员在创作中就会表现出很强的形象感,否则就需要掌握一定的创作方法,慢慢在自己身上生发出角色的形象感。

3. 节奏感

节奏是指贯穿在表演过程中的交替出现的有规律的现象,是通过形体的表现和内心的反应来体现的,主要表现为情绪情感的起伏变化。节奏感是演员的生命线,其作为激发演员体验和情感的表演技术之一,同时也是形成舞台表演节奏和情绪氛围的重要手段。表演节奏不仅指演员的快慢,也指演员的行动和体验的程度,以及舞台事件发生时演员内心情绪的强弱程度。

表演上的平淡、温暾、拖沓有时演员自己意识不到,就是由于演员缺乏节奏感的表现。演员的节奏感体现在诸多方面,如形体节奏、心理节奏、语言节奏、适应规定情境变化的行动节奏,不同性格特征的角色都有自己的性格化的节奏感。比如说林妹妹有林妹妹的节奏,王熙凤有王熙凤的节奏,李逵有李逵的节奏,宋江有宋江的节奏,喜剧表演有喜剧表演的节奏,悲剧表演有悲剧表演的节奏。如果演员对此不敏感,或者在创作中不善于把握表演的节奏,会使创作失去光彩,让观众感觉无精打采。表演的节奏不仅可以激发演员的情感体验,同时还可以创造出一种情绪氛围,帮助演员更好地掌握规定情境中人物的任务和行动。

4. 幽默感

所谓幽默感,并不是指单纯逗人发笑的噱头,对演员来说,幽默感是一种难能可贵的创作素质。舞台上的幽默感一般都具有一定的旨趣意蕴,而不是苍白的逗乐,它是意味深长的,能令人反复思考、回味。幽默感不是每个演员都具备的素质,但对于儿童戏剧演员来说幽默感非常重要。在表演中,幽默以特定的形式出现,可以说是对周围事物和行动对象的一种特殊的适应方式,是可遇而不可求的。不管是有意为之的幽默,还是感情含蓄的幽默表达,都是演员在理智状态下生发出来的。在表演中瞬间迸发的幽默感可以激起观众产生更大的兴趣。同时,演员的表演也由此变得充满光彩,不落窠臼。幽默感在舞台上一方面依靠演员的反应和适应,是演员个性中的一部分,另一方面也是演员的有意创造,受演员的生活态度的影响。演员需要用心把握和创造,才能获得真实的、机智的幽默感,取得良好的戏剧效果。

探究·讨论·实践

1. 观察生活中的人和事,可选择菜市场、公园、医院等场所进行观察,并通过模仿进行表演呈现。

2. 表演生命的不同阶段(胎儿、婴幼儿、青少年、中年、老年)。

第四节　儿童戏剧表演

一、戏剧表演的概念

戏剧表演是指演员在剧作家所创造出来的文学形象的基础上,创造出有血有肉的活生生的人物形象。剧本、演员和观众是戏剧艺术的三要素,戏剧是在剧场中为观众现场表演的,因此每一次表演都是一次艺术创作。戏剧表演的过程就是创作的过程,故戏剧艺术最本质的要素便是演员。因此,戏剧艺术以演员表演为中心环节,演员表演使戏剧艺术具有了自己的特色。

二、戏剧表演的特点

虽然戏剧、影视剧都是通过演员的表演把思想传达给观众的,但戏剧表演与影视剧表演相比有其自身的特殊性。例如,电影是演员表演的记录性重现,电影演员与观众是间接交流的关系,而戏剧是即时的活生生的表演,与观众是直接的、双向反馈交流的关系。戏剧演出时,剧场中演员与观众可以直接交流,观众一方面欣赏舞台上演员的精彩表演,另一方面又以自己的情绪情感的反应直接影响着演员的表演,这种当场反馈构成了戏剧艺术的重要特点。

戏剧具有剧场性,戏剧舞台凭借布景、道具及音响产生了强烈的现实感,营造了真实的氛围。但也由于这种剧场性,观众的感受必然受到距离与视线的左右,只能以类似全景的距离观看舞台,并且观看的距离和角度是固定不变的。观众无法或近或远地注视人物及其心理变化,也就不能多层次、多向度审视剧情的推进。当观众从特定距离和角度看取戏剧舞台呈现的情节时就已经被限定在给定的逻辑内了。所以演员为了能更好地将角色的内心感受有形化,向观众传达戏剧冲突、情绪情感,表演的动作就需要更夸张一些。

戏剧的现场性让戏剧表演具有了自身的特殊性。戏剧表演具有即时性，演员需要在舞台上实时呈现角色的情感、思想和行为，观众会在现场即时感受和回应。戏剧表演还具有互动性，儿童戏剧表演是演员与观众之间互动的过程，观众的反应会影响演员的表演，演员需要根据观众的反应来调整自己的表演。为了契合儿童的审美心理特点，儿童戏剧表演还需具有游戏性，让儿童受众在游戏中完善自身。

三、儿童戏剧表演基本功和提高表演能力的方法

儿童戏剧表演的创作方法和训练基础对于提升演员的表演水平、塑造舞台作品至关重要。戏剧是动作的艺术，动作有广义和狭义之分，广义的动作指整个戏剧行动，包含演员扮演的人物的意志的生成、命运的抉择、冲突的博弈和问题的解决整个过程，狭义的动作指演员在扮演人物来叙述故事的过程中的声音、台词、形体、表情，即声台形表。我们这里提到的是狭义的动作。

（一）表演基本功

戏剧是用动作塑造人物、叙述故事的艺术。动作就是规定情境当中人物的思想行为，它要借助演员训练有素的声音、台词、形体、表情去传情达意，完成戏剧演出的最高任务。演员需要在实践中不断强化以下基本功。

1.声

声即发声、声乐。声音是演员表演的重要工具，在戏剧表演中演员需要用声音传递情感和展现角色的特点，演员需要做到吐字清晰、声音洪亮，才能让观众听得清，以获得更好的演出效果。演员需要在固定的地点、时间内进行表演，观众只能听一遍，所以吐字清晰显得尤为重要。

演员平时需要进行发音、配音、吟诵等各种声音练习来掌握声音技巧，加强对音色的控制，通过语言和发音的训练来清晰、准确地传递角色的台词和情感，包括单词和句子的发音练习、节奏和语调的训练、声音和呼吸之间的协调等，让声音清晰、响亮，具有传送力，使音质悦耳动听，富有感染力。同时，演员还需要深入研究角色的语言特点和习惯，以便更好地塑造角色。

2.台

台指台词、语言。戏剧表演通常以对话或者演唱的方式呈现，台词是构成剧本的重要内容，是展示剧情、刻画人物的主要手段。演员需要学会语气、语调处理，掌握台词的节奏和语言发声技巧等。首先，演员需要吐字清晰、发音准确。准确地发音和清晰地吐字可以给观众带来舒适的听觉体验，使人物形象更加丰满立体。其次，要注意重音和停顿的运用。演员只有在正确的位置放置重音，并在适当的地方运用停顿，才能引导观众注意到台词所需要表达的重点，以便观众更准确、清晰地理解人物的情绪和情感。最后，演员还要抓住语调的轻重缓急。根据不同场景中人物情绪和情感的变化，演员需要在台词的语调上进行调整，以便观众能够感受到人物形象所蕴含的丰富情感。

3.形

形指形体。肢体语言在戏剧表演中扮演着重要角色，是演员向观众传递情感的主要

方式。台词语言的表达配合不同的肢体语言技巧,才能够呈现出不同的情感,使观众产生共鸣并被演员吸引和代入情节中。演员在舞台上需要再现角色的体态、举止、风度,进而准确地表达角色的思想感情,创造出性格鲜明的艺术形象。由于观众只能从单一角度观看演员表演,这就要求演员的动作幅度要大且夸张,以方便观众看清楚。形体训练奠定了动作夸张的基础,同时夸张动作的表现应当自然、得体、优美,符合人物情绪。

为此,演员必须训练形体,通过练习体操、瑜伽、舞蹈等,增强协调性和力量,运用身体姿势、面部表情、手势等方面的技巧,使自己的身体语言更加生动、自然、富有表现力,这样才能更好地传达角色的情感、动机和意图。同时,演员还需要观察和模仿动物和其他人的姿势和动作,深入研究角色的身体语言特点和习惯,以便更好地塑造角色形象,从而模拟不同人物的外部特征,以适应扮演不同年龄、职业、性格的人物的需要,如此才能通过艺术化的表情、语言和形体动作,赋予角色灵动的生命力,让角色散发出个性化的魅力。

4. 表

表指表演。表演是演员的感受力、判断力、作品表现能力的综合体现。演员需要在戏剧表演中平衡行动与角色内心情感之间的关系,更好地完成舞台人物形象塑造,激发观众的情感共鸣。演员要系统地学习、分析剧本和角色,学习如何进行角色的构思,并通过行动体现在舞台上。

演员需要深入研究角色的性格、经历、价值观等方面的信息,演员对角色进行分析后,才能更深入地思考角色的内心世界,理解其性格、行为动机、目标和情感等要素,更好地把握角色的情感状态和情感变化,从而更好地塑造出真实、立体的角色形象。

(二)提高表演能力的方法

演员扮演的角色应当是真实感人的舞台形象,这就要求演员的表演既要形似,更要神似,传达出角色独特的性格气质和内心世界。戏剧演员在进行二度创作时,必须深入研读戏剧作品,挖掘作品内涵,细致入微地掌握角色丰富的情感,通过情感体验与艺术分析,缩短自我与角色之间的距离,在与导演和其他演员的沟通、探索中塑造出有血有肉的人物形象。

1. 了解角色

演员要在戏剧表演中成功地塑造人物形象,首先应该深入研读剧本,研究角色的背景故事,了解其成长经历和人际关系,以便更好地理解角色的性格、目标、内心世界和行为动机。其次通过角色的台词和行动了解角色的语言特点和行为习惯,以便更好地塑造角色形象。最后应进行角色讨论和探究,了解角色之间的关系,与导演和其他演员分享观点和想法,以便更好地把握角色的情感状态和行为动机,以展现出立体、鲜活、真实的人物群像。

2. 把握人物情感

角色的深度塑造需要演员表达真实的情感,情感表达是戏剧表演中最具挑战性的元素之一。演员分析角色在不同场景下的情感状态和情感变化后,才能更好地把握角色的情感。演员还要按照剧情的需要做不同的表情变化,不同的剧情人物往往有着不同的表情,要能在喜怒哀乐不同情绪之间快速转换并能有意识控制,这样观众才能跟着演员的情绪变化融入剧情。

演员需要掌握情感表达、情感记忆、情绪置换、形象联想等表演方面的技巧,提高对自身情感的认识和把握,同时学习如何将情感转化为表演的方式,用适当的表情、动作和声音将人物情感传递给观众,使自己的情感表达更加深刻、富有感染力,创造出真实、立体的角色形象。

3. 交流与适应

交流指的是人与人之间或者人与物之间的接受、给予、刺激和反应的过程。适应是指动态的交互过程。戏剧创作不仅是个体的努力,更是团队的合作。演员、导演、编剧、舞美设计师、音乐家等各个角色需紧密合作、相互交流和共同创作,交流与适应在表演中无处不在。与其他演员一起进行排练,对于其他演员或者环境给予的刺激,演员应立马做出反馈。这种反馈主要由形体和语言来表现,特别是形体。在形体上,一个手势、一个步态都饱含着语言,特别是眼睛和面部的表情,可以传情达意。除此之外,台下与导演、编剧反复进行沟通和讨论,深化对剧本和角色的理解,与舞美设计师和音乐家合作,整合各种艺术元素等都是交流与适应的过程。

四、台词表达的训练

演员将一切可以利用的符号赋予角色,让观众相信这种假定性,台词就是可利用的符号之一。儿童戏剧的台词是经过艺术加工的语言,是典型化、艺术化和具有表现力、音乐性的优美的语言,它以生活语言为基础,但决不等于生活语言。生活语言以交流为目的,相对来说比较随意,能够表情达意即可。儿童戏剧的台词是演员在特定情境下说出的经过艺术加工的语言,其必须精准地传达剧情内容,要让观众能听清楚、听明白。

(一)台词表达的技巧训练

所有的语言表达技巧将其归类无外乎语言速度节奏的快慢、语言音量的大小、语言力度的强弱、语言音调的高低。

1. 语言速度节奏的快慢

语言速度节奏的快慢是指在单位时间内能说多少个字,快与慢的要求是,快而不乱,慢而不断。快一定要追求清晰地快,一定要把每一个音节的字头、字腹、字尾念全。慢而不断,即音断而意不断,与此同时要表达情绪、情感。

语言速度节奏的快慢往往通过贯口训练。贯口也叫背口,是相声中常见的表现形式,贯口的贯,有一气呵成、一贯到底的意思。虽说贯口一贯到底,但是做练习时不能一个速度、一个节奏,应换气口,有快有慢。开口第一句往往较慢,之后逐步加快,有快有慢。如用《报菜名》《满天星》《刮风》练习吐字清晰,字正腔圆,停顿自然,气息均衡,不憋气,不大喘气,先慢下来,再快上去,又慢下来,会有很好的效果。

2. 语言音量的大小

音量的大小主要由气息的流量和速度决定。用较强的气息冲击声带,发出的声音就会大,用较弱的气息冲击声带,声音就会小。大音量要求大而不喊,必须在正确的呼吸、发声状态下有控制地进行,否则会损伤声带。小音量在发声时必须是实声,不能出现虚声与气声,并且要传得远,让一定距离以外的人能够听清楚。训练调整音量首先应感知自己的最大音量和最小音量,然后逐渐调整自己呼吸、发声的器官,把自己最大的潜能发挥出来。训练中要做到在各种音调上自如地提高或降低音量。要注意的是,提高音量时不要调高音调。因为音量和音调是两个维度上的概念,生活中习惯把它们合并使用,比如当你生气时,你的音量和音调都会提高,但是演员在单一技术训练时应避开这种习惯。

3. 语言力度的强弱

语言力度的强弱往往直接反映人物内心的情感和情绪,这对塑造人物形象来说是非常重要的。当语言力度强的时候,字头会咬得紧、咬得狠,气息往往是爆发式地将音爆破出来,可以表现愤怒、狂躁等情绪。语言力度弱是指在字头不变的情况下,尽量减少字头的喷吐力量,但是字音不能变,气息是绵绵不断的,力度的强弱主要是依靠演员的唇舌齿牙和气息来控制的。

4. 语言音调的高低

语言音调的高低是由声带进行控制的。声带拉紧变薄,音调就会升高,声带放松变厚,音调就会降低。音域的宽窄是先天决定的,但在表演训练中,可以学着控制自己的音域。

(二)绘声绘色

1. 重音

为了将思想表达得清楚明白,人们在讲话时经常要将一句话中的某些重要成分加以强调,这些被特意强调的成分就是重音。重音可以分为语法重音和逻辑重音。从语法的结构来看,句子里的某些语法成分一般要重读。重音往往是放在定语、状语、补语、疑问代词、指示代词等语法成分上。逻辑重音是指当人们表达思想时,特别希望就自己强调的内容加以重点突出,从而使句子的含义更加明确,不使听者产生误会。

文字从某种意义上说,只代表思想,不代表特定的情感。一句话写在纸上,我们看了以后可以知道是什么意思,比如,"我知道你很会唱歌",意思是"你"有唱歌这项才能。但说出来,用不同的重音去诵读表意会不一样:"我"为重音,突出"我"知道,但别人不知道;"知道"为重音,意为"你"不要再瞒着"我"了;"你"为重音,意为别人会不会"我"不知道;"很会"为重音,意为"你"唱得很好;"唱歌"为重音,意为其他的技能"你"会不会"我"不知道。

不同的重音、语气、语调可以表达不同的情感。

2. 语气、语调

作品的思想内容依靠重音和停顿来表达,作品的情绪、情感由语气和语调来表达。语势是指有声语言中语句发展或行进的趋势和态势。语势分为三种情况:上行语势,一般表示欣喜、欢快、轻松向上的情绪;平行语势,表现比较平和、正式、冷静的情绪;下行语势,表示庄重、沉痛、愤怒一类情绪。语气、语调就是由上行、平行、下行语势结合起来形成的,以表达人类复杂的情绪、情感变化。文字通过语言表达自然就有了语气、语调。不同的语气、语调需要搭配恰当的面部表情才能准确地表达情感。

第五节 儿童戏剧教育与指导

儿童戏剧的受众有其特殊性,因为儿童生理与心理并未发育完全,所以观看儿童戏剧的决定权并不在儿童,一般来说会由成人带儿童一起观看,如家长、教师。儿童需要成人为他们挑选台词口语化、动作化,戏剧冲突单纯的剧目进行观看,同时为了安全起见,观看时必须有成年人陪同。

一、儿童戏剧教育探索的方向

(1)借助儿童戏剧教育丰富儿童的学习形式,注重学习过程中的体验。

(2)创作出更接近儿童生活,更有助于儿童成长的儿童戏剧。教师要勇于尝试剧本创作,利用儿童戏剧中有趣的形象及寓教于乐的特点,以儿童戏剧表演为活动载体,训练儿童的语言表达能力、人际沟通能力,增进儿童对所处生存环境的认识,促进其人格持续成长。

(3)利用儿童戏剧课程的统整性,尝试教材戏剧化,如把历史或文学中的人、物、故事编成剧本,表演呈现。不用正式布景,不用特制服装,也不用化妆,就在情景表演中体察人物的内心世界,感悟历史发展的规律。

(4)制定儿童戏剧教育的能力指标,通过创意、演出、欣赏来实现各种培养目标。创意包括观察、想象、模仿肢体与声音的表达方式,编写剧情或即兴创作、角色扮演、综合表现等。演出包括话剧、皮影戏、木偶戏、故事剧等的演出。欣赏包括欣赏实地演出或欣赏影片、剧本等。

二、儿童戏剧活动的本质——艺术加工的高级游戏

游戏是儿童主要的活动形式和探索世界的桥梁,儿童喜欢戏剧,是因为戏剧迎合了儿童的心理特征。"过家家""医生看病"等儿童百玩不厌的游戏都带有戏剧成分,儿童在假定的角色扮演中体验着表演与模仿的乐趣。儿童戏剧本质上是一种艺术加工的高级游戏,戏剧教育特别契合儿童爱游戏、玩耍的天性,是最能促进儿童成长,也是最能让儿童乐此不疲、高度参与的一种活动形式。正视游戏在儿童成长过程中的作用是教育工作者对儿童本位的回归。儿童在日常生活中进行的扮演游戏通常归入儿童戏剧活动,包括学校组织的各种与儿童戏剧有关的教学、游戏活动等。

儿童戏剧活动,从本质上讲,与模仿游戏非常类似。所以,游戏性是儿童戏剧最明显的特点。游戏是儿童主要的生活内容和娱乐学习的方式,在游戏活动中,儿童的心理和个性品质能够得到更快的发展。模仿成人生活是儿童游戏的重要内容,儿童正是通过这种模仿来认识社会和生活的。在孩童时期,我们会与同伴扮演警察与小偷,抑或是模仿电视剧中的角色等,在扮演中还会涉及角色分配、对话、道具等。儿童游戏可以培养儿童的想象力、创造力、语言表达能力和主动性以及处理同伴关系和问题的能力,促进儿童和谐、全面地发展。

三、戏剧教育的实践方法

戏剧教育的重点在于教育,它是指在课堂上引导儿童激发自己的天性,全面培养他们的素质。在课堂中,教师以引导为主,可以通过故事表演、角色扮演、心理剧辅导、课本剧教学等方式让儿童在互动中发挥想象力,增强记忆力,锻炼表达能力,丰富美感经验,帮助儿童汲取生活技巧等。让教育戏剧化、游戏化、综合化才是戏剧教育课堂的魅力所在。戏剧教育并不是要儿童成为一名专业的剧作家或者儿童戏剧演员,其目的是引导儿童形成正确的价值观和道德感,通过戏剧教育让儿童发展得更加完善。

(一)故事表演

故事表演是在儿童学会复述故事的基础上,由教师组织来指导儿童参加的一种演出活动,是一种文学和游戏相结合的活动。它着重于让儿童进一步理解作品内容,体验角色心理,并通过语言、动作、表情将这种认识表现出来,允许儿童大胆想象和创新。故事表演一般是复习文学作品、复述故事的教学方法。

故事表演以角色为主,适当配以动作、表情和相关头饰。这种演出不需要特别的舞台和相应的演出布置,在教师的指导和帮助下,每个小朋友都可以扮演角色,创设表演场景,提高表演兴趣。故事性、动作性较强的文学作品都可以成为故事表演的内容。比如马尔夏克的《笨耗子的故事》、阿·托尔斯泰的《金鸡冠的公鸡》、方轶群的《萝卜回来了》、金近的《骄傲的大公鸡》等都适宜改编成故事来表演。

(二)角色扮演

角色扮演是儿童通过扮演角色,借助模仿和想象,创造性地反映个人生活印象的一种游戏。角色扮演的灵感主要来源于儿童的实际生活,儿童在角色扮演中,通过一些辅助道具,模仿某种社会角色的言语、态度、动作等来反映一定的社会生活内容。

对于儿童来说,角色扮演不仅仅是游戏,更是对社会关系、社会分工的立体和多维认识。角色扮演是儿童自主、独立进行的,在游戏中想怎么玩、玩什么都由自己决定。儿童可以扮演生活中实际的人,也可以扮演动植物,甚至是器物(玩具、材料)等。儿童可以扮演各类角色,这是一种创造性的想象活动,对儿童的认知和社会性交往能力的发展具有重要意义。

比如通过角色扮演,儿童可以想象自己是儿童剧《小红帽》中的大灰狼,要想方设法吃掉小红帽,在想象的推动下,思考为什么会来到这个地方、现在的感受是什么、应该怎么寻找食物等,从而进入角色,真实、恰当地去表演。

角色扮演与故事表演的区别在于,角色扮演通过扮演各种人物,反映儿童自己对生活的印象,游戏的角色、情节、内容可以由儿童自己选择。故事表演是有文本的,所扮演的角色是文艺作品中的角色。角色扮演侧重于社会性交往的生活体验,在实际教学中,教师应注重游戏情节是否合乎儿童的生活经验;故事表演则需要让儿童多接触丰富的优秀儿童文学作品,接受良好文化氛围的熏陶。

(三)心理剧辅导

心理剧与普通话剧最明显的区别是它并不塑造典型人物,而是围绕来访者的问题进行展开,目的是解决来访者的心理问题。一部完整的心理剧通常由五个基本要素构成:主角、辅角、导演、舞台和观众。

主角是心理剧里最重要的元素,其是在互动中提供剧情故事的当事人。就辅导而言,其为来访者,是心理剧的主角,在场的所有人都将进入主角的经验世界,用主角的眼睛去观察外在世界,以自己的内心去体会主角的感受。辅角是主角生命中重要他人的任意成员。导演是主角的协助者,是协助主角处理问题的人。导演的主要作用是刺激主角的自发性,引导与架构心理剧。当主角、辅角确定下来,导演应该根据需要为主角搭建舞台,提供给演员一个活生生的空间。心理剧中的观众是指所有参与心理剧而未承担任何角色的人,观众担任心理剧的见证人。在心理剧中,观众代表了客观的眼睛,主角所陈述的主题和内涵若能被观众接受,那么对于主角来说,就象征着他能够被外界接受。观众对主角的支持与同情是支持主角重生的一种力量,也是让主角反思整个情境的动力。观众可以与主角分享他们的感想,或者与主角进行对话,协助主角改正错误的认知,宣泄压抑的情感,缓解焦虑的情绪,这样主角可以从不同角度看待问题,了解别人的反应和感受,学会换位思考,找到正确的应对策略和解决问题的方法,从自我的情境中跳出来,重新走向现实世界。

(四)课本剧教学

课本剧是将中小学课本内容改编成剧本进行演出,为教学服务的戏剧。学生在深度理解课本内容的基础上进行剧本创作。创作课本剧时,学生需要深度理解课本,关注剧中的人物和情节,在此基础上将课本中陈述性的故事情节改编成角色的对话与动作,让平面的文字变得立体直观、生动鲜活。与此同时,学生还需要构思简易的布景与走位。创作课本剧的过程就是对课文进行深加工的过程,课本剧能够营造一种体验情境,让学生与作者及其塑造的人物形象进行深度对话,帮助学生更好地理解课文的主旨与内涵;同时还能培养和锻炼学生的语言表达能力、艺术鉴赏能力,让课堂更加生活化、趣味化,提高学生的学习兴趣。

课本剧不仅能够促进学生多维发展,还能赋能教师课堂教学。《蜗牛的奖杯》是苏教版小学二年级语文下册书中的一篇课文,课文讲述了蜗牛获得飞行比赛的奖杯后骄傲自满,不思进取,最后翅膀退化而失去飞行能力的故事。教师可以创设情境将学生带入蜗牛的角色,问学生:"现在你是蜗牛,老师想采访一下你,为什么要把奖杯一直背在身上呢?"让学生进入角色,体会蜗牛的心态。师生可以在原文基础上大胆创编,如创设新角色,融读、背、创、写、演等多种学习方式为一体,为学生提供施展才华的机会和舞台,让学生在编排课本剧的过程中加深对文本的理解,进一步体验经典作品的韵味。

在戏剧教育里教师还会以角色身份去激励孩子,推动情节的发展。儿童戏剧活动并不只是向学生传授戏剧知识和表演技能,而是要通过戏剧代入的方式,对学生的创造力、想象力进行塑造和培养。教师主要是利用戏剧元素去教学,目的不在于教学生如何演戏,而是教学生如何思考。戏剧教育重教育而非艺术,当然戏剧教育需要教师拥有基本的艺术素养,这样才能进行艺术教育活动。

第六节　儿童戏剧剧本大纲创作实训

剧本为一剧之本，对儿童戏剧而言，优秀的剧本为作品的成功提供了前提。剧本大纲对剧本来说非常重要，如果把剧本比成一栋建筑物，大纲就相当于建筑物的框架，只有在扎实的框架上去做填充，才能保证建筑物不会崩塌。大纲能够让编剧摆脱剧本创作之始的无序状态，从而投入创造细节和丰满人物的乐趣之中。新手编剧一定要先编写出严密的剧本大纲，然后才能动笔写剧本。一是因为剧本大纲是在完全理性的思考状态下进行逻辑分析的产物，它是故事的导航，能为编剧指明去往结局的正确方向，能够保证情节不会跑偏，帮助编剧更优质、更高产、更顺利地完成自己的剧本。在大纲的基础上创作戏剧，将会大大提高编剧后续写作的效率。二是剧本大纲也可供其他主创团队阅读，方便主创团队更快掌握剧本的核心内容，成为主创团队的一份工作指南。

一、剧本大纲的组成要素

剧本大纲一般来说由以下部分组成：舞台设计；音乐和音效说明；人物关系图；故事梗概；场大纲。

二、剧本创作的流程

一般来说剧本创作的流程应该是先定好主旨，撰写故事梗概，绘制人物关系图，再进行段落大纲、场大纲的编写，最后形成一个完整的分场剧本。

（一）主旨

主旨是故事的中心思想，来源于剧作家观察生活后，对人性的理解或是对人生的感悟。儿童在观看儿童戏剧中的故事情节、戏剧冲突时激起内心的情感跌宕，引发相应的思考，便实现了主旨的传达。故事所要表达的主旨是故事的灵魂，每个好故事的背后都有这样一种表达，它是真正引起观众共鸣的东西。所以想创作一部好的儿童戏剧作品，就必须有一个精心构思的主旨，主旨的确立是戏剧活动开展的前提、起点和开端，缺少了清晰的主旨，任何想法和情境都不足以将作品引向一个逻辑上的结论。

需要注意的是，有的儿童戏剧主旨过于概念化、口号化，导致儿童戏剧中的角色过于脸谱化、平面化，戏剧冲突无法打动儿童，得不到儿童的喜爱，那就是"伪儿童戏剧"。所以想写好儿童戏剧中的主旨，应多与儿童沟通、交流，明确儿童的喜好，在此基础上以更高的站位进行立意。

（二）故事结构

好的剧本大纲里一定有一个好的故事梗概，而好的故事梗概一般都符合戏剧三幕式结构。如果将三幕式结构描述为一条湍急的河流，第一幕是主人公划着小船开启航程，接下来会来到充满礁石和急流的第二幕，一切都会在第二幕不受控制地加快速度发展，各种事件会把主人公带到大瀑布前，他无法停止，也不能后退，第三幕结局就要来了。

总体来说，第一幕设置了故事，介绍了人物和冲突，包括建立和展示人物所处的世界、人物的日常生活现状、人物的问题与困境，设置引发情境，给出人物想要解决问题的动机和行动，从而设置全剧的主悬念。第二幕发展了这些冲突，主人公面对困境、问题展开抗争，付出努力，推动情节的发展，人物的内心冲突也越来越激烈，分别迎来中点高潮和本幕结尾处的次高潮。对抗通常是一个较为漫长的过程，在结构上要占据一半以上的篇幅。人物会做出准备，尝试解决，但又将面对新问题，陷入绝望。第三幕则是解决问题，结局并不意味着主人公的问题被轻松解决。主人公也许已经明确知道应该怎么做才能阻止"坏人"并"拯救世界"，但这个过程并不是一帆风顺的，而是要一波三折，主人公在陷入暗夜后看到新希望，经历了虚假结局后迎来问题的真正解决。

标准的故事梗概需要将一个故事的开头、发展、高潮和结尾清晰地呈现在读者面前，满足故事的起、承、转、合四个要素。清晰的故事梗概能让读者或观众看清一个故事的框架，也就是专业上所称的结构。在梳理清楚主线之后，编剧可以回顾这个故事，思考：这是关于谁的故事？主角追求的是什么？主角的动机是什么？是什么阻止了他们？思考之后提取一句话作为故事梗概。故事梗概必须具备三个要素：主角、目标和阻碍。

（三）创设情境

好的主旨和故事都需要灵感，如果创作前期没有太多想法，可以先尝试创设情境，寻找儿童戏剧的发生地点，寻找一个和儿童有关的、他们能理解的或者觉得很有趣的地方。如比较陌生的外太空、遥远的国度，或者和儿童的生活息息相关的玩具柜、花园、有玩偶的卧室等。儿童戏剧的发生地往往比成人戏剧更富有想象力和创造性，如《哈利·波特》系列故事中进入魔法世界的九又四分之三站台，极大地满足了儿童的幻想需求。

（四）人物小传

对于戏剧舞台中人物的理解和描绘，导演需要从两个方面入手：一方面是从人物的外观入手，比如年龄、声音、服装、行为方式等；另一方面是从人物内心出发，在观察人物时，导演不仅要关注人物的外表，还要关注其内心的情感和思想，设计情节冲突来展现人物的内心世界。

角色会给故事带来更多的可能性。角色不一定非得是人类，动物、植物，甚至是器物等无生命物都可以是理想的角色。选谁充当角色这个想法应该从设置的情境中自然地生发出来，外太空中的外星人、遥远国度里的恐龙、玩具柜中的玩具、花园中的植物与昆虫，或是跑丢的爱丽丝、卧室里有自我意识的玩偶，这些都可以成为故事中的角色，需要在情境中尽可能地设置色彩丰富、古怪、有趣、反常、富有想象力的角色，即便是非常普通的角色，也要有不平凡的特点。角色应该有高辨识度，每个人的言语和行动都具有独特的个性，决不雷同。在剧本中，角色的性格应该通过人物的行为表现出来，而不是通过表面的素材来塑造。

假设你正在写一个剧本：主角的好朋友向他坦白，主角母亲留给主角的遗物被好朋友摔碎了，主角会怎样？保持冷静还是痛哭流涕？会避免发生冲突还是叫好朋友离开？生好朋友的气还是反思自己为什么要把遗物放在容易被碰到的地方？如果你发现你不清楚他会怎么做,那说明你并没有设置好角色。究竟该如何设置人物呢?可以从三个维度出发:生理维度、社会维度、心理维度。生理维度也就是人物的基本信息,心理维度是生理和社会这两个维度的产物,它们互相作用,便产生了志向、脾性、态度。生理维度包括:姓名;性别;年龄;外表(身高、体重,头部、面部和四肢的形态,头发、眼睛、肤色深浅,是否干净整洁等);仪态;遗传特征或缺陷(反常、畸形、胎记、疾病)等。社会维度包括:父母的职业;教育经历(学历、学校类型、喜欢的科目、不擅长的科目、天赋);家庭生活;社交场所;主要的朋友;消遣、爱好;民族、国籍等。心理维度包括:道德标准;个人志向、人生信条、座右铭;挫折;性格(活泼、随和、内向、暴躁、拘谨、多疑);对生活的态度(随遇而安、逆来顺受、桀骜不驯、自甘堕落、乐观、悲观);从小到大的成长经历,面对的困难;生命中最重要的东西等。

从以上三个维度对角色进行描述后,还需要为故事中的主要角色写对应的人物小传,可以写人物的生活经历、心路历程、优点、缺点、想要的东西、害怕的东西、技能、个人喜好、业余爱好、语言风格等。在这里需要注意,设置人物并不意味着角色的所有都是编剧赋予的,角色应具有主体性。角色处于规定情境中,形成在该情境中的动机、决定,做出相应的动作,从而驱动情节向前发展。在初步构建人物后,编剧要走进角色、深入了解角色。只有了解角色,编剧才能明白角色在具体的情景下会如何行动。若人物的所有行动都是编剧刻意安排的,塑造的人物就会不真实。例如《西游记》,即使在剧目里面没有对人物的生理、社会、心理维度做清晰的交代,但观众也能够推测出来。所以编剧在设置人物时必须想清楚人物的三个维度,撰写人物小传,否则设置出来的人物会有同质化的倾向并缺乏真实感。一般来说,设置主角可以遵循"救猫咪"法则,同时在设置人物时还可以为人物设置一些缺点,闪光点能让观众喜欢这个人物,而人物的缺点能让观众记住他。每个读者都是不完美的,缺点更容易让芸芸众生产生共情。

设置完角色后还需要绘制一张人物关系图,它能帮助编剧抽丝剥茧,更清楚地看到主人公接下来该跟哪个角色发生下一段故事。人物之间的对立往往是各自观念上的对立。在儿童戏剧中可以让反面人物略显弱势,以减轻儿童观看时的心理压力。交代清楚人物与其他重要角色的人物关系,塑造出清晰的人物形象,才算是完成了人物小传应有的基本内容。

在撰写人物小传时必须为人物建立起非常强烈且明确的戏剧目标,这样人物才会有充分且合理的行为动机,做出符合逻辑的行为,这样的人物才能获得观众的认同与共情。"情境—动机—动作"的因果逻辑决定了故事怎么开始、如何结束。人物对于内心目标的努力,推动着故事的走向,也推动着情节的发展。

(五)戏剧冲突

儿童戏剧要遵循戏剧艺术的基本规律,诸如时间、空间、人物的相对集中,强烈的戏剧冲突,语言的性格化、动作化等,所以编写剧本时须突出体现剧本的特点。首先,空间和时间要高度集中。其次,反映现实生活的矛盾要尖锐突出。最后,剧本的语言要表现人物性格。

戏剧性意味着戏剧一定要有矛盾冲突,戏剧是通过角色之间的矛盾冲突来呈现剧情,刻画人物,勾起观众观看兴趣的,由此实现其艺术效果与审美价值。个人在生活中随时随地都能发生冲突,对立的事狭路相逢,冲突便会发生。冲突有时候看得见、听得着,表现为形体和语言动作,有时候则发生在人物的内心深处,不易被察觉。在戏剧里,对话是证明主旨、揭示人物思想、执行冲突的主要方式。对话必须预示即将到来的事件,它必须出自人物和冲突,又反过来揭示人物思想、推进行动。如果对手之间势均力敌,就会看到真实的、持续升级的冲突。

戏剧冲突切忌过久地陷入静态,如果戏剧冲突是静态的,多半源于剧中人物不能做出决定。一个没有需求或者不知道自己需求的人是难以将戏剧冲突升级的。要将静态的冲突升级成发展中的冲突,人物在规定情境下要采取积极的行动。通过人物毫不妥协地不断创造出冲突,戏剧才能获得足够的张力。

戏剧必须通过角色之间的对话和动作来展开激烈的冲突和交锋,展现人物性格,展开戏剧情节,在富于戏剧性的矛盾冲突和曲折起伏的情节中,在舞台上塑造出具有鲜明性格的人物形象。

探究·讨论·实践

1. 戏剧创作团队由哪些要素构成?
2. 舞台美术包含哪些要素?
3. 导演和编剧的区别在哪里?导演的地位和作用有哪些?
4. 互动:现在有三个角色,分别是医生、屠夫、道士,他们需要喝水了,请你为他们准备一个道具。

第十章　儿童影视剧的创作

第一节　儿童影视剧的概念和特征

一、儿童影视剧的概念

影视艺术以银幕、荧屏作为放映媒介,通过声音和画面、时间和空间的展现,表现真实或虚拟的世界。作为大众传播媒介的电影与电视剧,兼具宣传与教育的功能。相较文字而言,影视艺术的表现方式具有形象化、直观化的特征,容易被儿童理解与接受,其宣传与教育的效果也较好。随着数字化技术的普及,儿童影视剧已经成为儿童生活中的一部分。作为一种重要的文化载体,儿童影视剧对儿童的认知、情感和行为的塑造起着重要作用,同时也对他们的成长和身心发展起到促进作用。

电影艺术与电视剧艺术都是视听艺术,共用一套视听语言体系,因此它们在艺术属性、传播方式上有一定的相似性,都能表现与传达画面信息和声音信息。

相较而言,电视剧以剧集划分,也能以单个场景作为基本单位,表现内容更为生活化,是生活在荧屏上的流动。电影则比电视剧更具独立性,电影以镜头为单位,一般来说,120分钟即为一个完整的单元。电影以银幕为放映载体,通过数字技术在银幕上放映,电视剧则以荧屏为主要播放媒介。二者的原始传播媒介不同,制作成本不同,因此在内容上也会有所区别。电影的总时长相对来说较短,电视剧则按照剧集划分,长度取决于剧情需要、制作地区、播放平台等。一部电视剧总长度在几集至几十集不等,单集时长一般为45分钟左右,电影剧情则更为精练,节奏更快。但就人物形象与故事情节等方面来看,电影和电视剧也有许多共同之处。数字技术发展至今,二者都能以手机、平板电脑等电子设备作为传播媒介,所以二者的区分度在儿童观众看来更小了,对于他们来说,他们更加关注电影或电视剧的剧情与人物形象是否有趣。

电影与电视剧艺术同样是应用视觉与听觉元素作为有效传递意义的媒介平台,正是因为电影与电视剧两者具有相似性,才会有影视艺术这种合并的称呼,这意味着大众对二者共同之处的认可。因此下文对儿童影视剧的探讨,都是对儿童电影和儿童电视剧的论述。

儿童影视剧是影视剧众多分类中的一种,它的范围较广,在此我们将它界定为符合儿童的认知水平、理解能力和心理特征,适合儿童观看且符合儿童审美情趣的具有一定教育性和趣味性的影视作品,以儿童为受众对象。① 儿童影视剧包括儿童电影和儿童电视剧,题材比较广泛,有些是以儿童生活为主要叙述对象,但不限于此,儿童影视剧也可以展现成人的生活,但要能够为儿童所接受,满足他们在影视剧观赏方面的需要。因此,儿童影视剧的根本性质是向儿童表现和传达他们能够理解的经验世界。

儿童文学改编而成的电影能满足儿童的审美需求,改编难度相对来说较小。例如吴贻弓拍摄的《城南旧事》,改编自著名女作家林海音的同名小说,其来源于作家的童年故事与回忆,因此也是一本自传体小说。这本小说本身也是优秀的儿童文学作品,其中的一些内容被收录于小学、中学教材中。电影《城南旧事》以孩童英子的视角,不仅展现了20世纪20年代老北京城的社会风貌,还讲述了生活在其中的市井平民百姓的忧愁和思考,以串珠似的结构,把一个个看似没有关联的故事串在一起。故事的最后,爸爸的花儿落了,小女孩英子也长大了。电影以静为动,就像一篇优美的散文诗,具有浓郁、独特的意境美,但最大的亮点在于,整部电影主要是以英子的视角架构起来的,观众得以跟着英子的步伐,穿梭于北京城南的大街小巷,观她所观,思她所思。英子和她的小伙伴是清澈、单纯、善良的,因此观众能看到的北京城南也是一个没有丑与恶,只有真与善的世界,人人避之不及的疯女人秀珍在英子眼中是无害的,即便是为了供弟弟读书不得不行盗窃之事的小偷,英子也只是用纯真的眼光去看待他。儿童观众的心中又何尝不存在此般真善美,透过英子的眼睛,片中边缘人群所背负的伤痛与不为人知的苦难也被揭露出来,从儿童的视角来看,善与恶的界限并没有那么分明,人也没有绝对的好或坏,他们能看到的是不带任何滤镜的一个个活生生的人。

此外,还有由郑州电视台、中国中央电视台和河南超凡影视制作有限公司等单位联合制作的儿童科幻电视剧《快乐星球》,它从孩子的视角出发,向这个千奇百怪的世界发问。在《快乐星球》第一部中,主角丁凯乐原本过着不太自信的小学生活,他性格软弱,甚至有些胆小怕事。阴差阳错,丁凯乐通过网络了解了平行时空中的快乐星球,多面体、莲蓉包、冰柠檬是和他年纪相仿却有着特异技能的孩子,老顽童爷爷则是大家长一样的存在,他们帮助乐乐克服种种困难,让他在与外界的互动中获得成长。《快乐星球》作为科幻类儿童影视剧作品,巧妙地将高科技产品用于解决人们学习、生活,以及家人、朋友之间相处等的问题,让儿童观众在向往科幻的同时,学会如何解决问题。这部电视剧很好地抓住了儿童喜欢探索世界、追求新鲜的心理特点,同时也很好地把握了科幻与现实的关系,故事情节自然有趣,台词贴近生活,没有过多说教,潜移默化中教给了儿童许多知识与技能。

二、儿童影视剧的特征

儿童影视剧是儿童艺术繁荣的显著的标志。当然,儿童影视剧的广泛传播并不代表

---

① 谭旭东,李昔潞.百年儿童电影的发展历程、艺术经验与文化价值[J].玉林师范学院学报,2023,44(2):68-76,2.

着它的成熟或完美,与其他传统艺术类型相比,其毕竟还是一种新型的艺术样式。[①]

(一)适应不同年龄段儿童的需求

儿童影视剧需要考虑到观众对于影视艺术的接受能力。根据儿童身心发展的规律,他们的智力水平和文化水平会逐步提升,对影视剧的理解能力也是逐步增强的。因此,对于年龄较小的儿童来说,浅显易懂的影视作品更适宜于他们观看和理解,例如《天线宝宝》等作品,而年龄相对较大的儿童理解能力更强,他们能够接受的影视作品类型也就更为丰富。所以,儿童影视剧作品应具有适应不同年龄段儿童的不同特征,在内容上应当单纯、明朗;人物、事件、场景都应尽可能做到简约、精练;语言要求言简意赅,符合儿童的心性,易于儿童理解。

(二)符合影视艺术自身的审美特征

儿童影视剧是艺术的一种,所以除了适应不同年龄段儿童的特征以外,也要符合影视艺术创作的自身规律。儿童影视剧是视觉和听觉相结合的艺术,在了解儿童的生活习性和审美取向之后,在创作时必须坚守为特定接受对象所能认可的规律,必须符合儿童的心理特征及实际接受能力。同时,儿童影视剧又体现着电影与电视剧艺术的类型特征,创作中的任何意图都要通过直观化的艺术形象来实现,从而开拓出一片独具特色、生机盎然的审美世界。这一切构成了儿童影视艺术不同于其他艺术的基本特征。[②]

1. 直观性

电影、电视剧是综合了音乐、绘画、文学、舞蹈、雕塑、摄影等艺术形式,以及数字媒体等科技手段来立体、综合地表现故事情节的一种综合艺术,主要以声音和画面的结合为表现形式,因此,儿童电影、儿童电视剧都是以声画结合为主的艺术形式。

以书面化的文字为载体创作的诗歌、小说、故事,具有文学艺术所特有的本质特征,所塑造的艺术形象是间接的形象,需要接受者在理解的基础上经过主观再加工后才能在想象中形成,这种接受方式对阅读能力提出一定的要求,限制了一部分尚未具备阅读能力的儿童读者,特别是大部分低幼儿童的正常接受。当艺术形象从文字变成画面时,直观、鲜明的影视形象可以超越儿童心智和文化水平的限制。这种声画直接结合的视听形象更容易让儿童接受,其最大可能地迁就了低龄者的接受状况。一般学龄前儿童进行阅读都需要成人辅助,而看电影、电视剧则完全独立,就是因为文字形象是间接地接受,而影视形象则是直接地接受。例如,上文中提及的电影《城南旧事》,电影语言经由文学语言转化,在影片的末尾,一派秋天的景象,父亲去世了,英子乘着马车离去,她依依不舍地朝着后面望着,镜头越拉越远,伴随着《送别》的背景音乐,马车也在画面中逐渐没了踪影,给人一种诗意。不同于文字,声画结合的表现形式能使传播媒介中的形象更直接地映入儿童的脑海中,电影、电视剧语言的直观性使得儿童易于接受,同时也更易于儿童理解其中蕴含的意义。

[①] 吴冰沁.对儿童影视艺术特征的再认识[J].齐鲁艺苑,2000(3):37-40.

[②] 同上.

2. 趣味性

儿童的认知能力主要由形象思维支撑,他们在观察过程中主要依赖于自身的直觉。同时,儿童乐于游戏,因此趣味性不仅是他们理解事物的基础,从某种程度上说,也是他们选择观看作品的唯一标准。因此,以儿童为主要观众的儿童影视剧一方面要符合儿童的审美取向,使用他们便于理解的视听语言,另一方面也要具备一定的趣味性,以轻松的基调与幽默的语言来引起他们的观看兴趣。儿童影视剧的趣味性来源于引人入胜的情节、多元化的人物形象、精美的画面等元素构筑而成的精彩故事。儿童影视剧创作者可以通过一些创新的、夸张变形的表现手法,揭示出影视作品的启发性的意义,这样既能满足儿童的好奇心与求知欲,又能起到一定的教育作用。

例如史蒂文·斯皮尔伯格拍摄的《E.T.外星人》,讲述了一个温情、极具趣味性的科幻故事。一群外星人来到地球寻找某种植物,回去的途中落下了一个同伴。单亲家庭长大的小男孩埃利奥特无意中发现了它,于是展开了将它送回家乡的营救活动。埃利奥特第一次看到外星人的时候吓得尖叫起来,但很快就发现它对他没有任何恶意,并逐渐与其成为好朋友。埃利奥特将它藏在玩具柜里,还把它介绍给自己的哥哥和妹妹,单纯、善良的孩子齐心协力在大人面前隐瞒它的存在,帮助它回到了母星,他们给它取名"E.T."。E.T.具备神奇的力量,它能让枯萎的植物恢复生命力,也能和埃利奥特具有同频的感受,虽然埃利奥特想让它陪自己玩耍,陪自己长大,但是E.T.有它自己的目标和梦想。影片中,成人世界对E.T.的追捕和逃避更多的是害怕和猎奇心理在作祟,但是在孩子的世界中,只有单纯的友谊、陪伴与拯救。这部电影创造了孩子心中经典的外星人形象,片中最为经典的场景是孩子们在帮助E.T.时,E.T.利用自己的超能力带他们骑着单车在月光下飞起来,梦幻而富有趣味性的画面更能够吸引儿童观众,同时也让他们对外星人这个未知的事物产生了浓厚的兴趣。当埃利奥特送走E.T.的时刻,也是观众见证他成长的时刻,他变成了一个有责任心、勇于担当、富有爱心的男孩,影片的教育意义也不言自明。

3. 幻想性

儿童具有丰富的想象力,因此具有幻想性的影视艺术作品更能吸引他们的注意力。儿童影视剧中有许多是根据童话、科幻小说等改编的作品,比如《白雪公主》《哈利·波特》《查理和巧克力工厂》;也有一些是用影视剧形式直接表现幻想故事的,如《哆啦A梦》《猫和老鼠》《寻梦环游记》《龙猫》《千与千寻》等,这些影视作品具有虚幻的超自然、超现实的成分。儿童影视剧创作者要充分理解儿童的幻想世界,进一步开发他们的想象力,这也是其面临的一项艰巨的任务。

《哆啦A梦:伴我同行2》是漫画《哆啦A梦》连载50周年的电影纪念作品,这部电影由八木龙一和山崎贵导演。影片延续了《哆啦A梦:伴我同行》中关于亲情、友情与爱情的内核,以大雄的个人成长作为叙述主线。在动画剧集《哆啦A梦》中就有许多幻想元素,哆啦A梦是一只从未来穿越过来的机器猫,它有一个百宝袋,里面装满了各种道具,能够帮助大雄渡过各种难关,因此在现实生活中,孩子都幻想着拥有一个自己的哆啦A梦。在《哆啦A梦:伴我同行2》中,之前剧集中的道具也会反复出现。某一天,大雄看到了童年陪伴他的玩具小熊,这只小熊曾经被奶奶缝补过无数次,因此引发了大雄对已经去世的奶奶的思念。于是哆啦A梦利用时空穿梭机带他回到童年时代,让他又看到了奶奶的模样。奶奶看到长大的大雄并未感到惊讶,反而萌生了看孙子未来结婚时的模样的想法,因此哆啦A梦又带着大雄穿越到未来,由此引发了一系列故事。整部影片都是由幻想的情节组织起来的,看似直白,却将亲情、友情和爱情的元素完美地糅合起来,从过去的、未来的大雄来看现在的大雄诠释了他性格形成的原因,从而推动他的成长。创作者将幻想与现实相结合,最终给观众带来一段治愈的时光,让儿童体验到了温暖与爱。同时,透过大雄的这一段成长史,儿童观众也能在银幕中看见投射出来的自我,进一步理解亲情、友情、爱情的意义。

除此以外,国内较为出色的动画电影《哪吒之魔童降世》运用了我国古代神话元素,加入幻想色彩,描绘了一个性格特征十分鲜明的哪吒形象,受到儿童的喜爱。许多儿童影视剧的叙事都建立在幻想的游戏精神之上,为儿童编织着梦境,让他们沉浸在另外一个世界中,并在潜移默化中注入一些促进他们成长的力量。

第二节 儿童影视剧的分类

儿童影视剧主要包含儿童电影、儿童电视剧两种类型。具体来看,根据儿童影视剧在表现手法、表现形式、教育和审美功能、放映载体等方面的不同,其又可以分为儿童电视剧、儿童故事片、儿童科教片、儿童纪录片、儿童美术片等。其中,儿童故事片和儿童美术片的数量较多,对儿童的影响更为广泛与深刻,下文将重点介绍这两种类型。

一、儿童故事片

儿童故事片是儿童影视剧的一个重要分支,它是由真人演员进行角色扮演,将文学剧本转换成电影语言进行表演的综合艺术形式。演员在表演过程中会加入自己对人物的认知和理解,使自己不仅成为转换者,还是二度创作者。儿童故事片以讲述一个完整的故事为其主要的艺术表现特征,情节结构完整,叙事性强。根据表现形式和风格特征的不同,儿童故事片又可以分为儿童喜剧片、儿童生活片、儿童幻想片等。

(一)儿童喜剧片

儿童喜剧片主要是指能够引发儿童欢乐情绪的电影作品,这类作品常用各种幽默、搞笑的手法,讽刺和批判社会生活中的丑恶,或者以幽默的手法来展现现实生活的美好。一般来说,儿童喜剧片通过挖掘生活中的各种喜剧元素,进行相应的夸张、扭曲等,引发儿童观众的笑声,一方面能达到娱乐的效果,另一方面也能在笑声中进行潜移默化的教育。

《小鬼当家》是1990年上映的一部美国家庭喜剧电影,由克里斯·哥伦布执导、约翰·休斯编剧、马克斯·卡夫曼制片,由麦考利·卡尔金、乔·佩西、丹尼尔·斯特恩、凯瑟琳·奥哈拉和约翰·赫德主演。影片讲述了一个名叫凯文的八岁男孩的故事,在家人误以为他已经跟随他们去旅行后,他意外地被独自留在家中,并且在家里遇到了两个小偷。凯文依靠智慧和勇气,与两个小偷斗智斗勇,最终成功守护了自己的家。该电影在上映后取得了巨大的成功,成为一部经典的家庭喜剧电影,并且推出了多部续集和相关作品。凯文在《小鬼当家》中是一个独立自主的孩子,他会自己煮饭、购物和打扫卫生等。他的独立生活的经历让他变得自信和勇敢,面对来犯之敌时,他敢于挑战,并最终成功地保卫了自己的家。影片表达了独立成长的重要性,并鼓励儿童观众勇敢地探索和面对世界。凯文凭借一腔勇气和智慧,在家里设置了一些"机关",和两个笨贼玩起了"游戏",经过一系列惊险而又搞笑的桥段,最终战胜了入侵者。影片也表达了面对困难时保持勇气和智慧的重要性,并展示了这些品质的力量,能够让儿童观众在欢笑的同时学习到凯文的智慧与勇气。

(二)儿童生活片

儿童生活片通常取材于现实生活,以表现儿童日常生活为主。这些影视剧作品更贴近儿童的生活,银幕上流动着的故事仿佛就发生在他们身边,可以拉近与儿童的距离。例如《小鞋子》《城南旧事》《何处是我朋友的家》《无人知晓》等。

其中,《小鞋子》又名《天堂的孩子》,是伊朗导演马基德·马基迪于1997年执导的剧情电影,它也是伊朗知名度最高的儿童电影。这部影片讲述了在一个贫苦家庭中,哥哥阿里不小心弄丢妹妹莎拉的鞋子,为了不给父母增添负担,不惜一切努力弥补自己过错的温馨故事。影片呈现了伊朗底层人民的生活状态,表达了伊朗人民对美好生活的向往与追求,体现了儿童世界的纯真、善良与美好。影片中,阿里不小心弄丢了妹妹的鞋子,他将自己心爱的铅笔送给妹妹,并答应她一定会找到鞋子。在找鞋子的过程中,兄妹俩可谓是吃了不少苦头,每天都上演一场"鞋子接力赛":兄妹需共穿哥哥的帆布运动鞋,妹妹需要每天一下课就从学校立马飞奔回家,哥哥在巷子里换上鞋子后再奔向学校。为了让鞋子接力成功,妹妹考试时提前交卷离开去送鞋子、哥哥因接鞋子上课迟到被抓,接力的过程困难重重,但兄妹俩总是能互相帮助、共渡难关。作为哥哥,阿里温柔体贴、以身作则。在妹妹表示她夜里不敢出门收雨中的鞋子时,阿里毫不犹豫地冲出去把鞋子拿到屋里;为了给妹妹赢得跑步比赛第三名的奖品——一双运动鞋,阿里在比赛过程中一直压着第一名和第二名跑,因为他只要第三名,即便被别人故意撞倒后也爬起来继续奔跑。令人啼笑皆非的是,最后阿里取得了第一名的好成绩,却错失了球鞋,于是他抱着沉甸甸的奖杯哭着回了家,在他看来自己的荣誉没有为妹妹赢得鞋子重要。从阿里做的每一件小事中都可以看出他作为哥哥对妹妹的疼爱。妹妹莎拉是一个非常善良、善解人意的小天使。她十分维护和理解哥哥,知道哥哥弄丢自己的鞋子后,她委屈难过,但没有责怪哥哥,嘴上说要向父母告状,但依然和哥哥共同守护鞋子丢了的秘密,莎拉也会和哥哥一起洗脏了的帆布运动鞋。这双鞋子更像是兄妹间的"亲情纽带",既是对亲情的现实考验,也是对亲情的完美展现。电影的结尾无疑是画龙点睛,略带一些禅意,哥哥脱下袜子,把起了泡的脚伸进水池中,一群金鱼游过来似乎在轻轻地抚慰他,给观众留下了无限的想象空间。

这部电影以一双小鞋子串联起整个结构,描述了一个关于成长、救赎的故事,让儿童观众能够看到即便是在贫困的家庭中,也充满了爱与希望。他们也将通过影片学会利用自己的努力和智慧,去创造各种可能。

(三)儿童幻想片

儿童幻想片或借助幻想创造的情境和形象来曲折地反映生活,片中的主人公除了有现实生活中的人以外,还常常出现超人化或拟人化的形象;或从现在已知的科学原理和科学成就出发,对未来世界的情景做幻想式展示;或以虚幻的魔法故事来展开情节、表现社会生活。① 例如,《查理和巧克力工厂》《E.T 外星人》《哈利·波特》《纳尼亚传奇》等。

《查理和巧克力工厂》改编自罗尔德·达尔的同名小说,由蒂姆·波顿于 2005 年搬上大银幕。查理是一个善良的小男孩,包括查理在内的五个幸运的孩子抽中了金色的奖券,并获得参观一个充满神秘色彩的巧克力工厂的资格。于是五个孩子来到了这个古怪的工厂,参加一场神秘莫测的冒险。旺卡给印度王子造的巧克力宫殿融化于烈日之下、初见小矮人时所吃的"五光十色虫子粥"、松鼠把小女孩当作坏核桃等,满足了儿童的好奇心,视觉效果极佳。影片的成功也要归功于演员不按常理出牌的表演方式。其中四个贪婪、不懂感恩的孩子恐怕永远不会知道,正是他们在不经意间揭示了影片的谜底:金钱和功利心能够得到进入这座乐园的金色门票,却不能买来糖果带给人的单纯的快乐和美味。这座乐园中最高塔楼的钥匙是查理那颗纯真、体谅和谦虚的心。

二、儿童美术片

广义的美术片是电影中较为重要的一种类型,它是以动画、剪纸、木偶、折纸等各种美术形式来拍摄的动画电影的总称。在艺术表现上,美术片主要以美术手段来反映生活,一般演员无法表演的神话、幻想题材都能在美术片中得到展现,这便使它以独特的形式和丰富的内容受到儿童乃至成人观众的喜爱和欣赏。

动画片也称为卡通片,是美术片中最主要、最为常见,也是最受儿童观众喜爱的形式。它以绘画作为人物造型和空间环境的主要表现手段。制作时,首先将人物、场景绘成图画,再采用逐格拍摄的方法,通过连续放映成为活动的影像。动画片在色彩、构图方面形式多样,因此具有极强的艺术表现力,赋予影片创作的无限可能。动画片凭借卡通的影像元素、童心童趣的展现、超越时空的想象深受儿童的喜爱。动画片可以分为二维动画和三维动画,我国的《大闹天宫》、日本的《哆啦 A 梦》等是二维动画,美国的《玩具总动员》《海底总动员》等是三维动画。

我国自 20 世纪 40 年代万氏兄弟拍摄了第一部动画长片《铁扇公主》以来,陆续制作了许多优秀的动画片,如 1956 年我国第一部彩色动画片《乌鸦为什么是黑的》,又如《大闹天宫》《南郭先生》《小鲤鱼跳龙门》《三个和尚》《人参果》《淘气的金丝猴》《葫芦娃》《黑猫警长》《天书奇谭》等一系列作品都是我国动画片的经典之作。1960 年,上海美术电影制片厂制作了水墨动画片《小蝌蚪找妈妈》,这部动画片在全球都享有盛名。除此以外,我国优秀的水墨动画还有《山水情》,无论是静景,还是活物,都完全融入国画的写意之中,整部影片没有人物对白,只有叶笛声,具有一种浓郁的中国美。近年来,上海美术电

---

① 方卫平,王昆建.儿童文学教程[M].4 版.北京:高等教育出版社,2022:246.

影制片厂和哔哩哔哩网站联合出品的奇幻动画短片集也受到大量儿童观众的喜爱,引发热议,如《中国奇谭》由八个植根于中华优秀传统文化的独立的故事组成:《小妖怪的夏天》《鹅鹅鹅》《林林》《乡村巴士带走了王孩儿和神仙》《小满》《玉兔》《小卖部》《飞鸟与鱼》等动画所探索的民族化、本土化路径旨在透过动画形式而深入审美层面,自觉地以民族化的诗意呈现方式接续当代想象与创造。①

第三节 儿童影视剧的创作

对于现代社会来说,儿童影视剧在儿童的成长和教育过程中占有重要的地位,其所具有的艺术功能和教育功能对于儿童的审美认知、素质提升有重要意义。儿童影视剧的兴起也在一定程度上丰富了我国儿童艺术教育的多样性。

一、儿童影视剧的剧本创作

对于儿童受众而言,他们的注意力保持时间较短,所以在儿童影视剧的剧本创作中更应该注意剧情结构的完整性、戏剧性,这样才能吸引儿童观众的目光。儿童影视剧的剧本创作,不能刻意为了体现儿童的特点而创作成所谓儿童化的作品,创作者需要正视儿童受众的当代需求,了解儿童真实的精神世界和他们的思维模式,不能把自身的思维强制灌输给儿童观众。"比如日本宫崎骏导演的动画电影,内涵层次丰富,每一部都有丰富的精神意向,用唯美、充满童趣的表现手法传递了宏大的世界观和正能量的价值观,让儿童在观影过程中架构世界观,从而形成正确的价值观。"②

(一)儿童影视剧剧本的构造

影视剧剧本包括人物的戏剧性需求和戏剧性动作,从而建立起包括开端、发展、高潮、结局的完整结构,儿童影视剧也不例外,但在儿童影视剧剧本中要更加注重这种完整性,突出戏剧性。

1. 开端

儿童影视剧故事的开端要理清各个人物之间的关系,人物不宜过多,人物性格要丰富且鲜明,还要交代故事发生的时代背景、地点,并确定影片的风格样式。剧本的开端好与坏决定着故事是否能够吸引儿童观众继续往下看,因此开端设计至关重要,在写下开端之前就应该首先确定结局,因为开端和结局是紧密相连的。故事开始于什么对话、什么动作、什么场景、展示怎样的情节,都要经过缜密的思考,无论是哪一种形式,都应该注意儿童观众的接受度,要简洁、明了地交代时代背景、时间、地点、人物之间的关系、人物的性格特征。同时,在儿童影视剧的开端,要清晰地展示人物的戏剧性需求,因为其驱动着故事发展,指明剧情发展的大方向。在展示人物的戏剧性需求时,要将矛盾点展示出

---

① 孔超,康文钟.意造境生——传统空间美学在《中国奇谭》中的影像化演绎[J].电影新作,2023(4):88-95.
② 于秀芸.儿童电影受众与儿童电影精神输出的双向研究[J].电影评介,2023(12):72-75.

来,这样才能营造悬念,引发儿童观众的兴趣。

2. 发展

故事的发展部分是推进故事持续往前发展的关键部分,在这一部分要促使观众的情感积累起来,完善人物性格,推动剧情发展,为故事进入高潮做好铺垫。这一部分在整部影片中的占比是最大的,它是勾连起开端和高潮的桥梁,高潮是否精彩在很大程度上取决于发展部分的铺垫是否足够、对比是否强烈。影片中的主要人物所要完成的戏剧性动作在此展开,换句话说,要营造出一种"山雨欲来风满楼"的感觉。这一部分剧情的复杂程度要视儿童年龄层次的不同而定,对于年龄较小的儿童来说,情节不宜过多,而年龄较大的儿童观看的影视剧则可以在发展部分加入一些次要人物和次要情节,丰富剧情。

3. 高潮

故事的高潮部分是影片中最为精彩的部分,在交代完故事发生的背景,厘清故事中人物所处世界的运转规则后,应做好相应的铺垫,经过故事中矛盾冲突的积累,来到高潮环节。在这一部分,整部影片的情绪到达最高点,最让儿童观众揪心的时刻也将来临,主人公要与敌人对抗,这里的敌人可以是一个具体的人或物,也可以是自己内心的矛盾冲突,主人公与其要进行最激烈的斗争。影片中最大的戏剧冲突被展现出来,人物性格和核心主题也最大限度地被揭示出来。在这最为紧张的时刻,植入具有教育意义的主题内涵,对于儿童观众来说极为有效。高潮部分是除了开端以外儿童的注意力最为集中的部分,其情绪也在不断地被调动起来,因此这是他们最能与主人公共情的时刻,此刻他们对于教育意义的接受也不会那么排斥。不过高潮部分要尽量简洁,应是一瞬间的感动,如果情节太过拖沓,会让儿童观众失去耐心。

4. 结局

故事的结局部分意味着故事进入了尾声,所有的故事都需要有一个结尾:主人公是否完成了他/她的梦想?是否解决了他/她的戏剧性需求?无论何种结局都需要给观众交代清楚。结局部分可以对高潮部分揭示出的核心内涵做一个深化,对儿童观众的记忆进行强化,让主题内涵深入人心,内化为他们自己的认知,完成教育的闭环。同时,结局也要和开端形成闭合关系:故事的起始和结束的状态分别应该是怎样的,主人公和最初的状态相比,是成长还是退步?故事的最终状态是积极的还是消极的?一般来说,儿童影视剧都会有一个相对来说比较积极的结局,因为这对儿童的成长有一定的鼓舞作用。部分的消极结局也会让儿童燃起努力奋斗的信心,不过一定要注意把控好悲剧的度,不可过于悲伤,因为儿童的心智并没有完全成熟,他们的抗压能力有限。

除了传统的开端、发展、高潮、结局的四分法外,著名剧作家悉德·菲尔德把剧本的结构分成三段,这种方法也叫作"三幕法"。第一幕是故事的开篇部分,对应传统的开端部分,他称其为"建置",这一部分交代故事的背景、虚构世界的运转规则、主人公的基本信息,大概为三十分钟。第二幕是故事的发展阶段,他称之为"对抗",对应传统的发展和高潮部分,这一部分讲述主人公解决问题的过程中遇到的障碍,为三十至九十分钟。第三幕为"结局",讲述故事的结尾,为九十至一百二十分钟。大部分商业电影都遵循着三幕法结构,它是戏剧性结构的基础,因此初学者在学习剧本创作时可以按照这个结构去架构故事。

(二)儿童影视剧剧本创作的步骤

1. 故事梗概:寻找创意来源—选取题材—确定剧本内容

所有的影视剧剧本在正式撰写之前,都要先拟一个大纲,继而进一步完善,确定故事梗概,儿童影视剧剧本创作也是如此。故事梗概能确定剧本的整体走向,帮助创作者更有序地写作。

儿童影视剧的创意来源可以从自身的生活积累中去寻找,比如和儿童交流,了解他们想象中的世界,从日积月累的生活素材中去提炼想要表达的主题,塑造适宜于儿童观看的人物,将自身的经验和儿童的想象力结合起来,安排适当的情节,从细节出发去塑造人物,讲述故事。除了从日常生活中寻找创意来源,也可以从神话、寓言、成语等中外传统文化中汲取养分,进行改编。无论是哪种方式,创作者都不可天马行空,一定要做到真实可信。

在找到创意来源之后,儿童影视剧剧本的创作还要选取适宜的题材,选取那些适宜放上大银幕的情节,提前设想其是否能够转化为影视语言。创作者要将灵感具象化,表现为具体的故事,并且确定故事要以何种风格来展现。

题材选定后,就要开始撰写故事梗概。在故事梗概的创作中要注意几个要素:故事发生的时代背景、地点、人物、具体事件和动作。故事梗概中的每一段都要有逻辑关系,前后相接,不可出现描述性的话语、对话,故事梗概一定是有因有果的事件,上一个事件和下一个事件之间是互相关联的。故事梗概要尽量简洁,用简短的话语去叙述每一个事件,包括开端、发展、高潮、结局的简要概述。

2. 剧本框架:人物设定—人物目标

故事梗概确定以后,就要利用三幕法来建构故事了,包括建置、对抗、结局三个部分,结合故事梗概的内容整理好具体的框架。接下来,还要设定好故事中的人物,即主角及配角。儿童影视剧中的人物关系不宜过于复杂,应尽量简单明了,让儿童受众一目了然,符合他们的认知。为了让儿童观众更快地进入剧情,故事中的人物不能违反其代表性的性格特征,更不能出现语言过于晦涩的情况或"反常行为"。

人物设计是影视剧剧本的核心,在儿童影视剧中,人物设计有以下几个特点。

(1)人物要有确定的目标。

在故事中,人物依靠行动展现自身特点,人物的行动是完成一系列具体的事件。儿童观众会偏好鲜活的人物,人物如果没有了欲望和目标,也就丧失了行动和选择的动力,变得缺乏个性。人物在故事中常常拥有一个目标,人物的行动过程也就是满足欲望、实现目标的过程。因为这个过程充满了冲突,所以激发了人物一次又一次的行动。人物必须是有目标的人物,有了目标,人物的行动才会自然而生动起来。总之,确切的目标能够指引人物的行为发展过程,串联出故事的发展脉络。

(2)人物弧光。

人物在行动过程中会经历成长和变化,这种人物的转变叫作人物弧光。在故事中,人物是会改变的,在开始和结局要有所不同,这样才能吸引观众的注意力和好奇心,引领儿童观众完成他们的情感投射。

（3）人物概念化。

儿童影视剧中的人物不需要太复杂的身份，人物关系也很简单，因此人物往往是概念化的，人物的作用更多是辅助展现清晰的故事脉络。①

3. 正式的剧本创作：初稿—反复验证—修改

进入正式的剧本创作步骤时，要按照相应的格式分场景来写，其中要包括时间、地点、内外景的区分，还要加上人物动作的指示和对话。剧本是用画面写作的故事，所以在撰写剧本时，头脑中一定要对写出来的文字会转化为怎样的画面有清晰的认识。撰写剧本时还要特别注意人物形象、场景设置是否符合儿童的喜好。创作者要依照传统剧本的写作规则，写出具有画面感的文字，最好不要使用形容词，台词应尽量清晰，台词可分为重要台词、一般台词、过渡台词。创作者在重要台词中要重点凸显人物特征，在过渡台词中可以加入一些"笑料""包袱"，吸引儿童观众的眼球。第一稿创作完之后，创作者可与其他人讨论、分享，看人物塑造是否真实、故事脉络是否清晰，并讨论拍摄的可行性，如果无法实现，就要对剧本做出修改。②

（三）影视剧本的格式

剧本正文需要写明各场的场景序号、时间、内外景等。

场景序号："1"是场景序号，表示的是第一个场景，"2"表示的是第二个场景，依此类推，每个场景的场景序号都是唯一的。

时间、内外景："日"是白天，"夜"是晚上，"内"是室内景，"外"是外景。先注明场景，再写明人物的动作和对话。具体例证参看二维码中的《寻梦环游记》剧本节选。

（四）分镜头脚本设计

分镜头脚本是影视剧创作过程中由文学剧本转化为电影语言的重要的脚本，它是在文学剧本的基础上导演所进行的再创作。创作过程不是单纯的语言转化，还要根据拍摄现场的具体情况，相应地加入蒙太奇的技巧，所以，文学剧本和分镜头脚本是影视剧创作中两个相互独立的系统。一些技艺高超的导演一般不需要撰写分镜头脚本，但是对于初学者来说，通过提前设计分镜头来培养自身的蒙太奇思维是一个有效地提升导演能力的过程，也能为影视制作积累一定的经验。

分镜头脚本是影视剧呈现在银幕或者荧屏上的预演，可以运用对比蒙太奇、积累蒙太奇、重复蒙太奇、平行蒙太奇、交叉蒙太奇等技巧建构形象。完整的分镜头脚本为前期拍摄提供了现场指导，同一个场景中的镜头可以在同一时间内拍摄，能为现场拍摄提高效率。分镜头脚本也可为后期影视作品的剪辑提供依据，确定影片的整体风格。

在完整的分镜头脚本中，所有的镜头加起来的时长即影片的总时长，所以撰写分镜

---

① 董从斌,赵鑫.微电影创作[M].2版.北京:中国传媒大学出版社,2021:169.

② 同上168.

头脚本能使影片的总时长更加明晰,如果需要增加或删减,可以进一步调整。

分镜头脚本一般采用表格的形式呈现出来,表格中要分项包含以下内容:镜号、景别、镜头运动、画面内容、声音(可细化为人声和音乐音响,根据影片内容确定)、时间长度。如果想要将分镜头脚本设计得更详细,以方便拍摄和剪辑,还可以加入角度、构图等具体的拍摄方案。

镜号:指镜头的顺序,可以用罗马数字"1、2、3……"来表示,也是成片中每一个镜头出场的顺序,拍摄时可以不按照这个顺序来,但是剪辑要按照这个顺序进行。

景别:指被摄对象在画框中所占的比例大小,根据比例从小到大的顺序可以分为远景、全景、中景、近景、特写,远景中人物(事物)在画框中的比例极小,几乎看不清,场景占的比例较大,重点表现场景,依此类推,特写景别中人物(事物)在画框中的比例极大,几乎占满了整个画框,重点表现人物(事物),不同的景别可以展现不同的情绪。

镜头运动:指摄影机运动的方式,其中摄影机的光轴和焦点都固定不变,则为固定镜头;运动镜头则包括推镜头、拉镜头、摇镜头、移镜头、跟镜头、升降镜头、晃镜头,或者多种镜头运动组合,不同的运动镜头能体现不同的影像风格。

画面内容:画面中呈现的内容在分镜头脚本中要尽量运用简洁、具体的文字来描述,还可以借助图像、符号等来表达,比如美术片常常会用绘画的方式在分镜头脚本中表现内容。

声音:可以分为人声和音乐音响,人声包括人物的对白、独白和旁白,音乐音响分为环境音、配乐等。撰写分镜头脚本时可以将人物在某一个镜头中的对白写出来,具体的配乐也可以标明。

时间长度:简称时长,即单个镜头所持续的时间长度。一般来说,在儿童影视剧中,单个镜头的持续时间不宜过长,否则观众会产生审美疲劳。认真阅读二维码中的《寻梦环游记》的分镜头脚本设计案例,或许可以受到启发。

二、儿童影视剧的导演

导演是影视剧的总组织者和领导者,儿童影视剧导演和一般影视剧导演的地位和工作是同样的,需要同总编剧、美术设计师、摄影师联合进行再创作,共同将文字剧本转化为影视语言搬上大银幕,导演是这个过程中的总把关人和负责人。一般来说,影视剧剧组一般包含多个部门,导演对各个部门的工作都要有一定的了解。

一部影视作品质量的优劣在很大程度上取决于导演能力的高低,导演的个人风格决定了影视作品的整体风格。导演要结合蒙太奇思维,对影视作品做宏观的规划,进而协调好各部门之间的工作,具体内容如下。

(一)分析剧本

建立起正式的剧组之后,导演要组织美术设计师、摄影师对剧本进行透彻的分析,查阅相关背景资料,确定对标样片,并根据剧本内容做初步的美术设计与影像构思,进行二度创作,考虑构思是否符合儿童的心性与审美需求。导演要和其他部门的成员充分沟通影像的具体表现形式,针对意见不统一的地方进行深入而细致的讨论,确保文字剧本转换成影视语言时不会出现偏差、影视作品风格统一、作品结构完整。

(二)撰写导演阐述

导演在分析完剧本以后,对剧本如何以影像的方式呈现出来会有自己的思考,由此撰写导演阐述。导演阐述是导演对影视作品的总体把握,也是纲领性的总体设计。导演要根据自身的理解,为影视作品的整体方向设计一个蓝图。导演阐述的具体内容前文已经详细论述,在此不再赘述。

(三)选取角色

根据剧本的要求,选取相应的角色。角色的选取代表着导演对剧本中人物的思考,演员是导演的思想最直接的传达者,尤其是给低龄儿童观看的影视作品,演员的相貌特征应该与角色相符。低龄儿童的思维具有直观性,角色选好了,儿童对影视作品的理解才会更加深刻。

(四)分镜头脚本设计

分镜头脚本是导演、摄像师、美术设计师等用于现场拍摄的蓝图和依据,也是导演对文学剧本的二度创作。上面已具体阐述,这部分不再展开论述。

(五)实际拍摄

在分镜头脚本设计完以后,导演在现场拍摄时可以按照分镜头脚本来实施。在拍摄过程中,导演要进行场面调度,场面调度分为两种:一种是镜头调度,即调整摄影机的运动方式,通过不同的角度、视点、构图方式表现剧情。摄影机做不同的运动可以产生推镜头、拉镜头、摇镜头、跟镜头、升降镜头、晃镜头等,也可以得到多种镜头的组合。根据剧情需要,导演需要选择适宜的摄影机运动方式。另一种则是演员调度,导演要根据剧本和分镜头脚本设计来规定演员的行动路线、动作等,调整演员与演员、演员与场景等之间的相对位置,以此来揭示某种情感与关系,展现剧情。现场拍摄中,导演和其他部门工作人员会以分镜头脚本和剧本为依据,但也可以进行一些临场发挥,比如,现场的光线变化难以预料,摄影师可以根据自身经验更好地用光改变原有的角度,演员也可以根据自身对人物的理解增加或减少某些台词。但这些灵活应用的前提是要有成熟的剧本、分镜头脚本,最重要的是要有导演的总体把控,导演要做好控场工作,否则可能导致现场混乱不堪。

(六)后期制作

后期制作涉及对素材的整理、再组织、剪接,以及字幕的添加、转场及特效制作等方面,在儿童影视剧的后期制作中,还可以根据作品的种类添加一些特殊的文字效果,比如科普知识的相关文字、介绍性的文字等。导演的工作贯穿整个影片制作过程,在后期制作过程中,更需要导演把关。导演要同剪辑人员一起,分析作品是否体现了预先设想的总体艺术构思,创作意图是否把握得到位、准确,作品能否打动儿童观众。

三、儿童影视剧的拍摄

在影视剧中,画面和声音共同构成了视听语言,而视听语言的结构是影视剧的基本结构,因此儿童影视剧的创作同样要遵循视听语言的语法规则。同时,儿童影视剧工作者需要利用不同的镜头来准确无误地进行表达,通过不同的角度、景别、位移等造型形式,重构空间和人物之间的关系,揭示影视作品的不同含义。

(一)景别

景别是由摄影机和被摄对象的距离或摄影机的焦距来决定的。景别是影视剧创作者对画面的叙述方式和故事结构方式的总体考虑的结果,它是导演及摄影师思维活动的直接表现。运用不同的景别能够体现出不同的心理效果。如前所述,景别一般分为五种,即远景、全景、中景、近景、特写。

1. 远景

远景又称为大全景,一般用来表现较为广阔、辽远的画面与空间,运用远景要远离被摄主体,涵盖的范围很大。可以用远景画面来表现地理环境,自然风貌,事物的规模、数量,大的活动场面,如果想要展现天地广阔,人在其中很渺小的场景,也可以运用远景。

2. 全景

全景可以表现被摄对象全身或者被摄场景的全貌。全景是一种介绍性的景别,一般在影视剧中,会在开场时利用远景来交代环境与背景。全景能将人物和环境同时容纳在画框中,因此可以用全景来确定空间关系和人物在其中的位置。全景的运用比较广泛,初学者可以在每个场景中都拍摄一个全景镜头,避免后期剪辑时遇到镜头不足的情况。

3. 中景

中景可以表现被摄对象膝盖以上或场景局部的景别。中景可以使观众清楚地看到人物的造型及一部分的场景空间,因此它可以用来交代人物与人物、人物与场景的关系,并去除不必要的背景环境。在实际创作中,中景常常被用来表现双人对话,一方面人物的交流与动作很清晰,另一方面人物所处的环境气氛也被有所取舍地展现出来。影视剧作品中,可以通过全景来交代环境,然后再利用中景展开具体的叙述。

4. 近景

近景可以表现被摄对象胸部以上或被摄物体局部的景别。近景在画框中所占的比例较大,它常常用来表现人物的面部细节或者物体的细节。近景迫使观众以一种极近的距离来观察被摄对象、人物的表情,五官或物品的细节被放大。

5. 特写

在特写景别中,几乎没有环境信息。特写镜头会对信息进行筛选,只让观众看到最重要的信息或者创作者想让观众看到的局部信息。特写能将观众在远景、全景中看不到的人物的细微表情准确而清晰地传递出来,从而起到塑造人物形象、烘托氛围的作用。特写镜头还能够拉近观众与被摄对象之间的心理距离,让观众强烈感受到影视剧中人物的所思所想,从而产生共鸣。

运用各种景别相结合的拍摄方法,第一是为了模仿观众的实际观看经验,比如我们在生活中,想要观察事物或人物的细节时,就需要凑近被观察的事物或人物,当我们想要一览事物的全貌时,则需要站在更远、更开阔的地方去观察。第二是为了表达不同的心理效果,比如著名电影大师卓别林曾提出,悲剧性效果要用特写、近景去表现,因为景别变大,观众与影片中人物或事物的距离被拉近,心理距离也相应被拉近,观众更容易对角色产生共情。因此在儿童影视剧的拍摄中,我们要了解儿童的心理,运用相应的景别搭配去建构影像的真实性。

(二)镜头运动

镜头运动是指在一个镜头中,通过移动摄像机机位、变动镜头光轴或者变化镜头焦距进行拍摄。镜头运动可以产生固定镜头和运动镜头,其中固定镜头拍摄出来的画面视点稳定,符合人们日常生活中停留细看、注视详观的视觉体验和视觉要求,运动镜头包括推镜头、拉镜头、摇镜头、移镜头、跟镜头、升降镜头、晃镜头等。推镜头是指摄影机向被摄对象的方向推进,或者变动镜头焦距,使画面范围逐渐缩小的镜头运动。拉镜头是指摄影机逐渐远离被摄对象,或变动镜头焦距(从长焦端至广角端),使画面范围逐渐变大的镜头运动。摇镜头是指摄影机机位不动,但机身借助三脚架上的云台或其他物体来运动。移镜头是指摄影机沿着水平方向运动拍摄,根据机位与被摄对象之间的相对关系,又可以分为平行的横移、不平行的斜移和同步纵向运动的纵深移动。跟镜头是指摄影机始终跟随运动的被摄对象一起运动而进行的拍摄。升降镜头是指摄影机在空间中上下运动拍摄,这种镜头视觉变化鲜明,背景更替效果明显。晃镜头也称为晃动镜头,是指在拍摄过程中摄像机机身不规则运动,如上下、左右、前后地摇摆,在一瞬间快速晃动镜头,也称为甩镜头。

(三)构图

构图是指在影视剧摄制过程中,创作者根据审美需求和拍摄的内容、题材,对画框中的事物进行有意识的组织与排列,以此来表达一定意图,形成具有艺术特色的画面。在影视作品的摄像中,构图可以是静态的,也可以是动态的,无论采取哪种构图方式都要体现出创作者的审美倾向,同时要能够表达作品的主题内涵。以下是五种常用的构图方法。

1. 九宫格构图

九宫格构图也称为三分法构图,是一种运用广泛且易于上手的构图方法,画框被两条横线和两条竖线平均分为9个格子,被摄对象一般位于4条线的4个交会点上,或者4个交会点附近。这种构图方法可以使画面具有一定美感和艺术特色。

2. 对称式构图

对称式构图把画面从上下或左右把画面平均分成两等份,将被摄对象放置在等分线上,这样的构图方法具有稳定、平衡的特点,常用于拍摄建筑物等具有对称性的物体,上下对称的方法可以用来拍摄湖面倒影的场景,营造美感。

3. 框架式构图

框架式构图是指找到画面中的框架作为前景,聚焦在被摄对象上,从而突出主体,引导观众的视线。框架式构图可以产生空间感,画面的纵深感强烈,门框、窗户框、网状物、树叶间隙等常被用来作为框架。

4. 中心构图

中心构图是指将被摄对象放在画面中心的构图方法,对于新手来说,这是最简单、最稳定的一种构图方法,它可以将观众的视线直接引导至画面中心的被摄对象,但这种方法在影视创作中也不能滥用,否则会使视觉效果太单一。

5. 引导线构图

引导线构图是指通过线条来引导观众的视线,吸引观众关注画面主体的构图方法。引导线一般都不是具体的线条,在现实生活中,道路、河流、整齐排列的树木,甚至是人的目光等都可作为引导线使用。

(四)视点

视点是观察者相对于被观察物的位置,影视剧摄制中一般指摄像机与被摄对象的相对位置。视点可分为客观视点和主观视点,由此而产生客观视点镜头和主观视点镜头。

1. 客观视点镜头

客观视点镜头是从一个观察者的视角衍生出来的镜头。客观视点镜头赋予观众一个中性的视角,使他们成为无所不在的旁观者,冷静地审视屏幕上发生的一切。

2. 主观视点镜头

从某个人物的视角衍生出来的镜头称为主观视点镜头。它把摄像机的镜头当作剧中人物的眼睛,赋予观众以剧中人物的视点,使观众身临其境,直面剧中人物的生活、情感和危机。

四、儿童影视剧的剪辑

剪辑是影视剧后期制作的一部分,主要是指依据剧本中的叙事逻辑对影视素材进行的重新分配、组织与剪接。学习剪辑前,要先理解蒙太奇的概念。蒙太奇(montage)来自法语,原意为"构成、装配"。随着电影艺术的发展,蒙太奇的含义被引申为"组接",后被广泛运用于影视艺术中。如今,蒙太奇已不仅仅是简单的"组接"了,而是思维方法、结构方法和艺术手段的总称,包括对整部影片从微观到宏观的把握,蒙太奇具有叙事和表意两种功能。

(一)剪辑的流程

1. 整理素材

素材的整理主要是对镜头内容进行记录,并对镜头进行编号,写出素材清单,根据剪辑方案对画面的要求将素材归类,可以给每一个镜头标明景别、画面内容、拍摄场景等内容,以便剪辑时查找。

2. 选择素材

选择素材时,可以从以下几个方面进行考虑:一是镜头是否清晰、镜头运动速度是否均匀、固定镜头是否稳定。二是光线、构图、色彩等效果如何。三是尽可能丰富画面的信息量,选择恰当的景别和角度,避免使用角度、景别重复或过于相近的镜头。四是按照分镜头脚本确定成片的最终时间。

3. 导入素材

将整理好的素材导入非线性编辑软件中，如剪映等软件，并分类归到不同的文件夹中，以便快速找到对应的素材。

4. 初剪

按照剧本和分镜头脚本依次将镜头简单组合，使镜头连接自然，并进行简单调色。在初剪中，缺少的镜头可以用字幕来代替，有条件的话再去补拍镜头，或者根据剧情需要进行删减。

5. 精剪

对初剪做较大的结构调整，去掉多余的对白、暂停、闪黑等，加上音效，注意每个镜头的时长，不可过长，否则画面会显得单一。镜头与镜头之间的过渡可以根据需要加一些淡入、淡出的技巧，但不可滥用，否则就会出现与放映 PPT 一样的效果。

6. 制作字幕

制作片头、片尾和对话的字幕。

7. 检查

剪辑人员和导演都要反复进行检查，避免影片出现错误的闪黑。

（二）剪辑的要点

剪辑过程中要注意景别的过渡要自然、合理。由大景别向小景别过渡要流畅，保证不出现画面跳跃的现象。注意镜头与镜头的组接要动接动、静接静。选择镜头时，尽量选择运动速度相接近的镜头相互衔接，保持运动节奏的和谐、一致，同一个场景的内容尽量用不同角度的镜头进行组接。根据儿童影视剧类型的不同，创作者要适当创新，应用与作品相适应的剪辑技巧，注意儿童观众的接受度，考虑省略情节后儿童是否能看懂。

第四节　儿童影视剧作品分析

从现代意义来说，电影和电视剧是人类思想的表达和情感的交流，是人类在社会实践中创造的特殊文化形式，影视剧作品分析能够激发人们对影视剧的兴趣和创作影视剧的动力，帮助人们提升影视剧作品鉴赏能力。本节的核心目标是提高初学者对儿童影视剧的鉴赏能力与审美水平，儿童影视剧包含的艺术元素极为丰富，因此学会鉴赏和分析儿童影视剧能够提升初学者的视听语言分析能力，从而提升儿童影视剧的创作水平。下面将以电影《无人知晓》为例进行具体分析。

一、背景介绍

《无人知晓》是由日本导演是枝裕和编剧并拍摄的一部电影，题材来源于东京的"西巢鸭弃婴事件"，由真人真事改编。《无人知晓》的独特之处在于，对儿童的描写并不只有欢乐、单纯与天真，导演着重讲述了在绝望的境遇中几个孩子如何生存，并真实地反映了他们坚强、勇敢地面对生活的态度。这几个孩子的生存环境相对于大多数儿童来说要更加困难，一方面是因为父亲缺位和母亲责任心不足；另一方面社会的冷漠也直接导致了他们的"无人知晓"。这部影片以悲情为主要基调,却并不煽情。影片以现实为底色,在残酷的现实中平添了一些温情。影片中大儿子福岛明肩负起了本该父母担当的责任,尽自己的所有努力去照顾弟弟、妹妹,毫无怨言,在一定程度上能体现出导演的人文主义关怀。在电影正式开拍之前,是枝裕和导演和几个扮演儿童角色的演员共同生活了一段时间,从而发掘出儿童演员自身的性格特征,从而使他们能更好地与角色相融合。这部电影展现出儿童在"无人知晓"的环境中生存的艰难,能让儿童观众看到现实生活的另一面,冷漠的底色之上处处是温暖细节的点缀,具有极强的教育意义。

二、故事梗概

故事发生在东京,在一个父亲从未出现过的家庭中,一个母亲带着四个孩子东躲西藏。四个孩子分别有自己的父亲,父亲的缺位导致除了最大的孩子福岛明以外,其他孩子被迫成为"无人知晓"的存在。妈妈因为工作经常不在家,所以照顾弟弟、妹妹生活起居的任务就落到了福岛明身上。故事展开于他们搬到了新家——小儿子小茂过于淘气,被人发现了他们的存在,所以不得不搬家。在这间逼仄的房子里,客厅充当着起居室,孩子们一天天地成长,新家显得日益狭小。四个孩子的性格不尽相同,大儿子福岛明懂事、细心,精打细算地过日子,照顾弟弟、妹妹的情绪;二女儿京子爱干净,体贴母亲与哥哥,同时喜爱弹钢琴,希望未来能成为钢琴家;小儿子小茂活泼、调皮,因为他不遵守家里的规则,常常导致他们不得不搬家;小女儿小雪天真、可爱,也很听哥哥和母亲的话。一天,母亲又要外出一段时间,给孩子们留下了便条和一些钱。但直到孩子们手中的钱已经所剩无几,母亲仍然没有回家。福岛明只得去找母亲曾经的男友们借钱,但他们给的钱也不多。随着时间的流逝,家中停水停电,母亲归来已经无望。福岛明想尽办法让弟弟、妹妹不至于饿死,甚至让便利店的店员帮他模仿母亲的笔迹,给弟弟、妹妹发新年红包,隐瞒着母亲也许再也不会回来的事实。在这段时间里,孩子们和遭到校园霸凌的纱希成为朋友,同为社会底层的他们互相帮助。影片的最后,小雪不慎跌倒受伤,因为没有足够的钱,福导明无法送她就医。为了救妹妹,福导明找纱希借钱,纱希筹钱的方式让福岛明十分反感,因为这让他想到了自己的母亲可能也做过类似的工作,所以他愤怒地拒绝了纱希的钱,愤慨地一路奔回家中。最后小雪去世了,福岛明来找纱希,同她一起悄悄地把小雪埋葬在了能看到飞机起飞的草地里。电影的尾声,四个孩子(包括纱希)回家的途中,小茂回头看了一眼,影片定格在这一刻。小雪不在了,但孩子们的生活在继续,继续"无人知晓"着,好像一切都没有发生变化。

三、语言分析

《无人知晓》中运用了大量的特写和近景镜头,这两种镜头的使用能让观众与电影中几个孩子的心理距离更近。导演用了一种近乎纪录片的表现方式去制作影片,摄影机冷静地观察着孩子们,没有过多地切换镜头,而是一贯地使用长镜头,银幕中的生活仿佛自然流动着,没有任何外界的干预。正是因为是枝裕和导演运用了这种克制的表现手法,观众在观影过程中因此更能体会到一种真实感和参与感。尤克里里弹奏的音乐贯穿整部影片,淡淡的旋律让人感受到生活的平静与温和,平淡的音乐和平静的画面有机结合,流露出剧中人朴素与真实的情感。

电影开篇,妈妈带着福岛明拜访新房东,他们给房东吉永夫妇送了伴手礼。导演用了中景表现这个场面,展示出了吉永夫妇部分的生活环境。在构图技巧上,福岛明和妈妈位于下方,吉永夫妇抱着宠物狗站在上方,形成了俯仰关系,在一定程度上揭示了他们社会身份的差异。

紧接着,在福岛明母子与吉永夫妇交谈的过程中,导演用了大量过肩镜头,吉永夫妇作为画面中的前景,将母子俩框在中间,造成一种压迫感,深化了福岛明面对中产阶级家庭时的局促感。母亲为了隐瞒他们的身份,编造福岛明的父亲在国外,而福岛明已经上小学了,并且学习很好。面对母亲的谎言,镜头切至福岛明频繁吞咽口水的近景,突出了他的紧张与无措。

母亲外出很久没有回家,留下的钱已不够满足几个孩子的衣食住行的需要。镜头转换至福岛明夜里辗转反侧。他起身给母亲打电话,上一镜是福岛明打电话的特写镜头,下一镜便是京子的近景,她也醒来,知道了哥哥的难处。昏暗的灯光下,福岛明无助地抓着后脑勺,很显然,他无法从母亲那儿得到帮助。镜头一转,他乘上地铁,去找母亲曾经的男友们。福岛明试图去找其中一个出租车司机,全景镜头展现了他走过一个又一个停车间,仿佛他跨过一道又一道坎,这一片段通过框架式构图等,外化了福岛明内心的忐忑不安与焦虑,尴尬的处境暴露在观众眼前。

在展现小雪去世的片段中,镜头首先对小雪生前画的简笔画进行了特写,画纸右侧标注着文字"妈妈",孩子对母亲的爱与想念具象化。小雪无比渴盼着妈妈的归来,但她却没有等到这一刻。下一个镜头切换至断了腿的钢琴玩具,后景是小雪最爱吃的阿波罗巧克力,这两个镜头的组接构成了某种暗示,孩子的期盼像是缺了零件的玩具一样,一点点消失。接着是一个近景镜头,闷热的夏天,福岛明靠着窗子醒来,头发被汗水浸湿,一缕一缕缠在一起。然后是小雪的手部特写,她的一只手摊在被子上,福岛明颤抖着、小心翼翼地碰了一下小雪的脉搏,又轻轻弹开,他并不习惯这样的小雪——冰冷的、不再动弹的她。福岛明起身,又给了他一个近景,他做了一个吞咽动作,又低下头来,摸了摸小雪的手。接下来的场景把情绪推到了最高点,过曝的主观镜头让福岛明眼中的现实世界失真,外界的声音变得模糊,伴随着他念唱童谣的声音,镜头晃动,警察局、便利店、超市接连出现,这一段看似漫无目的的镜头模拟了福岛明的主观视角,更能表现出他的无助与茫然。妹妹去世了,他甚至不知道该找谁帮忙,最后一个晃动着的主观镜头是一个母亲牵着一个小女孩,这个女孩的背影和小雪极其相似,他像是又看见了小雪。

然后是两个跳切的环绕镜头,镜头仰拍,给到福岛明的近景,一声"福岛明"将他拉回现实世界。他转过头去,却什么也没有。再切换至全景,大街上是来来往往的人群,福岛明静立在画面中心,不知道该往何处去,阳光打在他的脸上,而他生活里的阳光却骤然隐去。这一刻,他的不安、无助、茫然、恐惧铺展在银幕上。导演用了纪实美学的方法,以写意的镜头将小雪去世时福岛明的心境展现了出来,没有太激烈的戏剧冲突,却以最细腻的情感冲击着观众。

四、美术设计

在电影银幕形象体系中,起主要作用、最具影响力的乃是视觉形象。好的视觉形象设计能使观众的代入感增强,对于儿童观众而言,他们的思维是形象的、具体的,对事物的感知以感性经验为主,因此与现实更贴合的美术设计能让他们更加理解电影中人物的情感。《无人知晓》的总体基调是现实风格的,室内景较多,能够反映一定的社会环境、生活环境。

(一)场景设计

从场景设计来说,福岛明一家人的经济条件有限,因此选取了一间较小的房子,通往房子的是一条阴暗、狭窄的过道,这种布局让他们的生存空间看起来更为狭小、逼仄。房子的客厅其实也是一家五口的卧室和日常活动场所,没有足够的储物空间,所以屋内的陈设显得有些杂乱。到了后期,家中停水停电,房间里更是杂乱不堪,所有的垃圾都堆在家中,这样的场景布局既符合剧情的需要,其中也不乏美术设计师的巧思。在影视作品中,人物的心理活动和情绪变化,人物的一举一动、一言一行,是在剧作的规定情境中进行的。场景与人物的心理和情绪是联系在一起的,孩子们长年累月地生活在这样一个狭小的空间中,除了福岛明以外,其他几个孩子甚至连出门的机会都几乎没有,他们的人生仿佛被禁锢在此,不见天日。见过外面世界的福岛明年纪稍长,因此处于这样的环境中,他的感触更深,知道母亲不会再回来以后他也想过放弃,弟弟、妹妹的"嗷嗷待哺"又使他于心不忍,在这样的场景中更能烘托出福岛明的情绪变化。

(二)道具设计

道具要能够刻画人物,染上人物的情绪色彩,这样才是有生命力的道具,《无人知晓》中的道具阿波罗巧克力便起到了这种作用。在影片的前半部分,剧情交代小雪非常爱吃阿波罗巧克力,在福岛明出门采购前她都会特意强调一遍,让哥哥不要忘记给她买阿波罗巧克力。福岛明是一个有责任心、有爱心的兄长,为了给妹妹买巧克力,他会跑几家店去寻找,这一行为也强化了观众对小雪爱吃阿波罗巧克力的印象。这个道具第二次出现是在小雪过生日的那天,母亲已经离家很久,福岛明不忍心让妹妹的期盼落空,擅自决定带妹妹出门。小雪这一晚过得很愉快,最后和哥哥静坐着,她吃掉了上一次剩下的最后一块阿波罗巧克力。巧克力最后一次出现是在小雪已经去世时,心疼妹妹的福岛明借钱买了大量阿波罗巧克力,放在装小雪的箱子里。同样的道具在片中出现了三次,每一次出现隐含的情绪都有所不同。第一次小雪是开心的,第二次妈妈不在,小雪满是遗憾,第三次小雪去世了,一大堆阿波罗巧克力的出现会让观众想到小雪活泼的样子,对比强烈,悲剧色彩越发浓重。

(三)人物造型设计

片中的几个人物性格各有不同,因此在人物造型设计上也有相应的区别。福岛明性格沉稳,他的着装、发型都比较朴素。母亲给的钱非常有限,所以影片中无论什么季节他都穿着同一条七分裤。小雪在影片中是具有一定悲剧性的,在设置她的人物造型时,较为注重前后的反差感。小雪的造型十分可爱,所以影片最后当她去世时,这种悲剧感更加强烈。从剧情上看,母亲在家时,会照顾孩子们,所以几个孩子的装扮都较为整洁,后来母亲长时间不回家,尤其是小茂和福岛明的头发就显得乱糟糟,甚至长得遮住了眼睛。后半部分,福岛明的服装甚至破了洞。

总体而言,这部电影从主题思想、视听语言、结构、美术设计等多个层面来说都是非常优秀的儿童电影作品,它既能够给儿童带来一定的教育意义,又能够给创作者提供一个范本。

探究・讨论・实践

1. 儿童电影和电视剧有区别吗?它们的本质特征有何不同?
2. 拍摄儿童影视剧要注意什么?
3. 儿童影视剧的剪辑有哪些流程?需要注意什么?
4. 引导儿童欣赏影视剧作品要注重哪些因素?
5. 请阅读和观看《小蝌蚪找妈妈》的文学作品和改编拍摄的影视剧《小蝌蚪找妈妈》,比较文学作品和影视剧之间的差异。
6. 选择一部你喜欢的儿童影视剧,尝试写一篇电影评论或者电视剧评论。

参 考 文 献

[1] 周兢,陈娟娟.幼儿园活动整合课程指导[M].南京:南京师范大学出版社,2002.
[2] 朱自强.中国儿童文学与现代化进程[M].杭州:浙江少年儿童出版社,2000.
[3] 姚全兴.儿童文艺心理学[M].重庆:重庆出版社,1990.
[4] 黄云生.一个被误解的文学现象:关于幼儿文学及其理论的思考[J].浙江师范大学学报(社会科学版),1990(4):31-37.
[5] 洪汛涛.儿童·文学·作家[M].郑州:河南人民出版社,1982.
[6] 方卫平.流浪与梦寻[M]//方卫平.方卫平儿童文学文论.兰州:甘肃少年儿童出版社,1994.
[7] 王茁芝.故事大王新编[M].延吉:延边大学出版社,2000.
[8] 梅子涵,方卫平,朱自强,等.中国儿童文学5人谈[M].天津:新蕾出版社,2001.
[9] 朱智贤.儿童心理学[M].修订版.北京:人民教育出版社,1993.
[10] 人民教育出版社中学语文室.幼儿文学作品选读[M].修订本.北京:人民教育出版社,2005.
[11] 黄云生.儿童文学概论[M].上海:上海文艺出版社,2001.
[12] 苏霍姆林斯基.把整个心灵献给孩子[M].唐其慈,毕淑芝,赵玮,译.天津:天津人民出版社,1981.
[13] 高月梅,张泓.幼儿心理学[M].杭州:浙江教育出版社,1993.
[14] 周作人.儿童文学小论·中国新文学的源流[M].石家庄:河北教育出版社,2002.
[15] 崔昕平.儿歌:自觉于现代文学语境的百年[J].中国现代文学研究丛刊,2018(5):155-165.
[16] 泰戈尔.泰戈尔论文学[M].倪培耕,译.上海:上海译文出版社,1988.
[17] 刘金花.儿童发展心理学[M].上海:华东师范大学出版社,1997.
[18] 刘晓东.儿童精神哲学[M].南京:南京师范大学出版社,1999.
[19] 曹文轩.追随永恒[M].北京:北京大学出版社,1998.
[20] 刘芸.当代中国儿童诗发展研究[D].合肥:安徽大学,2016.
[21] 吴正阳.无法成其美的"美":论金波儿童诗[D].上海:上海师范大学,2014.
[22] 金波.让太阳长上翅膀[M].南京:江苏少年儿童出版社,2007.
[23] 杨匡汉,刘福春.中国现代诗论(上编)[M].广州:花城出版社,1985.
[24] 王晓玉.儿童文学作品选读[M].北京:高等教育出版社,1997.
[25] 别林斯基.别林斯基论文学[M].梁真,译.上海:新文艺出版社,1958.
[26] 张涤华,胡裕树,张斌,等.汉语语法修辞词典[Z].合肥:安徽教育出版社,1988.

[27] 叶永烈.论科学文艺[M].北京:科学普及出版社,1980.
[28] 季颖.图画书——作为一种艺术[M]//张美妮,巢扬.中国新时期幼儿文学大系·理论卷.西安:未来出版社,1998.
[29] 人民教育出版社中学语文室.幼儿文学[M].修订本.北京:人民教育出版社,2005.
[30] 任继敏.幼儿文学创作与欣赏[M].北京:高等教育出版社,2010.
[31] 贾德.小猪的爱情[M].麦小燕,译.武汉:湖北美术出版社,2007.
[32] 鲁迅.译者的话[M]//鲁迅.鲁迅全集第十卷.北京:人民文学出版社,1981.
[33] 郑光中.幼儿文学ABC[M].成都:四川少年儿童出版社,1988.
[34] 陈子典.新编儿童文学教程[M].广州:广东高等教育出版社,2003.
[35] 洪汛涛.童话艺术思考[M].太原:希望出版社,1988.
[36] 上笙一郎.儿童文学引论[M].郎樱,徐效民,译.成都:四川少年儿童出版社,1983.
[37] 蒋风.儿童文学概论[M].长沙:湖南少年儿童出版社,1982.
[38] 孙爱萍.安徒生与欧洲童话的现代转型[D].黑龙江:黑龙江大学,2009.
[39] 贺宜.幼儿文学随笔[M]//中国出版工作者协会幼儿读物研究会.幼儿文学探索.上海:少年儿童出版社,1987.
[40] 鲁兵.中国幼儿文学集成·理论[M].重庆:重庆出版社,1991.
[41] 陈伯吹.儿童文学简论[M].武汉:长江文艺出版社,1982.
[42] 洪汛涛.童话学讲稿[M].合肥:安徽少年儿童出版社,1986.
[43] 金近.童话创作及其他[M].上海:少年儿童出版社,1987.
[44] 王泉根.中国新时期儿童文学研究[M].石家庄:河北少年儿童出版社,2004.
[45] 武新婷.幼儿园寓言教学研究[D].济南:山东师范大学,2018.
[46] 蒋风.幼儿文学教程[M].南京:东南大学出版社,1999.
[47] 中国社会科学院语言研究所词典编辑室.现代汉语词典[Z].7版.北京:商务印书馆,2016.
[48] 庄涛,胡敦骅,梁冠群.写作大辞典[Z].上海:汉语大词典出版社,1992.
[49] 菲尔德.电影剧作问题攻略[M].修订本.北京:北京联合出版公司,2016.
[50] 祝士媛,张美妮.幼儿文学[M].长春:吉林大学出版社,2000.
[51] 木村久一.早期教育和天才[M].河北大学日本研究所,译.石家庄:河北人民出版社,1998.
[52] 希梅内斯.小银和我[M].北京:人民文学出版社,1984.
[53] 黑格尔.美学(第三卷下册)[M].朱光潜,译.北京:商务印书馆,2017.
[54] 王国维.宋元戏曲史[M].上海:东方出版社,1996.
[55] 列维-布留尔.原始思维[M].北京:商务印书馆,1981.
[56] 王朝闻.美学概论[M].北京:人民出版社,1981.
[57] 方轶群.怎样写得浅[M]//中国出版工作者协会幼儿读物研究会.中国幼儿文学集成·理论编.重庆:重庆出版社,1991.
[58] 董从斌,赵鑫.微电影创作[M].2版.北京:中国传媒大学出版社,2021.

[59] 唐李阳.影视动画视听语言[M].上海:上海交通大学出版社,2008.
[60] 朱佳维.摄像基础项目教程[M].2版.北京:人民邮电出版社,2019.
[61] 马兆峰.数字影视视听语言[M].北京:清华大学出版社,2014.
[62] 胡智锋.影视艺术导论[M].北京:高等教育出版社,2012.
[63] 方卫平,王昆建.儿童文学教程[M].4版.北京:高等教育出版社,2022.
[64] 方先义,易小邑,王剑莹.儿童文学[M].长沙:湖南师范大学出版社,2022.
[65] 戴锦华.给孩子的电影课[M].北京:中信出版社,2020.
[66] 方先义.儿童戏剧创编与表演[M].2版.南京:南京大学出版社,2019.
[67] 周安华.电影艺术理论[M].北京:中国广播电视出版社,2005.
[68] 伍德,格兰特.儿童戏剧:原创、改编、导演和表演手册[M].马亚琼,译.北京:外语教学与研究出版社,2022.
[69] 董健,马俊山.戏剧艺术十五讲[M].4版.北京:北京大学出版社,2022.
[70] 王泉根.中国儿童文学史[M].天津:新蕾出版社,2019.
[71] 吕志昌.影视美术设计[M].3版.北京:中国传媒大学出版社,2018.